W0216582

HIGH SCHOOL REVENGE

FANNY TWICE

HIGH SCHOOL REVENGE

ROMAN

© 2023, HarperCollins France.

Tous droits réservés, y compris le droit de reproduction de tout ou partie de l'ouvrage, sous quelque forme que ce soit.

Toute représentation ou reproduction, par quelque procédé que ce soit, constituerait une contrefaçon sanctionnée par les articles 425 et suivants du Code pénal.

Cette œuvre est une œuvre de fiction. Les noms propres, les personnages, les lieux, les intrigues sont soit le fruit de l'imagination de l'auteur, soit utilisés dans le cadre d'une œuvre de fiction. Toute ressemblance avec des personnes réelles, vivantes ou décédées, des entreprises, des événements ou des lieux serait une pure coïncidence.

HARPERCOLLINS FRANCE
83-85, boulevard Vincent-Auriol, 75646 PARIS CEDEX 13.

www.harlequin.fr

ISBN 978-2-2804-9272-0 — ISSN 2271-0256

Prologue

Kenan

Le buzzer qui résonne dans la salle signale la fin du match, déclarant la victoire de l'équipe des Catamounts.

Même s'il s'agit d'une simple rencontre amicale, loin des compétitions régionales qui nous attendent l'année prochaine, les sourires qu'affichent nos visages respectifs prouvent à quel point nous sommes fiers du score final.

On les a pulvérisés !

Les pom-pom girls se déchaînent plus que jamais tandis que nous rejoignons le bord du terrain, essoufflés et en sueur. Une fois devant le banc, on se positionne tous en rond, la main au centre avant de lancer notre cri de guerre favori.

— Bien joué, les gars ! nous félicite notre coach en empoignant l'épaule des deux joueurs qui se tiennent à ses côtés.

Mike nous balaye tous du regard avant de le planter dans le mien pour m'adresser un rapide hochement de tête censé être discret. En effet, ce geste afin de me remercier d'avoir tout donné n'est pas passé inaperçu auprès de Mason, qui fronce les sourcils tout en reprenant son souffle.

Au sein de l'équipe de basket du lycée de South Burlington,

nous ne sommes pas seulement des coéquipiers, mais une vraie bande de potes !

En revanche, je n'ai jamais vraiment été proche de Mason et il se comporte encore plus bizarrement avec moi depuis quelques semaines. Du genre distant, quoi. Est-ce que c'est à cause de cette fille pour qui il craquait et avec laquelle j'ai couché ? Sans doute.

Pour ma défense, il ne m'en a jamais parlé. OK, comme dit Jake, ça se sent ces choses-là. On a tous remarqué qu'il bavait constamment sur Beverly, mais en même temps quel hétéro digne de ce nom n'a pas remarqué cette jolie blonde au physique attractif ?

Il y a un mois, lors d'une soirée pendant laquelle on fêtait notre victoire contre le lycée de Pittsburgh, elle s'est littéralement jetée sur moi. Contrairement à ce que beaucoup pensent, je ne suis pas un mec à filles. Ma vie est bien trop compliquée pour que je me prenne la tête avec une meuf. Je ne profite pas de ma popularité pour sauter sur tout ce qui bouge, mais quand une occasion comme celle-ci se présente, je ne dis pas non. Un homme reste un homme…

Depuis ça, Mason est devenu froid. J'aurais pu régler mes comptes avec lui, mais je n'en ai pas eu l'occasion. Ni la moindre envie. Après tout, on est des mecs. Entre nous, pas de chichis ni de prises de tête. S'il a quelque chose à me dire, il n'a qu'à venir me voir !

En plus, ça n'a pas été plus loin avec Beverly. On est juste deux jeunes lycéens qui se sont éclatés ensemble durant quelques heures, c'est tout. Du moins, de mon point de vue. Mes pensées me poussent à tourner la tête vers le groupe de pom-pom girls qui continuent leur chorégraphie, et je grille justement la meneuse en train de me mater. Gênée, elle lève une main en l'air tout en me souriant. Je fais mine de ne pas avoir remarqué et tourne vivement la tête.

Bien qu'on se soit mis d'accord dès le départ sur le fait qu'on s'amusait et que je ne voulais pas me poser, la *cheerleader* ne cesse de me chercher depuis cette soirée.

Je passe une main dans mes cheveux humides en soupirant et me reconcentre sur ce que dit le coach :

— Il s'agissait du dernier entraînement de l'année, mais ce n'est pas pour autant qu'il faut relâcher vos efforts ! Je compte sur vous pour profiter de vos vacances tout en gardant la forme, compris ?

Je ne peux m'empêcher de sourire. Le sport, c'est toute ma vie. En plus de toutes les heures que j'effectue dans ce lycée, et dès que j'ai fini d'arpenter les rues pour livrer ces maudites pizzas, je passe mes soirées au terrain de basket de mon quartier. Me maintenir en forme ne devrait pas poser de problème, surtout que, contrairement à beaucoup d'entre nous, je vais passer tout mon été ici, dans le Vermont.

Jake me donne un coup d'épaule, me faisant comprendre qu'il pense la même chose que moi. Mon meilleur pote crèche dans la même rue que la mienne, loin des quartiers huppés où vivent la plupart de nos camarades de classe. Je lui adresse un clin d'œil en pensant aux nombreuses heures à venir à travailler notre dribble dans notre squat depuis que nous sommes gamins.

— Avant de vous laisser partir fêter la fin de votre année scolaire, je voulais vous faire part de quelques changements vis-à-vis de l'équipe pour l'année prochaine.

Je me redresse en focalisant toute mon attention sur le coach. Est-ce qu'il va nous annoncer l'arrivée d'un joueur ?

Quand son regard atterrit de nouveau sur moi, j'ai un mauvais pressentiment. Contrairement à tout à l'heure, son expression est beaucoup moins enjouée. Cette annonce ne semble pas de bon augure…

Lorsque ses yeux dérivent sur le brassard attaché autour de mon biceps, mon pouls s'accélère. *Bordel, non ! Il ne va tout de même pas…*

— Votre capitaine sera désormais Mason, déclare-t-il en baissant les yeux, visiblement embarrassé.

Alors que toute l'équipe semble choquée, moi encore plus, quelque chose éclate dans ma cage thoracique.

— C'est une blague, c'est ça ? ne puis-je m'empêcher de demander en haussant le ton.

Je suis capitaine de l'équipe de basket-ball depuis mon entrée au lycée et, sans vouloir me vanter, je le mérite amplement. On a tous un super niveau dans l'équipe mais, s'il y a une chose dont je suis certain, c'est que ma vision du jeu est toujours juste pour trouver les faiblesses des adversaires. Je suis un des rares capable de détailler leurs systèmes d'attaque pour arriver à contrer les tactiques adverses. Je bosse comme un malade pour être le meilleur et j'aime fédérer le groupe. D'ailleurs, si on a gagné aujourd'hui et toutes les autres fois, c'est grâce à moi et il le sait.

Alors que je le fixe en attendant une explication, Mike inspire longuement avant d'oser me faire face. Notre coach a une trentaine d'années et, habitué à gérer des mômes de tous âges et à forts caractères, il n'est pas du genre à se laisser faire. Du coup, là, son manque de confiance en lui me laisse perplexe. Il se passe nerveusement une main sur la nuque et jette un rapide coup d'œil à notre nouveau capitaine avant de revenir à moi.

— Je suis désolé, mais c'est comme ça.

Sans le lâcher du regard, je serre les poings pour contrôler ma rage. J'ai envie de le supplier de revenir sur sa décision, mais hors de question que je me rabaisse à ça. Question de fierté !

— Ne t'en fais pas pour ton avenir, ajoute-t-il d'un air navré. Pas besoin d'avoir ce poste pour obtenir une bourse d'études.

Pour en avoir discuté avec lui, Mike sait à quel point j'ai besoin de cette bourse pour aller à l'université. Je sais que je peux tout de même l'obtenir sans être capitaine, mais ça sera beaucoup plus compliqué. Et puis rien à foutre, je ne mérite pas d'être rétrogradé, merde !

Les messes basses et murmures interrogateurs des joueurs se transforment vite en braillements, obligeant notre coach à taper dans ses mains pour demander le calme.

— Bien, nous reparlerons de tout ça à la rentrée ! En attendant, je vous souhaite un bel été et n'oubliez surtout pas de…

Je ne l'écoute plus. Ma tête pivote vers Mason, sur ma gauche, qui affiche un sourire entendu. Tout ça n'a aucun sens !

J'occupe le poste de meneur, soit le plus stratégique, tandis que Mason occupe celui d'ailier. Sans parler du fait que, de tous les joueurs ici présents, ce type est loin de faire partie de l'élite. OK, il s'est amélioré au fil des entraînements, mais on sait tous comment il a intégré l'équipe lors de sa création… Et tout à coup, je tilte.

— Alors quoi, t'as été pleurer auprès de ton père ?

Ma question les fait tous taire. En effet, nous savons tous que Mason est le fils du maire de notre ville.

Un lourd silence s'abat dans le gymnase tandis que tous les regards sont rivés sur moi. Mon coach se pince les lèvres, confirmant mes doutes. Quant à Mason, il souffle comme un bœuf, énervé par mes propos prononcés devant tout le monde.

— Tu ne pensais tout de même pas qu'on goberait ton soudain succès ? continué-je d'un ton acerbe en faisant un pas vers lui.

Mason est grand, mais je le dépasse tout de même de plusieurs centimètres. Nos visages se retrouvent si proches l'un de l'autre que Mike se précipite sur nous afin d'éviter une embrouille.

— Allez, les gars, on se calme…

Je l'ignore complètement. À vrai dire, j'en veux à cet homme que j'admire tant. Accepter ce genre de corruption, ça me dégoûte, putain !

— J'y peux rien si t'es pas aussi fort que tu ne le penses, finit par cracher Mason.

Je dois faire abstraction de ses paroles. Si je ne me ressaisis pas tout de suite, ça va partir en vrille. Car, si je m'attaque à lui maintenant, je pourrais le défigurer à vie.

Cet enfoiré pense plus aux filles et aux soirées bien arrosées qu'au basket-ball. Il ne mérite pas cette place tant prisée.

— Pourquoi tu as fait ça, hein ? sifflé-je entre mes dents tandis qu'une vague de colère me terrasse.

Alors que ce gosse de riche part avec ses parents en France pour les vacances, moi je trime chaque jour pour payer les factures et tenter de construire mon avenir. Il a juste à claquer des doigts pour obtenir ce qu'il veut et ça me rend dingue. Bordel, son air supérieur me rend fou !

— Sans rancune, mec.

Sale con !

Je fronce les sourcils, me demandant ce que ça veut dire, jusqu'à ce qu'il jette un œil par-dessus mon épaule. Quand je me retourne et que je vois Beverly entourée de ses copines, qui ne perdent pas une miette de nos échanges, je capte.

— T'es sérieux là ? Tout ça à cause d'une meuf ?

Sa mâchoire se contracte de nouveau et je comprends alors que cette histoire sans intérêt l'a blessé dans son amour propre. Ce connard n'a pas l'habitude qu'on lui passe devant, surtout un type de banlieue comme moi.

De plus, contrairement à son niveau en sport, Mason a la cote auprès des filles. Grand blond baraqué aux yeux bleus, il est tout l'inverse de moi avec mes cheveux bruns et mon teint mat.

Son orgueil de beau gosse en a pris un coup, mais ce n'est pas une raison pour agir comme un gamin capricieux.

— Dommage que ton père ne puisse rien faire pour toi à ce

niveau-là, le nargué-je pour faire disparaître l'air dédaigneux de sa petite gueule de riche.

Je fais référence à Beverly et il le sait. D'ailleurs, au vu des nombreux gloussements railleurs, tout le monde a compris l'allusion.

Le visage de Mason rougit de colère tandis que je lui adresse un sourire moqueur. Il meurt d'envie de me frapper, je le sens, mais il ne le fera pas. Il a conscience qu'il se ferait royalement ridiculiser s'il osait m'affronter.

— C'est sûr que ce n'est pas le tien qui va t'aider ! rétorque-t-il.

À la mention de mon paternel, mon sang ne fait qu'un tour. Je l'attrape fermement par son maillot, prêt à lui donner un coup de boule, quand notre coach intervient.

— Ça suffit, les gars ! crie-t-il en tentant de se placer entre nous. On arrête les conneries, là !

Mais je ne le relâche pas pour autant, prêt à le massacrer sur place. Mike m'attrape fermement le bras en approchant son visage de mon oreille :

— Déconne pas, OK ? Le moindre faux pas pourrait ruiner toutes tes chances !

Je serre les dents pour contenir la haine qui ne demande qu'à sortir de mon corps. Le coach a raison. Une bagarre pourrait me coûter cher. Je relâche Mason en le poussant en arrière, ce qui le fait tomber à la renverse, directement sur les fesses. Et, sous les yeux abasourdis de tous, je retire mon brassard pour lui jeter à la gueule.

— Tu ne perds rien pour attendre.

C'est une menace. J'ai conscience du regard outré que me lance mon coach, mais je n'en ai rien à foutre. Mason attrape le brassard pour me faire chier, mais on voit bien qu'il n'en mène pas large. Il déglutit avec force avant de se mettre debout, sans rien ajouter.

Une profonde frustration m'envahit quand je lui tourne le dos pour rejoindre les vestiaires, les poings en feu à force de les comprimer.

Ne dit-on pas que la vengeance est un plat qui se mange froid ? À cet instant je me fais une promesse.

Je jure sur ma vie que Mason Davis payera pour ce qu'il vient de faire.

1

Angel

Si on interroge un échantillon de personnes de mon âge pour savoir s'il préfère être en vacances toute l'année plutôt que d'étudier, je suis sûre que la majorité opterait pour les congés. Pour ma part, j'aime bien découvrir de nouvelles contrées, mais je suis toujours contente de rentrer chez moi.

Ce voyage en France était génial ! Nous avons visité plusieurs villes, dont la capitale, avant de séjourner dans un bel hôtel dans le Sud.

La chaleur écrasante et tout ce monde en bord de mer ont plutôt eu tendance à m'étouffer finalement. Je ne suis pas une adepte de la cuisson aller-retour sur la plage. Cependant, c'était super chouette de découvrir la tour Eiffel, l'océan ou encore tous les bons plats typiques.

À présent dans le taxi qui nous ramène à la maison, mes parents dorment à moitié tandis que mon frère, qui a ronflé durant tout le vol, regarde encore et toujours les mêmes vidéos.

Fan de basket, il s'extasie devant les résultats de ses équipes favorites et les performances de ses joueurs phares.

De mon côté, je prends le temps de respirer l'air plus frais, bien qu'avec le décalage horaire je sois complètement déphasée.

Au bout de quelques minutes, et alors qu'à mon tour je me laisse bercer par cette route silencieuse, mon aîné se met à hurler :

— Trop fort !

Nous sursautons tous ensemble alors que lui est toujours absorbé, le nez collé sur l'écran :

— Mason, tu veux bien baisser d'un ton ! gronde mon père qui peine à garder les yeux ouverts.

— Nous y sommes, nous annonce le chauffeur en stationnant devant l'allée menant à la porte d'entrée.

Enfin à la maison !

Rien n'a bougé depuis notre départ il y a maintenant trois semaines, et comme d'habitude, pas un brin d'herbe ne dépasse des autres, le jardinier s'occupant de tout en notre absence. Nous aidons rapidement nos parents à décharger la voiture tandis que mon frère lance :

— Je vais rejoindre les gars au terrain.

— Déjà ?! ne puis-je m'empêcher de rétorquer, surprise qu'il ait prévu autre chose à peine arrivé.

— Le talent n'attend pas..., répond-il du tac au tac en m'adressant un clin d'œil.

— Ça va, tu es à l'aise dans tes baskets ?

— Oh ! Je me suis bien tapé des visites pendant plus de quinze jours, sans parler d'un passage obligatoire à l'opéra pour madame, continue-t-il en faisant mine de se mettre un doigt dans la bouche pour vomir. Je crois que je mérite d'aller me détendre avec mes potes !

Je lui envoie mon poing dans l'épaule.

— Arrête, on sait tous les deux que tu t'es éclaté autant que moi.

— Tu déconnes ! réplique-t-il en riant.

Je ris à mon tour parce que les images de mon frangin complètement ahuri de se retrouver face à ce genre de spectacle m'ont beaucoup fait rire. Personnellement, j'ai adoré !

Avec Mason, nous avons à peine onze mois d'écart, mais nous sommes diamétralement opposés. Lui adore sortir et faire la fête tandis que je suis plutôt casanière.

Bien qu'aucun point commun ne nous lie, il n'y a aucune animosité entre nous et c'est plutôt cool.

Tandis que lui s'adonne à son sport favori jour et nuit dans le but d'être le meilleur – il a d'ailleurs obtenu la place de capitaine dans l'équipe du lycée alors que la concurrence était rude –, moi je préfère pratiquer mon loisir préféré : la musique.

Quand Mason a eu cette place, mon père était tellement fier qu'il lui a même offert les dernières baskets en vogue dédicacées par le joueur qui les avaient créées.

Il était fou !

Mason quitte la maison à la hâte alors que les bagages bloquent carrément l'entrée.

— Tu ne rentres pas tard, le prévient ma mère tandis qu'il est déjà à la moitié du chemin.

Il se retourne et lui adresse un signe militaire en posant ses doigts sur sa tempe pour lui faire comprendre qu'il a entendu.

— Ma chérie, tu veux bien m'aider à trier le linge, s'il te plaît ?

— Bien sûr, maman.

Et, comme d'habitude, j'exécute les corvées de la maison quand je n'ai qu'une envie : rejoindre ma chambre au plus vite. Après avoir mis la première machine en route, je me rends compte qu'il n'est que 16 heures alors que j'ai l'impression qu'on est au beau milieu de la nuit.

— Surtout, ne te couche pas maintenant sinon ce soir tu

ne dormiras pas ! me lance ma mère me voyant bâiller ouvertement en montant l'escalier.

J'acquiesce et, dès que j'arrive dans ma chambre, mon état de fatigue se dissipe rapidement quand je vois celui que je considère comme mon meilleur ami.

Posé sur mon bureau, il est toujours là dans mes moments de faiblesse ou de bonheur. Il sait m'accompagner dans n'importe quelle situation et je peux lui faire dire ce que je veux.

Mon violon.

Je prends mon sac à dos duquel je sors mon carnet de partitions. Chaque endroit que nous avons visité pendant notre voyage m'a évoqué un sentiment et j'ai ressenti le besoin de poser sur le papier les notes qui me venaient. J'adore m'adonner à cet exercice pour ensuite tester les combinaisons de sons que j'ai créées. Le rendu n'est pas toujours top, mais c'est là que je m'amuse le plus en adaptant à chaque fois.

Plusieurs des compositions que j'ai écrites précédemment sonnent maintenant plutôt bien, mais je les garde au chaud dans une boîte au fond de mon placard. Un peu comme mon jardin secret ! Je ne les joue que quand je suis seule et, bien que mes parents me poussent à les présenter à mon prof, je ne suis pas prête à me mettre en scène et à les dévoiler à un éventuel public.

Mon carnet griffonné me redonne immédiatement la forme et le sourire. J'attrape mon stradivarius pour commencer à jouer et le seul son des cordes frottées me procure un apaisement immédiat. Je me mets alors dans ma bulle, et de nombreuses images des paysages visités défilent devant mes yeux au fil des notes qui résonnent dans ma chambre.

Au bout de quelques minutes, je modifie certains enchaînements pour que le résultat soit plus harmonieux et plus rythmé.

Je n'ai même plus la notion du temps, quand ma mère frappe à ma porte.

— Angel, à table !

Je sors difficilement de mon état second avant de reposer mon instrument dans son étui et de le refermer en laissant ma main dessus quelques secondes.

— Contente de t'avoir retrouvé ! marmonné-je doucement.

Ça peut paraître délirant, mais c'est comme si on était connectés tous les deux.

Heureusement que personne ne peut entendre mes pensées…

Une fois à table, mon frère est déjà animé par les tirs à trois points qu'il a réussis.

— Je craignais d'avoir perdu la main, mais en fait non, c'est comme le vélo, ça ne s'oublie pas.

— C'est bien, fils ! s'exclame mon père, un large sourire fier aux lèvres. Cette année, tu as un sacré poste à tenir et tu as plutôt intérêt à assurer.

— Fais-moi confiance, papa.

Ma mère pose un plat de pâtes sur la table avant d'enchaîner :

— Il ne vous reste que deux jours avant la rentrée, donc essayez de récupérer au maximum pour reprendre dans les meilleures conditions. Mason, pour toi c'est la dernière donc faut tout donner, et pas que sur le terrain…

Mon aîné sourit, car il sait que la *senior year*[1] est capitale, tant sur le plan sportif qu'éducatif. Selon ses résultats, différentes portes lui seront ouvertes.

Et, en tant que bonne institutrice qui se respecte, ma mère

1. Équivalent de la terminale, dernière année du lycée. Contrairement au système français, les élèves n'ont pas d'examen de fin d'année similaire au bac, mais un contrôle continu sur quatre ans.

nous remet directement dans le bain. Ce n'est pas pour me déplaire, je suis contente de retrouver les bancs du lycée et mes amis. Ma *sophomore year*[1] s'est très bien déroulée et je n'ai aucun doute que celle-ci se passe aussi bien.

1. Le lycée se déroule sur quatre ans aux USA. La *sophomore year* est la deuxième année et correspond à la seconde.

2

Angel

À peine ai-je passé les grilles du lycée qu'une tornade aux cheveux rouges me fonce dessus.

Je reconnais immédiatement la silhouette grande et élancée de Holly, ma meilleure amie, même si avant que je ne parte en vacances elle était blonde !

Elle et ses cheveux, c'est toute une histoire. La couleur varie selon son humeur et, bien que ses parents soient contre, elle s'en moque et change au gré de ses envies. À coup sûr, les miens me renieraient si je venais à rentrer avec les cheveux teints.

— Rouge alors ?

— Heureuse de te retrouver ! commence-t-elle en me prenant sous son bras.

Il faut dire qu'avec mon petit mètre soixante et en sachant que je ne mets jamais de talons, je suis souvent bien plus petite que les autres. Nous nous dirigeons en direction des panneaux affichant la liste des différents cours.

En un été, ici rien n'a changé. Je retrouve les grands saules pleureurs autour desquels les bancs sont disposés. On peut constater que les rosiers bordant les allées menant aux couloirs sont impeccablement taillés et le personnel éducatif est bien présent, vêtu parfaitement. Chacun arbore un sourire, visiblement ravi de commencer un nouveau cycle.

— Oh yeah, on garde M. Fisher en maths ! crie-t-elle alors que tous les autres se retournent pour nous observer.

Contrairement à moi, Holly est plutôt volubile. Loin de faire partie des populaires, le fait d'être ignorées de tous nous convient parfaitement. Enfin nous convenait, jusqu'au rouge de ses cheveux qui finalement attire des regards. Je baisse la tête et me recule pour éviter tout ce monde.

— Alors, tes vacances ?

— C'était top ! réponds-je, enthousiaste. On a visité plein d'endroits différents, vu de beaux spectacles, mais surtout, on a super bien mangé.

— Explique, tu me mets l'eau à la bouche.

— Ils ont beaucoup de fromages super bons. Et leurs pâtisseries… Oh mon Dieu !

Je continue de lui énumérer tout ce que j'ai retenu de la France – en dehors de la bouffe – avant de lui demander :

— Et toi, ces vacances dans le Maine chez ta grand-mère ?

— Super cool ! On a fait des randos et je suis pas mal sortie avec mes cousins.

Elle continue de me raconter quelques anecdotes pendant que nous récupérons notre emploi du temps.

— Tu as vu les cours de musique sont dorénavant le soir, jusqu'à 20 heures ! Non mais ils exagèrent !

En effet, nous faisons toutes les deux partie de l'orchestre du lycée. Nous sommes sept musiciens avec des instruments différents : Holly est au piano et moi au violon, entre autres. Je souris parce que personnellement ça ne me dérange pas de faire de la musique jusque tard le soir. Mais je sais pertinemment que Holly préfère rentrer chez elle après les cours pour regarder des séries.

En faisant le parallèle entre nos plannings, nous sommes ravies de constater que nous avons plusieurs matières en commun. Et quand je détaille le mien, je remarque que je finis souvent tard.

L'avantage de la première journée de l'année est qu'elle est aménagée pour les nouveaux entrants, nous n'avons donc cours que l'après-midi.

Nous passons alors toute la matinée à aller récupérer les livres d'apprentissage dans les différentes matières et faisons par la même occasion connaissance avec nos enseignants. Heureusement, le prof de musique reste le même que l'année dernière. Le sac bien chargé, nous décidons de nous poser sur un banc avant d'aller déjeuner.

— Et en France, ils ne sont pas censés être les rois de la mode ?

— Pourquoi tu dis ça ?

— Parce que tu portes la même chose que l'année dernière !

— Ouais, et alors ?

— Eh ben on est des étudiantes de deuxième année maintenant ! On n'est plus des gamines mais des femmes !

Je m'esclaffe face à la remarque de mon amie. Elle n'a pas complètement tort concernant ma tenue vestimentaire, mais j'aime être à l'aise dans mes vêtements. Surtout que pour jouer du violon, je veux pouvoir bouger comme bon me semble au rythme de la musique. Et pour ça, mes leggings et mes larges chemises font parfaitement l'affaire.

— Tiens, ton frère est là-bas ! Toujours aussi canon…, lance Holly, alors que son regard reste bloqué sur lui.

Je lui mets un coup d'épaule pour la sortir de sa rêverie. En effet, elle a toujours été attirée par Mason. D'après elle, il est le petit ami idéal dont toutes les filles rêvent. Sauf qu'étant ma meilleure amie, mon aîné ne l'a toujours considérée que comme une petite sœur. Heureusement d'ailleurs car, même si je ne serais pas contre, j'ai du mal à les imaginer ensemble…

Elle n'est visiblement pas la seule à baver sur lui puisque, dès qu'il avance accompagné de quelques amis, plusieurs filles se retournent sur leur passage. Je souris en voyant qu'il fait son petit effet.

Encore un point sur lequel nous sommes bien différents !

Mon grand frère est quelqu'un de populaire et très entouré tandis que moi, j'ai une seule vraie amie et, surtout, je déteste qu'on me remarque. D'ailleurs, on ne se parle jamais au lycée. La plupart des élèves ne savent même pas qu'on est de la même famille. Mason dit que c'est mieux pour moi, mais je n'ai jamais vraiment saisi la raison.

Contrairement à mon amie, qui ne comprend pas pourquoi je ne profite pas de la popularité de mon frère, moi, ça me va très bien !

En le voyant fanfaronner au milieu des filles, je me mets à rire discrètement. Je ne vois pas l'intérêt qu'il trouve à agir de cette manière. Certainement les hormones masculines qui doivent le chatouiller.

— Tiens, cet été, je suis sortie avec un garçon qui lui ressemblait.

— Quoi ?!

— Oui, un basketteur aux yeux bleus.

Sans rentrer dans les détails, elle me raconte brièvement son flirt de vacances. Holly a passé tout son temps à le regarder jouer au basket et je me demande comment elle ne s'est pas ennuyée.

— C'est tellement sexy ce sport !

— Je ne vois pas ce que tu trouves de sexy dans le fait de dribbler. Perso, j'en peux plus d'entendre parler de shoot, de systèmes et de ballon.

— Oh si, quand tu les vois sauter et étendre leur corps pour shooter… c'est …

Elle se mord la lèvre inférieure de façon équivoque, et nous nous mettons à rire. Ma meilleure amie m'explique ensuite les avantages pratiques de sortir avec quelqu'un de grand et plutôt musclé.

— C'est sûr qu'il n'avait rien de ton ex…, me réplique-t-elle, moqueuse.

— T'exagères ! Nick était…

Je m'arrête en réfléchissant à la suite quand mon amie avance une main devant moi comme pour stopper ma réflexion.

— Ouais, passons ! Heureusement qu'il savait manier la contrebasse comme personne parce que je ne suis pas sûre que le reste…

— Arrête, la coupé-je avant qu'elle n'aille plus loin. Il était adorable !

Je ne peux m'empêcher de rire avec les métaphores qu'elle emploie. Je ne lui dirai jamais qu'elle a raison, sinon elle risque de me charrier longtemps.

— Au fait, j'ai entendu dire que ton frère était capitaine cette année ? reprend-elle, toujours aussi enjouée de discuter de lui.

— Parfaitement !

Elle se met à taper dans ses mains comme une gamine tout en lançant un petit cri aigu.

— Qu'est-ce qui t'arrive ?

— C'est encore plus sexy !

Alors que je lève les yeux au ciel, son regard dévie sur un autre que mon frère. *Enfin !*

— Je me demande ce qui s'est passé avec Kenan.

— Qui ça ? lancé-je en fronçant les sourcils.

— C'est pas vrai, Angel, ça t'arrive de t'intéresser aux gens qui t'entourent surtout lorsqu'ils sont exagérément séduisants ?

Je soupire d'exaspération avant de suivre son regard qui s'arrête sur un groupe de quatre garçons, installés sur le banc d'en face. En voyant un grand brun aux cheveux hirsutes, je capte immédiatement qu'elle parle de lui. Je ne connaissais pas son prénom mais, en effet, difficile de passer inaperçu avec cette large carrure.

— Kenan était le capitaine de l'équipe de basket du lycée depuis deux ans.

Je secoue la tête en revenant à elle.

— Mais comment tu sais tout ça, toi ?

— J'ai mes sources ! répond-elle en jouant des sourcils.

Alors que nous nous mettons à glousser, je sens quelqu'un me faire une pichenette sur la tête. Je me retourne rapidement avant de tomber sur mon frère qui continue son chemin en discutant avec ses amis comme si de rien n'était. Étant donné qu'on agit comme des inconnus l'un avec l'autre, il en profite souvent pour me taquiner discrètement lorsqu'on se croise.

Il ne perd rien pour attendre…

Dès que j'en aurai l'occasion, je lui donnerai un bon coup dans les côtes qu'il n'est pas près d'oublier !

Tandis que Holly s'extasie sur ce geste qu'elle trouve trop mignon, je me lève pour me diriger vers le self tout en la traînant par le bras, morte de rire.

3

Kenan

Les températures sont beaucoup moins élevées que les deux derniers mois, mais il fait encore beau en ce jour de rentrée. D'ailleurs, quasi tous les élèves en profitent pour prendre leur pause à l'extérieur du lycée, ce qui fait que la cour est blindée de partout.

Impossible de ne pas remarquer le teint bronzé de certains, habituellement blancs comme des cachets d'aspirine le reste de l'année.

On pourrait croire que je reviens de vacances, moi aussi, avec ma peau cramée et mes lunettes noires. Mais en réalité c'est en arpentant les rues et en jouant au basket que j'ai pris le soleil.

Bref, tout le monde semble de bonne humeur, comme s'ils avaient oublié qu'on repartait pour une année de cours.

— Yo, mon frère !

Je tourne la tête et aperçois Jake qui me fait signe de le rejoindre, en compagnie de nos deux autres potes de galère, Ryan et Casey. Ils sont assis sur le dossier du banc qui longe le jardin encore verdoyant, juste devant le grand bâtiment gris des salles de sciences.

— Ça va, les gars ? demandé-je en les checkant un à un.

De nous quatre, seul Ryan est parti en vacances, et encore, c'était pour séjourner chez sa tante dans le Connecticut. Nous venons tous du même quartier et sommes issus de familles modestes. En d'autres termes, sans une thune en poche !

Du coup, contrairement aux lycéens qui nous entourent, on ne se raconte pas nos après-midi surf à Miami ou encore nos visites en Europe. Comme d'habitude, on parle de sport et plus précisément basket-ball. On débat sur les matchs NBA qui ont eu lieu et on mise sur le score de ceux à venir. Jusqu'à ce moment fatidique que je redoutais tant.

— Et du coup, commence Casey mal à l'aise, vous vous sentez prêts à reprendre les entraînements ?

Les trois sondent ma réaction du coin de l'œil, et mon bide se retourne en repensant à ce qu'il s'est passé. Depuis le jour où j'ai perdu ma place de capitaine, j'ai tout fait pour ne plus songer à ce moment humiliant. Mais, malgré mon été bien chargé, c'était mission impossible. Je n'ai cessé de m'imaginer reprendre le basket avec ce traître de Mason et son brassard immérité autour du bras. Cette vision me donne envie de tout péter ! Mais je reste calme et serre les dents pour contrôler ma soudaine colère.

Je n'aborde jamais ce sujet qui me rend malade, sauf avec Jake. Déjà parce que je n'aime pas me confier, surtout à propos des choses qui me tracassent. Mais aussi car, à part mon meilleur ami d'enfance, je ne fais confiance à personne. Et quand je dis personne, c'est personne.

— Tu as pu parler à Mike ? m'interroge finalement Ryan en voyant que je reste silencieux.

Je passe une main dans mes cheveux en bataille en soupirant et finalement je n'ai pas besoin de répondre car Jake le fait à ma place :

— Bon, ça va, commencez pas à le soûler avec ça !

Je le remercie d'un léger hochement de tête, n'ayant pas la moindre envie de revenir là-dessus. En effet, à la fin de cette altercation avec Mason, toute l'équipe m'a conseillé de parler avec notre coach. La plupart ont d'ailleurs proposé de faire grève jusqu'à ce qu'il change d'avis, mais j'ai catégoriquement refusé. Inutile que mes potes aient des problèmes à cause de moi, surtout que ça ne servirait à rien. Même si à nous quatre on fait partie des meilleurs joueurs de l'équipe, cette enflure est le fils du maire de cette ville. On n'a aucun poids face à lui !

— Quand on parle du loup ! chuchote Casey en fusillant du regard quelqu'un derrière moi.

Je n'ose même pas me retourner tellement j'ai les nerfs. Je ferme les yeux et tente de reprendre mon souffle pour éviter de faire une connerie. Mes mains me démangent, et je rêve de lui fracasser le crâne depuis le jour où il m'a fait ce sale coup.

— Ce naze est encore en train d'essayer de se faire Beverly ! ajoute-t-il en se marrant.

Je finis par me retourner pour contempler la scène. Mason Davis se tient fièrement au milieu de ses potes, et entouré de trois filles, dont Beverly, en effet. Cooper et Liam sont les deux seuls de l'équipe à être de son côté. De vrais fils à papa aussi lèche-cul l'un que l'autre !

Au vu de ses gestes et de sa gueule de bouffon, Mason est certainement en train de raconter ses vacances de bourge.

— T'as qu'à te taper Beverly une deuxième fois ! me suggère Ryan, de la rage dégoulinant dans sa voix.

Mes yeux dévient sur la belle blonde et, même si je la trouve toujours aussi canon, je n'ai pas la moindre envie de coucher avec elle. C'est mon gros problème avec les filles : j'ai tendance à vite me lasser, donc je préfère ne pas m'y intéresser. Mais, quand je le vois la draguer comme un chien affamé, j'hésite.

— Hum, nan ! Je dois trouver mieux.

— Comment ça trouver mieux ? demande Ryan.

Jake m'interroge du regard, surpris que j'en parle devant eux. Il est le seul à qui j'ai fait part de mon désir de vengeance et, même s'il a tout tenté pour me faire oublier cette idée, je n'ai pas changé d'avis.

— Je ne sais pas encore comment lui rendre la monnaie de sa pièce, mais je finirai bien par trouver.

On a tous des failles, même ceux qui ont tout. Chaque personne a son épine dans la chair et je jure que je trouverai la sienne.

— On a qu'à lui voler sa caisse ! propose Casey.

— Pour finir en prison quand on la trouvera dans ton garage ?

Je souris en voyant Jake s'énerver. Parce qu'il est comme moi. Il se bat chaque jour pour s'en sortir et ne prend aucun risque. Les gars comme nous n'ont pas de deuxième chance.

— On peut lui péter sa caisse pendant la nuit, alors ! insiste notre ami.

Jake soupire d'exaspération. Mes potes continuent de chercher des solutions toutes aussi grotesques les unes que les autres et, même si certaines sont extrêmement tentantes, ce n'est pas le genre de représailles que j'imaginais. Non, il faut quelque chose de subtil. Un acte qui me sera irréprochable et qui l'atteindra au plus profond de son âme.

Je les écoute à moitié en train de débattre sur le sujet tout en observant l'ennemi avec rage. Quand il a terminé de jouer au coq devant sa bande, Mason rejoint l'allée centrale suivi de ses deux potes.

Au passage, il s'arrête sur deux gamines assises sur un banc pour donner une tape sur la tête de l'une des deux. Je fronce les sourcils, surpris. Je crois ne jamais avoir vu ces filles de ma vie, mais j'ai bien l'impression qu'il s'agit de première ou de deuxième année. En tout cas, pas du tout le genre qui intéresse le « grand joueur de basket ».

La fille en question porte un jean trop grand pour elle avec un T-shirt noir délavé et des baskets blanches. Est-ce qu'en plus de ça ce connard harcèle les plus jeunes sans défense ? J'observe la réaction de la soi-disant victime, mais elle ne semble pas affolée. Au lieu de se plaindre, elle lui jette un coup d'œil en souriant, tandis que sa copine s'extasie devant lui.

Alors que je me pose plein de questions sur le lien qu'il peut avoir avec cette nana, son visage m'apparaît plus clairement et la couleur de ses yeux me frappe de plein fouet.

— Putain !

Mes potes s'arrêtent subitement de parler pour m'interroger du regard.

— Mason a des frères et sœurs ? demandé-je en la dévisageant.

Casey hausse les épaules tandis que Ryan réfléchit une seconde avant de répondre :

— Il a une petite sœur, je crois. Mais apparemment elle est dans un autre lycée.

Ouais, tu parles !

Les deux gamines se lèvent en riant et je fais signe aux gars de venir avec moi. Je slalome entre les élèves jusqu'à arriver juste derrière miss-queue-de-cheval qui continue de marcher en direction du self. Étant donné sa petite taille, je n'ai aucun problème à lire l'emploi du temps qu'elle tient entre ses mains sans me faire griller. Quand je réussis à décrypter ce qu'il y a d'écrit tout en haut, je m'arrête en plein milieu de l'allée, choqué et heureux de ma soudaine découverte.

— Angel Davis, murmuré-je.

Jake écarquille tout de suite les yeux. Quant aux deux autres, il leur faut plusieurs secondes de plus avant de capter.

— J'y crois pas ! s'écrie Ryan en ouvrant grand la bouche.

Je hoche la tête, un sourire de vainqueur aux lèvres. Je crois bien que j'ai trouvé la façon dont je vais me venger de cet enfoiré.

4

Angel

Voilà déjà une semaine que les cours ont repris et je suis ravie d'avoir retrouvé un rythme normal, même si je suis crevée. Les deux jours de la semaine où nous finissons à 20 heures sont assez longs, bien que le temps de pause soit plus important. J'en profite donc pour m'avancer dans mon travail à la bibliothèque. Comme ça en rentrant je peux me coucher plus tôt. Je suis une marmotte et, si je n'ai pas mes huit heures de sommeil minimum, j'ai du mal à ne pas piquer du nez dans la journée.

C'est maintenant l'heure de mon cours de musique, et quand j'entre dans la salle j'affiche ce même sourire béat à chaque fois. La grande scène en bois sur laquelle trône le piano à queue m'impressionne toujours autant. Plusieurs de mes camarades sont déjà en train de préparer leurs partitions quand M. Sanders, le prof le plus extravagant que je connaisse, passe derrière moi. Aujourd'hui, il porte une chemise ajustée vert pomme avec un pantalon couleur crème.

— Installez-vous, nous allons démarrer.

Je me positionne à ma place habituelle et sors mon violon avant de m'asseoir sur ma chaise.

— Ça va, Angel ? m'interroge Jamie juste derrière moi alors qu'il nettoie son trombone.

Cet instrument a toujours eu le mérite de me faire rire. Lorsqu'on le fait résonner seul, la tonalité qu'il dégage est drôle mais, accompagné par d'autres instruments, le son grave et profond qu'il produit apporte vraiment un plus à notre orchestre.

— Très bien et toi ?

Il acquiesce en me souriant. Ce garçon est simple et tellement gentil. De taille moyenne avec de grandes lunettes, il est le stéréotype parfait du premier de la classe ! On a passé plusieurs soirées à répéter ensemble l'année dernière pour le spectacle de fin d'année. Entourée de personnes ayant toutes la même passion dévorante pour la musique, je me sens ici comme dans une seconde famille.

Alors que je pose ma partition, une tornade rouge débarque et me fait un signe rapide de la main avant d'aller s'installer derrière son piano.

— Mademoiselle Swan, rassurez-moi, on peut compter sur vous cette année ? lance notre professeur.

À moitié échevelée d'avoir couru pour être à peu près à l'heure, mon amie acquiesce avec un grand sourire sans pouvoir articuler quoi que ce soit.

— Bien, comme chaque année, d'anciens élèves nous quittent au profit de nouveaux. Je voulais donc vous présenter deux musiciennes qui nous rejoignent : Cassidy et Mary. Elles viennent d'intégrer l'école et remplaceront John et Kimy, partis à l'université.

Nous applaudissons tous pour les accueillir.

— Cassidy reprend la flûte traversière et Mary la guitare, nous annonce-t-il gaiement.

Je trouve que ce cours est vraiment différent des autres. Ce n'est pas une simple classe de musique durant laquelle on répète des notes. Nous essayons tous d'y apporter un complément et parfois on s'amuse même à improviser !

Même si je n'ai pas pour habitude de me mêler aux autres élèves, j'aime voir de nouvelles têtes et surtout rencontrer de nouveaux talents. Le fait de mélanger tous les niveaux de classe est enrichissant et du coup chaque spectacle est unique. Je suis sûre que ces deux élèves pourront donner une autre dimension à notre groupe. Et, à partir du moment où on peut créer quelque chose de magique ensemble, ça me va !

— Je voulais également vous parler du programme de cette nouvelle période que nous allons passer ensemble.

Je commence maintenant à bien connaître ce prof et, comme à chaque fois qu'il a des idées, il se transforme littéralement et part dans un monologue interminable mettant toute sa créativité en exergue.

Il balance les bras en l'air jusqu'à arriver en face de moi.

— Mademoiselle Davis…

Je relève la tête dans sa direction, pas très rassurée.

— Voulez-vous bien nous jouer la partition du spectacle de l'année dernière, s'il vous plaît ?

Je n'aime pas jouer seule, surtout devant des inconnus. Je fais donc signe à Holly pour qu'elle m'accompagne au piano.

Je me lève et pose le menton sur la mentonnière de mon violon. Je me souviens exactement de cette musique douce que nous avons jouée l'an dernier et, sans même regarder la partition, je me laisse emporter par les notes. Comme à chaque fois que je connais un morceau par cœur, je ferme les yeux et le son prend possession de mes doigts qui s'agitent sur les cordes.

Au bout de quelques minutes, je termine mon morceau avant de rouvrir les yeux, face à un minipublic, fixé sur moi. Gênée de m'être mise à nu de la sorte, je m'assois en rougissant au fond de ma chaise.

— Voilà, c'est ça !

Qu'est-ce que je dois comprendre ?

— Je veux de l'implication, embraye le prof avec enivrement. Si vous mettez de la passion dans ce que vous faites, nous sortirons un spectacle formidable !

Il repart vers son bureau chercher des papiers et nous les distribue. Je remarque immédiatement les nouvelles partitions à travailler.

Notre enseignant fait signe à Holly de se lancer, et mon amie se positionne afin de commencer. Alors que les autres l'observent, M. Sanders s'approche de moi pour me féliciter encore une fois.

— Bravo, Angel. Cette année, j'aimerais vous mettre plus en avant !

Alors que je secoue la tête, il m'observe quelques secondes et déclare :

— J'aimerais que vous fassiez un solo…

Un solo ? Moi ?! Hors de question !

C'est impossible ! Jouer en groupe devant un public est une chose mais seule, c'est tout simplement irréalisable pour la timide que je suis. Intégrer l'orchestre de l'école était justement un moyen pour moi de pouvoir faire de la musique sans qu'on ne me voie trop. Me mettre en scène seule, vraiment je ne peux pas !

— Je suis désolée, mais je n'arriverais jamais à…

— Cessez de dire n'importe quoi, me coupe-t-il. Vous êtes brillante ! Le public serait ravi de vous voir à l'œuvre, faites-moi confiance.

— Mais, je…

Mes paroles se perdent alors qu'il est déjà reparti vers un autre camarade.

Une vague de chaleur m'envahit en pensant à ce qui m'attend.

Mon prof ne semble visiblement pas décidé à changer d'avis et moi, je ne suis absolument pas capable de jouer seule en public.

Mes paumes deviennent moites et je n'arrive plus à me concentrer. Je respire plusieurs fois jusqu'à ce qu'une main vienne se poser sur mon épaule.

— Hey, ça va ma belle ? m'interroge ma meilleure amie, l'expression inquiète.

— Le prof veut que je fasse un solo au spectacle !

— Mais c'est génial ! Tu es la seule meuf que je connaisse qui joue comme une déesse, mais qui préfère le faire face à son miroir plutôt que devant un public.

— Holly, tu sais que je n'aime pas ça ! Je n'y arriverai pas.

— Oui, ben moi j'aime pas les brocolis, mais si je devais en manger pour devenir une star je le ferais.

Je la fixe sans rien dire, incrédule. *Qu'est-ce que ses goûts alimentaires ont à voir là ?*

— Oui, l'exemple est bidon, ajoute-t-elle en fronçant le nez. Mais ce que je veux te faire comprendre, c'est que c'est un honneur d'avoir cette place. Profites-en ! En plus tu joues tellement bien ! Et puis tu fermes les yeux quand tu frottes tes cordes donc tu ne verras personne, continue-t-elle en pouffant.

Malgré mes muscles crispés, je ris à sa moquerie.

— De toute façon tu as plusieurs mois pour te préparer, donc ça va le faire ! Tu es la meilleure, Angel, n'en doute pas, termine-t-elle en rejoignant son instrument alors que le prof la regarde de travers.

Malgré les encouragements de mon enseignant et de mon amie, je ne suis absolument pas convaincue d'y arriver.

Je me reprends et secoue la tête. Pour l'instant, je me concentre sur le morceau distribué qui semble beaucoup plus rythmé que les précédents.

Chaque chose en son temps.

5

Kenan

J'arrive légèrement à la bourre au gymnase, la faute au prof de sciences qui voulait absolument qu'on termine notre expérience. En tout cas, une chose est sûre, je ne serai jamais biologiste !

Je balance mon sac de sport par terre et m'empresse de quitter mon jean pour me changer.

— Je suis le dernier ? demandé-je à Jake, debout aux côtés de Ryan, Casey et deux autres potes, tous déjà prêts à quitter le vestiaire.

— Non, détends-toi, mec, il n'y a que Cooper et Liam.

— Leur chef n'est pas encore là ? ironisé-je en faisant référence à celui qui me fait rager dès que je l'aperçois.

C'est de plus en plus compliqué pour moi de m'entraîner car, en plus de croiser Mason dans les couloirs, je le vois quatre heures supplémentaires par semaine. Et quand il s'amuse à pavaner sur le terrain alors qu'il n'a clairement pas le niveau, je n'ai qu'une seule envie : lui faire bouffer le ballon ! Il m'arrive parfois de lui lancer un peu fort d'ailleurs, mais il ne s'en est jamais plaint.

— Alors, Ken, tu as commencé à approcher ta proie ? m'interroge Ryan en se marrant.

Je secoue la tête négativement, tout en lui faisant les gros yeux pour son manque de discrétion. Il attend que nous nous retrouvions tous les quatre pour revenir à la charge :

— Et qu'est-ce que tu attends au juste ?

Je soupire en m'asseyant sur le banc pour lacer mes baskets.

— Ne me dis pas que tu as la trouille ?

Piqué par sa remarque, je relève la tête dans sa direction. Trois paires d'yeux me fixent en attendant une réponse.

— Je laisse tomber ! déclaré-je simplement.

— Quoi ? s'exclame Casey en s'approchant, les bras croisés. Tu disais pourtant que c'était le plan parfait pour te venger !

Je jette un œil à Jake qui paraît surpris, lui aussi. J'étais tellement énervé contre Mason que j'étais prêt à tout pour l'atteindre. Seulement, en observant sa petite sœur ces derniers jours, je me suis rendu compte que je ne pouvais pas faire ça.

— Il s'agit d'une pauvre fille ! Je suis peut-être un salaud, mais pas au point de m'en prendre à une gamine.

— T'es sérieux là ? demande Ryan. Kenan Adams qui nous la joue sentimental maintenant ?

En voyant mes trois potes exploser de rire, je suis bien obligé de les imiter. Quelle bande de couillons !

— Où est passé le tombeur qui se fout de ses conquêtes ? renchérit Casey.

Je secoue une nouvelle fois la tête en souriant. Je sais qu'il s'agit de ma réputation, mais je ne la mérite pas. Je ne suis pas un don Juan qui court après les filles pour les jeter ensuite. Il m'arrive de m'amuser, ouais, mais je suis loin d'être un dragueur qui enchaîne les nanas. Visiblement, certaines n'ont pas aimé ma vision des choses et cette étiquette me colle à la peau depuis ma première année ici.

— Contrairement à son frère, elle n'a pas l'air très portée sexe, si vous voyez ce que je veux dire…, expliqué-je. À part son instrument qu'elle emporte partout avec elle, je ne pense pas que les mecs l'intéressent !

J'ai essayé de capter son regard dans la cour mais, à l'opposé de la majorité des filles de ce bahut, je crois qu'elle ne sait même pas que j'existe !

— Ça, c'est parce qu'elle n'est jamais tombée sur le Ken du lycée ! intervient Jake.

Je lui souris, étonné qu'il prenne part à cette conversation. Je sais qu'il n'est pas d'accord avec ce genre de plan foireux, mais il aime trop me charrier pour se taire. Et louper une occasion de m'appeler par ce surnom de merde qui me poursuit depuis l'école primaire n'est pas envisageable.

— T'as plus qu'à t'inscrire aux cours de musique pour l'approcher, se moque Ryan.

C'est ça, ouais !

— En plus, rajoute Casey. Tu vas lui rendre service à sa sœur, finalement.

Je me tourne vers lui en fronçant les sourcils. *Qu'est-ce qu'il raconte ?*

— Bah ouais ! Une fois qu'elle aura attiré l'attention du plus populaire et inaccessible joueur de basket du lycée, elle ne sera plus cette pauvre fille invisible qui joue de la flûte en cachette. Tu la rends populaire et tu fous la rage à son frère. C'est tout bénef !

Je lève la main pour le faire taire, non sans rire à ses conneries.

— Ça suffit, les mecs ! Je n'ai pas l'intention de draguer qui que ce soit, OK ?

Je me lève pour mettre fin au débat et, sous l'expression déçue de mes potes, je sors des vestiaires. J'adresse un léger signe de la tête à ceux de l'équipe que j'apprécie et les rejoins, suivi de mes trois potes.

Étant donné qu'il est en retard, le coach nous salue très brièvement avant de nous demander de trottiner autour du terrain pour s'échauffer. Après plusieurs tours, on se met en ligne et chacun part en pas chassés pour finir en talons fesses.

Une fois l'échauffement terminé, nous rejoignons le banc pour boire un coup avant de commencer les exercices.

— Bon, les gars, aujourd'hui on va faire du fractionné et on terminera par du *un contre un*.

Mike siffle, et nous partons en sprint jusqu'à la ligne de milieu de terrain. À son autre top, on revient en arrière et ainsi de suite. Nos cuisses chauffent à mort, et le premier qui cède se fait huer par le reste des joueurs. C'est pourquoi, même si j'en chie à mort, je serre les dents pour ne pas lâcher. Plusieurs coéquipiers s'arrêtent et nous terminons Jake et moi en nous défiant du regard, mais un grand sourire aux lèvres. Je lâche prise avant mon meilleur pote, qui vient me taper dans le dos.

— Bien joué, mec ! lui dis-je avec un clin d'œil.

À bout de souffle, on retourne boire et s'étirer avant de reprendre l'exercice suivant.

— On passe maintenant au *un contre un*, crie le coach tandis que nous rejoignons un côté du terrain. Vous vous mettez deux par deux et on tourne !

Évidemment, on se place entre potes et, à chaque coup de sifflet, le gagnant prend le joueur suivant. Au bout du troisième tour, Mason rentre sur le demi-terrain, divisé en deux pour l'occasion, tandis que de l'autre côté Ryan affronte Jake.

Un sourire narquois aux lèvres et le ballon sous le bras, je l'attends de pied ferme. Sans se démonter, il se positionne face à moi, les jambes pliées, prêt à défendre.

Tu ne sais pas ce qui t'attend, mec !

Au fond de moi, je jubile d'avoir à l'affronter. Je vais le laminer !

Ce petit bouffon sait exactement quoi faire pour m'énerver

et il en joue, mais ce qu'il ignore, c'est que je vais bien lui faire comprendre qu'il n'a pas le niveau.

Je dribble face à lui et le contourne tandis qu'il s'avance pour prendre le ballon. Je marque le double pas tranquillement. En revenant vers lui, je lui adresse un sourire railleur qui le fait enrager. Ses maxillaires sont serrés et sa bouche se tord, mais il ne dit rien.

Et ce n'est que le début…

C'est à son tour de prendre la main. Dès qu'il s'élance en direction du panier, je défends sur lui et il est obligé de reculer. Alors que nous sommes face à face, je ne le lâche pas du regard et tente de le déstabiliser en avançant mes mains pour récupérer le ballon. Il ne cède pas et me contourne, mais je suis plus rapide et saute pour le contrer, ce qui fait que le ballon va dans le décor. Pas peu fier de l'avoir déstabilisé, je repars me positionner en milieu de terrain.

Ça fait 2-0 !

Je sais que c'est le dernier échange que nous allons avoir et j'aimerais terminer en beauté pour qu'enfin il voie que sa place n'est pas méritée.

Au coup de sifflet, je m'élance et pars sur la gauche du terrain. Il me suit, et cette fois je dois dire que sa défense est plutôt bien maîtrisée. Alors qu'il me donne un peu plus de difficultés à le contourner, j'arrive tout de même à me faufiler, mais à l'instant où je monte au panier pour shooter, il saute et contre le ballon en posant sa main directement dessus, m'empêchant de marquer.

Ses deux connards de potes se mettent à siffler pour bien montrer que leur copain vient largement de s'imposer. Et même si je ne lui avouerais jamais que c'était bien joué, pour le coup, il m'a bien contré. S'il pouvait être aussi doué lors des matchs ! C'est certainement la colère qui lui a permis de s'affirmer et je ne peux que le comprendre. La rage nous pousse à dépasser nos limites.

Énervé à mon tour, je rejoins le banc et tape dans la main de Jake.

— Tu l'as quand même mis à l'amende, mec !

Je souffle et secoue la tête. Même si je l'ai battu, je ne suis pas content de cette dernière manche. Quand il passe devant moi avec un sourire narquois aux lèvres, j'ai encore plus envie de défoncer sa petite gueule de con !

Tous les joueurs regagnent les vestiaires pour prendre une douche et se changer, mais je les laisse partir devant. Jake reste avec moi et commence à me parler d'une soirée qui aura lieu ce week-end chez je ne sais qui. Je n'écoute même plus ce qu'il me raconte tant je suis absorbé dans mes pensées.

C'est fou comme la colère peut me faire vriller ! J'en ai déjà fait l'expérience par le passé et j'ai toujours autant de mal à me maîtriser. Mon cerveau tourne à plein régime et je n'ai absolument aucune idée de ce dont je suis capable, mais tout ce que je sais, c'est que je dois faire quelque chose.

Alors que Jake est toujours en train de m'expliquer des choses, je le fixe sans sourciller. Il comprend tout de suite ce qui se passe dans mon crâne et s'arrête de parler en secouant la tête, dépité.

— Merde, Kenan… Pourquoi j'ai cette horrible impression que tu t'apprêtes à faire une grosse connerie ?

6

Kenan

Après m'être douché et rhabillé de mes fringues habituelles, je rejoins le bâtiment principal au pas de course. Je profite que mes potes soient à la traîne pour aller zieuter discrètement la fameuse salle de musique, bien déterminé à mettre mon plan à exécution.

Après avoir eu cette idée absurde, je me suis finalement dégonflé par rapport au fait de me rapprocher de la petite sœur de Mason. Je ne suis pas le genre de gars à abuser des plus faibles et, pour avoir bien observé cette fameuse Angel, elle m'a l'air d'être complètement paumée ! En plus, je n'ai pas l'habitude de draguer ou d'engager la conversation. Je ne suis pas quelqu'un d'avenant et je me vois mal accoster une inconnue, comme ça, sans raison particulière. Encore moins une fille dans son genre.

Seulement, j'ai beau chercher, je ne trouve pas de meilleure idée. Ce gars semble inatteignable ! C'est la seule solution.

Et puis, comme dit Casey, je lui rendrai peut-être service, finalement, à sa sœur…

Par chance, la porte de la salle de musique est entrouverte et, comme si le destin était de mon côté, *elle* est là. Assise sur une chaise, son instrument posé sur les genoux, elle écoute attentivement le prof en hochant la tête, totalement absorbée par ses paroles. D'ailleurs en regardant les autres élèves présents, je constate qu'ils ont l'air tout aussi concentrés. Je tente à mon tour d'écouter ce que dit l'enseignant, mais pour moi c'est du charabia. Il parle de partitions, de notes et d'autres termes que je n'ai jamais entendus de ma vie.

J'arrête de les épier et m'adosse contre le mur en soupirant. Si la musique me bottait un minimum, je pourrais l'utiliser pour me rapprocher de cette fille, mais ce n'est pas mon truc. À l'inverse, c'est la seule chose qui l'intéresse, elle. En dehors de ça et de sa copine aux cheveux bizarres avec qui elle traîne, elle n'a pas l'air d'avoir d'autres centres d'intérêt.

Ça va être chaud !

Je ferme un instant les yeux en réfléchissant à comment je pourrais l'aborder, mais rien n'y fait : tout nous oppose et je ne vois pas par quel moyen on pourrait se rapprocher.

Au moment même où je m'apprête à faire demi-tour, la porte s'ouvre en grand et je me retrouve nez à nez avec le prof de musique à l'allure excentrique. Les cheveux longs, mal rasé, il porte une chemise donnant l'impression d'être tachée de différentes couleurs et des lunettes vertes très flashy.

— Puis-je vous aider, monsieur…

Il lève le menton, comme pour m'inciter à lui donner mon nom et je suis surpris qu'il ne le connaisse pas déjà. Au lycée, même quand on n'aime pas le sport, tout le monde connaît l'équipe de basket et son capitaine. *Ex-capitaine*, me rappelle subtilement ma conscience.

— Kenan Adams, annoncé-je en lui adressant un léger signe de tête. Je jetais juste un coup d'œil à votre cours.

— Oh ! vous jouez d'un instrument ?

Je me pince les lèvres pour retenir un ricanement et secoue la tête.

— Vous savez, monsieur Adams, ici tout le monde est le bienvenu, même les débutants !

Je n'ai pas le temps de répondre qu'il se tourne vers ses élèves qui se mettent à sortir un à un afin de leur dire au revoir. C'est drôle, mais il n'agit pas comme les autres enseignants. Il a l'air plutôt cool, et le pire de tout c'est que les lycéens semblent dépités que le cours soit déjà terminé. Du jamais vu !

— Bon après-midi, monsieur, à vendredi ! s'écrie un gars avec un instrument couvert d'une housse noire sur le dos, que je devine être une guitare.

Je plisse les yeux pour l'observer, car il me dit quelque chose. Lorsqu'il replace ses lunettes avec son index, j'ai un flash. Il s'agit de l'intello qui partage mon cours de maths et dont je ne me souviens absolument pas du prénom !

— Ce cours n'est pas dédié aux premières années ? demandé-je au prof qui continue d'attendre devant la porte que ses élèves aient tous quitté la classe.

— Certains sont multiniveaux, m'indique-t-il sans me regarder. À savoir que celui-ci regroupe nos meilleurs éléments ! Mais si vous souhaitez vous inscrire, je peux vous proposer un autre cours pour débutants qui…

— Au revoir, monsieur Sanders ! le coupe la fille aux cheveux rouges.

Il la salue à son tour tandis qu'elle écarquille les yeux en remarquant ma présence. Puis elle bégaye quelque chose d'incompréhensible en replaçant une mèche de ses cheveux criards derrière son oreille. La voir déstabilisée par ma faute me fait légèrement sourire, même si je ne suis pas fan de ce genre de réaction. Lorsque la sœur de Mason sort derrière elle, ses yeux bleus atterrissent directement dans les miens. Elle paraît également surprise, mais pas non plus impressionnée comme sa copine juste à côté qui papillonne des cils.

— Merci, monsieur Sanders, à vendredi ! finit-elle par dire en levant une main en l'air.

Elle attrape le bras de sa copine qui ne me lâche pas des yeux, pour la forcer à déguerpir.

Je les observe attentivement longer le couloir. L'une chuchote plutôt fort tandis que l'autre lui fait signe de se taire. Si Angel ne connaissait pas encore mon existence, voilà chose faite. Nul doute que son amie sait qui je suis et qu'elle vient de lui en faire part de manière absolument pas discrète.

— Alors, monsieur Adams ?

Je cligne des yeux avant de me concentrer sur le prof et l'interroge du regard.

— Souhaitez-vous participer à mon cours pour débutant, demain après-midi ?

— Je… c'est que, je… je n'y connais rien !

Il sourit.

— C'est justement le but d'un cours : apprendre !

Je prends une légère inspiration en tentant de réfléchir rapidement.

— Le truc, commencé-je. C'est que je ne sais absolument pas vers quel instrument me tourner et… j'ai un emploi du temps bien chargé.

— Oh ! je vois.

Ses yeux s'attardent alors sur mon sac de sport et, même s'il semble enfin comprendre que la musique ne fait pas partie de mes passions, il ne dit rien.

— Pour avoir un aperçu de ce qui se fait, vous pouvez venir observer les musiciens de ce créneau, mais malheureusement vous ne pourrez pas participer au concert de fin d'année.

Je fronce les sourcils.

— Comme je vous l'expliquais, les élèves de ce cours travaillent vraiment très dur et sont les plus compétents pour accompagner la chorale du lycée. Beaucoup souhaitent l'intégrer pour ces raisons, mais sachez que les places sont limitées et…

— Monsieur, le coupé-je en grimaçant presque. Je n'ai pas l'intention d'intégrer ce groupe. Venir en observation me convient parfaitement.

Son air désolé quant à ce qu'il était en train de m'expliquer laisse place à un large sourire. À croire qu'il tient souvent ce discours et je me demande sérieusement qui voudrait faire partie de la chorale du lycée ?!

En même temps, je n'y ai jamais assisté, mais rien que ce mot me donne envie de fuir.

— On fait donc comme ça ! s'exclame-t-il joyeusement. À la semaine prochaine, Kenan.

Il m'adresse un clin d'œil avant de retourner dans sa classe, et c'est le sourire aux lèvres que je retrouve mes potes pour leur indiquer que la phase numéro un est enclenchée.

7

Angel

Mon amie est impossible. Elle est incapable de cacher ses émotions et dans bien des situations cela peut s'avérer très gênant. Si je ne l'avais pas attrapée par le bras pour la faire avancer, elle serait encore en train de baver, bouche ouverte devant ce garçon.

Et même si je ne suis pas experte en relations homme-femme, je sais pertinemment que ce genre de comportement est plus ridicule qu'attirant.

Alors que je n'avais jamais entendu parler de lui, depuis que Holly m'a expliqué qui il était, j'ai l'impression de le croiser partout. J'ai moi-même été surprise de le trouver là, et c'est vrai qu'il n'est pas désagréable à regarder. Cependant, je n'ai jamais vraiment compris qu'on puisse s'extasier devant un homme. Si beau et séduisant soit-il.

— Non mais tu l'as bien regardé ?

Je soupire de lassitude.

— Ce mec est vraiment trop…

— Canon ? la coupé-je.

Elle me l'a tellement répété que je connais bien ma leçon. Depuis le début de l'année, dès qu'elle l'aperçoit, elle se met dans tous ses états. Il n'est d'ailleurs pas le seul à lui faire tourner la tête.

Mon amie se met à glousser et presque à rougir en repensant

à lui puis, de nouveau, son regard se fixe au loin alors que nous sommes au fond du couloir désert. Je passe ma main devant ses yeux pour la faire revenir avec moi.

— Holly ? Tu redescends ?

Elle secoue la tête avant de froncer les sourcils.

— Tu imagines s'il participe à notre cours de musique ? lance-t-elle en souriant aux anges et en joignant les mains sous son menton.

— Je ne vois pas ce qu'il viendrait faire ici.

— Il parlait avec notre prof, Angel ! Ce n'est pas pour rien.

— Tu m'as dit toi-même que son truc c'était le sport. Ça n'a rien à voir avec la musique…

— Il a peut-être plusieurs talents ! scande-t-elle en jouant des sourcils.

J'éclate de rire en la voyant se déformer le visage. Nous sommes vraiment différentes l'une de l'autre, mais ses grimaces me font toujours rire.

— Il lui demandait peut-être juste un renseignement, insisté-je pour calmer ses délires.

Elle lève les yeux au ciel tout en récupérant ses livres dans son casier pour nos révisions de demain.

— Tu es désespérante, souffle-t-elle.

— Et toi bien trop rêveuse !

Quand nous sortons du bâtiment, la nuit est tombée et le froid me saisit. Je ferme mon manteau alors qu'un frisson me traverse. Sur le parking du lycée, plusieurs voitures sont encore présentes et des groupes de jeunes discutent çà et là. Je me demande bien ce qu'ils font à traîner ici alors que je rêve de rentrer chez moi au chaud.

Nous rejoignons l'arrêt de bus toutes les deux, tout en discutant de notre cours de musique.

— J'aime beaucoup le dernier morceau qu'il nous a distribué.

— Oui, c'est sympa, mais j'aimerais bien que ça bouge un peu plus ! maugrée Holly alors que des phares l'aveuglent dans la nuit.

Une voiture s'arrête à notre hauteur et la fenêtre passager se baisse.

— Je vous ramène ?

Je reconnais immédiatement la voix de mon frère. Je me demande ce qu'il fait là à cette heure-ci, mais nous ne refusons pas sa proposition.

Évidemment, Holly sautille sur place et monte rapidement dans la voiture, côté passager. Je me retrouve à l'arrière, ravie de ne pas avoir à attendre une minute de plus dans ce froid.

— Qu'est-ce que tu fais là ? interrogé-je mon aîné.

— Après l'entraînement, je suis allé chez Cooper pour un devoir et je savais que tu avais ton cours, donc je suis passé par le lycée.

— Oh ! c'est adorable, Mason ! s'exclame Holly avec ses yeux de merlan frit.

Elle est incorrigible !

La musique résonne dans l'habitacle tandis que Mason tapote sur le volant. Holly tout émoustillée lui lance des œillades par moments pendant que je me repose au fond du siège.

Nous la déposons chez elle, et elle ne manque pas de remercier chaleureusement mon frère avant de me donner rendez-vous devant la cafet' demain matin.

— Alors, bonne journée ? reprend-il alors que nous roulons tranquillement pour arriver dans notre quartier.

— Je suis crevée et toi ?

— J'ai pas eu beaucoup de cours, donc ça va. Tu n'as qu'à te reposer ce soir.

— Impossible, j'ai pas mal de révisions.

— Je ne me fais pas de soucis pour toi ! déclare-t-il en me faisant un clin d'œil.

Nous nous sourions sans rien dire de plus. Contrairement à lui, j'ai toujours été sérieuse et très studieuse.

Quand nous arrivons à la maison, une bonne odeur de chili con carne me met l'eau à la bouche. Mon père lit un journal dans son fauteuil tandis que ma mère, vêtue de son éternel tablier, met le couvert. Mason fonce aux côtés de mon père pour lui expliquer son entraînement, et ce dernier semble très intéressé par son récit.

— Tout va bien, ma chérie ? m'interroge maman.

— On apprend un nouveau morceau et…

— Quelque chose te tracasse ?

— Le prof veut que je fasse un solo.

— C'est super ! Je sais que tu vas y arriver.

— Ouais, facile à dire…

En effet, M. Sanders m'a reparlé de son idée en début de cours et m'a distribué une autre partition que je dois travailler seule et qui sera ensuite intégrée au groupe. J'en ai parlé rapidement à Holly, mais je ne me sens toujours pas à l'aise.

— Je vais prendre une douche, j'ai des révisions qui m'attendent.

— Fais vite, nous allons bientôt passer à table.

Je hoche la tête et monte l'escalier deux à deux pour rejoindre ma chambre. Je pose mon violon et file dans la salle de bains.

Je lance ma playlist sur l'enceinte portable et au bout de deux minutes j'entends mon frère taper à la porte.

— Change de disque !

Je ris toute seule parce que je sais qu'il n'est pas fan de classique, mais personnellement c'est le seul son qui me détend.

Sous l'eau chaude, tous mes muscles se délassent tandis que je me laisse porter par la mélodie. Je tente tout de même de faire vite pour ne pas faire attendre mes parents.

Quand nous passons à table, les discussions vont bon train sur le déroulement de la journée de chacun. J'aime tellement partager ces moments avec ma famille !

C'est donc sereine et repue que je remonte dans ma chambre. Allongée dans mon lit, j'ouvre mon livre de maths pour potasser mes cours, mais au bout de quelques minutes je sombre dans un profond sommeil.

8

Kenan

Après les cours, je rejoins directement Jake au terrain de basket. Même si nous ne sommes que tous les deux, ça ne nous empêche pas de nous entraîner à fond. On perfectionne nos shoots durant plus d'une heure avant de nous forcer à arrêter, essoufflés et transpirants. La nuit commence à tomber et le temps se rafraîchit. Tout comme moi, mon meilleur pote n'est pas pressé de rentrer. Mais, tout comme moi, il n'a pas le choix.

Quand j'ouvre la porte de la maison, voir le foutoir qui règne dans le salon me fait soupirer. Les deux cartons de pizzas que j'ai ramenés la veille sont encore sur la table basse, aux côtés de quelques canettes de soda vides et d'autres déchets.

Je balance mes affaires dans un coin et fonce dans ma chambre. Sans surprise, mon frère est allongé dans mon lit, déjà en train de ronfler. J'attrape une de ses baskets qui jonchent le sol avec d'autres vêtements à lui avant de lui jeter au niveau des jambes.

Adrian est tellement K-O qu'il ne se réveille même pas. Il se contente de grogner avant de changer de position. J'écarte les doubles-rideaux, laissant entrer le peu de luminosité de cette fin de journée et ouvre la fenêtre en grand pour aérer. Ça pue la mort ici !

— Putain tu fais quoi ?! râle mon frère en se frottant les yeux avec ses poings, tel un enfant.

— C'est pas une heure pour dormir. Lève-toi et range cette chambre !

Il n'a pas le temps de se remettre à roupiller que je ramasse quelques-unes de ses affaires pour les lui envoyer dessus.

— Argh, tu fais chier !

Adrian se redresse enfin, mais reste assis sur le bord du matelas en se frottant le visage. Ça ne m'étonne pas qu'il soit aussi fatigué ! Hier soir quand je suis rentré du boulot alors qu'il était minuit passé, il n'était pas là. Je l'ai appelé une dizaine de fois sur son portable, mais ce petit con a fait exprès de ne pas me répondre. Connaissant chacun des endroits où il traîne, j'aurais pu aller le chercher dehors, comme il m'est souvent arrivé de le faire, mais j'étais trop vaseux. Enchaîner les cours, le sport et le taf fait que, passé une certaine heure, je ne réponds plus de rien. J'ai donc avalé la moitié d'une pizza en laissant l'autre dans la cuisine et me suis endormi en à peine cinq secondes.

— Après avoir rangé la chambre, tu iras t'occuper du bordel que tu as laissé dans le salon. Sérieux, tu ne pouvais pas jeter les cartons après avoir mangé ? Et je t'ai déjà dit un million de fois d'arrêter de squatter mon lit !

Il soupire violemment comme l'ado mal luné qu'il est.

J'ai conscience d'être barbant comme grand frère. Je passe mon temps à le reprendre ou à le bassiner pour qu'il se bouge. Seulement, je n'ai pas le choix. Faute d'avoir des parents présents dans nos vies, je me dois de prendre la place du méchant si je ne veux pas qu'il parte complètement en vrille. Mon père n'est plus là pour assumer ce rôle. Quant à ma mère, elle fait son max pour nous sortir de la galère dans laquelle nous sommes depuis quelques années maintenant. Son métier d'infirmière lui prend énormément de temps, surtout depuis qu'elle fait des heures supplémentaires et qu'elle travaille tard le soir, quand ce n'est pas toute la nuit, pour gagner plus d'argent.

— Tu te souviens que tu reprends les cours demain, hein ?

Mon frère hoche brièvement la tête, agacé, et se met enfin debout. On est encore au tout début de l'année, mais cet imbécile s'est débrouillé pour se faire exclure du collège durant deux jours. Je ne sais pas quelle connerie il a encore faite et honnêtement je n'ai même pas envie de le savoir. Je lui ai juste passé un savon et menacé de lui faire passer un sale quart d'heure s'il osait recommencer.

Malgré son humeur de chien, mon frère obtempère et se met à ranger. Enfin, il se contente de tout mettre en boule pour ensuite fourrer le tas dans sa partie du placard, mais, à choisir, je préfère ça plutôt que ce soit éparpillé dans notre piaule.

Quand il a terminé, il se rassoit sur le bord de mon lit avec un léger sourire moqueur. Je le fusille du regard.

— Oh ça va ! marmonne-t-il. J'ai la flemme de grimper.

Je lâche un ricanement.

— Tu as la flemme de monter trois marches pour atteindre ton lit ?

Nos lits sont superposés et celui d'Adrian est censé être celui d'en haut. Je dis bien censé car je crois qu'il passe plus de temps dans le mien que dans le sien.

— Hum, peut-être que le tien est plus douillet aussi, lâche-t-il en haussant les épaules.

Je lève les sourcils et nous nous fixons quelques secondes avant d'exploser de rire. Qu'il est con, ce gosse !

N'empêche, même s'il m'en fait voir de toutes les couleurs avec son caractère de cochon, je ne sais pas ce que je ferais sans lui. On ne peut pas dire qu'on s'entende à merveille, je dirais même que notre relation est très compliquée. On a généralement du mal à se comprendre et on s'embrouille très souvent. Mais, en dépit de ça, on se protège l'un l'autre. Si quelqu'un venait à toucher à un de ses cheveux, je ne sais pas de quoi je serais capable.

Ce constat me fait tout de suite penser à Mason. J'imagine déjà sa colère quand il apprendra que je m'en suis pris à sa petite sœur et je m'en réjouis d'avance. Cet enfoiré n'a aucune idée d'à quel point je trime pour m'en sortir. Il n'imagine pas une seule seconde que sans bourse d'études, intégrer l'université sera beaucoup plus compliqué pour moi. En me piquant injustement ma place de capitaine, Mason a réduit mes chances et ça, il le payera de la pire des façons.

— Maman rentre à quelle heure ? m'interroge mon frère, me sortant de mes pensées.

— Pas avant le milieu de la nuit, je pense. Tu dormiras déjà.

Il se marre comme pour me faire comprendre qu'il ne compte pas se coucher tôt, mais malgré le masque de sérénité qu'il affiche, je vois bien qu'il souffre de cette situation, lui aussi. Et ça me fait mal, putain !

J'ouvre le placard et me change à la va-vite. Quand j'enfile ma casquette jaune à l'effigie de la pizzeria dans laquelle je bosse, mon frère rigole, comme à son habitude.

Malgré mon irritation, je me joins à lui avant de lui balancer un oreiller à la gueule. Puis je me regarde dans le miroir. Vêtu d'un jean brut et d'un polo de la même couleur que ce foutu chapeau, j'avoue que je ne ressemble à rien.

— Je dois aller bosser, annoncé-je. Tiens-toi tranquille et ne te couche pas tard, OK ? Demain, je te déposerai au bahut.

— Pas besoin ! souffle-t-il d'exaspération.

Je ne riposte rien mais, quoi qu'il dise, je l'obligerai à se lever et l'accompagnerai désormais chaque matin pour être sûr qu'il soit bien à l'heure en cours. Encore une fois, ça ne m'amuse pas d'agir de manière aussi directive, mais il ne me laisse pas le choix. Adrian est un adolescent difficile qui, d'après moi, traîne avec de mauvaises personnes qui ne l'aident pas dans ses choix. J'aimerais qu'il ait un vrai ami. Quelqu'un sur qui il puisse compter et qui soit capable de lui dire quand il ne prend pas la bonne direction, exactement comme on peut le faire l'un pour l'autre avec Jake. Les difficultés de la vie sont plus simples à vivre quand on est bien entouré.

— Tu ramènes le dîner ? me demande-t-il.

Je hoche la tête, peu fier. Maman fait tout ce qu'elle peut pour remplir le frigo, mais dernièrement c'est compliqué. Et, avec deux gros mangeurs comme nous, il faut double ration. À part quelques boîtes de conserve et des vieux fruits à moitié périmés, il ne reste pas grand-chose. Du coup, ça arrange tout le monde que je récupère des pizzas quand il en reste en fin de service. Ce n'est pas très équilibré, j'en conviens, mais c'est mieux que rien.

— Évite de sortir, OK ?

Mon frère acquiesce même si je sais très bien qu'il n'en fera qu'à sa tête. En même temps, je le comprends. Il préfère passer la soirée dehors avec ses potes plutôt que de rester seul à la maison. Ça me tue de le laisser, mais encore une fois je n'ai pas le choix. Je ne gagne pas des masses avec ce petit boulot, mais ça permet d'aider maman à payer les factures. Et aussi de mettre un peu d'argent de côté pour plus tard.

Sans un mot de plus, je quitte la maison en songeant à mon petit frère. Comme un père le ferait avec son fils, je m'inquiète pour lui durant tout le trajet.

En arrivant à la pizzeria, j'ai à peine le temps de saluer mes collègues qu'on me dépose quatre boîtes sur le comptoir avec un post-it indiquant l'adresse à laquelle je dois me rendre. Je les place dans la grande caisse à l'arrière de ma mobylette et pars pour ma première livraison.

Je passe les trois heures suivantes à faire des allers-retours, jusqu'à ce que je rentre chez moi, complètement épuisé. Et surtout dépité de constater que mon lit est vide.

9

Angel

Je ris aux blagues de ma meilleure amie tout en déposant mon sac à dos dans mon casier. Étant donné que nous avons cours de musique, je me débarrasse de tous mes livres et cahiers en conservant uniquement mon violon. Il rentrerait largement dans cette armoire en métal, mais je préfère le garder toujours avec moi. Ce n'est pas uniquement dû au fait qu'il soit d'une grande valeur, mais c'est surtout que j'ai du mal à m'en séparer. Comme s'il avait la capacité de me protéger du monde extérieur… Je suis consciente que cette idée est absurde, mais c'est ce que je ressens.

— Et donc, devine qui va passer le week-end entier dans le Michigan ?

Je souris à Holly en lui faisant signe de continuer, même si j'ai déjà ma petite idée sur la réponse.

— C'est bibi ! s'exclame-t-elle. Tu te rends compte ? Tina m'a demandé à moi de l'accompagner alors qu'il y aura plein de mecs beaucoup plus vieux. J'ai trop hâte !

— Je suis contente pour toi, Holly.

Elle m'adresse un clin d'œil, et nous longeons le couloir pendant qu'elle me liste tout ce qu'elle a prévu de faire le week-end prochain, avec sa cousine. Cette dernière a deux ans de plus que nous, donc déjà étudiante à la fac et surtout c'est une vraie fêtarde !

Je suis contente que Holly l'ait dans sa vie. Mon amie ne se plaint jamais de mon côté casanier, mais au fond je sais qu'elle aimerait que je sorte plus et l'accompagne dans ses délires. Du coup, ça m'arrange qu'elle partage ça avec sa cousine. Ça m'évite de culpabiliser sur le fait d'être une copine en carton.

— Évidemment, si le cœur t'en dit, tu sais que tu es la bienvenue, hein ?

— Je sais, Holly.

Elle me rend mon sourire juste avant que nous arrivions dans la salle de classe. Nous saluons rapidement M. Sanders avant de prendre nos places habituelles, face à un pupitre sur lequel sont déjà posées nos feuilles de partitions. Je les feuillette avec attention pendant que le reste des élèves s'installe.

Alors que j'ai le nez dans les notes de *La lettre à Élise* de Beethoven, j'entends la porte se fermer et des murmures interrogateurs s'élever dans la pièce. Holly, qui n'a pas encore rejoint son instrument, pose sa main sur ma cuisse pour la presser avec force afin que je relève la tête.

Mes yeux atterrissent directement dans ceux du type de la dernière fois. « Le canon du lycée », selon ma voisine qui est actuellement tendue comme un arc, se tient debout à côté du prof.

Je n'avais pas pu bien l'observer la dernière fois et je réalise seulement maintenant qu'il est vraiment très grand, très musclé et surtout très beau, je dois l'admettre. Le T-shirt blanc qu'il porte fait ressortir ses épaules larges. Sa mâchoire est carrée et ses yeux sont aussi sombres que la mèche de cheveux qui lui retombe sur le front. Mais ce qui attire davantage l'attention, ce sont ses lèvres. Surtout l'inférieure qui porte un anneau noir en plein milieu.

Je ne suis pas du style à être impressionnée par un physique avantageux, mais à cet instant, si je le suis, c'est avant tout parce que ses prunelles sont braquées sur moi !

— Bien, lance M. Sanders en joignant ses paumes face à lui. Je vous présente Kenan Adams, élève de dernière année, qui sera seulement en observation afin de voir un peu ce qu'on fait ici.

Le nouveau balaye rapidement mes camarades du regard avant de revenir à moi. Holly se penche à mon oreille et je devine déjà ce qu'elle va me dire :

— Oh mon Dieu, il n'arrête pas de te mater ! chuchote-t-elle.

Je me racle la gorge et baisse la tête en gigotant nerveusement sur ma chaise.

— Donc on ne change rien et on fait comme d'habitude, continue le prof. Kenan, si ça te va, enchaîne-t-il en se tournant vers lui, je te propose de t'asseoir ici dans un premier temps, puis de partager un petit moment en solo avec chacun des musiciens.

Quoi ?!

Je relève immédiatement la tête, et cette fois un léger sourire se dessine sous ce regard enjôleur. Est-ce que ça l'amuse de nous voir aussi déstabilisés ? Je dis « nous », car visiblement il n'y a pas que moi que ce mec impressionne. Alan observe Lenny à son tour, et tous deux haussent les épaules sans vraiment comprendre l'attitude de celui qui nous toise. En revanche, les deux nouvelles rougissent tout en papillonnant des cils dans l'attente d'enfin le rencontrer. Bien que nous soyons tous habitués à jouer devant un public, il semblerait que la seule présence de ce garçon nous déboussole complètement.

M. Sanders démarre le cours en répartissant les sons qu'il a sélectionnés et je retiens déjà mon souffle en appréhendant ce qui va se passer.

— Angel, m'interpelle-t-il en se postant devant moi. Tu commences avec la numéro trois.

J'ai l'habitude qu'il me demande de démarrer et généralement ça ne me pose pas de problème. Sauf que là, c'est différent. Je n'ai pas regardé en direction du nouveau depuis tout à l'heure, mais je suis sûre que ses yeux perçants sont sur moi. Je le sens, c'est tout. Mes joues enflammées et mes mouvements maladroits m'empêchent de cacher mon trouble et ça m'agace !

Pourquoi est-ce qu'il m'affecte autant, bon sang ?

— Je… Je suis un peu surprise de devoir travailler sur cette musique, monsieur.

J'ai parlé à voix basse en espérant que personne ne puisse m'entendre. Enfin, en espérant que LUI ne puisse pas m'entendre. Mais, vu le silence complet qu'il y a dans la classe, je passe surtout pour une godiche pas sûre d'elle.

Pour ma défense, les symphonies de Beethoven se jouent généralement au piano et mon prof est bien placé pour le savoir.

— Oh ? lâche-t-il, railleur. Il me semblait qu'un jour une élève m'a dit qu'avec un violon on pouvait jouer n'importe quoi !

Zut !

Je me mords la lèvre et baisse les yeux, morte de honte. Cette élève, c'était moi.

— Très bien.

J'inspire profondément avant de positionner mon instrument sous le menton et alors que j'attrape mon archet, prête à y frotter les premières cordes, je jette un rapide coup d'œil à Kenan malgré moi. Même si c'est bref, j'ai le temps de le voir, bras croisés et à moitié adossé sur le bureau du prof, me fixant avec attention.

Je sais que tous les regards sont actuellement braqués sur moi dans l'attente que je démarre mais, sans savoir pourquoi, le sien me perturbe outre mesure.

Bon sang, reprends-toi !

Dans un geste faussement désinvolte, je me remets en position et ferme les yeux pour tenter de me concentrer au maximum. Jusqu'à ce que je me souvienne que je ne connais pas les notes par cœur. Je débute donc par un crissement terrible qui me fait serrer les dents – ainsi que toutes les personnes ici présentes, sans aucun doute – avant de rouvrir brusquement les paupières.

M. Sanders fronce les sourcils, surpris, avant de faire un pas vers moi.

— Tout va bien, mademoiselle Davis ?

Pourquoi est-ce qu'il se met soudainement à m'appeler par mon nom de famille ? Ce détachement me stresse davantage, et j'ai à peine le temps d'ouvrir la bouche pour le rassurer qu'il se tourne vers mon amie.

— Holly, pouvez-vous prendre la main ?

Ma meilleure amie hésite, mais je lui fais signe d'y aller en lui adressant un sourire rassurant. Elle positionne alors ses doigts sur les touches et démarre jovialement.

De mon côté, je me sens tellement ridicule que je baisse les yeux sur mes doigts entremêlés. J'ai tellement chaud tout à coup.

La première demi-heure passe dans une lenteur absolue. Chacun joue à son tour et, même si je tente de me concentrer sur les interprétations des morceaux suivies des conseils du prof, je me sens mal à l'aise.

— Bien, merci à tous ! s'exclame l'enseignant en retournant à son bureau pour récupérer un petit paquet de feuilles. Je vais vous distribuer quelques exercices pratiques, vous avez jusqu'à la fin du cours pour les terminer. Pendant ce temps, Kenan viendra vous voir à tour de rôle afin que chacun d'entre vous lui parle de son instrument.

Il nous distribue les devoirs, et je me rue dessus sans oser une seule fois relever la tête. Je sens le regard insistant de Holly qui cherche à me parler, mais je l'ignore, au risque de croiser encore une fois ces yeux noirs qui me perturbent.

Bien que concentrée sur mes notes, j'entends Kenan échanger avec mes camarades. Je ne saisis pas clairement ce qu'ils se disent, ce qui m'angoisse d'autant plus. J'appréhende mon face-à-face avec lui : qu'est-ce que je vais bien pouvoir lui raconter ?

Au fond, j'espère surtout qu'il n'aura pas le temps de venir jusqu'à moi. Avec un peu de chance et étant donné que je suis la dernière, peut-être que la sonnerie retentira avant que ce soit mon tour.

J'arrive au dernier exercice lorsque je jette un œil à ma montre. Plus que dix minutes et ce foutu cours sera terminé. J'ai tellement hâte de me lever de cette chaise et de quitter cette salle !

Seulement, j'ai à peine le temps de poser mon stylo qu'une ombre s'étend sur ma feuille.

10

Kenan

Je me poste devant elle en attendant qu'elle daigne enfin me regarder, mais elle garde la tête baissée. Ses mains tremblent et elle semble plus que gênée. Je suis plutôt satisfait de la voir déstabilisée par ma présence, mais je tente tout de même de la mettre à l'aise :

— Angel, c'est ça ?

Elle acquiesce, mais aucun son ne sort de sa bouche. Au bout de quelques secondes, elle relève enfin la tête dans ma direction et ses yeux tombent directement dans les miens. Son visage est lisse et fin. Maintenant que je la vois de plus près, elle est plutôt mignonne en fin de compte. Sa longue tresse châtain qui tombe sur son épaule accentue son côté innocent. Cependant, je bloque carrément sur son chemisier qui doit dater des années 1980 ! D'un bleu fade, informe et dont le col est bordé d'une dentelle, on dirait les fringues de ma grand-mère.

Finalement, son look colle tout à fait avec son instrument qui est plutôt *old school*, lui aussi.

— Donc toi, tu fais du violon.

J'ai conscience du ridicule de ma question, surtout lorsque ses sourcils se haussent de stupeur. Seulement j'ai un peu de mal à faire en sorte qu'elle veuille bien échanger avec moi. Elle est fermée comme une huître !

Elle prend une grande inspiration comme pour se donner du courage et se retourne pour s'emparer de son instrument.

— Il paraît, oui, lâche-t-elle d'un ton un peu railleur.

Sauf qu'elle est tout sauf détendue et ça se voit. Son regard est figé, et elle s'agite nerveusement sur sa chaise. J'en attrape une que je fais glisser face à elle et m'assois, en positionnant les coudes sur mes genoux.

Je balaye son instrument des yeux avant de revenir à son visage. Quand je suis passé auprès des autres musiciens, tout s'est fait naturellement. Chacun était tellement fier de me montrer ses compétences que je n'ai eu qu'à écouter religieusement leurs conseils sans même avoir à poser trop de questions. Avec elle, tout semble différent. Plutôt réservée – voire carrément introvertie –, elle n'ose pas parler et je sens que je vais être obligé de me faire violence pour discuter avec elle. Chose compliquée vu que je ne suis pas de nature bavarde, moi non plus.

Pendant ces minutes qui me semblent être des heures, elle se contente de caresser doucement son violon comme pour se rassurer. *Vraiment bizarre, cette fille…*

— Et depuis quand tu en fais ?

Question plus bateau tu meurs !

— Depuis mes dix ans.

— On ne dirait pas, pourtant…, la taquiné-je pour détendre l'atmosphère.

Cela ne semble pas avoir l'effet escompté parce qu'elle se raidit instantanément et son regard se durcit. Mais, au moins, ça a le mérite de lui faire relever le nez pour enfin me considérer. Elle plisse les yeux, sans sembler savoir comment réagir. J'espère que ça ne va pas la faire fuir davantage… Quand elle secoue la tête, décontenancée, je tente de me rattraper :

— Non, mais je veux dire, tout à l'heure, tu as eu du mal à démarrer…

— Ouais, ça arrive, lâche-t-elle froidement.

OK, il va vraiment falloir que je prenne des pincettes. Je n'ai pas l'habitude de draguer des nanas alors, si en plus elle n'y met pas du sien, ça va être tendu.

— Tu as toujours joué dans un groupe ?

— Non.

— Tu es toujours aussi loquace ?

Ma dernière question est sortie sans que je puisse me retenir. Cette fois, elle rougit carrément mais, à l'inverse du début de notre conversation, ses yeux ne quittent pas les miens. À mon tour, je soutiens son regard et, tandis que sa lèvre inférieure frémit, je vois qu'elle bloque carrément sur la mienne.

J'y suis peut-être allé un peu fort sans la connaître, mais je veux qu'elle comprenne que c'est juste de l'humour et qu'on peut se parler tranquillement entre jeunes du même âge.

Décrypter le comportement d'une meuf ne fait pas partie de mes compétences, alors j'ai un peu du mal à savoir comment agir.

— Ça t'apporte quoi, concrètement, de jouer à ce truc ?

— Ce truc ? répète-t-elle en arquant un sourcil.

Merde, je m'enfonce !

Avant que je n'aie le temps de m'excuser, elle me répond :

— Ça m'apporte autant que ce que ça t'apporte de courir après une balle, j'imagine…

Passé la surprise de sa réponse, je me mets à rire ouvertement.

Elle a du répondant finalement ! Et je préfère largement ça.

— Touché !

Un sourire franc gagne ses lèvres. Est-ce que j'ai enfin réussi à la mettre à l'aise ?

Elle croise à présent les jambes en posant son instrument sur le côté avant de m'interroger à son tour :

— Et tu es là parce que tu comptes te mettre à la musique ?

Ce n'est pas la première à s'enquérir de ma motivation. Sa copine m'a d'ailleurs plus interrogé sur mes intentions quant à ce cours que parlé de son piano. Je sors donc ma phrase toute prête :

— Possible ! Je veux d'abord voir un peu tous les instruments. Et comme vous êtes l'élite du son du lycée, il n'y a pas mieux que ce cours pour apprendre.

Elle acquiesce, mais je sens qu'elle n'est qu'à moitié convaincue par mon explication.

— Autant le piano ça ne me semble pas trop compliqué, mais alors le violon… Pourquoi tu t'es tournée vers cet instrument ?

Depuis que je suis ici, c'est la première fois que je pose une question dont la réponse m'intéresse vraiment.

— Parce que j'aime le son qu'il dégage et qu'on peut l'emmener partout. Et puis, ce n'est pas si compliqué que ça. Il faut juste avoir de la patience, de la mémoire et beaucoup de concentration.

— Ah oui, super facile, quoi !

Heureusement, cette fois, elle comprend que je blague et ses traits s'adoucissent. À son tour, elle sourit et une petite fossette que je n'avais pas encore remarquée jusqu'ici se dessine sur sa joue.

— Après, il faut de l'entraînement. C'est comme pour tout !

Elle s'assoit au fond de sa chaise et croise les bras en me défiant du regard.

— Tu veux bien me montrer les premières notes ?

Toute l'assurance qu'elle tentait d'afficher jusqu'à maintenant s'évapore instantanément. Elle se remet à baisser les yeux vers le sol et à frotter ses mains sans me répondre tout de suite.

Quoi ? Qu'est-ce que j'ai encore dit ?

Elle semble tout à coup très vulnérable, et ce revirement de comportement me perturbe.

— Angel ? chuchoté-je en me penchant dans sa direction.

Elle se fige instantanément.

Ses réactions sont trop bizarres, elle passe du stress à la décontraction en deux secondes et pourtant ma question ne me semble pas complètement con. Je suis censé être là pour découvrir des instruments. Qu'elle me fasse une démo n'a rien d'extraordinaire, si ?

Pour ma part, m'intéresser à sa passion me permet de me rapprocher subtilement d'elle, sans même qu'elle s'en rende compte…

Elle finit par récupérer son violon tout en lorgnant discrètement sur sa montre. Je comprends alors qu'elle est pressée d'en finir, ce qui n'est pas du tout bon signe.

Angel positionne son instrument sous le menton, laissant sa natte sur son épaule opposée. Quand elle penche le visage, la couleur de ses yeux me frappe de plein fouet. Ce bleu translucide est assez déstabilisant. Sûrement, car il me rappelle quelqu'un que je déteste…

D'un coup, elle ouvre la bouche pour commencer :

— Tu vois, le violon a quatre cordes, de grosseur différente, séparées par un intervalle de quinte juste. Ça, c'est un archet. C'est ce qui sert à frotter les cordes. Quand je joue à vide, ces cordes correspondent aux notes *sol*, *ré*, *la* et *mi*. La plus grosse des cordes joue la note la plus grave : le *sol*. La plus fine, correspond au *mi*. Donc quand je pince ici et que…

Son débit de parole est saccadé et j'ai l'impression qu'elle parle vite pour éviter d'avoir à jouer réellement.

— Euh attends, la coupé-je en clignant des paupières. Tu m'as perdu, là !

Elle me fixe alors, incrédule, mais elle sait aussi bien que moi que son attitude n'avait qu'un seul but : me noyer sous un flot d'informations pour me faire taire. Même si je ne la connais pas, je suis persuadé qu'elle joue la montre pour ne pas se mettre en scène devant moi.

— Tu me parles de jouer à vide, de quinte ? C'est du charabia ! La seule quinte que je connaisse c'est la toux.

Elle glousse à ma dernière remarque et ses lèvres charnues s'étirent largement, laissant apparaître ses dents blanches. Une chose est sûre, elle a un putain de sourire communicatif !

— Désolée, me dit-elle en baissant la tête.

— Tu peux reprendre en me montrant en même temps ?

Elle lève les yeux au ciel et je comprends qu'apparemment elle n'aime pas qu'on l'observe jouer. Après avoir soufflé un bon coup, elle frotte l'archet sur la quatrième corde sans positionner ses doigts dessus.

— Jouer à vide veut dire sans appuyer sur les cordes. Et dans ce cas, ça sort un *sol*.

J'acquiesce de la tête en souriant, pour lui montrer que j'ai vaguement compris. Rassurée, elle continue son explication en frottant les cordes une à une et en me donnant la signification à chaque fois.

— C'est très technique ! ne puis-je m'empêcher de lui rétorquer.

Et surtout impossible à reproduire…

Heureusement que je ne suis pas là pour réellement apprendre à jouer, je serais incapable de coordonner mes gestes comme elle le fait.

— Il faut juste être habile de ses doigts, me lance-t-elle en les bougeant les uns après les autres devant moi.

Je recule au fond de ma chaise en positionnant ma main devant ma bouche pour éviter de rire. Et c'est là qu'elle se rend compte du double sens de ses paroles.

— Enfin… euh…, bafouille-t-elle en virant au rouge pivoine. Je voulais dire que…

Heureusement pour elle, le signal indiquant la fin du cours retentit et sans attendre elle se lève pour attraper sa sacoche afin de ranger son violon. C'est dommage, maintenant que j'avais réussi à désamorcer un peu sa timidité, j'aurais bien continué à discuter avec elle. Finalement, tout ça m'a l'air beaucoup moins barbant que ce que je pensais.

Étant donné qu'elle ne me calcule plus, ce n'est pas le moment pour lui proposer de la revoir. Chaque chose en son temps…

Alors que la sonnerie nous casse les oreilles, je me penche vers elle pour lui dire simplement :

— Merci pour l'initiation.

Quand j'arrive au niveau de la porte, je me retourne discrètement, et Angel semble encore tout ébranlée. Je ne suis pas peu fier de ce premier contact avec elle et ça me motive davantage pour la suite.

La partie est loin d'être gagnée, j'en ai conscience, mais je suis prêt à relever le défi ! Parce que le jeu en vaut la chandelle.

11

Angel

Quand j'arrive au réfectoire, je constate que mes amis ne sont pas encore arrivés. Je remplis mon plateau avant d'aller me placer à notre table habituelle.

Hier soir, nous ne sommes pas rentrées ensemble avec Holly. Il était en effet prévu qu'elle reste pour répéter avec Lenny. Je me suis donc échappée rapidement après le cours de musique, ce qui m'a évité tout un tas de questions de sa part. Je la connais par cœur et je sais qu'elle va me passer au peigne fin pour connaître le moindre détail de mon échange avec celui sur qui elle fantasme.

Cela dit, je n'ai pas ressenti non plus le besoin de lui raconter et, bien qu'elle n'ait cessé de m'envoyer des messages pour que je lui explique, je suis restée vague, prétextant que j'étais fatiguée, ce qui n'était pas complètement faux. En même temps, il n'y a pas grand-chose à ajouter…

J'y ai d'ailleurs longuement réfléchi pendant une bonne partie de ma soirée. Pour l'avoir entendu plusieurs fois, je sais que je suis quelqu'un de timide qui ne s'ouvre pas facilement aux gens, surtout lorsque je ne les connais pas.

Mais là, c'était vraiment exagéré ! J'ai eu du mal à me détendre face à ce garçon et je ne sais pas trop pourquoi.

Cependant, je n'ai pas été la seule impressionnée. Mes amis n'en menaient pas large non plus, mais ils ont tout de même réussi à faire illusion en lui faisant une démonstration. Moi, j'ai seulement été capable de sortir quelques explications inutiles. Il a vraiment dû me prendre pour une incompétente !

Je suis vite stoppée dans mes pensées par Alan, Lenny et Mary qui arrivent à la table.

— Salut, Angel ! Ça va ?

— Oui, et vous ?

— J'ai travaillé notre duo avec Holly jusqu'à la tombée de la nuit, soupire Lenny. J'étais cassé et elle complètement excitée, comme tu t'en doutes…

Nous rions tous. Tout le monde sait que ma meilleure amie est une minitornade et surtout un bourreau de travail. Elle est toujours à fond et, bien qu'elle soit capable de faire la fête jusqu'au bout de la nuit, elle reste très perfectionniste dans son art.

En parlant du loup, la voilà qui débarque et s'assoit en bousculant Mary, pour se mettre face à moi. Nous échangeons quelques banalités tout en déjeunant, jusqu'à ce que Holly nous interroge soudainement :

— Alors, prêts à accueillir un nouveau dans le groupe ?

Nous la fixons tous, interloqués.

— Ce serait tellement bien qu'il vienne avec nous ! renchérit Mary en croisant les mains sous son menton.

En voyant cette dernière papillonner des cils, je comprends enfin de qui elles parlent.

— Ça y est, un nouveau mâle et vous ne savez plus où vous êtes ! se moque Alan, mort de rire.

— Il ne pourra pas jouer avec nous, il n'y connaît rien, lancé-je en avalant un quartier d'orange.

— Enfin quelqu'un de sensé ! dit Alan. Et puis nous aussi on est là, continue-t-il en roulant des épaules, provoquant l'hilarité générale.

— Mais vous, vous êtes nos potes, reprend Holly en pinçant la joue de Lenny.

— Bon, j'ai cours d'histoire de l'art donc je dois y aller, annonce Mary en se mettant debout.

Les garçons engloutissent rapidement le reste de leur dessert afin de suivre leur camarade, nous laissant seules, Holly et moi. Ils ont à peine le temps de faire quelques pas que ma meilleure amie se penche sur moi en sautillant déjà sur sa chaise.

— Alors ? Vous avez parlé de quoi avec le beau gosse ?

— Hum…, fais-je mine de réfléchir en plaçant mes doigts sous mon menton. De musique !

— Oh ! arrête, vous avez bien dû parler d'autre chose ? Ne me dis pas que tu l'as bassiné avec ton violon ?

Je croise les bras, vexée.

— C'était un peu le principe de son immersion, non ?

Holly souffle d'exaspération.

— Est-ce qu'au moins tu as vu comme il te bouffait des yeux ?

À mon tour, je soupire.

— Tu délires complètement, là.

Elle attrape mon bras pour me forcer à lui faire face.

— Angel, tu as sérieusement besoin de lunettes ! Kenan t'a littéralement déshabillée du regard durant toute votre discussion, comment tu as pu ne pas te rendre compte de ça ?

Je rougis en baissant la tête. Est-ce que ce sont ses mots qui me gênent ou bien le fait de pouvoir envisager que je plaise à ce garçon ?

Non, cette dernière option est carrément loufoque !

— Mais enfin, c'est impossible. Je pense que toute personne

ayant une paire de seins est matée de la même façon par ce genre de gars.

— Détrompe-toi ! réplique-t-elle aussitôt. Quand il a parlé avec Mary, ses yeux n'ont pas pétillé une seule fois. Alors que face à toi, on aurait dit que tu étais la septième merveille du monde.

— Il te manque combien d'heures de sommeil pour dire autant de conneries ?

Elle croque dans sa pomme et, la bouche à moitié pleine, me répond :

— Je parie qu'il va revenir à la charge.

— N'importe quoi !

— Si tu es si sûre de toi, tu ne risques rien…, me défie-t-elle en tendant la main.

Persuadée qu'elle fait fausse route, je lui serre la main, ce qui la fait sourire largement.

— Si je gagne, tu devras m'accompagner à la prochaine fête !

J'opine sans difficulté, parce que je suis certaine de ne pas avoir à participer à ce genre de rassemblement. Mais, alors que Holly continue de dévorer son fruit, elle s'arrête de mastiquer et ouvre la bouche, figée. *Dégueu !*

Au ralenti, je pivote le visage pour voir ce qui provoque sa stupéfaction, mais j'ai à peine le temps de le constater qu'une odeur familière de savon m'envahit.

Je reste bloquée quand une large paume vient se poser sur le bord de notre table.

— Salut.

La voix rauque de Kenan me fait frissonner et encore une fois je n'ose pas relever les yeux dans sa direction. Holly me met un coup de pied sous la table et je me redresse illico en tentant de paraître naturelle.

— Euh, salut ! réponds-je en levant une main en l'air pour vite la replacer sur ma cuisse en me rendant compte que ce geste est complètement idiot.

— Est-ce que tu veux bien me donner ton numéro ? me lance-t-il, un sourire charmeur aux lèvres.

Je hausse tellement les sourcils qu'il continue :

— Au cas où j'aurais besoin de conseils en musique ! Ou alors, pour t'inviter à sortir…

Mon souffle se bloque dans ma gorge et mon regard passe de ses yeux à sa bouche lorsqu'il se met à mordre l'anneau qui lui transperce la lèvre inférieure en retenant un sourire.

Éberluée par sa requête – ainsi que par son charme fou –, je bafouille tout en cherchant mon téléphone dans ma poche, ce qui est complètement absurde étant donné que je connais mon numéro par cœur.

Son portable à la main, il attend patiemment jusqu'à ce que je lui dicte les dix chiffres un peu trop rapidement. Alors que je me demande si je ne devrais pas lui répéter plus lentement, il me fait un signe de la tête.

— À plus, Angel.

Kenan m'adresse un clin d'œil avant de repartir en sens inverse, et mes yeux restent bloqués sur son fessier, qui n'est carrément pas désagréable à regarder. Mais j'ai à peine le temps de réaliser ce qu'il vient de se passer que Holly me crie déjà dans les oreilles.

— Oh mon Dieu !

— Je ne te le fais pas dire, répliqué-je en secouant la tête. Tu crois vraiment qu'il va m'appeler ?

Holly me donne une tape sur la tête en se marrant et je comprends alors que pour elle, c'est une évidence. Seulement, j'ai vraiment du mal à croire qu'un type comme lui puisse s'intéresser à moi. En plus, ce n'est pas comme si je lui avais fait une super impression avec mon violon !

— Qui c'est qui va venir se déhancher sur le dancefloor ?

Même si je n'ai pas la moindre envie d'aller faire la fête, j'éclate de rire. Pour l'instant je suis trop obnubilée par ce qui vient de se passer.

Bon sang ! Je viens de donner mon numéro à un garçon, et pas n'importe lequel.

— Je te l'avais dit, ma poule ! Ce mec te kiffe.

Alors que Holly me traîne par bras, mille questions tourbillonnent dans ma tête sans que j'arrive à déterminer si c'est la peur ou l'excitation qui prend le dessus.

12

Kenan

Il pleut des cordes quand j'arrive chez moi. Avec les températures qui commencent à chuter en ce début d'automne et mes fringues trempées, je suis gelé jusqu'aux os !

À la hâte, je quitte ma veste et, au lieu de la déposer dans l'entrée comme je fais d'habitude, je vais l'étendre dans le cellier. J'en profite pour vider mon sac de sport et place mon maillot et mon short dans la machine à laver.

Contrairement à mes camarades, je n'ai qu'un seul équipement de basket. Et il n'y a personne pour s'occuper de la lessive tous les jours. Donc, soit je la fais moi-même, soit je pue la mort.

— Déjà rentré ?

— Putain !

Je sursaute, manquant de près de me prendre le placard de la buanderie en pleine face. Quand je me retourne et que je vois ma mère, vêtue de sa blouse blanche et bras croisés contre le montant de la porte, un sourire railleur aux lèvres, je me sens tout à coup très con. Malgré ses petits yeux noirs et son visage creusé par la fatigue, elle met son masque de bonne humeur face à moi.

— Désolé. Je ne m'attendais pas à te voir.

— Je vois ça, oui. Comment s'est passée ta journée ?

Je réponds par un haussement d'épaules avant de m'avancer vers elle pour qu'elle me laisse sortir. La pièce est tellement étriquée qu'on ne rentre pas à deux dedans.

— Tu es sûr que tout va bien ? insiste-t-elle en me bloquant le passage.

Je soupire. C'est tout elle, ça ! Ma mère n'est quasiment jamais à la maison et le peu de fois où il m'arrive de la croiser, comme maintenant, c'est comme si elle essayait de rattraper le temps perdu. Sauf que ce n'est pas possible, ça.

En plus, ma journée a été plus que pourrie ! Ce matin, à l'entraînement, un homme d'une quarantaine d'années, portant un carnet et un stylo, est venu nous observer jouer. Le coach n'a pas voulu nous dire de qui il s'agissait, certainement pour ne pas nous stresser, mais nous savons tous que le type venait faire du repérage. Que ce soit un club ou une université, il avait le style du mec qui cherche la perle rare.

Heureusement, je n'ai pas trop mal joué mais, sans aucune surprise, son attention était braquée sur notre capitaine tout du long. Et, quand notre session s'est terminée, à qui a-t-il demandé de parler en privé ? À notre cher Mason Davis !

Depuis le début de l'année, je ne m'éclate plus autant au basket. Mon poste de capitaine me manque et j'ai du mal à suivre les instructions d'un tocard qui sait à peine shooter ! Mais je tiens bon. Sauf que là, c'était le summum.

J'avais tellement la rage que j'ai quitté le gymnase comme un voleur. Même si mon estomac était noué, je suis passé par le réfectoire afin de reprendre des forces et, quand j'ai vu sa petite sœur et son regard innocent, je n'ai pas résisté… J'ai enclenché la seconde et je suis passé directement à l'action !

Au début, je comptais y aller doucement en voyant à quel point elle était timide, mais finalement hors de question que je perde mon temps. J'ai bien trop hâte de faire payer Mason pour ce qu'il me fait endurer.

— Kenan ?

La voix inquiète de ma mère me ramène à la réalité. Je la regarde enfin dans les yeux et tente une dernière fois de quitter la pièce. Sauf que son air déterminé me fait comprendre que je ne sortirai pas d'ici sans avoir répondu à sa question. Malgré mes trente centimètres de plus, c'est bien elle la plus impressionnante de nous deux.

— Comme tu vois, ça pourrait aller mieux, dis-je en écartant les bras, tout en essayant de sourire.

Les yeux plissés, elle observe mes vêtements mouillés avant de se mettre à rire.

— Moi aussi je déteste la pluie, déclare-t-elle en attrapant le pot de lessive. Laisse, je vais m'en occuper.

— Tu n'es pas de garde ce soir ? l'interrogé-je en fronçant les sourcils.

— Si, je ne vais pas tarder à partir pour l'hôpital…

J'acquiesce en faisant mine d'être indifférent, mais qu'est-ce que ça me bouffe ! OK, on ne roule pas sur l'or, mais il n'y a pas que ça. Je ne crois pas qu'elle se rende compte à quel point mon petit frère a besoin d'aide en ce moment. Hier soir, il est encore rentré en plein milieu de la nuit. Il puait tellement l'alcool et la clope que ce mélange dégueulasse m'a même réveillé. Il a à peine quinze ans et je n'arrive plus à le gérer ! Me dire qu'il va encore passer la soirée seul me rend dingue.

— Tu as vu Adrian ? ne puis-je m'empêcher de demander d'un ton sec.

Je connais la réponse, étant donné que je l'ai déposé au collège ce matin et qu'il termine dans une heure. Quand elle lève son regard fatigué vers moi et que j'aperçois sa tristesse mélangée à ses cernes, c'est comme si je me prenais une lame de poignard en pleine poitrine.

Je m'en veux tout à coup. Voilà plusieurs années que maman trime pour nous sortir de cette situation de merde, elle ne mérite pas mes réflexions. Ce n'est pas sa faute, mais j'ai parfois du mal à gérer mes émotions.

Alors que j'ouvre la bouche pour m'excuser, elle répond :

— Je travaille de nuit jusqu'à la fin de la semaine, mais je serai là samedi de la semaine prochaine ! On pourrait en profiter pour sortir tous les trois, tu en penses quoi ?

Je me contente de hocher brièvement la tête en imaginant déjà la réaction de mon frère en apprenant cette journée familiale. Si moi j'essaye de fournir des efforts vis-à-vis d'elle, lui est une vraie teigne !Je tente une autre tentative d'évasion, mais j'ai à peine le temps de faire un pas en avant que ma mère pose une main sur mon bras pour me stopper.

— Kenan, je… justement pour samedi, je… je pensais que vous pourriez m'accompagner. Tu sais, voir ton père.

Tous les muscles de mon corps se crispent dans la seconde et je ne sais pas si elle le sent, mais elle retire immédiatement sa main pour la passer dans ses cheveux dans un geste vif et non maîtrisé.

Ça fait un bail que je ne n'ai pas vu mon père, mais repenser à la dernière fois suffit à me retourner les tripes.

— Ouais, d'accord, lâché-je en tentant de dissimuler la bombe qu'elle vient de faire exploser en moi.

Je lui adresse un faux sourire et cette fois je force le passage pour sortir de la pièce au risque d'étouffer tellement je manque d'air.

Maman en fait déjà suffisamment et je m'apprêtais à insister pour qu'elle me laisse laver mon linge moi-même, mais là, j'ai le besoin viscéral d'être seul.

Je rejoins donc ma chambre et me déshabille à la hâte avant de m'allonger sur mon lit en lâchant un énorme soupir. Je récupère mon téléphone dans la poche de mon jean et tombe sur un appel en absence de Jake. En plus d'avoir capté mon état d'esprit suite à ce qu'il s'est passé au gymnase, il m'a également vu demander le numéro d'Angel. En sortant de la cafet', j'ai bien remarqué la manière dont il me regardait, mais je l'ai complètement ignoré.

Après les cours, je lui ai juste envoyé un message pour lui dire que je ne le rejoindrais pas sur le terrain, ce soir. J'ai utilisé le prétexte du temps pourri, mais mon meilleur ami d'enfance est loin d'être dupe. Ni le froid glacial, ni même la neige ne nous empêche de jouer.

Je sais qu'il m'a appelé pour s'assurer que j'allais bien, mais je n'ai pas la moindre envie de causer. En réalité, rien ni personne ne pourrait apaiser la colère que je ressens au fond de moi à cet instant.

Enfin si, il y a peut-être quelque chose qui pourrait m'aider… ma soif de vengeance !

En tapant mon texto, je me sens déjà aller mieux.

[Je dois te faire une confidence…]

Je pose mon portable sur mon torse, mais sa réponse ne se fait pas attendre :

[Laquelle ?]

Bizarrement, son message me fait sourire. Je m'attendais à ce qu'elle me demande qui je suis, mais de toute évidence cette fille n'aime pas faire semblant.

Je me marre déjà en tapant vivement sur le clavier de mon écran :

[Je déteste le violon.]

13

Angel

Le miroir de la salle de bains à moitié embué suite à ma douche chaude me renvoie l'image d'une jeune fille heureuse, voire euphorique. Mes joues n'ont jamais été si rebondies et mes yeux pétillent.

Certainement la condensation…

Depuis que j'ai reçu le premier message de Kenan, je n'arrive toujours pas à réaliser ce qu'il se passe et surtout à prendre conscience que j'échange avec lui. Certes virtuellement, mais c'est déjà énorme.

Il est vrai que je ne reçois pas beaucoup de textos en dehors de ceux de Holly, donc quand j'ai vu arriver un message d'un numéro inconnu j'ai tout de suite compris que c'était lui. Surtout à sa manière directe et spontanée de m'aborder.

D'ordinaire, je suis plutôt méfiante et je ne donne pas mon numéro facilement, mais avec Kenan je n'ai pas réfléchi. Et surtout, je ne pensais pas qu'il en ferait usage aussi rapidement.

Ce qui est drôle, c'est qu'il n'y va pas par quatre chemins. Il a été plutôt clair quant à ses intentions et je l'avais bien cerné depuis le début puisqu'il se fout royalement du violon. Plutôt que d'être vexée, ça m'a fait sourire.

[Et à part gratter les cordes, qu'est-ce que tu aimes ?]

Ses questions me font rire, même si je ne comprends toujours pas pourquoi il s'intéresse à moi. Je ne lui fais pas confiance, mais j'avoue que de discuter avec lui me procure une satisfaction inattendue.

[La lecture]

J'ai bien conscience que nous sommes complètement différents et je me demande bien ce qui peut l'attirer chez moi, mais je préfère être honnête avec lui.

[On a vraiment que des points en commun…]

À moitié nue, une serviette autour de la poitrine, je me marre toute seule en lisant son message. J'ouvre la porte pour rejoindre ma chambre, le téléphone vissé à la main, quand je croise mon frère dans le couloir. Je lève à peine les yeux et constate qu'il rejoint l'escalier.

À mon tour, j'interroge Kenan sur ses hobbys. Je comprends d'après sa réponse qu'il est vraiment passionné par le ballon en cuir rond et qu'en dehors de ça il aime aller au cinéma.

Enfin quelque chose en commun…

Je lui réponds un peu vite :

[J'adore les films historiques !]

[Hum… je suis plutôt film d'action.]

Encore raté !

Je ris toute seule de voir qu'aucun sujet ne nous rapproche, mais ce n'est pas pour autant qu'il semble prendre peur ou qu'il coupe court à nos échanges.

[Le bon côté, c'est que ça nous donne l'occasion d'aller deux fois au cinéma…]

Heureusement que je suis seule dans ma chambre, car je sens mes joues chauffer à cette éventualité. Je suis ridicule de réagir ainsi en lisant ces quelques mots. Après lui avoir renvoyé plusieurs smileys afin de lui montrer que l'idée me plaît, il embraye :

[Tu es beaucoup moins timide en virtuel, on dirait.]

Et sur ce point, je ne peux qu'être d'accord avec lui. Derrière l'écran de mon téléphone, je me sens beaucoup plus à l'aise que lorsqu'il est devant moi. Sauf qu'en réalisant ça, je me pose des questions sur la prochaine fois que nous allons nous croiser et je me sens déjà nerveuse de me trouver face à lui.

[Toi par contre, toujours aussi direct ;-)]

[Je te laisse, je dois sortir.]

En lisant ce dernier message, je me demande bien ce qu'il compte faire à cette heure, mais je me retiens de poser la question. Je dépose mon téléphone à côté de moi sans pour autant retomber de mon petit nuage. Finalement, Holly avait raison, Kenan n'a rejoint notre cours que dans le seul but de se rapprocher de moi et je trouve ça étrange. J'aimerais comprendre ce qu'il attend de moi concrètement. Et s'il voulait juste passer du bon temps ? Je ne suis pas ce genre de fille !

Je m'habille à la hâte pour rejoindre ma famille pour le dîner. Cependant, je n'arrive pas à laisser mon téléphone dans ma chambre. Comme si je voulais que Kenan m'accompagne, je le prends avec moi et le pose à côté de mon assiette.

— Aujourd'hui, j'ai rencontré le sélectionneur de notre État ! entends-je dire mon frère pendant que je m'installe à côté de lui.

— Oh ?! s'exclame mon père avec intérêt.

— Il tourne dans tous les lycées afin de repérer ceux qui sortent du lot. Il a demandé à me parler à la fin, j'imagine que c'est bon signe !

— Évidemment ! Je compte sur toi, termine-t-il avec un clin d'œil.

Mon frère affiche un grand sourire tandis que maman et papa se mettent à raconter leur journée respective. Afin d'éviter qu'il ne me parle encore une fois de son sport préféré, je lui lance :

— Tu avais raison, le prof de sciences est trop bizarre.

— Ah tu vois, je te l'avais dit. Il faut toujours écouter son grand frère.

Nous continuons de parler de cet enseignant et nous sommes d'accord que ses méthodes de travail sont douteuses. Il n'y a pas que des avantages à être dans le même établissement que son aîné, mais ce qui est bien, c'est qu'il connaît déjà certains profs. Dans le cas où j'ai les mêmes, il m'explique leur manière de fonctionner. Du coup, étant une grande stressée, ça me tranquillise.

Une fois le couvert débarrassé, je remonte dans ma chambre et, après avoir révisé mes cours, je me mets au lit mais n'arrive pas à trouver le sommeil. D'habitude à cette heure-ci je dors déjà profondément, mais il n'y a rien à faire, ce soir, je tourne en rond. J'écoute alors de la musique pour tenter de me détendre quand ma porte s'entrouvre.

— T'es encore réveillée ? m'interroge mon frère, étonné.

— Et toi tu viens souhaiter bonne nuit à ta petite sœur ? C'est nouveau ?

— J'ai vu de la lumière et je me suis inquiété. Passé 22 heures, il n'y a plus personne ici normalement..., raille-t-il en refermant la porte pour s'adosser contre.

L'odeur de son parfum envahit mes narines et, en voyant qu'il a revêtu son plus beau jean et son polo blanc, je déduis immédiatement que comme quasiment tous les vendredis soir, il sort.

— Besoin de parler ? demandé-je en me redressant sur les coudes.

— C'est plutôt à toi de me le dire !

Je lève les sourcils pour lui faire comprendre que je ne vois pas où il veut en venir.

— Ne me dis pas que c'est Holly qui te rend aussi enjouée ? Tu n'as pas lâché ton téléphone des yeux pendant tout le dîner et tu ne dors pas alors que d'habitude ça fait une heure que tu ronfles. Y a pas quelque chose qui cloche, là ?

Comme prise en flagrant délit, je tente de cacher ma surprise alors que mon estomac se retourne.

— Tu te fais des films, tout va bien.

— Si tu le dis..., lâche-t-il, sceptique. Mais ne te couche pas trop tard, sinon demain tu ne seras pas à l'heure et tes petits élèves t'attendront.

Son ton ironique prouve qu'il se moque ouvertement de moi, car il sait que contrairement à lui je suis à fond dans tout ce que j'entreprends. Depuis que je me suis engagée à donner des cours d'initiation de violon aux enfants hospitalisés de la ville le samedi matin, je m'oblige à leur apporter un enseignement de qualité. Pour cela, mes vendredis soir sont plutôt calmes.

Je lui jette un coussin qu'il esquive très facilement avant de quitter ma chambre, mort de rire.

— Bonne nuit, sœurette ! me lance-t-il avant de disparaître dans le couloir.

C'est fou comme il me connaît bien. Même mes parents n'ont rien remarqué. Il va vraiment falloir que je fasse attention...

Bien que nous soyons assez proches, je me vois mal parler de ça avec lui. De plus, Mason est très protecteur envers moi, et encore plus quand il s'agit de garçons. Il m'a toujours mise en garde dès qu'on me tourne autour. Bien qu'il soit un peu lourd, ça ne m'a jamais vraiment dérangée étant donné qu'à ce sujet, c'est le point mort.

Enfin si, il y a eu Nick. Mais il s'agissait d'un simple amour de vacances et, même si Mason s'est rendu compte qu'on se plaisait, il n'a jamais su que nous étions sortis ensemble durant tout l'été.

En tout cas, s'il devait se passer quelque chose avec Kenan, je préfère encore une fois garder ça pour moi. Surtout qu'ils ont le même âge et pire, qu'ils jouent ensemble au basket. D'ailleurs, je me demande s'ils s'apprécient…

J'admets que garder cette « relation » secrète a un côté encore plus grisant. En sentant mon cœur s'emballer, je tente de me calmer. Il ne se passe strictement rien entre Kenan et moi, hormis quelques mots échangés, donc il vaudrait mieux que je cesse d'y penser.

Pourtant, c'est mission impossible ! Comme une ado qui a son premier flirt, je relis nos échanges de textos avec un sourire idiot plaqué sur le visage. Et, alors que je pose mon téléphone sur ma table de nuit bien décidée à trouver le sommeil, il vibre à nouveau.

[Bonne nuit, Angel.]

14

Kenan

Je dribble pendant au moins dix secondes avant d'arriver pile en dessous du panier. Jake me fait rire en sautillant sur place, bras en l'air pour tenter de me prendre la balle des mains.

— Tu sais que tu ressembles à un gosse, comme ça ? le nargué-je en jouant des sourcils pour le provoquer.

— Je t'emmerde ! me réplique-t-il aussi essoufflé que mort de rire.

Je le feinte une dernière fois avec un passement de jambes et, sans lâcher mon pote des yeux, je shoote. Pas besoin de lever la tête, le seul bruit du filet suffit à nous confirmer que j'ai marqué.

Tandis que je souris fièrement, Jake secoue la tête d'un air faussement agacé.

— Frimeur ! râle-t-il en rejoignant le petit banc en bord de terrain où sont posées nos affaires.

Je le suis pour boire quelques gorgées d'eau dans ma gourde pendant qu'il pose sa serviette sur la nuque pour s'éponger. Il fait à peine dix degrés ce matin mais, après avoir joué durant plus d'une heure sans s'arrêter, nous sommes en sueur !

— C'est pas ma faute si je suis plus fort que toi, raillé-je entre deux lampées.

Il lève les yeux au ciel et je le charrie encore quelques minutes avant de me décider à reprendre mon sérieux.

— Bon alors, qu'est-ce qui t'arrive ?

Jake fronce les sourcils avant de se pencher pour ranger ses affaires dans son sac de sport.

— Je ne vois pas de quoi tu parles, répond-il en haussant les épaules. Je suis juste un peu fatigué, c'est tout.

— Jake…

Quand il lève les yeux vers moi et qu'il me voit le fixer en attente d'une réponse, il souffle d'exaspération. Il peut me balancer les conneries qu'il veut, je connais ce mec par cœur. Si quelque chose le tracasse, je le repère tout de suite. J'ai d'ailleurs immédiatement remarqué en arrivant ce matin que quelque chose n'allait pas, mais j'ai préféré le laisser se défouler avant de l'interroger. Jake est exactement comme moi à ce niveau-là : il n'aime pas parler de ses problèmes.

— Accouche, mec !

— C'est ma mère, finit-il par lâcher d'une voix cassée.

— Oh ! merde.

— Comme tu dis !

Mon meilleur pote se racle la gorge en continuant de fouiller dans son sac sans rien chercher de particulier, juste pour éviter de m'affronter.

Je déteste le voir comme ça ! Mais le pire de tout, c'est que je me déteste de ne pas savoir quoi dire dans ces moments-là. J'aimerais trouver les bons mots pour le rassurer, mais je ne sais pas faire. Le problème, en fait, c'est que je ne crois pas aux miracles. Lui dire que tout va s'arranger sonnerait totalement faux, surtout quand on connaît vraiment sa situation.

Sa mère est une alcoolique qui élève seule son fils et, malgré ses nombreuses promesses de sobriété, elle finit toujours par recommencer. Quant à son père, il ne l'a jamais connu. Ce connard s'est fait la malle à sa naissance.

— Je suis désolé, mon pote.

C'est la seule chose que j'arrive à dire. En même temps, c'est comme ça que nous fonctionnons depuis toujours. Nos deux vies sont merdiques et on se soutient comme on peut.

Toujours sans me regarder, Jake m'adresse un signe de la tête avant de placer son sac en bandoulière.

— Tu ne veux pas prendre ta revanche ?

Je lui lance violemment la balle, qu'il rattrape in extremis avant qu'elle ne lui tape directement dans le bide. C'est un jeu qu'on adore faire. Le premier qui la fait tomber au sol a perdu. Et la vitesse de nos réflexes nous permet souvent d'évacuer nos tensions en répondant rapidement à des questions sans réfléchir.

Il m'adresse un léger sourire, ayant bien compris ma tentative de faire diversion.

— T'es pas censé passer la journée avec ton frère ? m'interroge-t-il en me renvoyant la balle à son tour.

En effet, nous sommes samedi et en général j'essaye d'être chez moi avant de devoir aller bosser. Je rattrape la balle puis la renvoie avant de répondre :

— Pourquoi tu ne viendrais pas à la maison ? Adrian sera content de te voir.

Il prend une légère inspiration et décline ma proposition de la tête.

— T'inquiète pas, OK ? Je vais rentrer chez moi, je pense que c'est mieux.

— Comme tu voudras. Tu comptes regarder le match ce soir ? m'enquiers-je pour changer de sujet.

— Et comment !

Nous continuons de discuter basket et, à chaque phrase prononcée, nous nous renvoyons le ballon avec force. Jusqu'à ce que mon portable bipe en annonçant l'arrivée d'un texto. En voyant que je l'ignore, Jake arque un sourcil :

— Tu ne veux pas regarder ? C'est peut-être Adrian !

Je secoue la tête en tentant de retenir un sourire.

— C'est pas lui.

Mon frère n'est pas du genre à m'envoyer des messages. Le peu de fois où il a besoin de moi, il m'appelle directement.

— Hum, hum…

Cette fois, Jake garde la balle entre ses mains en me fixant, les yeux plissés.

— Quoi ? demandé-je en lui faisant signe de me la renvoyer, ce qu'il ne fait pas.

— Je rêve ou tu commences à kiffer la petite sœur de Mason ?

— Pourquoi tu me parles d'elle ? ne puis-je m'empêcher de rétorquer en fixant la balle.

— Kenan ?

J'écarquille alors les yeux en voyant qu'il ne lâche pas l'affaire. Parce que même si on a du mal à s'exprimer, c'est aussi difficile pour chacun de nous de cacher nos humeurs. Il me scanne sans sourciller en attente d'une réponse.

— Tu rêves carrément, mec !

— Alors c'est quoi cette gueule de con que tu fais pour un simple texto ?

Je pose mes poings sur les hanches et c'est pile à ce moment-là que cet enfoiré se décide à me lancer la balle. Je me la prends en pleine poitrine et évite de peu qu'elle tombe au sol.

— Tu dis n'importe quoi, sérieux ! Je suis juste super content, car mon plan fonctionne comme sur des roulettes.

Alors que je souris fièrement, le visage de mon meilleur ami se contorsionne en une grimace.

— Ouais, fais gaffe quand même ! Tu sais que je la sens mal, cette histoire.

En effet, depuis le départ, Jake flippe que ça tourne au vinaigre. Et il m'a déjà mis en garde, mais je sais que c'est le bon plan.

— T'inquiète, je gère !

— Si tu le dis…

Mon pote me fait signe qu'il doit y aller et me lance une dernière fois le ballon. Je le range dans mon sac, puis nous sortons du terrain sans rien dire. Une fois dans la rue, on se checke avant de partir chacun de son côté.

Je ne sais pas pourquoi, mais j'attends de ne plus être dans son champ de vision pour récupérer mon téléphone à la va-vite. En voyant le prénom d'Angel s'afficher, je souris sans pouvoir m'en empêcher. Mais, quand j'ouvre le message, il se passe quelque chose de bizarre en moi. Je ne saurais décrire ce que ça me fait quand elle me parle, mais c'est comme une sorte d'apaisement. Cette fille est *strange* mais tellement drôle ! C'est dommage que son frère soit un abruti fini. Ouais, c'est franchement dommage que mon seul but soit de lui briser le cœur…

Si au départ elle était surprise que je m'intéresse à elle, voire sur la défensive, je sens désormais qu'elle s'ouvre peu à peu à moi. Je ne vois pas vraiment comment c'est possible étant donné qu'on ne s'est pas beaucoup vus. D'ordinaire, les filles kiffent mon physique et non ma capacité à communiquer. J'ai hâte qu'on se voie enfin pour conclure, mais avec ce style de fille il faut y aller mollo. Et puis, en définitive, échanger avec elle de cette manière ne me dérange pas du tout. Ça m'aide à passer le temps !

Je continue de marcher en tapant ma réponse et, sans m'en rendre compte, nous discutons tout l'après-midi.

15

Angel

Le flot d'étudiants présent à l'entrée du lycée me procure toujours la même réaction de recul. Je préfère laisser passer cette vague de monde dès lors que les grilles s'ouvrent et, comme d'habitude, mon frère fanfaronne au milieu de sa bande de groupies. Je souris en serrant mon sac contre moi avant d'enfin avancer pour rejoindre mon casier.

Quand j'arrive dans le couloir, Holly est déjà en train de ranger ses cahiers et elle m'adresse un sourire lumineux qui en dit long sur son week-end.

— C'est l'air du Michigan qui te rend si heureuse ? commencé-je avant qu'elle ne se lance.

Elle m'attrape le bras avant de s'exclamer :

— C'était génial ! Eux ils savent faire la fête ! On est des petits joueurs à côté. L'université c'est vraiment trop cool, il y avait plein de…

Alors qu'elle s'extasie à me raconter le moindre détail de ce qu'elle a fait, mon esprit est totalement accaparé par une large silhouette qui passe les portes battantes. Habillé d'un jean large et d'un pull gris ajusté à son torse musclé, il se passe une main dans les cheveux de façon nonchalante, tout en discutant avec ses amis.

Tout le week-end, nous nous sommes envoyé des messages

avec Kenan. On s'est raconté des futilités pendant toute la journée, mais c'était un peu comme s'il était à mes côtés. Par contre, tous les soirs à la même heure, il devait me laisser et ne me renvoyait qu'un message tard dans la nuit, que je ne découvrais que le lendemain. D'un côté, je me suis demandé ce qu'il avait de si important à faire… Mais, d'un autre, je dois avouer que je n'ai jamais aussi bien dormi de toute ma vie.

Cependant, maintenant que nous sommes de retour au lycée, je ne sais pas du tout comment ça va se passer entre nous et ça me stresse !

Le regarder en douce sans qu'il ne me voie ravive en moi de drôles de sensations. Tous nos échanges de textos me reviennent en mémoire et j'ai du mal à le quitter des yeux. Holly continue son récit, mais je ne suis absolument pas attentive à ce qu'elle me raconte et dans ma tête tout se bouscule.

Est-ce qu'on va se dire bonjour ? Dois-je aller lui parler ? Lui faire un signe ? Non, ce serait ridicule…

Je suis désorientée par sa présence, ma respiration se bloque et je reste figée quand il passe devant nous en m'adressant un rapide regard, sans aucune expression apparente.

Mes poumons se dégonflent d'un coup, mais ma conscience peine à se recentrer. Quand je relève les yeux, Holly, bras croisés, me toise en tentant de paraître en colère.

— Tu te fous royalement de ce que je te raconte ?

— Non… non… enfin…

— Tu feras attention, tu as de la bave au coin de la bouche.

Je secoue la tête en souriant, tout en passant machinalement une main sur mon visage. Dans l'instant qui suit, je sens ma poche vibrer, mais je ne bronche pas.

— Mon week-end était finalement banal à côté du tien visiblement… Raconte !

— Oh ! on s'est juste échangé des messages.

— Et c'est ce qui te rend à ce point à l'ouest ?

Je souris et lui propose de rejoindre notre banc fétiche à l'extérieur. En traversant le couloir, nous rencontrons des camarades du cours de musique et Holly s'arrête pour leur parler. Après les avoir salués, je sors discrètement mon téléphone et le prénom qui s'affiche fait que mon pouls s'emballe instantanément.

[Mode bûcheronne canadienne activée ?]

Je ne saisis pas tout de suite son allusion mais, quand je pose mes yeux sur ma chemise à carreaux violette, je comprends immédiatement où il veut en venir. Et je ne suis pas sûre que ce soit flatteur. J'aurais peut-être dû m'apprêter un peu plus finalement.

[Bonjour à toi aussi…]

[Salut, Little Angel.]

Aucun homme ne m'a jamais donné de surnom et celui-ci me perturbe d'autant plus. J'ai besoin de prendre l'air.

— Je sors un peu avant le cours de littérature. Tu me rejoins dehors ?

Holly acquiesce en continuant ses explications face à un Alan très concentré.

Je m'installe sur notre banc et j'aperçois Kenan au loin, toujours en train de parler avec ses potes. À croire que je suis irrémédiablement attirée où qu'il soit. Il m'adresse un infime signe de la tête que même ses potes ne remarquent pas. À mon tour, je souris furtivement. Au même moment, un des garçons qui l'entourent lui tend un bouquin qu'il ouvre pour regarder je ne sais quoi.

[Tu sais lire finalement ?]

Un léger rictus déforme son visage quand il consulte son téléphone.

[Non, je regarde les images, ah ah.]

À mon tour je glousse toute seule face à mon écran tout en lui répondant :

[Elles ont l'air jolies !]

Et c'est à cet instant que Holly débarque :

— Je ne t'ai jamais vue aussi… nian-nian ! Tu bats des cils comme une collégienne !

— Il est plutôt sympa comme garçon.

— Alors en plus d'être un avion de chasse, il a de la discussion ?

— Oui, on a bien parlé, de ses hobbies, de ciné…

— Et tu n'as pas envie de le séduire ?

Je fronce les sourcils, ne comprenant pas le sens réel de sa question. Elle a le don de changer de sujet en une fraction de seconde.

— Ben je sais pas, s'explique-t-elle. Te mettre un peu plus en avant !

— Tu veux dire quoi par là ?

— En mettant des vêtements moins amples, un peu de maquillage par exemple… tu es belle, Angel ! Et faut pas oublier qu'on parle aussi du plus beau mec du lycée, là.

J'ouvre la bouche de surprise. La mode et moi, on n'a jamais vraiment été copines. J'estime qu'il faut être à l'aise dans ses vêtements et je ne me forcerais jamais à porter un pantalon moulant ou un haut dévoilant le nombril sous prétexte que c'est « tendance ». Certes, mes fringues ne sont pas dernière génération, mais plutôt passe-partout et ça me va bien. Juger quelqu'un sur la seule base de ses habits ou encore de son maquillage ou sa coiffure me semble très réducteur. Et je ne fais pas partie de cette caste de filles qui ont besoin de se pomponner à coups de produits hors de prix, pour attirer l'attention.

— Je suis comme je suis et ça ne l'a pas empêché de venir me parler.

Sur ce, la bande de celui qui me fait sourire malgré moi se dirige dans notre direction et je les suis du regard. Il ralentit par rapport à ses amis, en faisant mine de lire son livre et quand il arrive à ma hauteur il m'envoie un clin d'œil appuyé qui laisse Holly bouche bée.

— Oh ! putain !

Et dans la seconde qui suit, une autre vibration me surprend :

[Pas autant que ce que j'ai en face de moi…]

Je mets quelques secondes à saisir qu'il fait référence à moi, et je me sens immédiatement rougir devant un tel compliment. Je serre un peu plus fort mon téléphone, beaucoup trop troublée pour oser l'affronter du regard. Quand je me retourne finalement au bout de plusieurs secondes, je constate qu'il est dos à moi, arrêté à hauteur de l'allée bordée de rosiers.

[Fan de botanique ?]

Je change volontairement de sujet, j'en ai conscience. Mais ma question est dans la continuité de notre petit jeu de séduction qui me fait ressentir tout un tas de choses étranges…

J'ai comme l'impression de m'aventurer sur un terrain que je ne connais pas mais, avec Kenan, j'ai envie de m'y risquer ! Il se permet de me vanner sous couvert d'humour et de charme et, à mon tour, je le défie.

— Est-ce que ton frère… ?

Je coupe immédiatement Holly pour lui signifier que personne n'est au courant que nous échangeons.

— Ce ne sont que des messages et personne ne doit savoir qu'on se parle. Je peux compter sur toi ?

— Évidemment ! C'est encore plus… hot ! dit-elle en faisant semblant de s'éventer.

J'éclate de rire parce qu'il n'y a strictement rien de « hot » – à part Kenan lui-même – et je vois déjà mon amie s'imaginer tout un tas de choses. Plutôt que de me défendre de quoi que ce soit, je la laisse partir dans ses délires. Cela dit, elle n'a pas complètement tort. Échanger en secret a un côté très excitant !

De loin, je vois les épaules de Kenan remuer et sa tête se secouer. Il a certainement dû saisir le ton de mon message et je reçois instantanément :

[Je te l'ai dit, j'adore les jolies choses… Tu fais quoi après les cours ?]

À la lecture de ces quelques mots, mes mains deviennent moites et mon cœur rate un battement.

Est-ce qu'il me propose un premier rendez-vous ?

16

Angel

Jamais un cours d'histoire ne m'aura semblé aussi long !

Je n'ai pas répondu immédiatement à Kenan. Non pas que j'aie quoi que ce soit de prévu après les cours, ou que je n'aie pas envie de le voir… Je suis juste complètement paniquée à l'idée de me retrouver seule avec lui !

Certes nous discutons toute la journée, depuis plusieurs jours, mais c'est beaucoup plus facile pour moi par texto. Et, vu mon état pathétique la dernière fois – et la seule et unique d'ailleurs – que nous nous sommes retrouvés l'un en face de l'autre, je redoute vraiment ce moment.

En fait, j'ai surtout très peur de le décevoir. Kenan semble apprécier de discuter avec l'Angel sûre d'elle et taquine, mais en réalité je suis loin d'être comme ça dans la vraie vie.

— Allez, respire, ça va le faire ! m'affirme Holly alors que nous sortons de la salle de classe.

Mon amie ne cesse de me répéter que tout va bien se passer, mais je peine à la croire. C'est elle qui m'a poussée à lui répondre que j'étais libre, juste avant notre dernier cours, alors que je ne savais même pas si j'en étais capable. Cependant, la réponse de Kenan a été immédiate :

[OK, alors je t'emmène quelque part… Rendez-vous devant le bahut !]

J'ai dû relire son message une bonne dizaine de fois avant de réaliser que je n'avais plus vraiment le choix et l'effet était toujours le même : mon cœur battait à cent à l'heure. Sauf que maintenant que nous sommes devant le bâtiment à descendre les marches, c'est encore pire.

— Ça va aller, ma biche ?

Je hoche la tête en ignorant son regard moqueur. Je suis à deux doigts de la supplier de venir avec moi, mais me réfrène. Je lui embrasse alors la joue en lui souhaitant une bonne soirée.

Allez, tu peux le faire, Angel. Après tout, ce n'est qu'un garçon !

Beaucoup de monde traîne devant l'entrée en cette fin de journée et je m'arrête au centre de la foule pour observer autour de moi. Je me concentre pour repérer où se trouve Kenan, mais aucune trace de lui.

Peut-être a-t-il changé d'avis ?

Cette pensée me soulage autant qu'elle me déçoit. Tout à coup, je me sens ridicule d'attendre seule plantée là et me décide à rentrer chez moi. Je fais à peine quelques pas dans la rue que je reçois un message :

[Sur le parking.]

Je lève immédiatement la tête pour vérifier sur ma gauche et tombe directement sur lui. Au milieu de toutes les voitures garées, il se tient adossé à l'une d'elles, l'expression amusée.

Encore surprise de ce que je m'apprête à faire, je souffle un bon coup avant de traverser la rue, mais plus je m'approche, plus mon pouls fait n'importe quoi. Non seulement parce que je le trouve vraiment trop beau, mais aussi car sa manière de me regarder est trop intense. Trop profonde !

Je continue en restant concentrée sur son profil et surtout sans trop réfléchir, sinon je risque de partir en courant dans le sens inverse. Une fois à son niveau, je ne peux m'empêcher de regarder partout autour de nous d'un air craintif.

— Aurais-tu honte de moi ? lance-t-il d'un ton moqueur.

Je ris nerveusement en me sentant rougir, puis secoue la tête. À vrai dire, ça serait plutôt à moi de lui poser cette question. Ce mec a tellement tout pour lui que je me demande encore pour quelle raison il s'intéresse à moi.

Néanmoins, il a visé juste. Je m'assurais que Mason n'était pas dans les parages. Kenan n'est pas encore au courant que l'un de ses potes est mon frère, et j'aimerais attendre un peu avant de le lui dire. Évitons de lui donner une raison de plus de vouloir me fuir…

— Je préfère qu'on se fasse discrets, c'est tout…

Je suis surprise – et un brin rassurée – qu'il ne cherche pas à savoir pourquoi. Au lieu de ça, il acquiesce d'un simple hochement de tête avant de se redresser. Son regard dévie vers une bande de filles qui passent devant nous en gloussant. Même si je baisse la tête pour passer inaperçue, j'entends qu'elles s'interrogent sur nous.

— Tu as raison, on bouge d'ici !

Alors que je m'empresse de rejoindre la portière côté passager de sa voiture, lui s'en éloigne de plusieurs pas.

— Qu'est-ce que tu fais ? m'exclamé-je en fronçant les sourcils.

— C'est plutôt à toi que je devrais poser la question…

Kenan se marre en désignant ma main d'un coup de menton, et je relâche immédiatement la poignée en prenant conscience de la situation.

— Je croyais que c'était ta voiture ! me justifié-je en le rejoignant, encore plus embarrassée qu'il y a deux minutes.

— Sérieux, Angel, tu m'as bien regardé ?

Je retiens mon souffle lorsque mes yeux se posent sur les traits fins de son visage en déviant légèrement sur son piercing malgré moi.

— J'ai une tête à avoir une caisse à vingt mille dollars ?

Un rire s'échappe de ma bouche en me remémorant certains échanges que nous avons eus. Kenan ne m'a pas caché qu'il venait d'une famille modeste, et je m'en veux d'avoir fait une telle bourde. Cela dit, vu son sourire en coin, il n'a pas l'air de m'en vouloir.

Il me fait signe de le suivre, et nous avançons de quelques pas avant qu'il ne s'approche dangereusement d'une espèce de deux-roues à moteur.

Oh pitié, ne me dites pas que…

— Tiens, prends le mien, fait-il en récupérant un casque noir attaché au guidon avec un cadenas. J'en ai un autre dans le coffre.

Ce n'est que lorsqu'il me tend l'objet qu'il aperçoit enfin mon air choqué.

— Tout va bien ?

— Euh… je… je ne suis jamais montée sur une mobylette et, je…

— C'est un scooter, Angel.

— Ouais, bon, c'est pareil !

— Pas tout à fait, rétorque-t-il en riant. Bon, tu viens ?

Je secoue fermement la tête.

— Non, désolée, je ne grimperai pas là-dessus.

Les sourcils levés, il semble étonné par ma réaction. Kenan avance pour se mettre face à moi avant de me dire tout bas :

— T'inquiète, j'irai doucement.

Il penche la tête sur le côté pour capter mon regard, mais il a beau être craquant avec sa fossette, je garde un minimum de lucidité et refuse catégoriquement de monter.

— Tu sais que la plupart des filles de ce lycée rêveraient de chevaucher ma bécane ?

Je relève aussitôt les yeux et plante mon regard surpris dans le sien. *Il vient vraiment de dire ça ?*

Même si ses propos ambigus m'embarrassent, son arrogance a également le mérite de m'agacer. Je croise les bras et lui réponds d'un ton ferme :

— Je ne suis pas la plupart de ces filles. Je tiens trop à la vie pour prendre ce risque. Je laisse donc volontiers ma place à une autre !

J'ai à peine le temps de lui tourner le dos qu'il me rattrape par le poignet. Sentir ses doigts sur ma peau me provoque un drôle d'effet que j'occulte en me dégageant doucement.

— OK, j'ai bien compris que tu avais peur de monter avec moi. Il y a un parc pas loin d'ici. Ça te dit qu'on aille s'y balader ?

Je me détends dans la seconde, mais le sourire amusé qu'il me fait en me voyant opiner de la tête me redonne chaud. J'avance de quelques pas et il s'empresse de se positionner à côté de moi, les mains dans les poches de son jean. Nous marchons tout le trajet dans un silence de mort qui me fait stresser. À ce rythme-là, il va prendre ses jambes à son cou vite fait.

Il est clair que je suis beaucoup plus bavarde par message et je crains de ne plus l'intéresser. Seulement, je suis bloquée ! J'ai beau chercher quelque chose à dire, rien ne me vient et, à part triturer les bretelles de mon sac à dos, je n'arrive à rien d'autre.

Lorsque nous pénétrons dans le parc, une fille qui fait son jogging nous dépasse et Kenan me demande alors :

— Tu fais du sport ?

Je ne peux m'empêcher de glousser avant de secouer négativement la tête. J'imagine que je le déçois encore plus, mais je déteste tellement ça que c'est sorti tout seul.

— Encore quelque chose à noter sur notre liste.

Je me tourne vers Kenan et lui rends son sourire. Cette liste, nous l'avons établie il y a trois jours. Il s'agit d'un jeu rigolo où nous énumérons les choses que chacun peut apprendre à l'autre.

— Et si on faisait un footing la prochaine fois ?

En me voyant secouer vigoureusement la tête, il insiste d'un ton malicieux :

— Il s'agit pourtant d'une activité où tu n'as pas besoin de parler…

Aïe.

Bien qu'il s'agisse d'une plaisanterie, sa pique m'atteint plus que de raison. Je suis consciente de ne pas être quelqu'un d'intéressant, et ça me fait de la peine. J'aimerais être plus avenante, comme toutes ces filles avec qui il traîne. Mais c'est plus fort que moi, je n'y arrive pas.

— Je vais me risquer à jouer au basket, c'est déjà pas mal, non ? réussis-je à sortir d'une petite voix.

J'ai encore du mal à croire que j'ai accepté une telle chose…

— Ouais, lâche-t-il en se marrant. On pourrait aussi aller à la piscine.

Je me fige une seconde et, voyant qu'il remarque mon trouble, je me racle la gorge en faisant comme si de rien n'était.

— Quoi, tu n'aimes pas non plus nager ?

Je hausse les épaules sans répondre et il n'insiste pas. Quand nous discutons par messages, j'arrive à me sortir des sujets difficiles comme celui-ci. Mais là, j'ai peur que mon corps trahisse mes pensées et ça m'angoisse. Je jette un rapide coup d'œil à son visage et le voir faire de même me perturbe encore plus.

Nous avançons encore de quelques pas avant que Kenan ne s'arrête devant un vieux banc en bois déverni. Je préférerais largement que l'on continue de marcher pour ne pas avoir à rester statique à côté de lui, mais je décide de prendre sur moi et m'assois la première.

— Tourne-toi, m'intime-t-il en faisant signe avec ses doigts.

Hein ?!

La stupéfaction sur mon visage le fait d'abord rire. Puis, il pose ses mains sur mes épaules pour m'obliger à me positionner sur le côté. Je me retrouve alors les pieds sur l'assise et les genoux repliés vers mon visage. Je m'apprête à lui demander ce qu'il fait quand je le sens s'installer derrière moi. Je réalise qu'il prend exactement la même position que moi quand je sens son dos se poser contre le mien.

Je frissonne avant de me mettre à rire tout en bredouillant :

— Tu m'expliques à quoi on joue, là ?

— Ferme les yeux.

Son murmure mélangé à sa proximité me bouleverse, toutefois, je suis rassurée qu'il ne puisse plus me voir rougir. J'inspire profondément et m'exécute. Une fois les paupières closes, ma concentration s'oriente vers le bruit des feuilles qui bougent avec le vent et celui des oiseaux. *Et son corps chaud contre le mien…*

— Maintenant réponds-moi, me dit-il.

Il parle de la piscine. Je ne fais pas mine de ne pas comprendre. Ce n'est pas comme ça qu'on fonctionne, lui et moi. Je reprends mon souffle avant de répondre avec franchise :

— Je n'aime pas montrer mon corps.

Cet aveu me fait serrer les poings tant il me coûte. Kenan reste un petit moment silencieux avant d'ajouter :

— Tout l'inverse de moi.

Les yeux encore clos, j'éclate de rire et il se joint à moi. Sentir les soubresauts de son corps accentue les miens et nous mettons quelques minutes à nous calmer.

— Tu as des frères et sœurs ? lancé-je de but en blanc.

— Ouais, un petit frère de quinze ans. Et toi ?

— Un frère aussi, mais plus âgé que moi. Tu es né ici à Burlington ?

embrayé-je pour qu'il ne me pose pas davantage de questions au sujet de Mason.

— Ouais. Je n'ai jamais quitté cette ville depuis ma naissance, mais j'espère franchement ne pas mourir ici.

Je ris encore avant de lui demander :

— Tu comptes aller à l'université ?

Il soupire avant de répondre :

— J'aimerais bien, ouais. Mais pour ça, il faut que j'obtienne une bourse et… c'est compliqué.

Les muscles de son dos se contractent contre le mien, indiquant que ce sujet lui tient à cœur. En revanche, le simple fait que nous soyons collés l'un à l'autre me fait ressentir d'agréables sensations au creux du ventre.

— À ton tour maintenant, dit-il avant que je n'aie le temps de l'interroger à nouveau. Tu comptes faire quoi après le lycée ?

— Hum, j'ai encore le temps d'y réfléchir vu qu'il me reste un peu moins de deux ans à faire, mais… j'aimerais intégrer l'université d'art et musique à Burlington.

— Tu ne souhaites pas quitter le Vermont ? rétorque-t-il surpris.

— Je ne souhaite pas quitter ma famille, corrigé-je.

En effet, je n'ai pas le projet de partir parcourir le monde, ni d'entrer dans une grande entreprise influente ou encore d'être sur le devant de la scène, et cela doit lui sembler étrange.

— Pourtant tu es brillante, poursuit-il. J'ai cru comprendre que tu étais dans le groupe des meilleurs, donc j'imagine que tu pourrais viser haut.

Je hausse les épaules, ne voulant pas lui dévoiler que je suis incapable de jouer devant un public. Je n'ai pas non plus envie d'entendre le couplet sur le fait que c'est dommage de ne pas en profiter… Je le connais déjà trop bien !

— Et toi tu pourrais jouer en NBA, non ?

Il soupire avant de me répondre :

— Si seulement…

L'heure qui suit, nous la passons ainsi, dos contre dos, à nous poser diverses questions sur nos vies respectives. En revanche, je sens qu'il reste tout de même assez évasif de peur d'en dévoiler trop. Bien que je meure d'envie d'en savoir plus à son sujet, je ne veux surtout pas le forcer à parler.

Il me charrie gentiment sur mon style vestimentaire, mais tout en restant correct et je ne me gêne pas pour le recadrer avec humour. Entendre le son de son rire est libérateur, et plusieurs fois il bascule la tête en arrière, ce qui fait que nos cheveux s'entremêlent. Lorsque j'ouvre les yeux en sentant la brise fraîche sur mon visage, il fait déjà presque nuit.

— Tu as froid, constate Kenan en se mettant debout.

La chaleur de son corps se détachant du mien me laisse dans un vide incroyable que je tente de dissimuler au maximum en croisant mes bras autour de ma poitrine.

Je me lève à mon tour et, une fois face à lui, je lui adresse un sourire timide. C'est un peu ma façon à moi de lui dire que j'ai passé un excellent moment. Lorsqu'il me sourit à son tour, en profitant de l'occasion pour jouer avec son piercing avec le bout de sa langue, je n'espère qu'une seule chose : qu'il veuille bien me revoir.

17

Kenan

J'ai à peine eu le temps de rentrer chez moi et d'enfiler mon uniforme. Quand j'ai rapidement fait le tour de la maison, Adrian n'était pas rentré et je lui ai juste envoyé un message pour lui dire qu'il avait intérêt à être là à mon retour.

J'arrive presque en courant dans le kiosque à pizzas quand Eduardo, mon employeur bedonnant d'une cinquantaine d'années, me regarde du coin de l'œil. Je n'ai jamais été en retard et, pour cette fois où je déboule en trombe, il ne m'en demande pas la raison. Je travaille ici depuis presque un an et, grâce à mon sérieux, mon patron sait qu'il peut compter sur moi. Je ne lui ai jamais fait faux bond et je l'ai même dépanné de nombreuses fois. C'est pourquoi notre relation est basée sur une confiance réciproque.

— Livraison sur Battery Street. Tu as l'adresse exacte sur le post-it.

Je me dépêche de récupérer la pile de pizzas et me dirige vers mon scooter pour les charger à l'arrière.

Pendant tout le trajet, je n'arrive pas à penser à autre chose qu'au moment que j'ai passé avec Angel, après le lycée. Quand elle m'a indiqué qu'elle préférerait que notre relation reste secrète, ça m'a soulagé. C'est parfait, car cela m'évitera tout un tas de questions, et surtout de me faire griller par son connard de frère. Quand je lui ai justement posé la question sur sa fratrie, elle a vite changé de sujet et ça m'a arrangé. Moins je parle de lui, mieux je me porte.

En revanche, cette fille a vraiment quelque chose de différent par rapport aux autres que j'ai pu côtoyer et je le découvre en passant davantage de temps à ses côtés. En même temps, avec les autres, je n'ai jamais véritablement discuté. Agir comme ça est nouveau pour moi et, bien que sa timidité lui bouffe la vie au point d'avoir du mal à me regarder en face, ça lui donne à la fois ce côté craquant et attachant.

Faut que j'arrête, je deviens complètement con !

On n'a réellement rien en commun, mais c'est drôle de voir qu'on arrive tout de même à passer de bons moments. En fait, cette fille m'amuse.

Quand j'arrive sur la longue avenue, je zieute les grands bâtiments de briques rouges qui donnent sur l'eau et qui abritent des appartements qui font certainement cinq fois la taille de ma maison, en me demandant qui peut se payer le luxe de vivre ici. Je zigzague entre des berlines toutes plus luxueuses les unes que les autres et, une fois arrêté au feu, je prends le temps d'admirer la vue et de m'imprégner de la quiétude qui règne au bord du lac Champlain.

Je me fais aussi la réflexion que je n'habite pas loin, mais je ne viens jamais ici. La prochaine fois je pourrai peut-être proposer à Angel de… non, faut pas abuser non plus !

Je secoue la tête pour me remettre les idées en place.

Après avoir tourné un peu, je m'arrête enfin à l'adresse indiquée et tombe sur une maison d'un autre temps. Très haut, le dernier étage comporte plusieurs balcons dont la vue doit être à couper le souffle. Je vérifie à deux reprises si je suis bien au bon endroit et sonne. Le portillon s'ouvre seul sur une allée en galets blancs bordée d'herbe d'un vert éclatant. On dirait du gazon synthétique.

Chaque arbre qui longe ce passage est éclairé à la base, ce qui rend l'endroit magnifique.

Arrivé devant la porte, je frappe en remontant la fermeture Éclair de mon blouson tant le vent frais du soir me saisit. J'ai à peine le temps de relever la tête que mon regard se fige instantanément.

— Oh ! ben tiens ! Regardez qui nous rend visite ce soir ?Le visage de celui que j'ai envie d'emplâtrer depuis le début de l'année m'apparaît et j'ai du mal à fixer mon attention.

Qu'est-ce que Mason fout là ?

— Ne serait-ce pas notre capitaine qui livre des pizzas ? Ou devrais-je plutôt dire « ancien capitaine », me défie-t-il en mimant des guillemets avec ses doigts.

Là tout de suite, je n'ai qu'une envie : lui faire ravaler son sourire mauvais, mais je me réfrène. Sa provocation n'a d'égale que sa jalousie et, même s'il n'attend que ça, je ne risque pas de rentrer dans son jeu. Hors de question de prendre le risque de perdre mon job pour quelqu'un qui n'en vaut pas la peine.

Sa mèche est impeccablement coiffée en arrière et son air de petit con toujours aussi présent quand il se retourne vers le couloir. À cet instant, je me demande pourquoi il est là. Ce n'est pourtant pas son nom sur la boîte aux lettres. Je regarde rapidement autour de moi et flippe alors de voir Angel débarquer. En effet, je ne lui ai pas parlé de mon petit boulot. Non pas que j'en aie honte, mais je ne m'en vante pas non plus.

Alors que j'entends des rires de bécasses derrière lui, je déduis immédiatement que ce n'est pas la maison des Davis. J'en ai la confirmation quand deux nanas inconnues au bataillon apparaissent dans l'embrasure de la porte. À son image, elles n'ont pas l'air plus malines que lui.

— Salut, toi ! gloussent-elles en chœur pendant que l'autre toquard en prend une par la taille.

— Ça fait quarante dollars, lancé-je d'une voix neutre.

— Les filles, vous avez devant vous l'étoile montante du basket du lycée, déclare Mason en tendant le bras dans ma direction.

Son sarcasme commence à me tendre sérieusement et, s'il continue à me chauffer, je ne suis pas sûr de réussir à me contenir. En tout cas, son attitude me confirme qu'il n'a vraiment pas l'étoffe d'un meneur d'équipe, à savoir : humilité et respect. Parce que même si nous ne nous sommes jamais vraiment appréciés, lorsque j'occupais son poste, je ne l'ai jamais rabaissé comme il s'amuse à le faire en ce moment.

— Attends-moi là, m'ordonne Mason tout en repartant dans la maison.

Je bous intérieurement, car même s'il n'a certainement jamais dû avoir affaire à un patron, Il sait pertinemment que je suis payé à la course et ça me bouffe qu'il prenne son temps quand moi je perds le mien. Durant les quelques minutes qu'il met pour aller chercher l'argent, l'une des greluches me mate sans se gêner tout en tortillant une mèche de cheveux entre ses doigts, pendant que l'autre lui chuchote je ne sais quoi à l'oreille.

— Désolé, mec, je n'ai pas de petites coupures, me dit Mason en secouant un billet de cinquante dollars d'un air hautain.

Et, depuis le haut des quelques marches qui nous séparent, il me le tend tout en faisant exprès de le lâcher avant même que je ne puisse bouger. Le bout de papier vient s'échouer à mes pieds et je marque un temps d'arrêt en alternant mon regard entre sa face d'abruti et le sol, pour lui faire comprendre qu'il y a un minimum de respect à avoir.

Les deux filles pouffent, accentuant mon état de rage. À cet instant, j'ai juste envie de lui en coller une. Elles nous regardent nous observer en chiens de faïence comme si elles étaient face à un combat de coqs, mais je ne risque pas de lui faire le plaisir de déraper.

Immobile sur le perron, il me toise en affichant un sourire satisfait qui ne fait que me confirmer qu'il doit avoir un sérieux complexe d'infériorité pour avoir le besoin de se montrer supérieur comme ça. C'est pathétique, putain !

Je prends sur moi en serrant les dents et me baisse pour ramasser l'argent avant de lui tendre les pizzas. J'attrape un billet de dix dollars dans ma sacoche et, à l'inverse de sa conduite de gamin, je lui tends.

— Ça va, garde la monnaie, me lance-t-il.

Prendre son argent de merde ? Même pas en rêve ! Je ne roule peut-être pas sur l'or, mais je n'ai pas besoin de charité non plus. Encore moins venant d'un type comme lui.

Alors qu'il s'apprête à fermer la porte, je la bloque avec mon bras. Mason écarquille les yeux en faisant un pas en arrière, prouvant que je lui fais peur. Je souris en voyant qu'il fait moins le malin et plaque le billet avec force contre son torse avant de reculer. Je n'ai pas le temps de voir s'il récupère son dû ou pas, car j'ai déjà fait demi-tour.

Ce trouillard de Mason attend que je sois au bout de l'allée pour crier :

— Merci, Ken !

Seuls mes amis les plus proches me surnomment comme ça et il le sait. Sans me retourner, je lui adresse un doigt d'honneur et quitte la maison en claquant le portillon.

Jusqu'à ce que je me retrouve sur mon scooter, j'ai du mal à ne pas y retourner pour lui éclater la gueule. Ça me bouffe que cet enfoiré se permette de parler et d'agir comme ça !

Je souffle pour tenter de contenir la rage qui m'anime, mais j'ai vraiment du mal à retomber. Ne pas avoir pu lui répondre à la hauteur de ses attaques me rend fou. Il ne sait pas à quoi s'attendre, mais j'ai déjà décidé que je réglerai mes comptes sur le terrain au prochain entraînement.

Ce qu'il ne sait pas non plus, c'est que j'ai entre les mains la meilleure arme pour l'atteindre. Animé par la colère, je récupère mon téléphone et envoie un message à sa petite sœur :

[On se revoit quand ?]

Dans la seconde qui suit, sa réponse me redonne la pêche et le sourire malgré moi.

[Quand vous voulez, monsieur Adams ;-)]

Alors qui de nous deux tient les rênes, Mason ?

18

Angel

Le hurlement de ma mère émanant du rez-de-chaussée m'oblige à lâcher à la hâte mon violon. Je déteste m'arrêter en plein milieu de l'écriture d'une partition, surtout que je venais à peine de réussir à canaliser mon attention. Contrairement à ces derniers temps, en rentrant ce soir, j'ai enfin réussi à poser des notes correspondant à mon état d'esprit. Je me suis laissé emporter et, en rejouant le morceau, je me suis rendu compte qu'il était beaucoup plus rythmé que ce que je crée d'habitude, ce qui est passablement déroutant.

Cette nouveauté me tire un sourire, mais mon sentiment est assez étrange. Dernièrement, j'ai rencontré beaucoup de difficultés pour me concentrer, mais cette fois tout m'est venu instantanément. Un peu comme une frénésie de mélodie. Il est vrai qu'actuellement les moments intenses où je ne fais plus qu'un avec la musique se font plus rares, et je sais parfaitement à quoi c'est dû. Ou plutôt, à qui…

Depuis que j'apprends à connaître Kenan, mon cerveau est complètement déconnecté de la réalité. Que ce soit en cours ou durant mes répétitions en solo, ce garçon envahit sans cesse mes pensées. Mais, depuis que l'on a passé ce moment tous les deux au parc, c'est le chaos dans ma tête ! Je ne cesse de me remémorer les échanges que nous avons eus, surtout sur ce banc, dos contre dos…

— Angel !

Je secoue la tête et quitte définitivement ma chambre au risque de laisser mon esprit dériver de nouveau.

— Je suis là, dis-je un peu essoufflée en arrivant dans la cuisine.

Maman lève les yeux de son plan de travail pour m'analyser avec inquiétude.

— Tout va bien, ma chérie ?

— Oui, oui, ne t'en fais pas ! la rassuré-je en m'approchant. J'ai couru dans l'escalier, c'est pour ça. Tu voulais quelque chose ?

Son pli soucieux au milieu des sourcils disparaît uniquement quand ma respiration revient à la normale.

— Tout va bien, maman, répété-je en m'asseyant sur le tabouret, face à elle.

— Bien, finit-elle par dire en poussant des sachets de légumes vers moi. Je me suis dit que ça faisait longtemps qu'on n'avait pas cuisiné toutes les deux. Tu veux bien m'aider à préparer le dîner ?

J'opine de la tête même si je n'ai pas la moindre envie d'éplucher des carottes. On sait aussi bien l'une que l'autre qu'elle n'a pas vraiment besoin de moi. Depuis toute petite, cuisiner est un moyen pour nous de communiquer.

Chaque fois que maman me demande de l'aide, c'est pour aborder un sujet précis. Je réfléchis en m'interrogeant sur ce qu'elle peut bien avoir à me dire, mais elle commence par me raconter le déroulé de sa journée en détail. Jusqu'à ce que la sonnerie de mon téléphone la fasse taire instantanément. Je le récupère vivement de ma poche arrière, mais je n'ai pas le temps d'ouvrir le message de Kenan que je sens maman se pencher en avant.

Quand je lève les yeux de mon téléphone, je me retrouve face à son visage, illuminé d'un large sourire.

— Tu ne me cacherais pas quelque chose, par hasard ?

Malgré la folle envie de lire le texto, je pose mon portable sur le marbre.

— Bien sûr que non, qu'est-ce que tu vas encore t'imaginer ?

— Hum, voyons voir, fait-elle en posant ses doigts sous son menton. Ma fille est quotidiennement dans la lune et se jette sur son téléphone dès qu'il sonne. Sans parler du sourire béat qu'elle a sur le visage quand elle lit ses messages. J'imagine donc… un garçon ?

Son ton ironique me fait secouer la tête et rire à la fois. Maman est loin d'être dupe, ça, je le sais. Mais je n'avais pas imaginé que j'étais déjà grillée ! Plusieurs questions défilent dans ma tête à toute vitesse au point de me demander si mon frère aurait compris de qui il pourrait s'agir… non, impossible !

Honnêtement, je trouve ça un peu tôt pour parler de Kenan avec ma famille. Après tout, nous ne sortons même pas ensemble ! J'ai peur de me faire des plans sur la comète et de tomber de haut si finalement il ne se passe rien entre nous. Quand je l'observe au lycée, entouré d'élèves de dernière année tout aussi populaires et surtout de jolies filles, je me fais la réflexion que ce garçon semble bien différent de celui avec qui je passe tout mon temps à discuter.

— Tu as perdu ta langue ?

Je lâche un léger soupir. Je n'aime pas mentir, surtout pas à ceux que j'aime. Même les petits mensonges, j'ai toujours détesté ça !

— Il se pourrait qu'il y ait quelqu'un, oui.

À peine ai-je prononcé cette phrase que maman ouvre grand la bouche en tapant dans ses mains comme une gamine.

— Maman ! râlé-je en regardant partout autour de moi. Arrête, ce n'est que le début.

— Ton père n'est pas rentré et ton frère révise chez un copain. Détends-toi.

Révisions ? C'est ça, ouais !

— Oh ! il n'y a rien à dire de toute façon, on apprend seulement à se connaître…

Je ne sais pas si elle ressent ma gêne ou si elle a juste remarqué mes joues changer de couleur, en tout cas, elle comprend tout de suite que je n'ai pas envie d'en parler pour le moment.

— Si tu as besoin de moi pour quoi que ce soit, des conseils, ou bien si jamais tu veux des…

— Maman, la coupé-je en grimaçant. S'il te plaît.

Elle rit avant d'aller chercher des œufs dans le frigo et j'en profite pour récupérer mon téléphone.

[On se revoit quand ?]

À la lecture de ce message, c'est automatique, mon cœur se met à palpiter. Depuis le parc, je n'osais pas lui renvoyer de message de peur de passer pour la fille un peu insistante et à la fois, n'ayant pas de nouvelles de lui pendant plusieurs heures, j'ai vraiment cru qu'il ne voudrait plus me revoir, vu mon attitude. Mais finalement non, et ça me rend trop heureuse.

Je tape ma réponse en rougissant et lui envoie, quand je reçois un appel de Holly.

Maman revient à sa place avec un sourire équivoque que je m'empresse d'effacer en tournant le téléphone vers elle afin qu'elle voie la photo de ma meilleure amie tirant la langue, affichée sur l'écran.

Je me marre en voyant son visage se contorsionner en une grimace. Disons qu'elle n'a jamais été fan des cheveux rouge écarlate…

— Allô ?

— Qui c'est qui va être trop canon vendredi ? s'écrie mon amie.

Je fronce les sourcils en baissant le son de mon téléphone car, vu le volume de sa voix, tout le voisinage l'a déjà certainement entendue.

— Je peux savoir de quoi tu parles ? demandé-je en croquant un morceau de carotte crue.

— Vendredi soir. Tu m'accompagnes à la soirée organisée par Thaïs, tu n'as pas imaginé que j'avais oublié notre accord quand même !

Je me tape une main sur le front en soufflant. Évidemment que j'avais oublié…

— Holly, est-ce que je suis vraiment obligée de…

— Je passerai une heure avant, afin qu'on se prépare chez toi, OK ? J'ai fait les magasins, je t'ai pris une robe !

Je me décompose mentalement, et malgré mon silence elle embraye :

— OK, on fait comme ça alors. Bisous, ma biche, à demain.

Et elle raccroche sans me laisser le temps de dire quoi que ce soit. Quand elle a une idée dans la tête, rien ne peut la faire changer d'avis.

Je lâche un énorme soupir avant de ranger mon téléphone pour m'attaquer aux courgettes. Je ne reviendrai pas sur ce que j'ai dit, surtout quand je vois à quel point ça fait plaisir à ma meilleure amie que je sorte avec elle, mais bon sang ce que ça me coûte d'aller à une fête ! Ce genre de soirée ne m'attire pas du tout, pire, elle m'effraye.

— Qu'est-ce qui se passe ? m'interroge maman. Tu as l'air contrariée.

— C'est Holly. Je lui ai promis de l'accompagner à une soirée vendredi mais, comme tu t'en doutes, je n'en ai pas la moindre envie.

En voyant maman ouvrir grand les yeux de stupeur, je lui explique :

— J'ai perdu un pari, c'est une longue histoire.

— Oh ! je me disais aussi, lâche-t-elle en riant. Eh bien, je trouve ça super, moi !

Je n'ai pas le temps de rétorquer quoi que ce soit qu'elle pose une main sur la mienne pour me forcer à la considérer.

— Angel, dit-elle plus sérieusement. Tu as dix-sept ans, il faut que tu profites de ta vie de lycéenne. Ça te fera du bien de sortir avec des jeunes de ton âge.

Je ne réponds pas. Cette discussion, je l'ai déjà eue non seulement avec elle, mais également avec Holly, mon père ou encore Mason.

Petite, j'ai dû apprendre à vivre enfermée à la maison et, contrairement à ce que beaucoup de gens pensent, ça ne me dérange pas. Je me suis habituée à être isolée, et m'ouvrir aux gens me fait plus peur qu'autre chose. J'aime ma vie telle qu'elle est !

Ma mère n'insiste pas et nous terminons de préparer le dîner en silence. Pendant ce temps, je me mets à réfléchir à cette fête. Mais cette pensée négative est vite balayée par celle du beau brun ténébreux à la lèvre percée.

19

Kenan

Ça a vraiment été la soirée de l'enfer. Après avoir été rabaissé par celui à qui je voue une haine sans faille, je suis tombé sur des clients qui ont vérifié toute la marchandise avant de me régler, allant jusqu'à compter le nombre de rondelles de chorizo et estimant que c'était cher payé pour le résultat. Franchement, je suis blasé face à tant de connerie humaine. Et pour couronner le tout, maintenant que je viens de passer la porte de chez moi, je me rends compte que mon frère n'a encore une fois pas respecté ce que je lui avais dit. Je commence sérieusement à perdre patience !

À travers la baraque plongée dans une profonde obscurité, j'appelle mon cadet mais, comme d'habitude, aucune réponse. Je vais dans ma chambre, mais elle est déserte, elle aussi. Les nerfs à vif, je claque la porte et retourne dehors pour faire le tour de ses repères de fortune. Je sors tout juste de la maison que cet imbécile arrive face à moi, hyper détendu.

— Oh ! déjà là, frérot ?

— Je ne t'avais pas dit de rester ici ce soir ?

— Oui, mais j'ai dû dépanner un pote qui…

— J'en ai rien à foutre ! le coupé-je sans lui laisser terminer son énième mensonge. Tu dois juste faire ce que je te demande. Et au pire, tu peux te servir du petit boîtier tactile que tu as toujours sur toi et qui te sert à communiquer. Tu sais, ton téléphone ! conclus-je en lui montrant le mien.

— Très drôle…

— Maintenant tu vas te doucher et te coucher. Demain tu as cours !

— Oui, papa.

En disant ces derniers mots, il sait qu'il touche une corde sensible qui a le don de me faire vriller.

Putain de crise d'ado !

Il me rejoint ensuite dans la chambre et je l'entends s'affaler lourdement dans son pieu. Au bout de quelques minutes de silence, il me lance :

— Si moi je ne sais pas me servir du téléphone, toi tu n'as jamais été autant accroché au tien.

Je soupire, même si je sais qu'il a raison. Ces derniers temps, je n'arrive plus à le laisser de côté.

— D'ailleurs, la lumière de ton portable m'empêche de dormir et je vais être fatigué pour l'école, demain.

Là il se fout clairement de moi, mais je ne sais pas si c'est la pression accumulée de cette journée qui me fait ça : j'explose de rire et il me rejoint rapidement.

Peu de temps après, j'entends sa respiration se calmer et je comprends qu'il s'est endormi. Je repense à ma soirée et me fais la réflexion que le seul point positif a été quand mon patron m'a dit que j'avais fait trop d'heures supplémentaires et que je ne travaillais pas les deux prochaines soirées. À ce moment-là, une seule image me vient en tête et je pianote sans réfléchir.

[Rendez-vous demain à 18 heures au Majestic 10.]

[Mais demain on sera jeudi !]

[Bien vu. Et après-demain, c'est vendredi…]

Je me moque gentiment d'elle, mais c'est presque devenu notre mode de communication habituel. Et sa réponse me fait comprendre qu'elle n'a vraiment pas l'habitude de sortir, encore moins en semaine.

[On a cours le lendemain.]

[Ouais, et alors ?]

J'ignore comment elle va interpréter ma dernière réponse, mais elle sait que je ne fais pas dans la dentelle. Cependant, elle met beaucoup de temps à répondre et je me demande si je ne devrais pas lui renvoyer un message. Quelques minutes plus tard, je reçois :

[Je serai là.]

C'est nul, mais le simple fait de savoir qu'elle a accepté mon invitation me conforte sur le fait que tout se passe comme sur des roulettes. Bon, ça m'a aussi permis de dormir comme un bébé. Du coup, ce matin, j'ai une pêche d'enfer et mon meilleur pote le voit tout de suite.

— Tu as l'air en forme, Ken.

— Ouais, ça va bien et toi, mieux ?

— Ça se tasse…

Au moment où je m'apprête à entrer en cours de littérature, mon téléphone vibre.

[Vu les séances autour de 18 heures, on n'ira certainement pas voir le même film.]

Je lui réponds instantanément de la même façon qu'elle la dernière fois :

[Bonjour à toi aussi...]

[Hello :)]

Effectivement, nous n'avons pas du tout les mêmes goûts cinématographiques, mais j'aimerais bien sortir Angel de sa zone de confort.

[Tu me fais confiance ?]

[Non.]

Je me marre tout seul et le prof me fait largement remarquer que les téléphones sont interdits en cours, ce qui me vaut des regards appuyés de la part des autres. Je me surprends à avoir hâte que cette journée se termine. Quand je croise Angel au self, je passe juste derrière elle pour qu'elle comprenne que je suis dans les parages et lui envoie :

[Action ?]

[Plutôt vérité.]

[Je ne te proposais pas de jouer...]

[Je sais, mais la vérité c'est que je déteste les films d'action !]

Je lui renvoie un smiley qui rit, mais je ne vais pas lâcher si facilement. Au bout de plusieurs minutes, elle répond :

[Comédie musicale ?]

Quand je lis son message, je la fixe en grimaçant.

[Oublie.]

Mais je suis vite stoppé dans mon délire par Jake qui se pose face à moi.

— T'es sérieux, mec ?

— Laisse, je déconne avec mon frère.

— En faisant cette tête de débile ? À d'autres !

Il se retourne et tombe sur Angel qui glousse face à son écran. Il secoue la tête en engloutissant une fourchette de salade, mais ne m'en demande pas plus. Et ça me va bien. Pour éviter d'avoir à me justifier, je range mon téléphone et nous terminons notre repas en discutant de notre dernier match et du classement de notre équipe favorite.

Je lui montre aussi la dernière paire de baskets qui me fait de l'œil mais que je ne m'offrirai certainement jamais.

Pendant les cours de l'après-midi, je ne suis qu'à moitié concentré et dès que la sonnerie retentit je file au pas de course.

— Rencard ? me lance Jake.

— Non, je dois voir un truc avec Adrian.

— Alors, passe-lui le bonjour, me répond mon pote avec un gros clin d'œil lourd de sens, l'air amusé.

Je n'ai pas recroisé Angel et je me demande si elle a déjà quitté le lycée.

[Besoin d'un chauffeur ?]

[Toujours pas prête à chevaucher quoi que ce soit !]

J'explose de rire et je ne sais pas si elle a fait exprès d'y mettre un double sens, mais je la trouve de plus en plus taquine. Et c'est bizarre, mais ça me plaît.

J'ai à peine le temps de me garer devant le ciné qu'Angel est déjà là à attendre. Son habituelle tresse posée sur son épaule, elle consulte le dépliant pour voir ce qui est à l'affiche.

Je me poste derrière elle discrètement avant de lui glisser à l'oreille :

— Salut…

Elle pousse un cri de peur en sursautant.

— Mais t'es malade !

Quand elle voit que je m'esclaffe, elle me rejoint en posant sa main sur sa poitrine. Et c'est la première fois que je la vois rire sans retenue. Bizarrement, j'aime ce que cela me procure.

Après avoir repris ses esprits, elle agite devant moi le prospectus avant de dire :

— Je vote pour celui-ci.

L'affiche ne donne vraiment pas envie.

— Même pas en rêve !

— Alors *Animal singer 2* !

— Tu plaisantes ? Je n'ai pas vu le premier.

— Quoi ? Mais c'est la base.

— Suis pas fan des animaux chanteurs.

Elle lève les yeux au ciel. Je sais d'avance qu'elle va refuser ma prochaine proposition, mais je veux la convaincre.

— *Stars Résurrections.*

Elle explose de rire et me demande si je suis vraiment sérieux, mais à l'expression de mon visage elle se sent prise au piège.

— Je n'en ai vu aucun, je ne peux pas…

— Ce n'est pas une suite. En plus, on peut voir la séance en 4DX.

— Qu'est-ce que c'est ?

— Tu ne connais pas ?

Elle fait non de la tête et là, je me dis que j'ai ma carte à jouer.

— Allez, fais-moi confiance…, dis-je en la fixant intensément dans le blanc des yeux.

Alors que jusqu'à maintenant elle avait réussi à me parler sans trop se cacher, sa pudeur refait surface et elle baisse la tête avant de souffler :

— OK.

Je souris avant de me diriger vers la caisse en posant une main dans son dos pour la faire avancer jusqu'au guichet. Dans un premier temps, je sens qu'elle est perturbée par ma proximité, mais elle finit par se détendre sans se dégager. Je lui renvoie un clin d'œil pour la rassurer, mais elle se réfugie de nouveau dans son écharpe pour que je ne la voie pas rougir.

— Tu me devras un film historique !

— Ouais, on verra…, raillé-je.

Quand le caissier nous donne nos lunettes 3D, elle examine l'objet avec scepticisme tout en souriant. Nous rejoignons la salle et, en y pénétrant, elle ne fait qu'observer autour d'elle en constatant que les sièges sont différents d'une salle classique.

— Tu vas voir, les effets sont dingues, lui dis-je en chaussant mes lunettes.

Elle fait de même, et on se marre tous les deux en voyant nos têtes avec cet objet. Étant juste à l'heure, la salle nous plonge dans le noir et le film débute. Au bout de quelques minutes, les fauteuils commencent à bouger au rythme de l'action à l'écran et on peut ressentir l'effet du vent, les odeurs de feu et les lumières qui changent en fonction des images.

J'adore !

De son côté, Angel semble se cramponner aux accoudoirs, mais elle ne lâche pas le film des yeux. Elle paraît concentrée mais, en la voyant tourner la tête à plusieurs reprises face à certaines scènes d'action, je glisse lentement ma main vers la sienne jusqu'à la frôler, ce qui fait qu'elle se tend dans un premier temps. Cachée derrière ses lunettes, elle m'observe du coin de l'œil mais ne bouge pas et vient même discrètement coller le dos de sa main contre la mienne. C'est étrange, mais ce simple contact aussi infime soit-il me fait un drôle d'effet. Nous terminons la séance dans cette position, sans qu'aucun de nous deux n'aille plus loin. Une première pour moi !

Quand le générique apparaît, Angel se redresse directement et enlève ses lunettes avant de me regarder :

— C'était… spécial !

— Tu as aimé ?

— Honnêtement ? Non. Mais les effets sont impressionnants.

Je ne peux pas me retenir de rire face à sa franchise. Angel semble beaucoup plus détendue qu'à notre arrivée mais, lorsque nous sortons de la salle, elle resserre les pans de sa doudoune en bâillant.

— Fatiguée ?

— Non, ça va. Disons que je m'aère le cerveau après tant d'émotions ! Ou plutôt, j'ai faim.

Je ne sais pas si elle me tend une perche, mais je la saisis directement. Sans même le savoir, Angel anticipe souvent certaines de mes réactions et ça aussi ça me fait bizarre, comme si elle lisait dans mes pensées.

C'est débile !

— Ça te dit qu'on aille manger quelque part ?

Elle se balance d'un pied sur l'autre, visiblement embarrassée par mon invitation mais elle acquiesce et, au fond de moi, je suis content que notre moment ensemble ne s'arrête pas là.

Nous partons à pied sur Boxwood Street tout en étant à l'affût d'un endroit sympa. Ça fait tellement longtemps que je ne suis pas allé au restaurant que je suis bien incapable de la conseiller sur quoi que ce soit. Et je dois aussi avouer que c'est une première pour moi, d'emmener une fille dîner. Surtout que d'ordinaire je ne touche pas à mes économies pour ce genre de chose.

— Tu choisis l'endroit, proposé-je.

Elle continue d'avancer en étudiant les vitrines de la rue avant de s'arrêter devant une devanture qui ne paye pas de mine.

— Ici ! déclare-t-elle face à un restaurant vietnamien.

Je déteste ce genre de bouffe et la grimace que je fais en dit long sur le fond de ma pensée. En me voyant, son regard change et elle me fixe dans les yeux avec un petit air de défi.

— J'ai vu un film d'action, non ?

Malgré sa timidité, cette fille est tenace et elle sait ce qu'elle veut ! Je ne peux pas refuser, sinon, elle risque de ne plus vouloir passer de temps avec moi et de faire capoter mon plan.

— Vendu ! lui répliqué-je en lui ouvrant la porte.

Toute guillerette, elle passe le seuil et rien que l'odeur me donne des haut-le-cœur, mais je n'en souffle mot.

— Si vraiment ça te dérange, on peut changer, reprend Angel, inquiète en voyant ma mine déconfite.

Mais je ne me dégonfle pas et souris en m'installant face à elle.

— T'inquiète.

Angel affiche alors un sourire éclatant et, pour la première fois depuis que nous échangeons, elle ose me regarder directement dans les yeux et engager la discussion sans se cacher ou rougir. Nous nous installons à une petite table et elle se baisse pour attraper je ne sais quoi dans son sac. Malgré ses cheveux qui me barrent la vue, je remarque qu'elle avale discrètement quelque chose. Elle relève la tête, l'air de rien et, tellement animée par la découverte des sensations qu'elle a vécue pendant la séance, elle ne s'arrête pas de parler. Ses yeux pétillent et son visage amusé me rend satisfait de la voir aussi enjouée.

— Bon, le fond du film est vraiment nul par contre ! continue-t-elle en engloutissant une fourchette de vermicelles.

De mon côté, je tente de lui démontrer la performance des chorégraphies dans les scènes d'action, tout en croquant dans un nem, mais elle n'y semble absolument pas sensible. Quand je relève les yeux pour continuer mon exposé, je ne peux m'empêcher de rire.

— Tu as un vermicelle collé sur la joue !

Sa bouche forme alors un O de surprise, et elle se dépêche d'attraper sa serviette pour s'essuyer le visage en se camouflant derrière. Nous prenons alors un fou rire simultané qui détend vraiment l'atmosphère. Nous terminons ensuite le repas en échangeant sur divers sujets, mais de façon beaucoup plus décontractée. Je découvre une Angel bien différente de celle que je côtoie depuis ces quelques jours. Elle est spontanée, drôle et plutôt craquante.

— Finalement, tu as fini ton plat, me lance-t-elle triomphante en louchant sur mon assiette vide.

— Ce n'était pas si mauvais ! lui renvoyé-je avec un clin d'œil.

Et pour le coup, je dois avouer qu'elle m'a réconcilié avec la bouffe asiatique.

Nous quittons ensuite le restaurant pour rejoindre mon scooter, mais une fois à sa hauteur, elle lève son index et le fait basculer de gauche à droite pour me signifier qu'elle n'est toujours pas d'accord.

— Mais ça ira plus vite ! Il est tard, tu ne vas pas prendre le bus, c'est dangereux le soir.

— Plus que de grimper sur ton tas de ferraille ?

Je secoue la tête en riant.

— Quand accepteras-tu de monter avec moi ?

— Jamais !

Sa réponse résonne comme un challenge pour moi. Un jour, elle grimpera derrière moi, je m'en fais la promesse.

— Comme tu veux. Fais attention et envoie un message quand t'es rentrée.

— D'accord.

J'enfile mon casque et monte sur ma bécane avant de lui dire en la fixant avec insistance :

— On se revoit bientôt ?

— J'espère…, répond-elle sans me lâcher des yeux.

Angel regarde ma bouche avec insistance, ce qui me surprend. Et me plaît aussi.

Elle tourne finalement le visage et recule, mais je ne suis pas dupe. Je vois bien son petit sourire dissimulé qui en dit long sur le fond de sa pensée.

Ce rencard ne sera certainement pas le dernier.

J'aurais pu l'embrasser pour mettre mon plan à exécution, mais je ne préfère pas la brusquer. Nous nous quittons devant le ciné et j'attends qu'elle monte dans le bus avant de partir à mon tour.

Une fois chez moi, je patiente de longues minutes avant de recevoir :

[Bien rentrée à la maison. Merci beaucoup pour cette agréable soirée instructive. À charge de revanche ;-)]

Et mon cœur part en vrille, sans que je ne veuille bien comprendre le message qu'il me fait passer.

20

Angel

— Sérieux, on dirait le placard de ma grand-mère !

Je ris en voyant Holly postée devant mon dressing, les poings sur les hanches et les yeux écarquillés.

— T'exagère ! dis-je depuis mon lit sur lequel je suis confortablement installée.

— Ouais, tu as raison… ma grand-mère, elle, a un minimum de classe !

Toujours morte de rire, je balance un oreiller à travers la pièce, mais étant donné mon talent pour viser, il passe à plus d'un mètre d'elle pour atterrir sur mon bureau.

— Tu es sûre que tu ne veux pas mettre la robe que je t'ai ramenée ? m'interroge-t-elle en se tournant vers moi.

— Je te le répète : c'est non négociable !

Ma meilleure amie a débarqué ici il y a plus d'une heure avec un sac rempli d'accessoires, de maquillage, ainsi que deux robes. Quand elle les a sorties en me demandant de choisir l'une d'entre elles, je n'ai pas pu m'empêcher de lâcher un cri d'horreur.

Non seulement elles étaient toutes les deux extrêmement courtes et décolletées, mais en plus, d'un coloris impossible. Une rose fuchsia et l'autre vert pomme !

Honnêtement, c'est le genre de couleur qui va à mon amie. Holly a le corps et la personnalité pour s'habiller de manière si excentrique et burlesque. Moi, là-dedans, j'aurais l'air totalement ridicule !

— Mais il n'y a rien dans ce placard qui fasse « soirée », râle-t-elle en y retournant.

Je hausse les épaules avant de caler mon dos avec un autre oreiller. Déjà que je n'ai pas envie de sortir, je ne compte pas me prendre la tête avec des fringues. En plus, je suis épuisée ! Je n'ai pas l'habitude de me coucher tard, surtout en plein milieu de la semaine. Il était déjà presque minuit quand je suis rentrée hier soir et une fois dans mon lit, impossible de fermer l'œil.

Malgré l'heure tardive, mon cœur battait la chamade et mon cerveau ne cessait de ressasser les moments passés avec Kenan.

— Bon sang, voilà qu'elle recommence !

La voix stridente de ma meilleure amie me sort de ma torpeur. Elle revient les bras chargés d'habits qu'elle lance sans ménagement sur mon matelas avant de s'y asseoir. Je l'interroge du regard.

— Fais pas ton innocente, Barbie, je sais très bien quand tu penses à Ken !

Je lève les yeux au ciel en l'entendant utiliser ces surnoms idiots et lui demande :

— Ah ouais et comment tu peux le savoir, tu lis dans les pensées maintenant ?

— Pas besoin ! réplique-t-elle en croisant les bras. Tu as cette fameuse expression stupide sur le visage quand ça arrive.

— Stupide ? répété-je, hébétée qu'elle emploie ce mot pour me décrire.

— Ça va, ne fais pas ta susceptible, ce n'est pas propre à toi. Être amoureux rend tout le monde stupide, tu devrais savoir ça.

— Non, réponds-je en secouant la tête. Comment veux-tu que je le sache ?

Holly est parfaitement au courant de mon histoire avec Nick et, même si j'avoue m'être rapidement attachée à lui, elle sait aussi bien que moi que ce n'était pas de l'amour.

— Je n'ai jamais été amoureuse ! ajouté-je en voyant son air sceptique.

— Ah ouais et il t'arrive quoi, là, à ton avis ?

Mon amie se marre avant de se tourner vers le tas de vêtements qu'elle a posé sur le lit pour fouiller dedans. Quant à moi, je reste bloquée sur ce qu'elle vient de dire. C'est complètement absurde, il est impossible de tomber amoureux aussi vite ! Et pourtant, il y a cette petite voix dans ma tête qui me hurle le contraire.

Je ne sais pas réellement ce que je ressens pour Kenan, mais en tout cas, c'est nouveau et très fort. Ce n'est pas un simple flirt d'adolescente… Je sais que toutes les filles de mon âge disent la même chose, mais si je suis sûre d'une chose, c'est que Kenan est en train de me marquer au fer rouge. Et c'est si grisant !

Je ne laisse pas mon cerveau dériver vers ma soirée de la veille. Je l'empêche également de réciter mentalement tous nos derniers textos échangés. À force de les lire, je les connais par cœur. À l'inverse, je me concentre au maximum sur Holly, qui lève en l'air une jupe beige avec un top noir légèrement pailleté.

— Tu rigoles, là ? C'est ce que je portais au mariage de mon cousin cet été !

Holly grimace en scrutant les vêtements avant de revenir à moi :

— C'est les seules fringues potables que j'ai trouvées ! Qu'est-ce qui pose problème ?

Je soupire franchement avant de les lui arracher des mains et me lève pour aller les ranger.

— Je viens de te le dire. Il s'agit d'une tenue que j'ai mise pour un mariage et en plus, en été ! Tu sais combien de degrés il fait dehors ?

— C'est pas vrai ! souffle-t-elle. Et quoi, tu comptes mettre un col roulé ?

Et pourquoi pas ?

Ça, je ne lui dis pas, au risque de la voir exploser. Je me contente de ranger mes habits à leur place, mais elle me rejoint pour me récupérer mon top des mains.

— Holly, ça suffit !

Elle se fige en m'entendant hausser le ton et nous nous défions du regard en plein milieu de mon dressing.

— Écoute, dis-je plus calmement pour faire retomber la pression, je te remercie de vouloir m'aider, mais n'essaye pas de me changer, s'il te plaît.

L'agacement sur son visage laisse vite place à un air attristé qui me fend le cœur.

— Jamais je n'essayerai de te changer, voyons. Je veux juste... que tu t'amuses. Que tu profites de la vie !

Envahie par l'émotion qui se dégage de ses paroles, je souris. Au fond, je sais qu'elle fait ça pour mon bien, mais se rend-elle compte que ça ne sert à rien ?

Holly me connaît par cœur, depuis des années. Elle était là quand j'ai traversé la pire période de ma vie et je sais que, même si on n'en parle jamais, elle s'inquiète beaucoup pour moi.

— On va s'amuser, je te le promets, la rassuré-je en posant les mains sur ses bras.

Holly me surprend en se jetant instantanément dans les miens pour me faire un câlin. Sentir mon amie contre moi me réconforte grandement. Pourtant, ce n'est pas trop notre style de s'étreindre comme ça, donc, une fois séparées, on éclate de rire.

Sitôt que nous avons repris nos esprits, elle s'empare d'un jean brut qu'elle place en dessous du fameux top, face à elle.

— C'est un bon compromis, non ?

Je me mords la lèvre, hésitante. Je ne mets jamais ce pantalon, car je le trouve trop serré. Quant à ce haut, je crains de mourir de froid avec…

Seulement, je n'ai plus envie de me battre avec la folle furieuse qui se tient devant moi et qui affiche un air de chien battu pour me faire céder.

— D'accord…

Holly lâche un cri de guerrière lorsque je lui attrape les vêtements des mains, ce qui me fait pouffer de rire. Cette fille est complètement folle !

— Bon, allez, habille-toi vite que je te coiffe et te maquille.

Quoi ?! Elle me prend vraiment pour sa poupée Barbie en fait !

Ma meilleure amie fait comme si elle ne voyait pas que cette idée me déplaît en sortant toute l'artillerie de son sac pour l'étaler sur mon meuble en bois. Je me change en soupirant bruyamment pour qu'elle l'entende.

Pourvu que cette soirée passe vite !

21

Kenan

En rentrant de l'entraînement, je file prendre une douche avant de m'affaler sur le canapé pour zapper sur les différentes chaînes. Ça fait bien longtemps qu'il ne m'est pas arrivé d'avoir du temps libre en début de soirée et je savoure ces quelques minutes de détente avant de me rendre compte que les programmes sont tous aussi nuls les uns que les autres. Aujourd'hui, nous nous sommes échangé quelques messages avec Angel et, à chaque fois que je l'ai croisée, je n'ai pas pu éviter de l'observer plus ou moins discrètement.

Bien que j'essaye de me focaliser sur autre chose, je ne peux me résigner à ne pas repenser à ma soirée de la veille. J'ai vraiment passé un bon moment avec elle et, au risque de paraître relou, je décide de lui proposer qu'on se revoie ce soir. Elle me répond très vite :

[Pas dispo. Désolée.]

C'est étrange, mais ça me perturbe. Son message est plutôt expéditif. J'espère alors qu'il ne s'est pas produit quelque chose qui fait qu'elle ne veut plus me voir.

Qu'est-ce qui m'arrive de me prendre la tête comme ça ?

Je mets plusieurs minutes à lui répondre un « pas de problème » qui me coûte. Au fond de moi, je m'interroge sur ce qu'elle peut faire un vendredi soir, mais je ne vais certainement pas lui poser la question. Je ronge mon frein tout en tentant de me concentrer sur la télé quand mon téléphone sonne. Je me rue sur l'appareil qui affiche le nom de mon meilleur pote, ce qui fait redescendre mon baromètre d'excitation bien en dessous de zéro.

— Hey, mec, tu fais quoi ?

— Je glande…

— Cool, alors tu m'accompagnes, ce soir ! s'exclame-t-il.

— Où ça ?

— Une fête sur North Avenue. Pour une fois que tu ne bosses pas, viens, ça te changera les idées.

J'hésite, car mon frère ne va pas tarder à rentrer. Mais d'un côté, avec mon taf, ce genre de soirées se fait plus rare et je me demande si ça ne me ferait pas du bien de sortir un peu.

— Allez ! insiste-t-il suite à mon silence. Les gars seront là aussi, ça va être sympa.

Mon pote sait que je ne suis pas fan de ces soirées où tout le monde se soûle pour mieux se sauter dessus. Je crois que d'avoir participé à ce type d'événement à répétition l'an dernier m'a définitivement vacciné. En même temps, c'est ça ou traîner toute la soirée sur mon canap'.

— OK, à quelle heure ?

— 22 heures. Je t'envoie l'adresse par message. À toute, mec !

En traînant les pieds, je pars me préparer et comme par enchantement mon frère apparaît à ce moment-là.

— Tu sors encore ? m'interroge-t-il en passant la porte de notre chambre.

— C'est l'hôpital qui se fout de la charité !

Il me met un coup dans l'épaule et commence à me raconter sa journée, ce qui n'est pas arrivé depuis bien longtemps. Il est tout fier de me dire qu'il a eu un B en sciences et je le félicite.

— Maman termine dans une heure, tu l'attends ici, hein ?

— Ouais, ça va, je ne comptais pas bouger ce soir, râle-t-il en s'affalant sur mon lit.

Je lui ébouriffe les cheveux en passant devant lui et il tente de faire pareil en se redressant, mais je réussis à l'esquiver. Après avoir mis presque dix minutes à faire en sorte que mes cheveux soient à peu près potables, je ne veux pas qu'il me décoiffe.

Je prends un morceau de pain en passant dans la cuisine et file rejoindre mon engin de malheur, comme le qualifie Angel dès qu'on parle de mon scooter.

Faut vraiment que j'arrête de penser à elle !

Quand j'arrive à l'adresse indiquée, Jake, Ryan et Casey font le pied de grue dans le froid saisissant. Plusieurs voitures sont stationnées sous le patio. Dès que j'ai rejoint les gars, nous montons les marches qui encadrent la maison pour arriver sur une immense terrasse en bois qui donne sur un jardin à perte de vue.

La bastide principale est en pierre et deux extensions en bois beige l'encadrent de part et d'autre. De nombreuses fenêtres sont disposées sur les façades, et la véranda parachève la beauté du lieu.

En avançant, j'aperçois plusieurs têtes du lycée que je reconnais et d'autres que je n'ai jamais vues. Beverly me renvoie un coucou discret alors qu'elle est entourée de toutes ses copines plus maquillées les unes que les autres.

— On rentre ? Ça caille ! lance Casey qui n'est venu qu'avec un petit blazer en cuir.

— C'est ça de jouer au beau gosse…, le taquiné-je en lui adressant un clin d'œil.

Nous pénétrons dans le grand salon au plafond haut à l'intérieur duquel plusieurs canapés sont installés. La cuisine est directement ouverte sur la salle à manger et ce qui m'impressionne le plus, c'est cette énorme cheminée dont le conduit en pierre est très imposant. Un feu crépite à l'intérieur et, intrigué qu'elle ne soit pas positionnée contre un mur, je fais le tour et me rends compte qu'il s'agit vraiment d'un meuble à part entière.

Trop classe, la baraque !

— Tu bois quoi ? m'interroge une fille au teint mat et aux cheveux frisés que j'ai aperçue au lycée.

— Un Coca, s'il te plaît.

— Waouh, c'est la folie !

Je souris à sa moquerie. En effet, je n'ai pas envie de rester ici jusqu'à pas d'heure et faut quand même que je rentre chez moi entier.

— Petit joueur, déclame une voix que je reconnais bien et qui me donne la gerbe.

Il ne manquait plus que lui ! Cet abruti de Mason lève une bière en l'air avant de boire à même le goulot.

Je l'ignore et repars vers l'entrée pour retrouver mes potes. Je me fais arrêter par plusieurs lycéens qui m'abordent comme si on se connaissait et je scrute l'environnement qui grouille de monde et de bruit.

Dans le fond de la pièce, une crinière rouge attire mon attention et malgré moi mon regard s'arrête sur la personne qui l'accompagne. Scotché, je reste interdit de voir Angel ici, cheveux lâchés. Elle baisse le regard, visiblement intimidée, quand sa meilleure amie la prend par le bras pour qu'elles s'approchent d'un groupe de personnes. Elle n'a pas remarqué ma présence et je prends le temps de la détailler sans qu'elle me voie. À l'inverse de ses vêtements informes habituels, elle porte un haut noir ajusté et un jean taille haute qui met en valeur ses hanches et sa taille fine. Je n'arrive pas à détacher les yeux de son visage qui est légèrement différent de d'habitude, lui aussi. De discrètes paillettes soulignent ses pommettes rebondies et la couleur de ses iris ressort davantage. *Pas mal…*

Je ne sais pas ce qui m'arrive, mais la voir ici et apprêtée de la sorte me laisse pantois. D'un côté, je suis content qu'elle soit là, mais d'un autre, je suis déçu qu'elle ait préféré cette soirée plutôt que de me voir moi.

Je m'empresse alors de prendre mon téléphone pour lui écrire :

[Très en beauté, ce soir, mademoiselle Davis…]

Je la vois fouiller dans sa pochette pour s'emparer de son portable et quand elle lit mon message, son visage se décompose. Sourcils froncés, Angel me cherche alors parmi la foule, mais elle n'a pas le temps de me trouver que son frère arrive à son niveau. Il l'attrape par le poignet et se penche vers elle afin de lui parler à l'oreille. Je ne peux pas entendre ce qu'ils se disent, mais, vu d'ici, Mason a l'air aussi surpris que fâché de voir sa petite sœur dans ce genre d'endroit.

Au bout de quelques secondes, il la relâche et s'éloigne en levant les bras à l'attention de l'assemblée, ce qui a pour effet que les filles braillent à leur tour pendant qu'il se met à danser au milieu d'elles.

De mon côté, je ne bouge pas, en attendant sa réponse. Sans que je m'y attende, elle passe devant moi en me frôlant le bras et tourne légèrement la tête pour me lancer un bref regard. Je ne sais pas si c'est dû au contexte, mais je me sens excité par la situation !

Je la suis des yeux et elle part s'asseoir dans un fauteuil dans un angle avant de pianoter sur son téléphone.

[Combien de pots de gel pour une si belle coiffure ?]

Elle sourit tout en fixant son écran et, quand elle relève les yeux, son regard rencontre directement le mien. Une petite mèche lui retombe sur le front et je me rends compte qu'elle est vraiment très belle, ce soir. Comme si nous étions seuls, nous ne nous lâchons pas du regard tandis que mon cœur s'accélère. Il fait super chaud, ici !

Nous continuons à nous envoyer des messages en nous taquinant l'un l'autre, sans pour autant nous poser de questions précises sur notre présence ici. Au fur et à mesure de nos échanges, je m'impatiente de ne pouvoir communiquer que par écrans interposés.

Je n'ai pas l'habitude de dialoguer par écrit et encore moins avec une fille, mais finalement c'est presque devenu un besoin depuis que j'échange avec Angel. Savoir que son frère est dans le coin et la voir là en face de moi, sans pouvoir l'approcher, commence sérieusement à me taper sur le système.

Une musique un peu plus douce retentit alors. Entre-temps, Jake me rejoint pour me parler d'une fille sur qui il bloque depuis un moment et avec qui il vient d'engager la conversation. Il semble tout excité et je l'encourage à continuer sur sa lancée alors que de mon côté la frustration de voir Angel sans pouvoir lui parler librement grandit. En effet, ça va faire une heure que nous discutons par messages alors que je meurs d'envie de l'avoir en face de moi.

Le problème, c'est que si je craque, ça pourrait tout faire capoter. Je ne peux pas prendre le risque que Mason nous voie ensemble, ou je peux dire adieu à mon plan.

Je me balance d'un pied sur l'autre pour étouffer mes pulsions, et son dernier message accentue ma frustration :

[Dommage qu'on ne puisse pas danser…]

Je ne réponds pas et fais mine de parler avec un pote en l'observant du coin d'œil. Quand je la vois ranger son téléphone et s'éloigner, je m'élance dans son sillage.

22

Angel

Je regrette tout de suite mon dernier message en voyant qu'il ne me répond plus. Avec Kenan, j'ai tendance à dire tout ce qui me passe par la tête, mais peut-être que lui avouer que j'aurais aimé danser avec lui était de trop… Surtout que je ne sais même pas danser !

Voyant que Kenan m'ignore désormais, je décide d'aller me servir un verre de jus de fruits pour étouffer le feu qui s'intensifie dans mon estomac. Je me lève du fauteuil dans lequel j'étais installée et cherche Holly, mais je ne la vois nulle part dans la salle. J'avais un œil sur elle au départ et j'ai vu qu'elle flirtait avec un mec de notre lycée. Mais, au fur et à mesure de mes échanges avec Kenan, je l'ai complètement perdue de vue.

Alors que je me dirige vers la table où sont disposées les boissons, je continue à regarder autour de moi pour voir si Kenan est dans les parages, mais toujours rien. J'espère ne pas l'avoir fait fuir. Je m'avance vers la large cheminée pour emprunter le couloir menant aux toilettes quand quelqu'un m'attrape fermement par le bras. Je lâche un cri de surprise avant de constater qu'il s'agit de lui. Ses doigts enroulés autour de mon poignet et son odeur musquée et poivrée me détendent dans la seconde. Ou pas, étant donné les battements effrénés de mon cœur.

Je n'ai pas le temps de lui demander ce qu'il veut qu'il m'emmène derrière la cheminée avant de plaquer ses mains sur la pierre de façon à encadrer mon visage. Son nez frôle le mien tandis que nos regards sont accrochés l'un à l'autre. Nos souffles sont courts, mais aucun de nous n'ose bouger. Seuls et à l'abri des regards, il fait encore plus sombre, mais surtout… encore plus chaud !

Il se redresse et nous reprenons des distances convenables, ce qui me laisse dans un vide incroyable, mais nous permet de recouvrer une respiration normale. Même si j'ai passé ma dernière heure à le mater, au loin, je ne peux m'empêcher de l'admirer encore. Il est habillé simplement comme d'habitude : sweat blanc et jean. Son piercing noir est toujours là, au centre de sa lèvre inférieure. La seule chose qui change, c'est sa coiffure, qu'il a pris le temps de dompter dans un effet parfaitement imparfait.

Alors que je le fixe sans retenue, je prends conscience que lui aussi me dévisage et j'espère vraiment que je lui plais un minimum. Soudain, il se rapproche de nouveau de moi et penche la tête pour me dire à l'oreille :

— Je crois bien que quelqu'un voulait danser…

Sa proximité me coupe le souffle. Pas le temps de lui dire que je plaisantais qu'il m'entoure de ses bras pour poser ses larges paumes chaudes dans le bas de mon dos. Dans ses bras musclés, je me sens comme enveloppée. Ce contact inattendu me force à fermer les yeux et je finis, dans un geste timide et maladroit, par poser mes mains sur ses épaules musclées.

Quand j'ouvre les paupières, c'est son menton carré que j'ai en face des yeux, sa mâchoire puissante et ses lèvres bien dessinées. J'inspire discrètement une bouffée d'air pour me calmer tandis que nous nous balançons lentement de gauche à droite, au rythme de la musique de *Do You Really Want to Hurt Me* de Culture Club. Je suis d'ailleurs étonnée que ce style des années 1980 passe dans ce genre de soirées. Cette chanson que j'adore couplée à ce corps chaud et athlétique collé contre le mien me rend toute chose.

Bon sang, je n'ai jamais ressenti ça ! Mes jambes sont en coton, et un tourbillon d'émotions s'empare de moi.

Au bout de plusieurs secondes à savourer son odeur enivrante, Kenan finit par dire :

— Je ne m'attendais pas à te voir ici…

J'ai la gorge tellement nouée que je préfère rester silencieuse. Moi non plus je ne m'attendais vraiment pas à le voir. Alors que je priais le ciel pour que cette soirée ne s'éternise pas, voilà qu'à présent je désire tout le contraire. Les minutes défilent à une vitesse folle dès lors que je discute avec Kenan, mais quand je suis avec lui et qu'il me touche comme maintenant, c'est autre chose qui me perturbe et j'ai du mal à mettre des mots dessus. Je crois que je me sens simplement… vivante !

Soudain, il s'arrête de bouger, me forçant à relever la tête pour le regarder dans les yeux. Mon pouls s'accélère lorsqu'il remonte une de ses mains jusqu'à mon visage pour écarter quelques mèches de mon front.

— Tu m'as caché ton intérêt pour les soirées étudiantes…

Je me mords le coin de la lèvre pour retenir un sourire, et le fait qu'il fixe ma bouche me déboussole encore plus.

— À vrai dire, c'est la première fois que je mets les pieds dans une fête, avoué-je d'une voix enrouée.

Kenan lève les sourcils, surpris, alors j'anticipe sa question en ajoutant :

— J'ai perdu un pari avec Holly.

Ses lèvres s'étirent en un sourire que je ne peux m'empêcher de fixer avec envie. Ouais, pour la première fois, j'ai envie qu'il m'embrasse…

— Dis-m'en plus ! dit-il en se remettant à bouger.

Embarrassée, je décide tout de même d'être franche :

— J'étais persuadée qu'un mec comme toi ne pouvait pas s'intéresser à quelqu'un comme moi…

Malgré la pénombre, je remarque ses traits s'embrumer. Il en perd également le sourire et je me demande ce que j'ai bien pu dire de mal. Kenan finit par resserrer son étreinte avant de coller sa bouche contre mon lobe.

— Eh bien visiblement, tu t'es trompée.

Son murmure ajouté à la sensation de froid de son piercing contre ma peau me fait carrément frissonner. Je n'arrive pas à croire à ce qui m'arrive… Je n'arrive pas à croire que je suis en train de vivre un truc aussi intense que je ne pensais possible que dans les livres !

Je ferme de nouveau les yeux et me laisse aller contre lui en posant ma tête contre son torse. Je jure entendre son cœur qui bat au même rythme que le mien mais, encore une fois, j'essaye de ne pas trop me faire d'idées.

Une nouvelle chanson beaucoup plus rythmée retentit et je sursaute avant de me dégager vivement des bras de Kenan. Comme si je revenais brusquement à la réalité. Il m'observe, incrédule et de l'incompréhension passe dans son regard. Il fait alors un pas en arrière sans dire un mot. Je ne veux surtout pas qu'il croie que je n'ai pas apprécié ce moment et, pour le retenir malgré tout, je lance :

— Dis-moi, Kenan, comment tu connais mon nom de famille ?

Il fronce d'abord les sourcils, surpris par ma question. Puis, lorsqu'il capte, il écarquille les yeux.

— Désolé, dit-il en secouant la tête. Je sais que tu es la sœur de Mason.

J'ouvre grand la bouche de stupeur en y portant les mains. Les rôles s'inversent instantanément et c'est moi qui suis tout à coup mal à l'aise. J'imaginais juste qu'il s'était renseigné sur moi ou, au pire, qu'il avait quelques doutes. Mais je ne m'attendais pas à ce qu'il sache carrément qui j'étais.

— Je… je te jure que j'allais te le dire. Mais… c'est que… comment tu l'as su ?

Son léger sourire moqueur se fane à la seconde où il regarde par-dessus mon épaule. Kenan recule vivement avant de disparaître complètement. Je me retourne et tombe directement sur mon frère, le regard dans le vide, qui semble me chercher alors que je me trouve à peine à trois mètres de lui.

Je soupire en le rejoignant. Même si ça m'arrange qu'il ait un coup dans le nez et que par conséquent il n'a rien capté de mon rapprochement avec Kenan, je déteste le voir dans cet état.

— T'es complètement bourré ! constaté-je en croisant les bras.

— C'est à moi de m'inquiéter pour toi, rétorque-t-il en me pointant du doigt.

— Tu n'as pas à t'inquiéter, Mason. Je suis une grande fille maintenant.

Une lueur que je connais que trop bien passe dans ses yeux brillants, mais il finit par secouer la tête.

— Je n'aime pas te savoir ici.

— Ça tombe bien, car je comptais justement rentrer à la maison. Si tu venais avec moi ?

Mon frère consulte sa montre avant d'éclater de rire.

— OK, j'ai compris, Monsieur-je-fais-la-fête-toute-la-nuit. Fais attention à toi.

— T'inquiète, je dors ici.

Chez Thaïs ? OK, je ne veux pas en savoir plus.

Je regarde rapidement autour de moi et me dépêche de lui déposer un rapide bisou sur la joue avant de tourner les talons. Je fais le tour de la pièce pour trouver Holly, mais ne la vois nulle part. Alors que je récupère mon portable pour lui écrire, un message de Kenan me fait frémir :

[J'espère que la prochaine fois, j'aurai droit à la même chose…]

J'en conclus qu'il m'a vue embrasser mon frère et je rougis en pensant qu'il m'observe discrètement encore. Malgré tout, je lui réponds sans hésiter et avec une assurance qui me surprend moi-même :

[Fallait pas t'enfuir…]

Le cœur tambourinant, je fixe l'écran en attendant sa réponse quand ma tornade carmin fait son apparition.

— Putain, j'ai fait la rencontre d'un mec trop canon !

Ma copine me raconte le déroulé de sa soirée sans oublier le moindre détail. Apprendre que son nouveau flirt lui a peloté les seins dans les toilettes me fait grimacer de dégoût, mais elle semble plutôt enjouée. Mon portable vibre dans ma main, annonçant plusieurs messages, et je lutte pour ne pas les lire.

— … c'était trop bien ! termine-t-elle. Et toi, tu as pu t'amuser quand même ? Je suis désolée de t'avoir abandonnée, ma biche, promis maintenant je te lâche plus !

Si elle savait que je viens de passer les meilleurs instants de ma vie…

Pour ne pas la stopper dans ses délires, et parce que je me sens motivée, j'accepte de danser avec elle. Et, contre toute attente, je m'amuse comme une folle ! Même si Kenan ne quitte pas une seconde mon esprit, je profite à fond de ce moment avec ma meilleure amie. Après plusieurs danses, je suis K-O et demande à Holly de rentrer, ce qu'elle accepte sans rechigner. Nous récupérons nos manteaux, et j'ai beau laisser traîner mon regard partout autour de moi, je ne repère pas Kenan.

Quand nous sortons sur la terrasse en bois, le froid glacial me saisit. Holly parle sans discontinuer pendant que nous nous dépêchons de rejoindre l'Uber qu'elle a commandé. Le chauffeur a à peine le temps d'effectuer son premier virage que mon amie s'endort comme une masse. Je récupère enfin mon téléphone pour lire tous les messages de Kenan :

[Compte sur moi.]

[On a encore plein de choses à se raconter, mademoiselle DAVIS.]

[Fais de beaux rêves.]

Mon organe vital ne sait plus quoi faire pour me démontrer sa joie. Il bat tellement vite que je suis obligée de poser une main sur ma poitrine pour éviter de crier à travers l'habitacle. En tout cas, je suis désormais certaine d'une chose : je suis complètement folle de Kenan Adams.

23

Kenan

Pour l'avoir vécu plusieurs fois, la simple perspective de cette journée ne me donne absolument pas envie de me lever. Malheureusement je n'ai pas le choix et, quand je vois ma mère dans l'embrasure de la porte qui commence à faire les gros yeux, je me dis que je ne vais pas en rajouter. Mon frère n'est pas plus emballé que moi, en témoigne son visage fermé lors du petit déjeuner.

— Allez, les garçons, ça va bien se passer.

Toujours aussi motivée, elle garde un moral à toute épreuve et reste épatante de courage à mes yeux.

Un exemple.

Quand on va là-bas, je me conditionne pour rester fort. Dans ma tête c'est le bordel, donc je m'efforce de rester concentré pour ne pas exploser. Toujours les mêmes rituels m'animent à savoir : un café bien serré, alors que je n'en bois jamais, et mon téléphone éteint. J'ai besoin de me recentrer pour me montrer digne devant ma mère et mon frère.

Pendant le trajet en voiture, je me cale à l'arrière, laissant le plaisir à mon frère de pouvoir échanger avec ma mère. Pour ces deux-là, la communication n'est pas chose facile. Alors que je ferme les yeux, des images de la soirée d'hier refont immédiatement surface. Je ne m'attendais tellement pas à voir Angel dans ce genre de lieu et encore moins à la prendre dans mes bras. Rien n'était calculé, j'ai agi dans le feu de l'action ou plutôt à cause de la frustration de lui parler sans pouvoir l'approcher. Et j'ai encore du mal à comprendre ce qu'il s'est passé réellement à ce moment-là. Je me suis fait violence pour ne pas franchir la limite sous le coup de la pulsion, mais elle était tellement craquante. Et puis ses petits messages n'ont fait qu'attiser mon envie de l'aborder de plus près. C'est fou, c'est n'importe quoi, je prends conscience que j'aurais pu tout faire foirer si elle avait pris peur. J'ai agi comme un gamin, même si finalement elle ne m'a pas repoussé.

Tout ce que je peux dire, c'est que quand elle était dans mes bras, j'étais bien. Une drôle de plénitude que je ne connais pas, un peu comme une dose d'adrénaline quand on marque sur le buzzer final. La comparaison n'est pas top, mais c'est ce que je ressens.

En même temps, je me demande si toutes ces sensations bizarres n'ont pas été décuplées par le fait que je savais que mon lendemain serait compliqué et qu'inconsciemment je suis allé chercher du réconfort auprès d'elle. C'est certainement pour ça que je me suis senti vulnérable à son contact. Il faut vraiment que je fasse gaffe, même si je ne perds pas de vue mon objectif premier. Je retombe vite sur terre quand le bruit du moteur s'arrête, signalant notre arrivée.

Quand nous passons les grandes portes vitrées, je serre les poings et ma respiration devient beaucoup plus courte, mais je ne montre aucun signe de crainte pour éviter que ma mère ne ressente trop mon angoisse qui monte. Adrian traîne les pieds lui aussi. À l'inverse, ma mère salue des collègues alors que nous cheminons de façon robotisée jusqu'à l'arrivée. Les odeurs me donnent toujours autant envie de vomir et les couleurs pâles des alentours nous rappellent sans cesse le lieu où nous sommes. Nous longeons le couloir et je ne connais que trop bien les détails des carreaux ou bien encore la couleur de la porte. Quand ma mère ouvre, ce même sentiment d'impuissance m'envahit.

Dans cette pièce sombre, les seules lumières correspondent à des chiffres indiquant certainement un taux d'oxygène dans le sang et les bips à rythmes réguliers témoignent d'une survie maintenue par machine.

— Coucou, mon amour, on est arrivés, commence ma mère en s'approchant de celui qui autrefois jouait avec nous.

Inerte, le mannequin de cire ressemblant vaguement à mon père ne bouge pas d'un iota alors que ma mère lui embrasse le front. De mon côté, je m'approche et pose ma main sur la sienne. C'est bien la seule chose dont je suis capable. Mon frère, lui, s'installe dans le fond de la pièce.

Chaque fois qu'on vient ici, c'est pareil. Ma mère qui a l'habitude, de par son métier, vérifie automatiquement ses constantes vitales et lui parle comme s'il était conscient. Assis à côté, je ne peux que constater que sa silhouette s'amincit, que ses traits se creusent et son teint devient gris. En effet, mon père est dans cet état végétatif depuis plusieurs années et ça me bouffe.

— Comment il va ? se hasarde mon frère, gêné.

— Ça va, mon chéri, viens, tu peux lui parler, il t'entend.

Chaque visite, ma mère garde le sourire pour ne pas nous montrer sa peine et tente de nous faire agir comme si tout allait bien. Mais Adrian refuse de venir plus près et reste dans le fond de la pièce. Elle se retourne alors face à son mari et lui pose une main sur le front.

— Tu sais, Kenan a toujours une super place dans son équipe de basket et…

— Non, maman, je ne suis plus capitaine.

Je viens justement de me rendre compte que je ne lui en avais même pas parlé.

— Depuis quand ? m'interroge-t-elle, surprise.

— Le début de l'année, réponds-je en détournant le regard.

Honteux d'avouer ça devant mes parents, je baisse les yeux et je sens une grosse boule se former dans ma gorge, mais je la ravale aussitôt.

— Mais j'ai marqué seize points au dernier match, lancé-je en m'adressant à mon père.

Comme un petit garçon qui aurait besoin de rendre fier son papa, je me sens obligé de me justifier. Inutilement finalement puisqu'il n'a pas plus de réactions.

— Est-ce qu'un jour il va revenir ? sanglote mon frère derrière nous.

Je me retourne pour lui toucher la main en signe de réconfort parce que je sais qu'il essaye de jouer au grand et faire bonne figure au quotidien, mais toutes ses conneries ne sont faites que dans le but d'attirer l'attention dont il manque cruellement depuis l'accident de notre père.

Je me souviendrai toujours de cette soirée de janvier au cours de laquelle on était en train de faire un jeu de société, ma mère, mon frère et moi. Insouciants, on riait aux éclats quand le téléphone a sonné. Je reverrai éternellement le visage de ma mère devenir livide avant que ses yeux ne se gonflent pour exploser en larmes. L'avantage de travailler dans le domaine médical est qu'elle a tout de suite saisi la gravité de la situation. Notre innocence s'est envolée au moment où nous avons su que le pronostic vital de mon père était engagé.

Le pire dans tout ça, c'est que mon père n'a pas vraiment eu de séquelles physiques visibles. Hormis quelques hématomes au visage et sur les bras au début, tous ses organes sont restés en bonne santé. Son cœur n'a jamais cessé de battre et continue d'alimenter les autres fonctions vitales. Seulement, il a fallu qu'il tape violemment la tête contre la portière, lorsqu'il a fait un aquaplaning sur de la glace, pour que tout s'arrête. Ou presque. Plongé dans un profond coma, il n'a plus jamais ouvert un œil.

Depuis ce jour-là, notre vie a complètement changé. Et bien que ma daronne essaye de ne pas gâcher notre jeunesse en nous obligeant à des visites quotidiennes, nous ne pouvons plus avoir l'esprit aussi serein qu'avant. C'est un peu comme une épée de Damoclès qu'on aurait au-dessus de la tête et qui peut à tout moment nous tomber dessus.

Mon père a accroché un panier de basket au-dessus de la porte du garage quand j'avais huit ans. Et c'est lui qui m'a appris à me positionner comme il faut pour marquer. De fait, j'ai passé de nombreuses soirées à shooter, en priant mentalement que chaque panier validé lui permettrait de vivre un jour de plus. Chaque soir en rentrant de l'école, je retournais inlassablement m'entraîner à mettre le ballon dans le panier pour augmenter silencieusement l'espérance de vie de mon papa. C'est pourquoi ce sport représente beaucoup à mes yeux. Sauf qu'en grandissant, je me suis rendu compte que ça ne servait à rien de vivre des jours en plus si c'était pour les vivre dans son état.

Depuis que nous l'avons vu quitter la maison ce matin-là, il n'est jamais plus revenu à lui, donc j'ai compris que ce n'était pas la durée qui comptait, mais la qualité du temps passé auprès des siens. C'est pourquoi je me suis fait la promesse intérieure de ne pas laisser mon frère partir à la dérive parce que lui n'a pas eu cette infime chance que j'ai eue de pouvoir passer plus de temps auprès de notre père en bonne santé.

Les deux heures restantes, nous les passons à discuter à ses côtés en espérant que notre présence lui apporte du réconfort. Nous ne lui faisons plus la promesse de le voir prochainement parce que chaque visite devient une épreuve encore plus difficile à digérer. Et ma mère le comprend totalement.

— Je vous attends dehors, lancé-je en me levant pour quitter la pièce.

Je salue mon père en lui caressant le dos de la main et me retourne sans un regard. C'est trop dur, putain !

C'est donc vidé par cet échange à sens unique que je rejoins le couloir pour m'adosser au mur. J'y appuie la tête en fermant les yeux. Je me concentre pour reprendre une respiration correcte et me calmer mentalement.

Le cœur en miettes et la tristesse coulant à flots dans mes veines, je prends alors mon téléphone pour me reconnecter à la vie humaine. Mais à peine l'ai-je allumé que l'expéditeur du message que je reçois met du baume à mon cœur malmené jusqu'ici.

24

Angel

— Encore un, encore un !

Je secoue la tête en retenant un énième bâillement. Bien que je n'en aie plus la force, je ne peux résister à ces petites bouilles qui me supplient de jouer un nouveau morceau. Les cinq enfants assis en tailleur autour de moi hurlent de joie quand ils me voient replacer mon violon sous mon menton.

— D'accord, mais cette fois, c'est vraiment le dernier ! les préviens-je sans réussir à garder mon sérieux.

Comme d'habitude, je dépasse largement le temps autorisé.

J'ai commencé à venir ici il y a deux ans, dans le seul et unique but d'aider les enfants hospitalisés. Mais finalement je dois avouer que c'est bien eux qui m'apportent le plus.

Au départ, je me suis juste inscrite pour du bénévolat, sans savoir ce qu'on allait me demander de faire exactement. J'ai rempli un questionnaire sur moi et la seule chose qui ait retenu leur attention, c'est mon hobby. Le chef du service pédiatrie m'a contactée la semaine suivante pour me demander si j'accepterais de donner des cours de violon aux jeunes malades qui seraient intéressés.

Malgré ma difficulté à jouer devant les autres, je n'ai pas hésité une seule seconde. Et aujourd'hui je ne regrette rien. Face à eux, je ne me sens pas jugée et j'adore voir la joie sur leur visage quand je manie mon instrument comme maintenant. Et je suis encore plus fière quand je note leurs progrès. Certains viennent seulement pour écouter, quand d'autres veulent réellement apprendre. Dans tous les cas, c'est toujours un moment très festif où j'ai vraiment la sensation d'être utile. On oublie la maladie un instant pour se concentrer sur la joie apportée par la musique et c'est tout ce qui compte.

Même si je suis consciente d'être dans un hôpital, en plein milieu d'une pièce remplie de jouets ressemblant à une classe de maternelle, je me donne toujours à fond.

Les enfants tapent dans les mains lors du refrain de *Dance Monkey* que je tente de reproduire avec un maximum de rythme. Ce n'est pas le style de musique que j'ai l'habitude d'interpréter, mais je sais que celle-là, ils l'adorent ! Voir le petit Ethan se trémousser de gauche à droite me fait rater une note tellement je ris aux éclats. Leur candeur a cet effet apaisant sur moi en retour.

Un dernier mouvement d'archet clôture ce morceau et cette fois les enfants n'ont pas le temps de m'en redemander un que le Dr Wilson fait son apparition.

— Vous avez encore obligé Angel à faire des heures supplémentaires à ce que je vois ! dit-il d'un air faussement fâché.

Nous nous saluons poliment avant qu'il ne se mette accroupi pour discuter avec ses petits patients. Je range mon instrument dans son étui sans les lâcher des yeux tant leur complicité me touche.

Les enfants ont vraiment beaucoup de chance de l'avoir à leurs côtés. Cet homme d'une cinquantaine d'années n'est pas seulement un bon pédiatre. C'est aussi une personne dévouée, bienveillante et avec un cœur énorme.

— Et si vous retourniez dans vos chambres ? leur demande-t-il en se remettant debout. Le déjeuner va bientôt être servi.

Les enfants râlent, mais finissent par obtempérer, comme toujours. J'aimerais les prendre dans mes bras, mais ce n'est pas conseillé, à cause des microbes. Je me contente donc de leur envoyer un bisou avec ma main, et ils imitent quasi tous mon geste avant de déguerpir.

— À la semaine prochaine, Angel ! me lance la petite Léa avant de sortir la dernière.

Je me retourne face au médecin qui, toujours avec le sourire, m'interroge :

— Comment tu vas, Angel ?

— Je vais très bien.

Cette lueur qui passe furtivement dans son regard, je la reconnais. Même si le Dr Wilson me croise au moins deux fois par mois, il est toujours aussi ému de me voir en pleine forme. Et surtout… saine et sauve.

Je me pince les lèvres pour contenir mes émotions face à cet homme à qui je dois la vie.

— Merci encore pour ce que tu fais pour les enfants.

— Ne me remerciez pas, docteur, ils m'apportent tellement !

— Oh ça, je veux bien te croire, s'exclame-t-il en souriant.

Nous continuons de discuter de quelques banalités, jusqu'à ce qu'il se fasse appeler par une des secrétaires.

— Angel, ça m'a fait plaisir de te voir. Prends soin de toi et surtout… repose-toi, tu as l'air exténuée !

Le pédiatre m'adresse un clin d'œil avant de quitter la pièce et moi, je me remets à penser à la raison de mon état actuel. Ça alors, cela faisait plus de cinq minutes que je ne songeais plus à Kenan…

Ce garçon envahit tellement mon esprit que ça en devient flippant. Les images de lui et moi en train de danser tournent en boucle dans ma tête, me provoquant à chaque fois des petits picotements dans le ventre.

Pour la deuxième nuit consécutive, j'ai à peine dormi. Après avoir pris une douche en rentrant chez moi, j'ai répondu aux textos de Kenan et résultat : nous avons échangé par messages jusqu'à l'aube.

Autant dire que quand le réveil a sonné ce matin, c'était compliqué. Je n'avais qu'une seule envie : rester au chaud sous ma couette et dormir ! Mais je ne pouvais pas faire ça. Je sais que les enfants attendent ce moment avec impatience et ça aurait été égoïste de ma part de les en priver.

Je récupère mon manteau accroché à côté de la porte et mon premier réflexe est de vérifier s'il n'a pas répondu à mon message de ce matin, lui demandant s'il avait bien dormi. Il est bientôt midi et toujours rien. J'imagine alors qu'il dort encore. Je ne suis pas adepte des grasses matinées, mais je sais que les garçons de notre âge dorment énormément. Il suffit de voir le rythme de vie de mon frangin ! Mason se lève tellement tard parfois qu'il loupe carrément le déjeuner.

Je m'habille et place mon instrument en bandoulière avant de quitter la pièce. Tout en marchant dans le couloir pour rejoindre la sortie, j'envoie un autre message à Kenan sans pouvoir m'empêcher de sourire :

[Marmotte…]

Et quand je relève la tête de mon écran, je me fige. La bouche ouverte de surprise, je dois cligner plusieurs fois des yeux pour être certaine que je n'hallucine pas. Au bout du couloir, je vois Kenan de profil, dos au mur et le regard dans le vide. Je ne peux pas bien distinguer les traits de son visage d'ici, mais il n'a pas l'air en forme. J'espère qu'il ne lui est rien arrivé ! Je plisse les yeux pour être sûre que ce soit bien lui, puis avance dans sa direction. Mais, lorsque je le vois récupérer son téléphone, je m'arrête de nouveau.

Mon portable vibre dans ma poche et, quand je lis le message qui s'affiche sur l'écran, mes yeux s'écarquillent :

[Ça fait du bien de dormir après une nuit aussi agitée…]

Je comprends tout de suite qu'il ne souhaite pas que je sache où il se trouve en ce moment. Pour en être bien sûre, je lui demande :

[Encore dans ton lit ?]

Je me place sur le côté, derrière un brancard vide afin qu'il ne me voie pas. Une infirmière passe devant moi en fronçant les sourcils et je me dis que j'ai vraiment l'air d'une voleuse, comme ça. Peu importe, je reporte mon attention sur Kenan et remarque qu'il hésite à taper son message. Il pianote tellement que je m'attends à lire un roman, mais finalement je reçois un simple :

[Oui]

J'ai un léger pincement au cœur en constatant qu'il vient de me mentir mais, vu d'ici, il n'a pas l'air dans son assiette. Certes, je déteste les mensonges, même les tout petits…

Pourtant je lui ai moi aussi caché qui était mon frère et je me suis fait démasquer pas plus tard qu'hier soir.

De plus, ce n'est pas comme si je le découvrais en compagnie d'une autre fille, non, il est dans un hôpital. Alors peut-être qu'il est trop tôt pour qu'il me parle de la raison de sa venue ? Tout ce que j'espère, c'est que ça ne soit rien de grave et qu'il aille bien.

On apprend seulement à se connaître mais, sans savoir pourquoi, je sens que je peux lui faire confiance. Kenan n'est pas un menteur, ça se voit. Il me parlera de ça quand il se sentira prêt et qu'il saura qu'il peut également me faire confiance.

Je tente au maximum de ravaler ma déception et lui renvoie un smiley qui fait un clin d'œil avant de quitter l'hôpital.

Toutes sortes de théories me traversent l'esprit durant le trajet jusque chez moi et ce n'est qu'une fois arrivée qu'un autre message allège mon estomac :

[Tu es libre cet après-midi ? J'ai envie de te voir.]

25

Angel

J'ai accepté de passer l'après-midi avec Kenan après négociation. Il voulait absolument qu'on aille en ville, mais j'avais une bien meilleure idée en tête.

Il a fini par accepter et je lui ai donné rendez-vous à l'arrêt de bus. Aujourd'hui, c'est moi qui l'emmène quelque part !

Je lui ai bien précisé de venir habillé en vêtements de sport, sans lui dire ce que nous allions faire. Il a d'abord cru que j'avais accepté de faire un basket, mais je l'ai vite calmé en lui disant simplement de me faire confiance. Ce à quoi il a répondu que ce n'était pas le cas, pour faire écho à la fois où il m'avait posé cette même question.

Toujours est-il que quand j'arrive au lieu de rendez-vous, il est bien là et mon cœur se met directement à s'emballer quand je le vois au loin, vêtu d'un large jogging noir et d'un blazer à capuche gris. Même de dos, il est attirant.

Quand j'arrive à sa hauteur, il m'offre un léger sourire et bien que j'essaye de ne pas paraître sous son charme, je fonds.

— Tu es prêt ? demandé-je le plus nonchalamment possible.

— Est-ce que j'ai le choix ?

— Non, réponds-je en riant.

Nos échanges sont beaucoup plus fluides et je ne suis plus

aussi timide qu'avant avec lui. Bon, sauf quand il me scanne de haut en bas avec ses beaux yeux verts tout en se mordant la lèvre, comme maintenant. Je détourne le regard et l'invite à me suivre pour monter dans le bus. Quand nous nous asseyons l'un à côté de l'autre, nos cuisses se touchent et ce léger contact m'électrise.

— Tu peux me dire où on va, maintenant ?

— Vers le sud…

Il lève les yeux au ciel en souriant, me faisant comprendre que ma réponse ne l'avance pas à grand-chose. Cependant, le petit rictus qu'il affiche est différent de ceux qu'il m'a offerts jusqu'à maintenant. Je sens qu'il est tracassé, mais je ne me permets pas de l'embarrasser avec mes questions.

— Tu connais Shelburne Bay ?

Il émet un son bizarre tout en secouant la tête de gauche à droite.

— Et à part les salles de basket aux alentours, tu connais quoi ?

Je l'asticote pour le détendre un peu et tenter de lui faire oublier sa matinée que j'imagine chaotique.

Kenan rit tout en se positionnant de côté pour être face à moi. Quand il penche son visage pour me fixer, je m'empourpre et tourne le mien pour regarder vers l'extérieur.

— Je dois être de retour pour 18 heures, m'annonce-t-il.

— Ah ? Tu n'as pas la permission de sortie, ce soir ?

Je ris pour me moquer, mais cette fois il garde son sérieux.

— Pourquoi tu ne demanderais pas directement à mon patron ? m'interroge-t-il en me tendant son téléphone.

Étonnée par cet aveu, je mets quelques secondes à intégrer l'information. Et dans ma tête, tout se met en place progressivement.

— Tu bosses le soir ?

— Ouais, tu as devant toi le meilleur livreur de pizzas de notre ville !

C'est donc pour ça qu'il ne répond pas à mes messages en

début de soirée. Et moi qui m'étais imaginé tout autre chose. Je m'en veux d'avoir envisagé tout un tas de scénarios sans même avoir pensé à cette option.

En tout cas, je trouve ça très courageux de gérer un job en même temps que ses cours. Ça ne doit franchement pas être facile ! Personnellement, j'en serais incapable. Faire sa connaissance de façon plus intime me conforte dans le fait que Kenan est vraiment quelqu'un de bien. Pour le rassurer, je lui donne mon avis en lui certifiant qu'il a du mérite de faire ça, mais il ne me répond pas.

Je change de sujet et nous passons le reste du trajet à discuter de tout et de rien. Je sens que Kenan se laisse aller et retrouve son vrai sourire, sincère et léger. Quand nous descendons, je respire à pleins poumons en fermant les yeux tandis que Kenan observe partout autour de lui, hagard.

— Tu comptes me perdre dans la forêt ?

— Allez, viens ! m'écrié-je en riant.

À moitié convaincu, il me suit tout de même mais pas avec autant de dynamisme que je le voudrais. J'attrape alors sa main sans réfléchir pour le faire avancer plus vite. La chaleur de sa paume suffit à me rasséréner mais, quand je sens ses doigts caresser le dessus de ma main, je le relâche immédiatement tant ce geste me perturbe.

Nous entrons ensuite dans LaPlatte River Marsh Area[1] et, comme à chaque fois, cette sensation d'apaisement m'envahit instantanément. Nous empruntons alors le sentier qui longe LaPlatte River.

De grands arbres recouverts de mousse nous entourent et nous serpentons entre eux dans le calme. Seul le bruit des feuilles se fait entendre. Des petits pontons de bois sont disposés pour

1. Réserve naturelle à Shelburne, Vermont.

traverser entre certains arbres et au milieu d'un, je me retourne en écartant les bras.

— Alors ?

— C'est… champêtre ! lâche-t-il en riant, les mains désormais dans les poches de sa veste.

Cela dit, il ne ronchonne pas et continue à me suivre.

— Tu viens souvent, ici ?

— Oui, j'adore cet endroit.

Il me contourne alors pour me dépasser.

— À part de la forêt, je ne vois pas grand-chose d'autre…

— Viens !

Nous bifurquons à droite et j'avance désormais en trottinant jusqu'à ce que nous arrivions au bord de la rivière, dont le flot est plutôt calme aujourd'hui.

Je m'assois alors sur un rocher posé sur la minuscule plage bordant le cours d'eau. Bien qu'il ne fasse pas chaud, le soleil se reflète sur l'eau et la luminosité qui baisse nous enveloppe légèrement. Le regard porté au loin, je reprends :

— Parfois, je viens ici avec mon violon. Cet endroit m'inspire beaucoup.

Lui faire cette confession me surprend moi-même, car je n'en ai jamais parlé à personne. Nous venions souvent quand on était plus jeunes avec nos parents et j'ai continué à venir me ressourcer seule quand j'en ressentais le besoin.

Kenan me rejoint et me pousse d'un coup de hanche pour que je lui laisse une place, alors que je suis encore dans mes pensées. Sans même que je ne le veuille, des notes défilent devant mes yeux. Le contact de l'épaule de Kenan contre la mienne me fait revenir à la réalité. Mine de rien, il tente des petits rapprochements sans pour autant aller plus loin en me montrant qu'il souhaite aussi être plus proche de moi. Et ça me rend euphorique. Je suis obligée de respirer calmement pour ne pas m'emballer pendant que lui perd son regard dans cette nature dense, visiblement émerveillé.

— Tu es le premier à qui je fais découvrir ce lieu.

Embarrassée de lui faire cet aveu, je me mets à dessiner des ronds avec un bout de bois sur le sable pour ne pas avoir à l'affronter directement.

— Tu marques un point. Cet endroit est superbe !

— Je suis contente qu'il te plaise, répliqué-je avec un grand sourire.

Son regard intense me fixe alors et je ne sais plus quoi dire. À mon tour, je bloque sur son visage carré au teint hâlé. Sa bouche toujours aussi intrigante m'hypnotise et j'ai du mal quitter l'anneau noir des yeux. Comme si le temps était suspendu, nous nous observons dans le plus grand silence, nos yeux parlant à notre place. En revanche, la brise fraîche s'invite sous mon blouson et je frissonne sans pouvoir me retenir.

— Tu as froid ?

J'acquiesce, ne pouvant dire le contraire. À l'inverse, sa voix suave me donne chaud, d'un coup. J'ai comme l'impression d'avoir de la fièvre tandis que mon palpitant ne sait plus où donner de la tête. Kenan se lève et retire son blazer pour me le déposer sur les épaules. Quand il se baisse face à moi pour resserrer les pans de la veste, son visage ne se retrouve qu'à quelques centimètres du mien.

— Non, garde-le, tu vas avoir froid, murmuré-je alors que le son de ma voix s'éraille.

— T'inquiète, je ne crains pas le vent.

Son odeur envahit mes narines et être dans son vêtement me fait ressentir une incroyable sensation de protection. Je lui adresse un signe de tête pour le remercier et me frotte les mains alors que mes doigts sont gelés. Sans que je ne le voie venir, il les prend entre les siennes et la chaleur de ses paumes me fait un bien fou.

Alors qu'il les réchauffe tout en me dévisageant avec une douceur perturbante, une folle envie qu'il m'embrasse me prend aux tripes.

Cependant, il n'en fait rien et continue de me fixer sans rien dire. Au bout de plusieurs secondes de silence, je ne tiens plus. Sans savoir ce qui me passe par la tête, je m'avance afin de poser mes lèvres sur les siennes.

26

Kenan

D'abord déconcerté, je ne réagis pas tout de suite à ce baiser. En même temps, Angel a tout juste effleuré mes lèvres avec les siennes, avant de reculer aussi vite le visage, rouge de honte.

— Excuse-moi, je… je ne voulais pas… euh, désolée, bégaye-t-elle en baissant la tête.

Ce qu'elle vient d'oser faire m'arrache un sourire. Honnêtement, je m'attendais à tout sauf à ça !

Il est vrai que depuis tout à l'heure, je la cherche. Je n'arrête pas de la frôler, de la regarder intensément ou de la taquiner. En gros, je flirte, quoi !

Seulement, je n'agis pas dans mon but initial. Depuis ce matin, j'ai la tête dans le guidon et je ne sais pas si c'est dû au fait d'avoir revu mon père, mais je me sens bizarre.

Quand j'ai vu Angel arriver tout à l'heure alors que je l'attendais à l'arrêt de bus, je me suis surpris à ressentir tout un tas de trucs improbables. Je ne saurais même pas les décrire, mais tout ce que je sais, c'est que je me sentais bien. Et plus je la suivais dans son univers, plus la douleur laissait place à de l'apaisement.

Sûrement l'air de la nature…

— Angel ?

Lorsqu'elle relève enfin le regard, son air innocent finit de m'achever. Elle s'apprête à tourner la tête, mais je place mes doigts sous son menton pour qu'elle me regarde dans les yeux.

Aujourd'hui, je l'ai trouvée différente. Beaucoup plus naturelle et sûre d'elle, je n'aurais pourtant jamais parié sur le fait qu'elle fasse le premier pas.

Je la malmène encore un peu en jouant exagérément avec mon piercing, entre mes dents. Sans étonnement, ses yeux descendent sur mes lèvres pour les fixer avec envie. À chaque fois c'est la même chose : ce geste la déstabilise et ça me plaît.

Sans pouvoir me retenir plus longtemps, je plonge directement sur sa bouche. Sauf que cette fois, c'est loin d'être un léger smack d'adolescent. J'entrouvre ses lèvres avec ma langue pour caresser la sienne avec empressement.

Merde, elle a bon goût !

Contrairement à ce que je pensais, Angel est loin d'être maladroite. Elle m'embrasse avec une ardeur qui me déconcerte. Et qui m'excite, surtout.

Je ne sais pas si c'est parce que ça fait un moment que je n'ai rien fait avec une fille, mais j'ai l'impression que ma tête ne répond plus de rien. Le désir prend possession de mon corps et je ne réfléchis plus, trop concentré sur l'agréable sensation que me procure ce baiser.

Nos lèvres se séparent durant une fraction de seconde, juste le temps de reprendre nos souffles. *Bordel, sa langue est tellement chaude…*

De manière non contrôlée et naturelle, je pose mes mains autour de sa nuque tout en me laissant de nouveau aller. Angel semble elle aussi transportée. Ce contact intense fait flotter mon corps. Même si j'essaye de m'en persuader, je sais que ce n'est pas le vent froid qui provoque ce frémissement partout sur ma peau.

Au bout de plusieurs minutes, nous finissons par détacher nos bouches, tout en gardant nos fronts collés l'un à l'autre. Le souffle court, j'ouvre les paupières et voir le bleu de ses yeux briller d'émotion me remue les tripes. Ses lèvres gonflées et rougies qui s'étirent doucement attestent que notre baiser n'avait rien de timide, mais était plutôt chargé d'une ferveur difficilement descriptible. Je recule le visage en souriant et, quand elle me voit passer mon pouce sur ma lèvre inférieure, elle rougit derechef.

— C'était bon, dis-je en caressant le dos de sa main.

Cette fois, elle ne la retire pas. Elle hoche doucement la tête pour confirmer mes dires, faisant battre mon cœur un peu plus vite. *Mais qu'est-ce qui m'arrive, bon sang ?!*

— Alors c'était ça, ton plan ?

Ma voix est tout à coup bien plus rauque, et Angel fronce les sourcils, intriguée par ma question.

— M'emmener dans un endroit superbe, me dire que je suis le premier à venir ici… tu n'avais pas besoin de tout ça pour m'amadouer, tu sais.

Angel éclate de rire en basculant la tête en arrière et, encore une fois, je ne réfléchis pas avant de m'approcher pour poser mes lèvres dans son cou. Je lui dépose une myriade de baisers mouillés sur sa peau douce en tenant son visage de ma main opposée. Elle se laisse faire tout en appuyant sa joue contre ma paume. *Putain, elle sent trop bon.*

Elle place ensuite ses mains de part et d'autre de mon visage tout en me laissant continuer. La sentir frissonner sous mes lèvres décuple mon désir. *Va falloir te calmer, là, mon gars !*

— On bouge ? lui demandé-je en me redressant.

Elle acquiesce encore tout émoustillée et je la saisis par les mains pour l'aider à se mettre debout, ce qui lui tire une grimace.

— Tout va bien ?

— Je sais pas… je crois que je sens plus mes fesses ! me répond-elle avec un naturel déconcertant en posant ses mains sur son postérieur, maltraité par le gros caillou sur lequel nous étions installés.

Angel rit de nouveau et je me joins à elle. Aucune fille ne fait ce genre de réflexion lors d'un rencard, mais venant d'elle, je trouve ça craquant.

Nous repartons ensuite en sens inverse. Main dans la main, nous faisons le trajet du retour sans rien dire. Entre deux éclats de rire, je la fais pivoter pour la ramener à moi afin de l'embrasser plus ou moins furtivement. Et elle me surprend aussi à venir se coller contre moi. Sa spontanéité me déroute et je crois que j'apprécie vraiment de passer des moments simples à ses côtés. Malgré cela, nous gardons le silence jusqu'à l'arrêt de bus.

À la différence de l'allée, le bus est plein à craquer. Nous arrivons tout de même à trouver deux places côté fenêtre, au fond, mais l'un en face de l'autre cette fois.

J'évite de la regarder et porte mon attention sur le paysage qui défile derrière la vitre, pour m'aider à y voir plus clair. Je me sens un peu perdu par les événements et je crois que j'ai besoin de faire le point. Bien sûr, j'ai adoré mon après-midi passé avec Angel… mais c'est ça qui m'inquiète justement. Si je commence à culpabiliser ou à regretter, je n'arriverai pas à mettre mon plan à exécution. Il faut que je me ressaisisse !

Mais à peine reposé-je les yeux sur elle que dans ma tête ça part en vrille. Surtout en la voyant me contempler de cette manière.

— Pourquoi tu me regardes comme ça ?

Elle hausse les épaules avant de se pencher et attend patiemment que je fasse de même pour me dire tout bas :

— Peut-être parce que je te trouve très beau.

Je retiens un sourire en me mordant le coin de la lèvre. Le fait qu'Angel se lâche de plus en plus, mettant de côté sa timidité, me fait gagner des points. Et me fait kiffer surtout.

Alors que je m'apprête à l'embrasser, elle recule légèrement la tête.

— Au fait, tu ne m'as pas répondu, hier soir… Comment tu as su que Mason était mon frère ?

Je fronce le nez en me redressant pour coller mon dos au siège. Au moins, sa question a le mérite de remettre de l'ordre dans mes idées.

— J'ai tilté quand ton prof de musique a dit ton nom.

Elle lève les sourcils et j'espère que je ne me plante pas. Je ne me souviens pas du tout s'il l'a vraiment mentionné, mais je prie pour que ça passe.

— Ah, d'accord, se contente-t-elle de répondre, visiblement rassurée.

Son sourire me fait ressentir quelque chose, loin d'être positif cette fois. Le fait qu'elle me croit sur parole me fait culpabiliser malgré moi. *Je suis le pire des enfoirés…*

— Et alors, reprend-elle. Ça ne te pose pas de problème, hein ?

Et en plus elle s'inquiète. J'ai tout à coup envie de la prendre dans mes bras et je me foutrais des baffes pour ça.

— Pourquoi ça me poserait un problème ?

— J'en sais rien, lâche-t-elle en haussant les épaules. Y a pas un pacte entre vous, genre : « On ne sort pas avec la petite sœur de ses potes » ?

Impossible pour moi de ne pas rire en la voyant me dire ça avec autant de sérieux. J'agite mon index d'avant en arrière pour lui faire comprendre d'approcher, ce qu'elle fait sans hésiter. Ensuite, j'effleure sa joue avec mes lèvres avant de lui chuchoter à l'oreille :

— Premièrement, ton frère n'est pas mon pote. Et deuxièmement, maintenant que j'y ai goûté, personne ne m'empêchera de faire ça.

Et, sans lui laisser le temps de réagir, je pose ma main sur sa nuque avant de l'embrasser par surprise. Bien qu'elle ne me repousse pas, Angel n'est pas aussi réceptive à mon baiser. Quand je la vois jeter des coups d'œil autour de nous, gênée à en mourir, je comprends que le regard des autres l'embarrasse. Savoir que finalement elle se lâche uniquement en ma présence me fait beaucoup trop plaisir.

Je respecte sa pudeur et me cale dans mon siège, tout en allongeant mes jambes sous le sien pour garder le contact. Je l'observe secrètement pendant qu'elle affiche un sourire béat en contemplant la route et je suis juste content de la voir heureuse. Une fois arrivés et descendus du bus, on évite d'être trop proches.

— Bon alors, à lundi ?

— Ouais, lâché-je avec léger pincement au cœur.

C'est loin, lundi...

Angel me rend mon blazer avant de lever une main en l'air. J'ai trop envie de l'embrasser pour lui dire au revoir, mais je résiste de toutes mes forces. Quelqu'un pourrait nous voir et il faut que je fasse attention si je ne veux pas tout faire foirer.

Je lui renvoie un signe de la tête et la regarde partir avant de déguerpir à mon tour. Pour ne pas être en retard au boulot, j'accélère le pas sans cesser une seule seconde de ressasser ces dernières heures.

27

Angel

J'ai rarement passé un dimanche aussi peu productif. D'habitude, j'en profite pour m'avancer dans mes devoirs et passer du temps avec mes parents, mais cette fois j'ai bullé dans ma chambre tout en étant encore sur mon petit nuage de la veille.

Est-ce qu'on peut dire qu'on sort ensemble avec Kenan ? J'en sais trop rien, mais tout ce dont je suis sûre, c'est que je n'ai qu'une envie : être dans ses bras et l'embrasser à n'en plus finir. Rien que d'y penser me donne des frissons !

Le seul moment de la journée où j'ai été active, c'est quand j'ai confié à mon violon toutes mes émotions. Et je suis alors partie dans une fureur d'écriture et d'essais. J'ai écrit, barré, repris, recommencé jusqu'à trouver une mélodie harmonieuse. Mon frère est même entré dans ma chambre pour me dire que mon morceau était « géant ». C'est bien une première ! Au fond de moi, je sais ce qui m'a guidée mais je ne l'avouerai jamais.

Avec Kenan, nous nous sommes envoyé des messages quasiment toute la journée, et chaque fois que je vois son nom s'afficher sur mon écran l'effet est immédiat : je fonds.

Au cours du dîner, je n'ai jamais été aussi attentive aux paroles de mon frère. J'ai écouté consciencieusement Mason qui a expliqué le déroulé du match. Par moments, le prénom de Kenan est ressorti, mais je n'ai rien montré alors que dans ma tête je jubilais de savoir qu'il avait marqué. Cela m'a d'ailleurs fait repenser à la phrase de Holly qui fantasme sur les joueurs de basket et je dois avouer que mon discours a changé à ce propos, parce que j'en suis même venue à imaginer Kenan en plein effort sur le terrain. Ça devient n'importe quoi !

Maintenant que je suis devant le lycée, j'ai un peu peur de ne pas savoir comment réagir si je croise celui qui me donne des bouffées de chaleur. Nous sommes d'accord sur le fait de ne pas nous exposer aux yeux des gens, mais ça va être de plus en plus difficile de ne pas se faire griller. Rien qu'en repensant à notre baiser, je me ramollis comme un chamallow au-dessus d'un feu, alors si je le croise il faut que je fasse attention. Par contre, depuis ce matin, il n'a pas répondu à mon message et je n'ai pas vu son scooter sur le parking. J'espère juste que tout va bien.

Des mains froides se posent sur mes yeux alors que je suis assise sur notre banc habituel. Je me redresse d'un bond, mais comprends immédiatement de qui il s'agit.

— Tu as les mains gelées ! crié-je en attrapant les poignets de Holly qui affiche un grand sourire.

— Et toi les cheveux lâchés…

En effet, comme je n'ai pas violon aujourd'hui, j'ai décidé de laisser mes cheveux libres. Elle s'assoit à côté de moi et attaque dans le vif du sujet. Elle sait que j'ai passé l'après-midi de samedi avec Kenan, mais je n'ai pas répondu à ses questions salaces par texto. Mon amie joue des sourcils sans me quitter des yeux et j'éclate de rire avant de lui dire l'air de rien :

— Tout va bien Holly, je te remercie.

— Ne me dis pas que vous n'avez fait que discuter ?

Et, après un instant d'hésitation à regarder le ciel, je lui réponds :

— Non, en effet, on n'a pas fait que ça…

— Quoi ?! lâche-t-elle en hurlant.

— Chuuuut ! lui dis-je en l'attrapant par le bras pour la faire taire.

À partir de là, elle me pose tout un tas de questions auxquelles je réponds assez laconiquement. En effet, même si nous avons pour habitude de tout nous dire avec Holly, il y a certaines choses que je souhaite garder pour moi. Comme les sensations intenses que m'a provoquées le petit anneau sur la lèvre de Kenan, par exemple…

Au bout d'un moment, je dévie la conversation sur son week-end à elle. J'apprends alors qu'elle a donné rendez-vous à son flirt de vendredi, mais que finalement ça ne l'a pas fait.

— Je ne tombe que sur des toquards, je te jure ! Tu as vraiment trop de chance…

— Ce n'est pas une question de chance, Holly. Il faut juste trouver celui avec qui tu t'entends bien.

— Et qui est beau, et qui est intéressant et qui te…

— Te correspond c'est tout ! la coupé-je en riant, avant qu'elle ne parte plus loin.

Je parle comme si je m'y connaissais alors que Holly est bien plus à l'aise que moi dans ce domaine. Je lui fais juste part de ce que je ressens en ce moment. Et elle n'a pas tort sur le fait que Kenan a vraiment de belles qualités. Je n'en reviens toujours pas !

Quand je vois l'heure, je me redresse rapidement du banc et prends mon sac pour rejoindre mon cours de mathématiques en courant.

— Je suis en retard, à plus !

Mon amie m'adresse un signe de la main tandis qu'elle repart dans le sens inverse pour son cours d'histoire.

Quand j'arrive dans le couloir, il est quasiment vide et j'avance rapidement pour rejoindre l'escalier. Je monte les marches deux par deux et, arrivée à mon étage, je me tourne en direction de la porte du fond. À moitié essoufflée, j'avance quand d'un coup, je suis tirée par le bras pour me retrouver dans une pièce sombre. J'ai à peine le temps de crier qu'une bouche que je reconnais immédiatement me fait taire en s'écrasant avidement sur la mienne.

Les mains emprisonnées par une poigne forte, mais tendre à la fois, je suis délicieusement bloquée contre la paroi, et l'odeur musquée de celui qui nourrit tous mes délires les plus fous m'enveloppe instantanément.

Je ne pensais pas Kenan si entreprenant et, étant moi-même de nature réservée, je me surprends à aimer ce côté fougueux et à me laisser aller.

Sa langue se fraye un chemin sans aucune difficulté et je l'accueille avec tellement de plaisir que j'émets un petit son alors que je me consume littéralement à son contact. Ardent, mais à la fois savoureux, ce baiser a le goût d'une envie trop longtemps refoulée et je ressens toute la ferveur de Kenan à travers ses lèvres qui jouent une danse érotique avec les miennes. Quand il me relâche les poignets, je m'accroche à ses cheveux pour approfondir notre étreinte tandis qu'il colle son bassin au mien tout en m'enserrant fermement la taille.

Alors que nos respirations se font courtes, il pose son front contre le mien en fermant les yeux et nos souffles se mélangent dans un son qui fait monter la pression. Il me dépose ensuite un baiser sur la bouche avant de murmurer :

— Salut, Angie.

Angie ? C'est la deuxième fois que Kenan me donne un surnom et il est tombé juste. Je ne sais pas s'il fait référence à la chanson des Rolling Stones… Mais j'adore ! Sur ces paroles enivrantes, il quitte le petit réduit dans lequel nous sommes, me laissant pantelante et complètement excitée.

Je porte mes mains à mon visage en riant toute seule tout en tentant de réaliser ce qu'il vient de se passer. Je constate alors que je suis dans un local à impression normalement destiné aux professeurs. Il est complètement fou !

Je prends quelques secondes pour retrouver une respiration normale et faire retomber mon rythme cardiaque à une fréquence correcte.

Puis je tire sur ma chemise pour remettre mes vêtements en place afin que personne ne puisse se douter de ce que je viens de faire et ressors comme une fugitive en vérifiant que le passage soit libre. Je rejoins mon cours au pas de course.

Quand j'entre dans la salle, le prof me regarde de travers. Je baisse la tête en m'excusant pour mon retard et m'assois à une table dans le fond alors que d'ordinaire je suis au premier rang.

— Tout va bien, mademoiselle Davis ? s'étonne-t-il.

Je lui réponds par la positive en sortant mes affaires de mon sac. À vrai dire, je ne me suis jamais sentie aussi bien de toute ma vie.

28

Kenan

J'entre dans le gymnase en passant ma langue sur ma lèvre inférieure. Le goût d'Angel y est encore imprégné et cette agréable sensation est décuplée quand son frère apparaît sous mon nez avec son air hautain.

S'il savait ce que je faisais avec sa frangine il y a deux minutes, il ferait moins le malin…

Comme d'habitude, je l'ignore et rejoins les vestiaires pour me changer. Ce petit aparté avec Angel m'a mis en retard, mais je ne le regrette absolument pas. Depuis ce matin, je la cherchais du regard partout dans le lycée. Et quand enfin je l'ai croisée dans le couloir, je n'ai pas pu résister. Au départ, je comptais simplement lui faire un petit bisou rapide dans un coin. Mais une fois que ma bouche était sur la sienne, je n'ai pas réussi à m'arrêter.

Bordel, voilà que je recommence !

J'ai passé ma journée d'hier à penser à elle. À nous.

Il n'y a pas eu une minute où je n'ai pas songé à notre après-midi en forêt, avec l'envie forte de recommencer.

Seulement, je me demande si je n'y suis pas allé un peu trop fort, là. On en est à peine au début et je ne voudrais pas la brusquer en agissant comme un ado en manque de sexe. Il va vraiment falloir que je calme mes ardeurs !

En sortant des vestiaires, mes trois potes m'attendent sur le côté. Je les rejoins en trottinant et profite que le coach est en pleine discussion avec un autre prof pour échanger avec eux à propos des prochains matchs à venir.

— On va les défoncer ! braille Ryan en levant son poing en l'air.

Je me marre avant de lui donner un coup sur le biceps.

— Pour ça, il va falloir s'entraîner à fond.

Jake et Casey approuvent mes dires avant de nous proposer qu'on s'exerce à faire des paniers tous les quatre, en plus de nos entraînements ici. L'équipe adverse que nous rencontrerons dans un mois est une des meilleures de notre conférence donc on doit se donner au max pour réussir à les battre. Ça nous permettrait, au minimum, de tenir notre place dans le classement et selon les résultats des autres, on pourrait même monter.

— Et sinon, lâche Ryan en jouant des coudes. Ça avance ton super plan ?

Mon regard dévie aussitôt vers Mason et sa bande de potes qui, heureusement, ne peuvent pas nous entendre, d'ici. Néanmoins, sans savoir pour quelle raison, je n'ai pas envie de parler de ça avec eux.

— Ça roule, réponds-je simplement en espérant qu'ils ne m'en demandent pas plus.

Je croise brièvement les yeux de Jake avant que Casey insiste :

— Alors ça y est, t'es passé à l'acte ?

Je fronce les sourcils.

— Tu l'as baisée ou pas ? ajoute-t-il comme si je n'avais pas compris le sens de sa première question.

Je serre les dents, un brin irrité qu'il parle comme ça, mais me reprends. Après tout, c'est leur façon de s'exprimer et ça ne m'avait jamais dérangé auparavant.

— Pas encore.

Dire ça à voix haute me coûte. Ryan et Casey se marrent en faisant des gestes obscènes que j'ignore, en portant mon attention sur mon meilleur pote. J'ai à peine le temps de le voir secouer la tête que le coach siffle afin de nous indiquer que l'entraînement commence.

Pendant l'échauffement, je fais mon maximum pour supprimer cette soudaine boule qui s'est installée au fond de ma gorge.

De retour au bahut, je me sens beaucoup mieux. Rien de tel que de se défouler sur le terrain pour évacuer les tensions. En prime, Mason s'est fait reprendre sévèrement par notre coach sur sa façon de nous diriger, et ça, ça a été un moment plus que jouissif.

Je m'avance dans l'allée pour rejoindre le bâtiment des sciences quand je la croise. Tout comme moi, Angel est seule. Elle se fige une seconde en me voyant arriver face à elle. Nous échangeons un bref sourire, et je fais exprès de lui effleurer discrètement la main du bout des doigts lorsqu'elle passe sur ma droite.

Quand j'arrive à l'intérieur, je sens mon portable vibrer dans ma poche et souris déjà en le récupérant. Mes sourcils se haussent à la lecture du message :

[Dommage qu'il n'y ait pas de coin sombre à l'extérieur…]

Son audace me déconcerte. Cette fille sage et innocente me surprend de plus en plus, et dans le bon sens du terme. Moi qui me demandais si je n'y étais pas allé un peu fort, elle me prouve finalement tout le contraire. Elle a aimé ça !

Sous l'impulsion, je lui demande si elle est dispo après les cours et range mon téléphone avant de rentrer en classe.

— T'avais le feu au cul ou quoi ? demandé-je à Jake qui a quitté le gymnase à la hâte.

Vu qu'il ne répond pas, je lui donne un coup de coude.

— Hey, mec, ça va ?

Il ne m'a pas reparlé de sa mère et j'espère que ce n'est pas ce qui le tracasse. Jake hausse les épaules et je n'insiste pas.

Mme Kartman arrive et démarre son cours de littérature barbant, que j'écoute d'une oreille, bien trop concentré sur mon téléphone en attente de la réponse d'Angel.

— C'est encore elle ? chuchote mon pote.

Je n'ai même pas le temps de répondre qu'il soupire déjà.

— Qu'est-ce qui t'arrive ? T'es jaloux ou quoi ?

Alors que je me marre, son visage contorsionné par la colère se tourne dans ma direction.

— T'es sérieux, là ?

Son haussement de ton attire l'attention de la prof qui, malgré son agacement, ne nous fait aucune remarque. La connaissant, ça sera la porte au prochain écart, donc mieux vaut arrêter tout de suite. Je décide de lui en parler plus tard quand il se penche sur moi pour me dire tout bas :

— Tu ne trouves pas qu'on a assez de problèmes comme ça ? Toi et moi, on a une vie de merde, Ken ! Et là, tu fais tout pour t'enfoncer encore plus.

Cette fois, c'est moi qui souffle. Je sais que cette histoire de vengeance ne lui plaît pas, mais je n'avais pas imaginé à quel point ça lui prenait la tête.

— Tu as pensé à la suite ? continue-t-il. Mason a déjà réussi à te prendre ta place de capitaine, imagine ce qu'il fera quand il apprendra que tu as baisé sa sœur !

J'écarquille les yeux, étonné que Jake parle de cette façon. Puis je comprends qu'il a fait exprès d'utiliser le même mot que Casey.

Ce petit malin me connaît par cœur. Il a bien vu que ça m'avait agacé qu'on parle comme ça d'Angel tout à l'heure. Et, étant donné la manière dont il me sonde, il attend maintenant une réaction de ma part.

Je continue de jouer au fier et décide de ne pas rebondir. Déjà, parce que la prof a le regard rivé sur moi et qu'au moindre mouvement elle me met dehors à coup sûr. Aussi, car je n'ai pas envie de me justifier. Ni de revenir en arrière.

Angel ne mérite pas ça, j'en suis bien conscient. Mais il est hors de question que je laisse Mason s'en sortir aussi facilement. Je ne laisserai pas mes sentiments, aussi insensés soient-ils, détruire mon plan.

Mason Davis payera pour ce qu'il a fait, peu importe les conséquences.

29

Angel

Cette semaine, il n'y a pas un jour où je n'ai pas passé ne serait-ce qu'un petit moment avec Kenan. De manière plus ou moins clandestine. Que ce soit au parc ou dans les couloirs du lycée, nous nous sommes réciproquement prouvé que la distance à conserver en public était de plus en plus difficile à maintenir pour nous deux. Et ça me ravit au plus haut point parce qu'il ne semble pas se lasser de ce genre de relation qui n'a rien de normal et qui avance très lentement finalement. J'imagine que ce n'est pas ce dont il a l'habitude et j'ai parfois peur qu'il s'ennuie et me laisse tomber..

En revanche, malgré cela, à chaque fois que nous nous retrouvons, notre complicité est intacte et j'ai même l'impression qu'elle s'accroît de jour en jour. Ces petits moments simples que nous passons à rire et surtout à nous embrasser, renforcent mon envie de le voir davantage.

Mais aujourd'hui Kenan m'a prévenue que nous ne n'aurions pas une minute ensemble parce que nos emplois du temps ne s'accordent pas du tout et qu'exceptionnellement il doit récupérer son frère au collège. J'ai bien senti que le sujet était épineux et il n'a pas voulu m'en dire plus. J'ai respecté son choix, bien placée pour savoir que certaines questions ne sont pas simples à aborder.

J'ai bien tenté de le croiser au lycée, mais il était effectivement aux abonnés absents.

J'en ai finalement profité pour déjeuner avec Holly, qui a raté la moitié de la matinée, la faute à une panne de réveil.

En rentrant, j'ai pris le temps de reprendre certains cours pendant lesquels mon esprit était ailleurs et je me suis avancée dans mon travail. Maintenant que je viens de terminer ma dissertation, je me fais la réflexion que la maison est étrangement silencieuse.

Ma mère m'a avertie qu'elle ne serait pas là ce soir, une histoire de club de lecture à gérer. Je suis donc chargée de préparer le dîner. Mais, quand je sors de ma chambre pour rejoindre la cuisine, il n'y a aucun bruit dans la maison. Ce n'est que quand j'arrive dans le salon que j'entends des bribes d'une discussion houleuse provenant du bureau de mon père. Un mot que j'exécrais presque jusqu'à présent, mais qui est finalement devenu intéressant à mes yeux, ressort de leur échange : basket. Je m'approche discrètement pour tendre l'oreille.

— Mason, j'ai vu ton coach suite au match de dimanche et visiblement tu dois te ressaisir.

— J'étais fatigué, papa, ça arrive, tente-t-il de se justifier.

— Je te l'accorde, mais de là à être presque absent sur le terrain, il ne faut pas exagérer !

— Je sais, répond mon frère visiblement honteux.

Je m'avance encore un peu et quand j'aperçois dans l'embrasure de la porte mon père face à la fenêtre, bras croisés, et mon frère la tête baissée, j'ai de la peine pour lui.

— Tu sais à quel point ton poste est important, capital pour ton équipe. Tu dois montrer l'exemple et ce n'est pas en te couchant à pas d'heure que tu vas y arriver.

Nos parents nous ont toujours encouragés à faire les choses à fond. Ils nous ont inculqué que dès lors qu'on se lance dans une activité, nous devons donner le meilleur de nous-mêmes. Mais, à cet instant, j'ai la sensation que mon frère est dépassé par ce rôle à tenir tandis que mon père le pousse au maximum.

— Dans trois semaines, vous jouez le plus gros match de la saison. Je veux que tu sois irréprochable, tu m'entends ? Votre meneur a une vision du jeu qui est incroyable. Appuie-toi sur lui !

— Tu n'es tout de même pas en train de me parler de…

— On voit que ce gamin arrive à contrer les systèmes adverses et c'est ça que j'aimerais voir chez toi : cette rage de gagner ! Tu dois fédérer le groupe, motiver tes gars pour que vous alliez le plus loin possible.

La fureur dont fait preuve mon père m'impressionne. Je l'ai rarement vu aussi animé par la réussite dans un sport, mais je n'ai jamais vu non plus mon frère aussi vulnérable. Le ton qu'emploie mon père ne laisse pas de place à une éventuelle réponse et Mason se contente d'acquiescer entre quelques soupirs.

— Tu imagines ce que les gens penseront si le capitaine joue moins bien que l'un des autres joueurs de l'équipe ? Tu ne voudrais pas qu'ils découvrent que…

— Ça va, papa, j'ai compris.

Appuyée contre le mur attenant au bureau, je me demande bien de quoi ils parlent. J'ai vraiment envie de venir en aide à Mason qui paraît désespéré, mais si j'interviens, je risque d'empirer la situation. Mon aîné reprend en expliquant ce sur quoi il a travaillé pour améliorer les performances de l'équipe et, alors qu'il emploie des termes incompréhensibles, je les laisse à leur débat.

Après tout ce n'est qu'un sport !

Quand j'arrive dans la cuisine, un poulet est disposé dans un plat rempli de légumes. Ma mère a tout prévu. J'enfourne la viande dans le four quand mon téléphone vibre. À cette heure-ci, je sais qu'il ne s'agit pas de Kenan et je suis persuadée que c'est Holly qui me demande les cours de ce matin. Mais, quand je vois la notification, mon cœur s'emballe.

[Je livre à deux rues de chez toi.]

Savoir que Kenan est dans mon quartier me donne tout à coup envie de lui demander de s'arrêter chez moi, mais je sais qu'il ne peut pas perdre de temps pendant ses heures de boulot. Un deuxième message me fait bondir.

[Je t'attends.]

Quoi ?! Nous n'étions pas censés nous voir aujourd'hui, mais savoir qu'il s'est débrouillé pour nous trouver un petit moment me rend euphorique. Il m'envoie l'adresse exacte et, en effet, c'est à cinq minutes à pied d'ici. Ne voulant surtout pas interrompre une discussion visiblement capitale, je m'assure qu'ils sont toujours en train d'échanger avant d'enfiler mon manteau et une paire de baskets pour quitter la maison discrètement.

Quand j'arrive dans la rue, la grosse caisse jaune accrochée derrière son scooter et sa veste tout aussi colorée me font rire.

— J'adore ton look ! lui dis-je en me maintenant à distance, un grand sourire aux lèvres.

Sans me répondre, il promène exagérément son regard de ma tête jusqu'à mes pieds, et quand je me rends compte du résultat que forment mon pantalon de pyjama et ma doudoune je m'esclaffe à mon tour. Il enlève son casque et ses cheveux partent dans tous les sens, ce qui le rend encore plus beau et sexy.

— Viens plutôt par-là, me lance-t-il en s'emparant de ma main pour que je me retrouve dans ses bras.

Il avance ses lèvres en direction des miennes, mais je recule légèrement le visage, pour faire durer la frustration de cette longue journée. J'aime voir le désir brûler dans ses yeux quand je fixe sa bouche, comme maintenant.

— Tu sais que la patience n'est pas mon fort, chuchote-t-il.

La simple chaleur de son souffle me fait immédiatement stopper ce petit jeu pour fondre sur sa bouche. J'attrape sa lèvre inférieure avec la mienne et, comme une délivrance de ne pas avoir pu nous embrasser depuis vingt-quatre heures, nos lèvres ne se décollent plus. Ses mains passent alors sous mon manteau pour venir saisir ma taille afin de me rapprocher de lui. Mon souffle s'accélère soudainement tandis que je pose les miennes sur ses épaules larges.

Quand nous rompons notre étreinte, je regarde partout autour de nous au cas où des voisins nous auraient vus.

— Hey, tout va bien, Angie. Arrête de flipper ! lâche-t-il en repoussant une mèche derrière mon oreille.

Je ne sais pas si ce surnom me fera toujours le même effet, mais quand je l'entends, je suis transportée sur un nuage.

— Je suis sortie discrètement. Je ne peux pas rester trop longtemps.

— Moi non plus. J'ai encore deux courses et ensuite je rentre.

Je pose mes mains autour de sa nuque en le narguant :

— Tu ne peux pas te passer de moi en fait ?

Il lève les yeux au ciel comme si je venais de prononcer une énorme bêtise et je me dis que je me suis peut-être un peu emballée. Je souris pour lui montrer que je blague.

— Je passais juste par là, affirme-t-il avec un demi-sourire.

— Si tu le dis…

Je sais que Kenan n'est pas le genre de mec à sortir des déclarations endiablées et ce serait d'ailleurs prématuré. Il ne parle pas non plus de ses sentiments, ne serait-ce que de sa relation avec son frère. Je respecte totalement ça. Parfois, il n'y a pas besoin de mots pour exprimer ce que l'on ressent.

— Je dois y aller, murmure-t-il sans se détacher pour autant.

Sur ces paroles, je caresse doucement sa nuque et l'embrasse tendrement. Nous nous observons les yeux dans les yeux tandis que nos nez se frôlent. Il dépose plusieurs baisers rapides et successifs sur mes lèvres et, à contrecœur, je le relâche.

Alors qu'il démarre son scooter, Kenan accélère à plusieurs reprises, en jouant des sourcils, comme s'il devait maîtriser une grosse cylindrée et j'éclate de rire.

Il quitte la rue alors que je ris toute seule et je rejoins la maison au pas de course. Quand j'ouvre la porte, le couloir est désert et je file dans la cuisine pour dresser le couvert.

Mon père arrive suivi de Mason dont le visage est complètement fermé. La discussion a dû mal tourner. Mon frère part mettre la table tandis que mon père regagne le salon dans un silence de mort.

Alors que j'étais toute guillerette, l'ambiance me fait vite retomber sur terre. Les échanges lors du repas se concentrent sur mon travail au violon, et mon paternel est beaucoup moins agressif qu'avec Mason, qui garde la tête baissée dans son assiette. Quand nous montons pour rejoindre nos chambres, je frotte le dos de mon frère pour lui faire comprendre que je suis là s'il a besoin, mais il m'adresse un simple sourire avant de claquer sa porte.

Une fois dans mon lit, je me rejoue la scène dans la rue et des papillons m'attaquent l'estomac. C'est à cet instant précis que je prends conscience d'une chose : je suis littéralement amoureuse de ce garçon.

30

Kenan

Cette matinée n'en finit pas ! Les cours s'enchaînent à une vitesse d'escargot et j'ai hâte que la journée s'achève. Déjà que je ne suis pas fan du lundi, aujourd'hui, c'est encore pire.

Je me sens encore courbaturé par mon week-end intense, et pas dans le sens que je l'aurais souhaité… En effet, je l'ai passé à m'occuper de mon frère, à travailler et à m'entraîner avec mes potes. Rien d'excitant !

Mon esprit dérive tout de suite vers celle avec qui j'aurais aimé me dépenser autrement, avant que le prof de maths ne m'interroge à propos de l'énoncé inscrit sur le tableau. *Merde !*

Le corps de Jake se tend à côté de moi, prouvant qu'il ne suivait pas non plus. Je me dépêche de lire l'équation et réfléchis quelques secondes avant de répondre à voix haute :

— Cinquante-deux.

L'enseignant dissimule un sourire avant de pointer son doigt sur les exercices.

— C'est ici que ça se passe, monsieur Adams.

Je hoche la tête. Heureusement que je suis plutôt bon dans cette matière, sinon, je serais complètement à la ramasse. Car malgré ce que je viens de promettre au prof, je n'arrive pas à me concentrer. Soit je somnole, soit je pense à *elle*.

Voilà plus de trois semaines que je sors avec Angel et il n'y a pas eu un seul moment passé ensemble pendant lequel je me suis ennuyé. Je repense encore à cet après-midi où nous sommes restés trois heures allongés sur cette pelouse, dans Oakledge Park, à rire et discuter… À aucun moment j'en ai eu assez, au contraire, je ne voulais pas la quitter.

Le fait de ne pas l'avoir vue ces deux derniers jours m'a rempli de frustration. Même si on s'est envoyé pas mal de messages, ce n'est pas assez. D'ailleurs, il n'y a pas que ça qui ne me suffit plus. Avec Angel, il est de plus en plus dur de contrôler mes hormones.

En plus, comme me le rappellent souvent mes potes, il va falloir que je passe à l'action. Même si de toute évidence je me suis attaché à cette fille, je n'oublie pas mon but premier.

Quand j'ai démarré mon plan, je n'avais pas du tout envisagé de passer du bon temps. À vrai dire, je pensais même que ce serait un calvaire de draguer la sœur de mon pire ennemi.

Finalement, on peut dire qu'il n'y a que des avantages et je compte bien continuer à en profiter autant que je peux. Son visage d'ange m'apparaît alors comme un flash et je ressens le besoin viscéral de la voir.

Je l'ai croisée vite fait ce matin en arrivant mais, son frère étant dans les parages, j'ai lutté de toutes mes forces pour l'ignorer. Heureusement, on a prévu de se voir après les cours et je compte bien rattraper le temps perdu.

Argh ! Mes émotions vont à l'inverse de mon but ultime, j'en ai totalement conscience. Mon cœur se serre à l'idée d'aller jusqu'au bout, mais malgré tout je ne reviendrai pas en arrière. Tant pis pour les dommages collatéraux.

— Kenan ?

Une voix féminine me sort de mes pensées et je tourne la tête vers sa provenance. Beverly m'adresse un sourire avant d'agiter son portable dans sa main droite. Je fronce légèrement les sourcils jusqu'à ce que je comprenne qu'elle m'a envoyé un message.

[Ça te dit de venir chez moi après les cours ?]

— J'en connais une qui en redemande, chuchote Jake en lisant en même temps que moi.

Je me marre en rangeant mon téléphone, avant qu'il ne me donne un coup de coude.

— Tu ne lui réponds pas ?

Je hausse les épaules.

— Pourquoi tu ne profiterais pas de l'occasion ? insiste-t-il.

Les yeux plissés, je tourne le visage pour le regarder dans les yeux. *Pourquoi est-ce qu'il me cherche comme ça ?*

Jake n'est pas du style à me pousser dans les bras des filles, encore moins dans ceux de la reine des pom-pom girls qu'il ne supporte pas. Il avait d'ailleurs trouvé ça absurde de ma part, le soir où j'ai couché avec elle. En y repensant, il n'avait pas complètement tort.

— Je vais y réfléchir, dis-je pour qu'il me lâche la grappe.

Ce con se met à ricaner et, même si je fais mine de ne pas capter, je sais très bien à quoi il joue. Il est persuadé que je suis accro à Angel, mais il se trompe. Ouais, je l'aime bien, je l'admets. Mais ça reste un flirt qui ne se transformera pas en histoire d'amour. Pas de fin heureuse possible entre nous. Une fois mon objectif atteint, je passerai à autre chose et basta.

En voyant Beverly se retourner à plusieurs reprises, je récupère discrètement mon téléphone et le place sur mes jambes pour lui répondre :

[Désolé, pas possible ce soir.]

Lorsque la sonnerie retentit, je récupère vivement mes affaires et sors de la classe. Angel m'a dit qu'elle passait sa pause déjeuner au théâtre du lycée pour s'entraîner avec son groupe et, même si je ne lui ai pas fait part de mes intentions, je compte bien aller jeter un coup d'œil. Après tout c'est sur mon chemin, mes deux prochaines heures de cours étant le sport.

Je slalome entre la foule d'élèves dans le couloir et sors du bâtiment pour rejoindre le théâtre, juste derrière le gymnase.

J'entre alors dans une immense pièce sombre, très impressionnante, au fond de laquelle trône une estrade partiellement éclairée. Plus d'une centaine de sièges en tissu rouges sont installés de part et d'autre de la salle. L'ambiance est feutrée et le léger brouhaha provenant de la scène me fait froncer les sourcils. En plissant les yeux, je reconnais tout de suite le groupe d'élèves présent, chacun muni de son instrument. Évidemment, mon attention se focalise sur la fille au violon. Mais je ne peux pas bien la voir, car elle est cachée derrière deux autres filles.

— Besoin d'aide ?

Je sursaute presque et me retrouve nez à nez avec le prof de musique qui vient de faire son apparition, les bras pleins de documents qui ressemblent à des partitions.

— Euh… je… je voulais juste jeter un coup d'œil…

Mon bafouillage ridicule a le mérite de l'amuser. Il sourit avant de me lancer :

— Alors comme ça, les cours de musique vous intéressent de nouveau ? Ou bien c'est autre chose qui vous intéresse…

J'ouvre la bouche puis la referme sans savoir quoi répondre. *Merde, il m'a grillé.*

— Monsieur, je…

— Ça va ! me coupe-t-il. Tu peux rester, mais fais-toi discret. Je veux qu'Angel se donne à fond pour cette répétition et je crains qu'elle n'y arrive pas si elle te voit ici.

J'acquiesce d'un signe de tête et le remercie du regard. Le prof s'apprête à continuer son chemin quand il se retourne de nouveau sur moi.

— Oh ! Kenan ?

Il attend que j'opine pour continuer :

— Angel est une fille fragile, fais bien attention à elle.

Bouche bée, je ne réagis pas à ses paroles et le laisse partir sans rien dire. On ne me l'avait jamais faite, celle-là ! Surtout venant d'un professeur, c'est plutôt étonnant. Cela dit, ce qu'il vient de dire me laisse perplexe. *Angel est fragile.*

Est-ce qu'il parle de sa timidité ou bien est-il au courant d'autre chose ? Je ne laisse pas cette information m'envahir et m'installe sans faire de bruit sur un siège de la dernière rangée.

En regardant autour de moi, je me rends compte que je n'ai jamais mis les pieds ici et c'est bien dommage : cet endroit est plutôt classe ! Il ressemble à une sorte d'opéra qu'on voit dans les films. Quand je lève la tête, il y a même deux balcons qui donnent sur le plateau central.

Je reporte mon attention dessus et l'un des gars se met à jouer de la guitare. Deux autres le suivent avec leur instrument et le résultat est assez sympa. Je pose mon visage sur mon poing en me disant que, même si c'est plutôt cool, le sommeil me gagne dans cette pénombre.

— Maintenant Holly, puis le solo !

La voix du prof résonne tellement qu'elle me sort de mon semi-endormissement en deux secondes.

La meuf aux cheveux rouges tape sur les touches de son piano et je reconnais tout de suite le début de *Let It Be* des Beatles. Je ne suis pas un grand fan de vieilles chansons, mais celle-là je la connais bien. Mon père l'adorait. Ce souvenir me pique le cœur, mais je le chasse rapidement de mon esprit et me concentre sur la scène.

J'aperçois Angel qui se met debout avant d'avancer jusqu'au centre. Un sourire m'échappe en la voyant de plus près. Sa natte posée sur son épaule, elle place son instrument sous le menton et attend que sa copine s'arrête pour démarrer le refrain.

Je me redresse illico de mon siège, stupéfait. Non seulement Angel joue à la perfection, mais elle me fait ressentir une ribambelle d'émotions qui me clouent sur place. Moi qui croyais que le violon était un truc de vieux qui faisait grincer des dents, je me rends compte que, bien maîtrisé, le son qui en ressort est puissant. Plus Angel s'active, plus je la trouve magnifique. *Et extrêmement douée !*

Tellement, que mon corps tout entier réagit. Mes bras se couvrent de chair de poule et les larmes me montent carrément aux yeux. *Qu'est-ce qui m'arrive, putain…*

Tous les regards sont rivés sur elle et seules les tonalités de son instrument emplissent tout le théâtre.

Tandis qu'Angel se déchaîne, mon trouble s'accroît et je porte ma main à ma bouche, fasciné par sa performance. Les yeux clos, les doigts de sa main gauche bougent frénétiquement sur les cordes tandis que ses épaules remuent au rythme de chaque note. Je suis tellement captivé par cette vision que mon pouls part carrément en vrille. *Elle assure grave !*

Sans savoir pour quelle raison, mes pensées s'envolent vers des images de mon père quand il était encore en forme. Habituellement, je fais tout pour écraser ce genre de souvenir qui me fait mal, mais à ce moment, ces instants légers et heureux du passé accaparent la totalité de mon cerveau.

En clignant des yeux pour me concentrer de nouveau sur celle qui fait actuellement battre mon cœur comme personne ne l'a jamais fait jusqu'à maintenant, une larme dévale ma joue.

Nom de Dieu, Angel, qu'est-ce que tu me fais…

31

Angel

Bras en l'air, les petits picots du cuir me chatouillant l'intérieur des paumes, cette position me rappelle de nombreux souvenirs pendant lesquels mon frère me croyait encore capable d'aimer son sport. En vain.

Je me concentre au maximum pour viser le panier, mais quand je lance le ballon, l'échec est cuisant. Il vient lamentablement cogner sur le bord de la planche, l'envoyant valser à l'angle du grillage du terrain. Alors que ça fait une dizaine de fois que je tente, je souffle d'exaspération tandis que Kenan court le chercher en riant.

— Je t'ai prévenu : je suis un cas désespéré !

— Tu vas y arriver, me répète-t-il.

Je hausse les épaules, persuadée que je ne ferai pas mieux. Je n'ai jamais été douée en sport, encore moins dans ceux où il y a un ballon.

— Viens par là.

Kenan vient se positionner derrière moi. Sentir son torse contre mon dos me rend fébrile, mais je ne fléchis pas et reste centrée sur mon objectif : faire rentrer ce fichu ballon dans le cercle.

— Pose tes mains dessus.

Je m'exécute et il vient les recouvrir avec les siennes. La chaleur de ses paumes me fait légèrement vaciller, mais je reste concentrée au maximum.

— Droitière à ce que je vois ? m'interroge-t-il d'une voix chaude tout contre mon oreille.

J'acquiesce en silence, complètement déstabilisée par notre proximité. Il prend ma main droite pour la faire glisser délicatement en dessous du ballon tandis qu'il remonte l'autre sur le côté du cuir.

— Ta main forte va donner l'impulsion au ballon et l'autre va le guider dans la bonne direction.

— Dit comme ça, ça semble si facile…

Il rit avant d'ajouter tout bas :

— Laisse-toi faire et reste souple sur tes appuis.

Ce corps à corps improvisé me donne chaud et je dois me faire violence pour minimiser l'effet que ça produit sur moi. Il se penche un peu en avant, et ses pectoraux appuyés contre mes omoplates me font frissonner. D'un geste, il propulse le ballon et c'est presque magique de le voir partir dans la bonne direction, mais malheureusement il n'atteint pas encore le panier.

— Raté !

— Recommence, chuchote-t-il en me déposant un baiser sous le lobe de l'oreille.

Je me remets en face et prends en compte tous les conseils de mon entraîneur d'un jour avant d'envoyer la balle qui atterrit, je ne sais pas par quel miracle, dans le cercle en fer.

— Yes ! hurlé-je sans pouvoir contenir ma joie.

— Bravo ! s'exclame Kenan en écho à mon emballement avant d'arriver à grandes enjambées vers moi pour attraper mon visage en coupe et m'embrasser.

Je lui susurre alors sur les lèvres :

— Merci, coach…

La lueur dans les yeux est différente des autres fois. Il est fier de moi et ça gonfle mon cœur de bonheur.

— Maintenant, le double pas, me lance-t-il en reculant.

— C'est quoi ça encore ?

— Tu avances en dribblant avec le ballon et quand tu arrives dans la raquette, tu n'as le droit qu'à deux pas avant de shooter.

Il me fait une démonstration et le voir aussi investi de me faire partager sa passion me rend toute chose. Pouvoir mater son corps en pleine action n'est pas désagréable non plus.

— Pourquoi on parle de raquette alors que c'est un jeu de ballon ?

Il rit à ma remarque avant de me montrer du doigt les lignes dessinées au sol.

— C'est un lieu de passage situé sous le panier. Quand tu attaques, tu n'as pas le droit de rester plus de trois secondes dedans. C'est pour ça qu'on marque un double pas.

Je me rends compte que c'est beaucoup plus technique que ce que je pensais.

— Vas-y, m'ordonne-t-il en ouvrant le bras.

Je fais quelques foulées avant de tenter de faire ce qu'il me dit, mais j'éclate de rire en lançant la balle n'importe comment.

— Tu es la reine des airballs ! s'esclaffe-t-il.

— Airball ?

— C'est quand tu ne touches ni l'arceau ni la planche.

Je me marre à nouveau en pensant à ma super performance. Je n'aurais jamais cru autant m'éclater en pratiquant un sport.

— Recommence ! me dit-il avec un regard intense qui me fait fondre.

En position de départ, Kenan attend sous le panier pour voir si je suis une bonne élève. Quand je me lance, je donne le meilleur de moi-même pour tenter de faire ce qu'il me demande. Et quand j'arrive dans la fameuse zone, je compte mes pas avant de sauter en direction du panier, le ballon en main. Une fois en l'air, je vois qu'il atteint presque la planche, mais alors que je retombe au sol, je suis rattrapée par des bras puissants qui viennent encercler ma taille.

En une fraction de seconde, mon visage se retrouve à quelques centimètres de celui de Kenan et mes bras se posent tout naturellement autour de son cou. Sous l'impulsion, je plaque mes lèvres sur les siennes et nous nous embrassons langoureusement.

Sa main vient tout de suite se glisser dans mes cheveux pour approfondir notre baiser. Je me consume de l'intérieur quand il me repose doucement à terre sans détacher nos bouches. Quand nous reculons nos visages, nous affichons le même sourire béat.

— Autre chose à m'apprendre ?

Il retient un sourire en se mordant le coin de la lèvre, et c'est alors que je prends conscience que ma phrase peut prêter à confusion. Je ne baisse pas les yeux pour autant, lui faisant comprendre silencieusement que le double sens de ma question n'est pas un lapsus.

Nous continuons de nous amuser sur le terrain et alors qu'on se lance la balle l'un à l'autre, il me surprend :

— Au fait, je t'ai vue jouer hier, au théâtre.

Je reste un instant muette, ahurie.

— Je passais juste par là, se justifie-t-il. En tout cas, tu étais superbe. Tu m'as épaté.

— Merci, réponds-je en baissant la tête, intimidée.

Kenan place la balle sous son bras et attend que je le regarde en face pour déclarer, l'air de rien :

— J'aimerais te revoir jouer. Mais juste pour moi.

Bizarrement, sa demande ne me fait pas peur, bien au contraire. Je sais qu'il ne me jugera pas. J'ai confiance en Kenan, mais pour ne pas céder si facilement à sa requête, autant que pour le taquiner, je le défie :

— Si je marque, tu viens à la maison demain après-midi et je te jouerai ce que tu veux !

Alors que je m'étonne moi-même de lui proposer une telle chose, il m'adresse un sourire amusé avant de me répondre :

— Tu ne prends pas trop de risque, là…

Je lui tire la langue et me remets à ma place initiale. Le karma n'étant vraiment pas de mon côté, je shoote sans conviction, mais malgré tout le ballon atterrit directement dans le panier. Je reste figée d'avoir réussi, mais surtout en pensant au deal que je viens de faire.

— Dommage, Angie ! lance-t-il avec un grand sourire pendant que je me décompose. Tu devrais cesser de parier, on dirait.

Je ris à sa remarque complètement justifiée et m'avance dans sa direction pour lui dire tout bas :

— 14 heures demain, ça te va ?

En voyant qu'il hésite, je précise :

— Il n'y a personne à la maison le mercredi après-midi, si c'est ça qui t'inquiète…

Kenan d'un hochement de tête me signifie alors que c'est OK, et je sens déjà le rouge me monter aux joues en l'imaginant dans ma chambre.

Heureusement, il met fin à mon embarras en se plaçant au milieu du terrain avec son ballon. L'expression joueuse, il fonce sur moi en dribblant et j'écarte les bras pour l'empêcher de passer.

Arrivé à mon niveau, il se stoppe jambes écartées, le buste complètement basculé en avant, tout en tapant sur le ballon. Je me mets dans la même position face à lui et, sachant qu'il peut facilement me contourner pour aller marquer, j'utilise d'autres atouts à ma portée. Je m'approche tandis qu'il me fixe dans les yeux et, sans qu'il ne s'y attende, je pose mon front contre le sien en essayant de maîtriser ma respiration. Nos nez se frôlent, mais il ne cille pas. Alors que ce sport devient de plus en plus intéressant à mes yeux, front contre front, Kenan continue à dribbler en souriant.

— La séduction n'est pas une technique de défense, souffle-t-il.

Et, alors que j'avance mes lèvres en direction des siennes, un raclement de gorge interrompt notre moment intime. Je me redresse d'un bond pour tomber sur un grand mec châtain aux yeux noirs qui arrive dans notre direction à grandes enjambées. Je reconnais immédiatement un des amis de Kenan.

Les deux se tapent dans la main puis poing contre poing avant qu'il ne lui demande :

— Je dérange peut-être ?

— Mais pas du tout, répond Kenan. Jake, voici Angel, Angel, Jake.

— Salut ! lancé-je d'une petite voix en lui adressant un signe de la main.

Kenan m'avait assuré que personne que nous ne connaissions ne viendrait ici, et je suis surprise de le voir si à l'aise qu'on nous voie ensemble.

Gênée, je recule un peu, mais Kenan tend son bras pour le positionner en bas de mon dos et me ramener à côté de lui. Je ne sais pas trop quoi dire. La situation est complètement imprévue, mais Kenan ne semble pas mal à l'aise pour autant.

— J'apprends les bases du basket à Angel.

Jake opine de la tête en partant avec un ballon vers le panier. Son regard n'est vraiment pas engageant et ma présence semble le déranger.

Kenan me fait tout de même signe de le suivre pour retourner jouer avec eux. Il me chuchote un « tout va bien » à l'oreille et je me détends un peu. Ensuite, il m'indique de me mettre sur le grand cercle extérieur pendant que lui et son ami se positionnent sur la même ligne, mais aux extrémités.

— Tour du monde ? propose Kenan.

Jake acquiesce en shootant et moi, je ne comprends rien.

Le ballon atterrit dans le panier et il le récupère avant de me le renvoyer. À mon tour je lance, sans succès. Le bruit sourd de la planche a le mérite de faire rire mes coéquipiers et Jake se permet même de me taquiner :

— Une brique !

— Le lancer de poids, c'est mon truc.

Il sourit en baissant la tête et me fait signe de rester à ma place puisque je n'ai pas marqué. Je comprends donc les règles du jeu. Kenan shoote et marque à son tour.

— Je peux compter les points ?

Les deux garçons se sourient, mais ne semblent pas non plus se moquer de moi. Kenan s'approche alors et secoue la tête de gauche à droite.

— Un jour, quelqu'un m'a dit que pour réussir, il fallait de l'entraînement, alors..., termine-t-il en me faisant signe que c'est mon tour.

Je lève les yeux au ciel et tends les bras pour récupérer le ballon quand Jake m'interpelle :

— Ton truc, c'est la musique, non ?

— Oui, c'est ça, réponds-je en souriant. Je joue du violon.

Je me concentre et applique tous les conseils que j'ai reçus aujourd'hui pour réussir à mettre enfin cette satanée balle dans le cercle. Pour une fois, je réussis mon tir et je suis tellement excitée que je cours les bras écartés, faisant rire les mecs.

Nous continuons à nous amuser de cette manière durant une bonne demi-heure avant de nous asseoir en plein milieu du terrain pour souffler un peu. Nous échangeons alors quelques banalités, mais dans une atmosphère plutôt amicale.

Lorsque vient le moment pour moi de quitter les lieux, je me relève et récupère mon sac avant de saluer les garçons de la main. Mais, quand j'arrive au bout du terrain, une poigne me fait pivoter et la bouche de Kenan vient s'écraser sur la mienne tandis qu'il me soutient par la nuque.

— Bonne soirée…

C'est avec l'empreinte de ses lèvres sur les miennes et son odeur ancrée à mon pull que je repars, légère et heureuse.

32

Angel

Debout adossée à ma porte, je me triture nerveusement les doigts en regardant Kenan faire lentement le tour de ma chambre. Les yeux plissés, il est actuellement en pleine observation des diverses photos accrochées sur le mur, au-dessus de mon bureau, et affiche un léger sourire taquin. Même si je suis ravie qu'il soit là, lui donner accès à mon univers personnel me stresse un peu.

Je n'ai jamais invité quelqu'un d'autre que Holly à venir ici. Je ne sais pas s'il se rend compte de ce que ça signifie pour moi, en tout cas, lui semble serein.

Kenan m'a d'abord envoyé un message pour être bien sûr que je sois seule chez moi et il a attendu ma réponse avant de sonner. Depuis que j'ai ouvert la porte d'entrée et que je l'ai vu sur le perron, beau comme un dieu, j'ai envie de lui sauter dessus. Néanmoins, je suis restée sage et lui ai fait une visite rapide de ma maison avant de terminer, ici, dans mon antre.

— L'inspection des lieux est terminée ? demandé-je alors qu'il fixe une photo de mon frère et moi, à peine âgés d'une dizaine d'années.

Ma voix tremblante prouve ma légère anxiété, mais je tente de ne rien laisser paraître en me tenant bien droite.

— Disons que je ne m'attendais pas à ça, lâche-t-il, toujours dos à moi.

— Ah oui, et tu t'attendais à quoi ?

Il hausse les épaules avant de s'asseoir sur le bord de mon lit, ce qui augmente ma nervosité d'un cran. Quand il se met à me regarder droit dans les yeux, mon cœur rate un battement. Je n'arrive pas à croire qu'un garçon soit dans ma chambre. Rectification : je n'arrive pas à croire que Kenan Adams soit dans ma chambre !

— Je sais pas moi, à une chambre de fille…

Un ricanement s'échappe de ma bouche.

— Tu t'attendais à plus de rose ?

Il se marre en secouant la tête.

J'ignore à quoi il fait référence exactement, mais j'ai conscience que ma chambre ne ressemble pas à celle d'une ado, bardée de posters en tout genre. Mis à part quelques clichés, mes murs sont vierges et blancs. Une petite banquette est disposée sous la fenêtre, ce qui me permet de lire ou encore de jouer de mon instrument. D'ailleurs, mon violon est bien la seule décoration de cette pièce, posé sur un socle à côté de mon dressing.

— Alors ? me surprend-il. On fait quoi maintenant ?

J'ignore s'il fait exprès de jouer avec son anneau en même temps qu'il me fixe avec insistance, mais mon estomac se contracte douloureusement.

— Je… euh…, bégayé-je en malmenant mes mains.

Au lieu de me venir en aide, il prend un malin plaisir à me torturer. Je le constate à sa fossette qui se creuse un peu plus en me voyant dans l'embarras total.

Même si j'ai réellement envie qu'on se rapproche physiquement lui et moi, je ne suis pas certaine d'être prête à passer à l'étape suivante. J'ai envie de lui à chaque fois qu'il pose ses mains sur moi, c'est évident... Mais lui donner accès à mon intimité, c'est aussi lui ouvrir mon cœur. Ainsi que mon passé.

J'ai tout à coup très peur qu'il me prenne pour une gamine si je refuse qu'on aille plus loin.

— Bon, et si tu faisais ce pour quoi je suis venu ?

Alors que je lève les sourcils en sentant mon pouls s'affoler, il éclate de rire.

— Je te parle de ton violon, Angie.

Bon sang, il va me rendre folle !

Je m'approche pour lui donner une tape sur l'épaule et fonce récupérer mon instrument. Ensuite, je m'assois à côté de lui en tâchant de laisser une petite distance entre nous. Avant de me mettre en position, je lui demande :

— Tu veux que je te joue un morceau en particulier ?

— Ce que tu veux.

Kenan se tourne vers moi en affichant une expression indéchiffrable, montrant qu'il me prête toute son attention.

Je me suis préparée à jouer devant lui et finalement ça ne me dérange pas plus que ça, mais le sentir si proche et concentré me perturbe un peu. Cependant, je ne compte pas me défiler donc je respire un bon coup, ferme les yeux et démarre. Sans réfléchir, je joue *Memories* de Maroon 5.

Comme à chaque fois que mon archet frotte mes cordes, je ne pense plus à rien. J'oublie un instant où je suis en canalisant toute mon énergie sur les notes qui défilent dans ma tête. J'aimerais voir sa réaction, savoir s'il apprécie le son, mais je préfère ne pas tenter le diable. Je risque de ne pas aller jusqu'au bout en sentant son regard sur moi, donc je continue sans savoir une seconde s'il apprécie ou non.

Il n'y a que quand je termine, que j'ouvre les paupières en posant mon instrument sur mes jambes. Lorsque je pivote vers lui et que je vois ses yeux brillants, je pince les lèvres pour contenir mes émotions. Je ne sais pas comment c'est possible, mais son unique façon de me considérer en ce moment éloigne tous mes doutes. Il me regarde avec… fierté.

— Impressionnant, finit-il par lâcher.

Je me contente de sourire tandis qu'il se passe une main sur le visage, visiblement encore plus troublé que moi. Il m'arrive d'observer ce type de réaction, surtout quand je joue pour ma famille. Mais je ne m'attendais pas à ça venant de Kenan et le fait de voir que ma musique le touche outre mesure me procure encore plus de plaisir.

— C'est bizarre, dit-il en baissant les yeux. Quand tu joues, ça me fait penser à mon père.

Je me contente de poser ma main sur la sienne en sentant la tristesse l'accaparer. Il n'a jamais évoqué son père et, sentant que ce sujet le touche particulièrement, je ne lui pose aucune question. Il m'en parlera le moment voulu.

Je suis bien placée pour savoir qu'il y a certaines choses qu'on ne peut pas dire facilement.

— La musique fait souvent ressortir un tas de sentiments, murmuré-je en caressant sa peau du bout des doigts. C'est pour ça que je l'adore.

Kenan reste un petit moment sans rien dire, le regard dans le vide, et je décide de le faire penser à autre chose.

— Tu veux que je t'apprenne ? demandé-je gaiement.

Il prend une brève inspiration avant de secouer la tête.

— Ce n'est vraiment pas mon truc, tout ça…

Sa voix légèrement enrouée me peine, mais je n'en fais pas cas et lui lance, taquine :

— Ah parce que tu crois que le basket c'est mon truc ?

Kenan rit avant d'observer mon instrument avec attention.

— OK, mais je t'aurais prévenue.

Je lâche un cri de joie qui le fait rire avant de positionner le violon sous son menton. Puis, je me dépêche de grimper sur mon lit pour me placer derrière lui, à genoux, les jambes écartées encadrant ses hanches. Je colle volontairement ma poitrine contre son dos et sentir ses muscles se contracter me donne terriblement chaud.

— Gaucher, hein ? susurré-je à son oreille.

Le corps de Kenan remue dans un rire discret en voyant que je répète la scène où il m'a appris à jouer au basket. Une fois dans la bonne position, je pose ma main autour de la sienne sur l'archet et commence à caresser les cordes. Plusieurs sons incohérents nous font grincer des dents, mais rire surtout.Après plusieurs minutes collés l'un à l'autre à tenter de sortir quelque chose de potable, j'abandonne.

— OK, t'avais raison, dis-je en reposant délicatement mon violon sur son socle. T'es une cause perdue !

Kenan fait mine d'être vexé et m'attrape par la taille pour me faire des chatouilles en me basculant sur le matelas. Je ris en tâchant de repousser ses mains afin qu'elles ne s'aventurent pas là où elles ne devraient pas. Ce que j'apprécie chez lui, c'est que je n'ai rien besoin de dire. En sentant ma gêne, il s'empresse de remonter ses paumes pour les placer autour de mon visage.

Puis il me contemple un instant avec sérieux avant de m'embrasser. Au départ, nous échangeons un baiser doux et langoureux. Mais bientôt nos lèvres deviennent plus avides que jamais, comme insatiables.

Sans que je ne m'en rende compte, je finis allongée sur son corps chaud. Tout en m'embrassant, ses mains se positionnent sur le bas de mon dos, jusqu'à finir directement sur mes fesses. Ce n'est qu'au bout d'un long moment qu'il appuie soudainement dessus afin que mon intimité se retrouve contre son membre dur. Mon corps tout entier frissonne à ce contact inattendu. *C'est trop bon !*

Mais Kenan remonte vite ses mains pour les placer de nouveau dans mon dos, sûrement pour éviter d'aller trop loin. À mon tour, je caresse ses abdominaux tendus et il bascule la tête en arrière alors que je l'embrasse dans le cou. Quand il revient à ma bouche, le souffle court, je comprends alors qu'il se laisse emporter à son tour.

— Putain… Angel…

Je profite qu'il se recule légèrement pour faire ce dont je rêve depuis des semaines : j'attrape son piercing entre mes lèvres et me mets à jouer avec.

— Bordel, arrête. Tu me rends dingue, souffle-t-il les yeux à demi clos.

Constater que je lui fais autant d'effet décuple mon plaisir et je continue de remuer contre lui, tout en caressant son anneau avec ma langue.

— Attends, Angie.

Je suis tellement à fond qu'il doit carrément poser ses mains sur mon visage pour me stopper. Je me mords le coin de la lèvre, gênée, et il me pousse à me mettre sur le côté avant de s'installer dans la même position, face à moi.

— Tout va bien ? demandé-je en le voyant reprendre son souffle.

— Trop bien, même…

Il sourit avant de poser une main rassurante sur ma joue. Son regard est brillant, chargé de désir.

— J'ai juste la sensation que ce n'est pas ce que tu veux. Je me trompe ?

Je me sens tout à coup très bête. On dirait une petite fille indécise !

— Je suis désolée, c'est que…, commencé-je mal à l'aise. Je suis… je… je ne l'ai jamais fait.

Je ne sais pas si c'est une impression, mais il semble retenir son souffle durant un court instant et je détourne le regard, embarrassée. *Est-il déçu ?*

— T'inquiète, chuchote-t-il en m'embrassant le coin de la lèvre. J'attendrai que tu sois prête.

Oh mon Dieu, comment puis-je être tombée sur quelqu'un d'aussi adorable ?

— Je veux que ce soit toi, avoué-je en sentant mon cœur battre plus vite. Je veux que tu sois le premier.

De la grisaille assombrit son regard émeraude. Mais elle laisse rapidement place à un large sourire avant qu'il ne se jette de nouveau sur mes lèvres.

33

Kenan

Pour une fois, j'ai décidé d'aller rejoindre Angel en bus. Le temps se fait de plus en plus frais et, même si je ne crains pas le froid, je sais que j'ai encore deux heures de scooter qui m'attendent ce soir. Alors que j'observe les gens autour de moi, je ne peux m'empêcher de penser à elle. C'est fou, mais dès que mon esprit n'est pas occupé, elle vient hanter mes pensées sans même que je ne puisse le maîtriser.

Au fur et à mesure que j'apprends à la découvrir, cette fille me bluffe de plus en plus. Par exemple, quand on jouait sur le terrain et que Jake est arrivé, elle aurait pu prendre la fuite ou tout simplement l'ignorer. Mais, même si au début elle n'en menait pas large, elle a fait l'effort d'apprendre à connaître mon pote et nous avons passé un bon moment, tous les trois. Elle s'est même permis de le taquiner, et bizarrement j'ai aimé les voir s'apprécier mutuellement.

C'était comme si la situation était parfaitement normale et ça m'a sacrément fait réfléchir. En fait, j'ai l'impression que tout est simple avec elle. Jake m'a aussi avoué qu'il la trouvait plutôt sympa… De toute façon, comment ne pas kiffer cette fille ? Angel est une personne entière, drôle et sincère. Je suis content de voir qu'elle me fait de plus en plus confiance, jusqu'à me dévoiler son intimité.

L'autre jour en arrivant dans sa chambre, j'ai tout de suite capté qu'elle n'y avait jamais emmené personne. En temps normal, je ne me serais posé aucune question, mais elle était si nerveuse de me voir dans son environnement, que ça l'a rendue encore plus craquante. Elle était tellement stressée qu'elle ne savait plus quoi dire. Je sais maintenant comment la faire monter en pression et j'ai fait exprès de tourner autour du pot pour la rendre dingue. Sauf qu'il a suffi qu'elle prenne son violon pour me mettre carrément à terre.

Dès qu'elle se met à jouer, c'est plus fort que moi, je replonge directement dans mon passé et de nombreux souvenirs me reviennent en tête.

Depuis que mon père est dans cet état, un mal-être inexplicable s'empare de moi dès lors que j'y pense. Mais quand j'écoute Angel, c'est différent. Je me sens plus léger, un peu comme si sa musique me permettait d'adoucir ce manque qui me pourrit la vie.

Quand elle a joué pour moi, je n'avais pas envie qu'elle s'arrête. La sentir aussi impliquée dans son art est tout simplement beau à voir. Plus j'apprends à la connaître et plus le tempérament de fonceuse qui ressort en elle me plaît.

Je secoue la tête pour tenter de penser à autre chose, mais les paroles du prof de musique me reviennent comme en boomerang. Hormis sa grande timidité, cette fille a une force incroyable et j'ai du mal à cerner en quoi elle serait fragile.

D'ailleurs, je l'ai trouvée plutôt audacieuse quand on était que tous les deux… Mon niveau de frustration n'a jamais été autant mis à rude épreuve que lorsque nous nous sommes retrouvés sur son lit. Être si proche d'elle, sentir sa peau sous mes mains a été comme une douce torture. Je vois bien qu'Angel est en train de tomber amoureuse de moi et, si elle ne m'avait pas avoué qu'elle n'était pas prête, je serais certainement allé jusqu'au bout. J'aurais pris sa virginité sans me soucier de rien.

A contrario, quand elle m'a dit qu'elle voulait que je sois le premier, ça m'a retourné le bide. J'ai conscience d'agir comme un connard, pourtant, je n'arrive pas à dévier de ma trajectoire. Toutes ces pensées m'embrouillent tellement la tête que je rate l'arrêt du bus. Je me lève pour sortir au suivant et reviens sur mes pas tandis que le ciel est menaçant.

Angel m'a donné rendez-vous au French Bakery. Elle a toujours de nouvelles idées et on se retrouve souvent dans des lieux que je n'aurais jamais connus si elle ne m'y avait pas emmené. Elle a même prévu qu'on aille dans un parc à thèmes pour pratiquer tous les sports existant au temps des Vikings.

Quand j'arrive devant l'entrée du bâtiment, elle est déjà là à se geler les miches. Je zieute autour de nous et me précipite sur elle en constatant qu'il n'y a personne que nous connaissons. Je la serre dans mes bras et l'embrasse rapidement en sentant son nez glacé contre le mien.

Souriante, elle me prend par la main pour nous faire entrer. L'ambiance à l'intérieur est chaleureuse. Le bois du sol au plafond donne une allure de chalet de montagne à cette pâtisserie. Nous nous installons au fond, sur une table en métal.

— Tu me fais confiance ? m'interroge-t-elle tout heureuse.

Elle semble tellement emballée que j'acquiesce immédiatement. Elle passe alors commande auprès de la serveuse qui porte un plateau chargé.

— Deux chocolats chauds, une tarte citron meringuée et un Opéra, s'il vous plaît.

— Ça m'aurait étonné, raillé-je en la regardant fixement.

— J'ai découvert ça en France cet été, faut absolument que tu goûtes !

Je souris de la voir enchantée de me faire connaître autre chose. Elle a toujours cette joie de vivre qui dépasse parfois l'entendement et, rien que pour ça, passer du temps avec elle c'est du bonheur en barre. Même si je ne suis pas dans le meilleur état d'esprit à cet instant, elle a ce pouvoir de me redonner le sourire, malgré elle.

Une fois notre commande arrivée, elle sautille sur place en me montrant la petite tartelette jaune surmontée de pics blancs. Alors qu'elle enfourne goulûment une bouchée de son petit rectangle noir dans la bouche, elle ferme les yeux et lâche un cri d'extase.

— On dirait que tu as un orgasme, lui lancé-je, espiègle.

Angel manque de cracher sur la table, mais se retient en positionnant la main devant sa bouche alors que ses yeux rient. Devenant rouge comme une tomate, elle n'ose plus me regarder en face. Plusieurs minutes s'écoulent tandis que je goûte la tartelette.

— Alors ? m'interroge-t-elle.

— Piquant, mais doux à la fois, lui réponds-je sans la quitter des yeux. Et toi ?

— Gourmand et secret…

J'ai comme l'impression qu'elle veut me faire passer un message à travers les adjectifs qu'elle emploie, mais je ne lui demande pas confirmation.

— Tu ne m'as jamais dit, c'est quoi ton rêve ? À part devenir une star de la NBA, se moque-t-elle en portant sa tasse à ses lèvres.

Je fais mine de réfléchir, mais la réponse sort avant même que je ne puisse la retenir.

— Retourner dans le passé.

Je me fustige mentalement d'avoir dit tout haut ce que je garde pour moi d'habitude et j'espère qu'elle ne va pas me poser plus de questions. Son visage se contorsionne et elle repose ses yeux sur son gâteau.

— Moi c'est tout l'inverse. Je regarde plutôt vers l'avenir.

Cette conversation à demi-mot nous permet de nous donner réciproquement des indices sur nos vies, mais aucun de nous deux n'ose aller plus loin. Nous continuons de discuter à propos de nos rendez-vous clandestins des jours futurs quand mon téléphone vibre. Un numéro inconnu apparaît sur mon écran et j'hésite à décrocher.

— Tu peux répondre, ça ne me dérange pas, me dit Angel en terminant sa dernière bouchée.

Quand je décroche, je saisis tout de suite qu'il ne s'agit pas d'un pote. La voix grave au bout du fil ne me dit rien qui vaille et j'écoute sagement tout en sentant mes poings se serrer, les paroles d'un officier de police m'expliquant la gravité de la situation. J'acquiesce en annonçant simplement que j'arrive, avant de raccrocher. Mes phalanges blanchissent et ma mâchoire se verrouille dans la seconde en réalisant les heures qui m'attendent.

— Je suis désolé, je dois y aller, craché-je sans pouvoir retenir la haine qui m'habite.

Alors que je me relève rapidement, elle fait de même et se poste devant moi.

— Qu'est-ce qui se passe ?

Angel semble paniquée de me voir dans cet état de nerfs et elle attrape ma main que je dégage avec un peu trop de force, l'obligeant à se rasseoir. Pour autant, elle ne lâche rien et se remet debout pour me bloquer le passage.

— Je dois régler un truc en urgence.

— Je viens avec toi, lâche-t-elle d'un ton ferme.

Elle me fixe de ses yeux brillants mais chargés de détermination et, étrangement, elle ne semble pas avoir peur alors qu'elle ne sait même pas à quoi s'attendre.

— Je veux être là pour toi, ajoute-t-elle en posant sa main sur mon bras.

J'inspire profondément et dans ma tête tout se mélange. Je ne sais plus ce que je dois faire ou non. Hormis Jake qui m'a aidé dans certaines galères, je n'ai jamais laissé personne intégrer mon cercle familial et je ne pense pas être prêt à faire entrer quelqu'un dans la misère de ma vie. Mais son regard si confiant fait voler en éclats toutes mes certitudes.

— OK, mais faut qu'on se dépêche.

Je la prends par la main et ce n'est que dans le blizzard extérieur que je me rends compte que sa paume chaude au creux de la mienne me donne bien plus de force que ce que je pensais.

34

Angel

— Non, mais tu te rends compte de ce que tu as fait ? Et regarde-moi quand je te parle, putain !

J'avais déjà remarqué le côté impulsif et nerveux de Kenan, mais jamais je ne l'avais vu dans un état pareil ! Depuis que nous avons franchi le seuil de sa maison, il ne cesse de hurler contre son petit frère, qui n'ose pas bouger le moindre cil. Tout comme moi d'ailleurs…

Debout dans un coin du salon, je me contente d'observer la scène en sentant mon cœur tressaillir à chaque mot qui sort de sa bouche.

Durant tout le trajet nous menant au commissariat de son quartier, Kenan est resté silencieux. Je ne savais pas trop à quoi m'attendre mais, vu la tension qui émanait de son corps, j'ai compris que ça allait chauffer. Je me suis contentée de lui tenir la main jusqu'à ce que nous arrivions et, même s'il n'a rien dit, j'ai senti que ma présence le stressait autant qu'elle l'apaisait.

Après l'avoir attendu une demi-heure devant un grand bâtiment gris, il est ressorti avec une expression au visage qui m'a glacé le sang. Adrian a légèrement écarquillé les yeux quand il a compris que son grand frère était accompagné, puis il a gardé la tête baissée tout le long du chemin.

Et depuis notre arrivée, il y a une vingtaine de minutes, il se fait passer un sacré savon ! De toute ma vie, je n'ai jamais entendu quelqu'un, même pas Mason, se faire engueuler de la sorte. Je crois que je me serais déjà fait pipi dessus à sa place.

— Il y a quoi de drôle à péter des vitres de voitures, tu peux me le dire, hein ? T'as conscience qu'il va falloir payer les dégâts ? Non évidemment que non, tu n'en as rien à foutre que maman et moi on trime pendant que toi, tu t'amuses à jouer au con !

Je comprends qu'il soit énervé, mais il n'y va pas un peu fort, là ? Malgré tout, je décide de ne pas m'en mêler et reste où je suis, immobile. Je m'éclipserais bien, mais j'ai trop peur d'attirer l'attention. Je profite d'un court instant où Kenan reprend son souffle pour observer les environs.

J'avais remarqué que la maison était petite et pas très bien entretenue de l'extérieur. Néanmoins, malgré cette pièce assez sombre et étriquée qui fait office de salon et salle à manger, tout semble propre. Hormis quelques cartons de pizzas qui traînent sur la table basse, il n'y a pas trop de bazar.

Mon attention revient sur Kenan qui se remet à brailler de plus belle avant de l'interroger :

— Et donc ? Tu n'as rien à dire ?

Son cadet ose enfin relever le visage vers lui en se raclant la gorge. Quand il ouvre enfin la bouche, je m'attends à ce qu'il se confonde en excuses, mais au lieu de ça il me jette un rapide coup d'œil avant de lâcher :

— Je rêve ou t'as une meuf ?

À cet instant, je ne sais pas si je dois rire ou pleurer. Mais en voyant le regard outré et foudroyant de Kenan, je choisis la deuxième option.

— Oui, OK, reprend-il en haussant une épaule d'un air désinvolte. Je suis désolé, je ne recommencerai pas.

Bon sang, il ne manque pas d'air ! Alors que je croyais qu'il était mort de honte et empli de remords, Adrian se fiche royalement des remontrances de son frère.

— Est-ce que tu te fous de ma gueule, morveux ?

Cette fois, je ne peux m'empêcher de lâcher un léger ricanement qui, malheureusement, ne passe pas inaperçu malgré ma tentative de discrétion. Kenan se retourne vers moi pour me fusiller du regard et je me calme dans la seconde en m'excusant. Je remarque brièvement le léger rictus que m'adresse Adrian, mais il est vite balayé par un Kenan qui repart de plus belle.

Au fur et à mesure, je prends conscience que mon petit ami vient littéralement de prendre le rôle d'un père de famille. Adrian et moi sommes comme deux gamins se faisant réprimander après avoir fait une grosse bêtise.

En y réfléchissant, c'est quand même fou que la police ait contacté Kenan au lieu de ses parents. *D'ailleurs, où sont-ils ?*

C'est pile quand je me pose cette question que la porte s'ouvre à la volée sur une femme d'une cinquantaine d'années, vêtue d'un uniforme blanc d'infirmière. Son visage, marqué par la fatigue, s'apaise à l'instant où elle pose le regard sur les garçons. Elle a à peine le temps de se débarrasser de son manteau qu'elle se précipite sur eux.

— Je suis venue dès que j'ai pu ! dit-elle à l'intention de Kenan.

Elle pose une main sur son épaule, comme pour le remercier tout en lui indiquant qu'elle prend le relais.

— Ce coup-ci, jeune homme, tu ne t'en sortiras pas comme ça ! dit-elle en pointant Adrian du doigt.

Cette femme, que j'imagine être leur mère, rouspète à son tour, mais de manière beaucoup moins virulente. Au contraire, elle fait même preuve d'une douceur remarquable.

Je me sens tout à coup très mal à l'aise face à cette situation. Dans la précipitation, la mère de Kenan ne m'a même pas vue. Quant à ce dernier, je crois qu'il a complètement oublié que j'étais là. Les bras croisés et les sourcils froncés, il fixe son frère afin de s'assurer qu'il écoute bien les menaces de sa mère.

— Et tu es privé de sortie ! termine-t-elle en haussant légèrement le ton.

Sur ces dernières paroles, elle fait volte-face et son regard tombe directement sur moi. La bouche légèrement entrouverte de surprise, elle reste un instant muette en me fixant.

— Euh… bonjour, madame Adams. Je… je suis Angel.

Interloquée, elle jette un rapide coup d'œil à ses fils avant de revenir à moi.

— Hum, eh bien, enchantée, Angel.

Elle m'adresse un léger sourire crispé que je lui rends, et heureusement Kenan finit par intervenir.

— J'étais avec Angel quand le commissariat a appelé, donc…

— Aucun souci, le coupe-t-elle. Angel, je suis désolée que tu aies dû assister à ça. Quant à toi, continue-t-elle en direction d'Adrian, tu viens avec moi dans la cuisine, on n'en a pas fini.

Ce dernier souffle en suivant sa mère, mais le léger sourire en coin qu'il adresse à son frère au passage n'échappe à personne. Kenan lui donne une tape sur la tête avant qu'il ne quitte définitivement la pièce.

Quand son attention se reporte sur moi, il paraît embarrassé. Le grand caïd énervé qui faisait peur à tout le monde ressemble dorénavant à un petit garçon timide, et je le trouve trop mignon !

— Je t'avais dit de ne pas venir, lâche-t-il en se frottant la nuque tout en baissant les yeux.

— Ne dis pas ça. Je suis contente d'être là et d'avoir fait la connaissance de ta mère et de ton petit frère qui, visiblement, sont surpris que tu ramènes une fille à la maison…

Je ne peux m'empêcher de glousser et je suis contente de voir que ma taquinerie a le mérite de détendre l'atmosphère. Kenan secoue la tête en souriant avant de me balancer :

— En effet, comme tu le vois, pour moi aussi c'est une première.

Ces simples paroles me font fondre de bonheur.

Je vais pour m'approcher de lui quand il me fait signe de le suivre. Nous empruntons alors un couloir vide et étroit avant d'entrer dans la première pièce à droite.

Deux lits superposés et des fringues de mecs un peu partout me font comprendre que je suis dans la chambre des garçons.

— Désolé, c'est le bordel, dit-il en poussant quelques affaires du lit du bas pour m'inviter à m'y installer.

Je m'exécute en attrapant sa main pour le forcer à s'asseoir à côté de moi.

— Tout va bien ? demandé-je en prenant son autre main pour les lier aux miennes avant de les poser sur mes jambes.

— J'en sais rien, souffle-t-il. Comme tu vois, avec mon frère, c'est compliqué. Depuis que mon père est parti, je… c'est compliqué.

Je reprends ma respiration avant de lui poser la question qui me brûle les lèvres depuis un moment :

— Est-ce qu'il…

— Non, me coupe-t-il en fixant nos mains. Mon père, il… il est dans le coma.

Des images de Kenan à l'hôpital me reviennent alors et me serrent le cœur. J'ai bien fait de ne pas le brusquer ce jour-là. Je suis contente qu'il se sente maintenant assez à l'aise avec moi pour me parler de tout ça.

Cependant, une profonde tristesse m'emplit en imaginant

à quel point ça doit être dur et je me contente de presser ses doigts entre les miens pour lui montrer que je compatis. C'est la seule chose que je puisse faire. Être présente.

Je vois bien que parler de son père est difficile et ce qu'il vient de m'avouer l'est davantage, donc je décide de ne plus poser de questions. Mais Kenan me surprend quand il ajoute, le souffle court :

— Il a eu un accident de voiture il y a deux ans et depuis ce jour, j'ai l'impression de vivre un vrai cauchemar.

Oh ! Kenan…

Cette fois, je ne résiste pas à l'envie de lui faire un câlin. Je lâche ses mains pour passer mes bras autour de lui et il place son visage dans mon cou pour me respirer à pleins poumons, comme s'il y inspirait une grande dose de réconfort.

Lorsque je me détache de lui quelques minutes plus tard, il m'observe un instant, le regard doux, mais hésitant, avant de poser sa paume sur ma joue pour ensuite m'embrasser. Sa langue chaude me fait tout de suite oublier les dernières heures passées, mais j'ai à peine le temps d'en profiter qu'il s'arrête.

— Je vais te raccompagner chez toi.

— Est-ce que je pourrais revenir ? lancé-je avant qu'il ne se mette debout.

Il arque un sourcil, surpris par ma requête.

— T'as kiffé ma maison de luxe, c'est ça ?

Malgré son autodérision, je garde mon sérieux.

— Je me sens plus proche de toi maintenant que je connais ton univers, expliqué-je en balayant la pièce de vue.

S'il savait à quel point c'est bien plus que ça. Aujourd'hui, je découvre une autre facette de sa personnalité qui me fait encore plus tomber amoureuse de lui.

Quand mes yeux reviennent à son visage, son expression

est indéchiffrable. Alors que je me demande si j'ai bien fait de lui dire une telle chose, il se penche sur moi pour m'embrasser longuement la joue. Sans me le dire clairement, je comprends à son geste qu'il ressent la même chose que moi.

35

Kenan

Ça fait maintenant deux semaines qu'avec Angel on a pris l'habitude de se retrouver en dehors des cours, soit au ciné ou encore en balade quand le temps nous le permet. Elle a même insisté une fois pour refaire une session de basket afin de me montrer qu'elle s'était améliorée. Bon, ce n'est encore pas ça, mais ça a le mérite de m'éclater. C'est bien la première fois que je passe autant de temps avec une fille sans aller plus loin et je dois avouer que ça commence à être sacrément difficile de me contenir quand ça dérape un peu.

À côté de ça, je surveille mon frère comme le lait sur le feu, et depuis sa dernière punition, si ma mère et moi ne sommes pas là pour veiller à ce qu'il reste à la maison sagement après le collège, c'est Jake qui s'en charge. Je ne remercierais jamais assez mon pote de me prêter main-forte en ce moment. C'est justement avachi sur le canapé que je les retrouve tous les deux quand je passe la porte, les bras chargés de pizzas.

— Ah ben quand même, il commençait à faire faim ! hurle mon frère alors qu'il ne daigne même pas se lever pour venir m'aider.

Jake arrive dans ma direction avec les boissons qu'il a récupérées dans le frigo et nous nous posons autour de la table basse.

Adrian commence à me refaire sa sérénade sur le fait que Jake n'est pas obligé de rester à chaque fois, mais je ne cède pas. En fond, je remarque que les garçons ont mis le match des Celtics de Boston contre les Knicks de New York. Un des joueurs shoote juste au moment où sonne la mi-temps, ce qui permet à son équipe d'égaliser.

— Yes ! crie Jack le poing serré.

Nous nous tapons dans la main quand la porte s'ouvre à la volée sur ma mère, le visage défait. Elle fait tellement d'heures en ce moment que ses cernes sont de plus en plus marquées.

— Bonsoir, Elizabeth ! dit mon ami en se redressant pour saluer ma mère.

— Bonsoir, les garçons. Merci encore, Jake, pour ce soir, déclare-t-elle en posant sa main sur son épaule.

Elle lui sourit avant d'aller ranger ses affaires dans le placard de l'entrée. Elle rejoint ensuite la cuisine avec sa glacière qu'elle déballe péniblement. Ses épaules sont basses et elle ne semble vraiment pas en forme. Pourtant, quand elle revient dans le salon, elle s'avance pour piocher dans les pizzas restantes et s'assoit sur une chaise pour manger un bout. Elle interroge Jake à propos de l'école et prend des nouvelles de sa mère. De mon côté, mon téléphone vibre. Le message que je reçois me fait sourire malgré moi et je tente de me retenir de rire en lisant la blague que vient de m'envoyer Angel.

Quand je remarque qu'autour de moi les discussions ont cessé, je relève le nez et ma mère me lance, taquine :

— Passe le bonjour à Angel de ma part.

Je secoue la tête pour faire mine de rien mais, mon pote enchaîne :

— Elle est plutôt cool comme fille.

— Et ça fait grand bien à mon fils !

— Bon ça va, vous avez fini ? braillé-je pour clôturer cette discussion qui me met mal à l'aise.

Mon frère joue exagérément des sourcils jusqu'à ce que je le pousse et qu'il se retrouve assis par terre.

— Sur ces belles paroles, je vais vous laisser, annonce Jake en récupérant son blouson.

Il nous checke avant de quitter les lieux. Le silence retombe instantanément dans la maison, et ma mère ne nous laisse pas le temps de souffler avant de nous balancer de but en blanc :

— Les enfants, je dois vous parler.

L'ambiance plutôt légère jusqu'à maintenant s'alourdit dans la seconde. Je me redresse et j'ai tout à coup un gros coup de chaud en attendant la suite.

— Voilà, si je suis rentrée plus tard c'est parce que l'état de votre père s'est dégradé, souffle-t-elle à demi-mot entre deux sanglots difficilement retenus.

Je pose directement ma tête dans mes mains pour éviter de montrer à ma mère toute ma peine. La colère d'être impuissant face à ce genre de situation me rend fou.

— Ça veut dire quoi ? demande Adrian, figé.

— Ça veut dire qu'il est plutôt en train de s'éloigner de nous que de revenir et…

— Et quoi ? grondé-je malgré moi dans le but de savoir exactement ce qu'il se passe au lieu de tourner autour du pot.

La douleur sera certainement plus forte mais moins longue.

Ma mère relève ses yeux gonflés et rougis par des larmes trop contenues pour nous annoncer sans préambule :

— Il va nous falloir prendre une décision. J'en ai parlé avec l'équipe et si papa venait à partir pour de bon… hum… il aurait la possibilité de donner ses organes.

— Quoi ?! hurlé-je à travers la pièce au risque que les voisins nous aient entendus.

Je me lève d'un bond pour me mettre en face d'elle.

— Est-ce que tu te rends compte de ce que tu es en train de dire ? On parle des organes de papa, là ! Je me demande comment tu oses l'envisager !

— Kenan, s'il te plaît, je sais que…

— Non, putain ! Alors quoi, tu veux qu'il soit décortiqué comme un animal ?

Elle se lève à son tour pour venir poser une main sur chacun de mes bras.

— Mon grand, je voulais juste vous en parler, évidemment je ne prendrai pas cette décision seule.

— J'y crois pas, dis-je en sentant les larmes me remplir les yeux. Je ne peux pas croire que tu veuilles troquer la vie de papa pour d'autres que tu ne connais même pas.

— Kenan, calme-toi, ça n'a rien à voir. Ça peut sauver des vies et il faut réfléchir à ce que ton père aurait voulu.

— C'est tout réfléchi ! lâché-je froidement en me détachant de ses bras pour partir en direction de ma chambre.

Quand je m'allonge sur mon lit, la colère et le sentiment de trahison me prennent aux tripes. J'ai l'impression que l'air me manque. Réaliser que mon père peut réellement venir à nous quitter n'est tout simplement pas concevable, car même si aujourd'hui il n'est plus vraiment là, inconsciemment, ce n'est pas terminé. J'ai toujours au fond de moi l'infime espoir qu'il revienne à la vie. Et en plus, imaginer l'après de cette façon me donne la gerbe.

Je me relève pour tourner comme un lion en cage dans cette pièce exiguë.

Comment ma mère ose-t-elle envisager une telle horreur ? Il

n'est même pas mort… et même si… non, je n'arrive toujours pas à me faire à cette idée.

Je tente de me calmer, mais rien n'y fait, je ne parviens pas à éteindre la rage qui me terrasse de l'intérieur. J'ai envie de tout péter !

Dans un élan de rage, je traverse la maison quand ma mère tente de m'arrêter pour discuter, mais je ne suis pas en état de répondre de quoi que ce soit.

— Je vais faire un tour.

J'attrape mon blouson et file sur mon scooter qui me mène instinctivement vers la seule personne que j'ai envie de voir.

Quand j'arrive devant chez Angel, j'hésite à faire demi-tour. Finalement, je contourne la maison et me poste sous sa fenêtre dont la lumière est éteinte. Je lui envoie un message en lui indiquant que je suis en bas et, dans la seconde qui suit, je vois l'éclairage traverser ses carreaux. Elle ouvre ensuite et reprend son téléphone pour éviter de crier, au risque de réveiller toute sa baraque.

[Qu'est-ce qu'il se passe ?]

[Je peux monter ?]

Elle écarte les bras pour m'indiquer qu'elle ne voit pas comment, mais ça ne m'arrête pas. Je m'accroche à la gouttière qui est disposée sur l'arête de la maison et, heureusement, la toiture de la véranda me permet de me maintenir pour enfin atteindre l'appui de fenêtre.

Angel voit directement que quelque chose ne va pas et, sans même lui donner d'explications, je me jette dans ses bras. Elle m'accueille et me serre fort sans me poser de questions.

Elle referme sa fenêtre et file sur la pointe des pieds verrouiller sa porte. Une fois dans son cocon, je recommence à respirer normalement. Vêtue d'un pyjama informe et décoloré, elle reste trop mignonne à mes yeux. Elle s'assoit en tailleur sur son lit et tape à côté d'elle pour m'inviter à la rejoindre.

— Que me vaut cette visite impromptue ? chuchote-t-elle en collant son épaule contre la mienne.

Elle tente d'alléger à sa manière le poids qui m'accable et je lui souris.

— J'avais envie d'être avec toi. Ça t'embête si je reste un peu ?

— Pas du tout, mais faut parler doucement.

— On n'a pas forcément besoin de parler, dis-je en baissant les yeux en espérant qu'elle comprenne.

— Comme tu veux.

Au bout de quelques minutes au calme, ma respiration ralentit et je sens que je retombe en pression. Rien que la présence d'Angel m'apaise, et j'apprécie réellement qu'elle respecte le silence que j'impose sans me forcer à m'exprimer. Elle se couche de profil et je vois que la fatigue la gagne. Alors que je vais pour m'allonger, elle étend son bras et m'indique de venir poser ma tête sur sa poitrine. Je n'ai jamais été aussi proche d'une fille sans avoir eu d'arrière-pensée, mais à ce moment-là le réconfort que m'apporte Angel dépasse toutes les idées tordues possibles et imaginables. Je m'installe contre elle en posant une main sur sa hanche et elle se met à caresser mes cheveux avec ses doigts fins.

Elle dépose un baiser sur mon front et m'enveloppe de ses bras alors que son cœur qui bat calmement me berce. Son odeur de fruits rouges m'enivre tellement que je me sens partir, laissant mes tourments de côté pour savourer cet apaisement tout juste retrouvé.

36

Angel

À peine ouvré-je les yeux qu'une agréable sensation de flottement me saisit. Jusqu'à ce que je me souvienne de la raison de mon bien-être. Je me redresse vivement dans mon lit en regardant partout autour de moi, un brin paniquée.

En constatant que Kenan n'est plus là, je suis autant déçue que soulagée. En effet, j'aurais adoré me réveiller blottie dans ses bras… sauf que la suite aurait été beaucoup moins drôle, étant donné que toute ma famille est à la maison ! D'ailleurs, j'entends déjà ma mère nous préparer le petit déjeuner dans la cuisine.

Je récupère mon téléphone sur ma table de nuit et les textos qui apparaissent à l'écran me font rire de bon matin.

[Tu ronflais tellement fort que j'ai préféré ne pas te réveiller…]

[C'était trop bon de passer la nuit avec toi, j'ai dormi comme un bébé. On se voit au lycée.]

Oh mon Dieu, alors il a passé la nuit ici ?!

Je me mords le coin de la lèvre en nous revoyant tous les deux, hier soir. L'expression affolée qu'il avait en arrivant s'est envolée au fur et à mesure que nous étions ensemble. Quand il s'est endormi, je n'ai pas réussi à l'en empêcher tant il semblait serein. Je me suis dit que j'allais profiter de son étreinte pendant quelques instants, mais j'ai fini par sombrer dans le sommeil, moi aussi.

Je lui réponds qu'il me manque déjà et file dans la salle de bains pour me préparer. En me brossant les dents, je m'imagine passer toutes mes nuits avec Kenan et cette idée me remue de l'intérieur. Aussi incroyable que ça puisse paraître, je n'envisage plus mon existence sans lui. Notre relation devient de plus en plus sérieuse et je sens que lui aussi s'attache à moi. Rien que le fait qu'il débarque ici hier soir alors qu'il était au plus mal me l'a prouvé. C'est indéniable, nous avons besoin l'un de l'autre.

Cependant, j'ai bien conscience que Kenan est en dernière année, et je n'ai pas oublié quand il m'a dit vouloir changer de ville pour ses études. L'idée qu'on puisse être séparés me fait mal et je fais tout pour la chasser de mon esprit. Il faudra qu'on en parle, mais je ne veux pas y penser pour l'instant. Nous n'en sommes qu'au début et je veux surtout qu'on profite l'un de l'autre.

— Tu vas finir par ne plus avoir d'émail à force de frotter !

La bouche pleine de dentifrice, je ris à la vanne de mon frère avant de cracher dans le lavabo. Lorsque je me retourne, le voir torse nu et à moitié endormi m'oblige à lui ébouriffer les cheveux.

— Arg, arrête ! grogne-t-il en se débattant, les yeux semi-ouverts. Comment tu fais pour avoir la pêche dès le matin, hein ?

Si tu savais, frérot…

Je chasse de mon esprit l'image de celui qui me fait craquer et laisse la place à Mason. En quittant la salle de bains, je me demande si je ne devrais pas parler à mon frère de ma relation avec Kenan. Même si ça risque de lui faire bizarre que je sorte avec quelqu'un de son équipe, je suis sûre qu'il l'accepterait. Du moment qu'il me rend heureuse, c'est tout ce qui compte.

Quand j'arrive dans la cuisine, je surprends mes parents en plein bécotage devant le frigo.

— Beurk !

Ils se relâchent immédiatement en riant et je ne peux m'empêcher de sourire en les voyant si complices. Je mesure la chance que j'ai d'avoir une famille unie et des parents qui s'aiment à la folie, je ne vais surtout pas m'en plaindre.

Pendant que ma mère me sert des pancakes encore chauds, je songe à celle de Kenan qui doit vivre un enfer sans son mari auprès d'elle.

— Encore dans la lune ?

Le clin d'œil équivoque que m'adresse maman me fait lever les yeux au ciel. Je m'attaque à mon petit déjeuner en prenant conscience que j'ai fait les choses à l'envers en me brossant les dents avant de manger. Bon sang, je suis vraiment à l'ouest ce matin ! On se demande pourquoi…

Dans la minute qui suit, Mason nous rejoint et il a à peine le temps de se servir une tasse de café que mon père le lance sur le basket.

N'ayant pas la moindre envie de les entendre se disputer une énième fois sur le sujet, je termine vite et débarrasse mon assiette. Mais, lorsque j'entends mon père répéter que LE match est dans une semaine, il me vient une idée.

— Dis, Mason, les coupé-je en plein débat. Je pourrais venir te voir jouer ?

Il fronce d'abord les sourcils, visiblement surpris, avant de hausser les épaules.

— D'où te vient cet intérêt soudain pour le basket ?

Mon frère n'attend même pas ma réponse qu'il ajoute :

— Bien sûr que tu peux venir, sœurette. Surtout que je compte tout donner !

Sur ces dernières paroles, il jette un regard en direction de mon père qui hoche la tête d'un air entendu. Puis mon attention dévie sur ma mère, à ses côtés. Elle me fixe avec un léger sourire en coin et les yeux plissés. *Est-ce qu'elle aurait compris que ce n'est pas Mason que je veux voir sur le terrain ?*

On dirait bien que oui et, honnêtement, ça ne me dérange pas plus que ça. En réalité, je n'ai plus envie de me cacher. J'ai envie de crier au monde entier que je sors avec Kenan Adams !

— Sérieux, tu ne peux pas me laisser comme ça !

Je ris discrètement de voir Holly bouillir sur sa chaise. Étant donné qu'elle est arrivée en retard ce matin – pour ne pas changer –, je n'ai pas pu lui raconter ma soirée de la veille. J'ai juste eu le temps de lui glisser que Kenan avait dormi à la maison avant que le cours de littérature démarre. Et depuis, elle trépigne d'impatience d'en savoir plus.

— Tu ne peux pas enfreindre la règle, juste une fois ? me demande-t-elle en retroussant exagérément sa lèvre inférieure.

À son grand désespoir, Holly sait que je refuse de bavarder en cours. Mais, au vu des circonstances, j'accepte de faire une exception.

J'attends que le prof se mette à parler pour me pencher sur elle.

— Calme-toi, on n'a rien fait, chuchoté-je.

— Comment ça, rien ?

Son air horrifié me fait sourire.

— Rien, on s'est juste endormis l'un contre l'autre.

En y repensant, j'en ai des frissons dans tout le corps.

— J'hallucine ! Et t'attends quoi au juste pour passer à l'action ? Ce genre de mec ne va pas t'attendre à l'infini.

Même si cette idée me traverse régulièrement l'esprit, je secoue la tête. Holly ne connaît pas Kenan et elle ne se rend pas compte à quel point ce qu'on partage est fort et sincère.

— Il a dit qu'il attendrait que je sois prête et il ne me met pas la pression.

— Et s'il va voir ailleurs ?

Sa question me fait grimacer. J'avoue que ça me fait peur parfois, mais je tente de me convaincre du contraire.

— Jamais Kenan ne me ferait un truc pareil !

— Angel, dit-elle en posant sa main sur mon bras. Tu sais pourquoi on le surnomme Ken, n'est-ce pas ?

Je soupire et elle embraye, toujours à voix basse :

— Ce mec est une bombe ! Il a sûrement dû sortir avec une tonne de filles. Tiens, d'ailleurs, tu savais qu'il avait couché avec Beverly ?

Même si je ne m'intéresse pas aux rumeurs qu'il peut y avoir dans ce lycée, impossible de ne pas savoir qui est cette fille, étant donné que mon grand frère est fou d'elle depuis l'école primaire. Je ne laisse pas la déception m'envahir – ni les horribles images de la reine des pom-pom girls avec Kenan me parvenir. Après tout, ce ne sont que des bruits de couloir…

— Fais pas cette tête, reprend Holly. C'est toi qu'il kiffe et pas une autre ! Je te dis juste de ne pas trop le faire attendre.

Je lui adresse un sourire forcé avant de faire mine de me concentrer sur le cours. Sauf qu'à la place, je rumine comme une folle.

Puis je me remémore tous les bons moments passés ensemble. Kenan et moi, c'est du sérieux et il n'y a aucune raison que je me méfie de lui. Aussi, il est hors de question que je couche avec lui pour de mauvaises raisons.

Il s'agit tout de même de ma première fois ! Et une première fois, c'est important. Ce moment restera gravé à vie, donc je compte bien faire les choses correctement.

De toute façon, plus le temps passe, plus je me sens prête à franchir le pas.

37

Kenan

— Ne touche surtout pas à ça !

Malgré le hurlement d'Angel depuis la cuisine, je ne repose pas l'objet en résine que j'ai entre les mains. Au contraire, je le retourne dans tous les sens pour comprendre d'où vient ce truc. Il représente un joueur de basket en position de tir, prêt à shooter.

Je n'avais jamais fait attention à tous ces trophées posés sur le grand meuble en bois du salon. En même temps, à chaque fois que je viens passer l'après-midi ici, nous nous précipitons dans la chambre d'Angel pour profiter un maximum l'un de l'autre.

— Et voilà, un Coca pour monsieur ! s'exclame-t-elle en me rejoignant.

Elle dépose le verre sur le meuble avant de me prendre la statuette des mains.

— Si Mason te voyait toucher à ça, il te botterait les fesses ! plaisante-t-elle en la remettant à sa place.

Ouais, j'aimerais bien voir ça…

— Qu'est-ce que c'est ?

— Des médailles qu'il a gagnées à des championnats de basket, répond-elle en haussant une épaule.

Je lâche un ricanement incontrôlé. Il a dû obtenir ces babioles lors de matchs amicaux, genre club d'été chez les bourges, rien de plus.

— Ce ne sont pas des médailles, ça.

Lorsque je la vois me fixer en plissant les yeux, je regrette aussitôt mes paroles. J'attrape le soda et la remercie avant de l'avaler.

— Tu n'en prends pas ?

Angel grimace.

— Je déteste les boissons piquantes !

Je me dépêche de finir et repose le verre sur le meuble avant de passer mes bras autour de sa taille.

— Il y a encore plein de choses que je ne sais pas de toi, chuchoté-je contre son oreille.

Sa peau frissonne quand je plaque un baiser dans le creux de son cou, mais elle me repousse pour aller ranger le gobelet dans la cuisine.

Pendant une seconde, je me demande si elle m'en veut pour ce que je viens de dire à propos du trophée, mais décide de ne rien dire. Quand elle revient, elle me fait signe de la suivre jusqu'à sa chambre et je la sens encore plus distante. À y réfléchir, elle n'était déjà pas aussi enthousiaste que d'habitude en m'accueillant quand je suis arrivé tout à l'heure.

Je n'aime pas ça.

C'est étrange, mais la sentir froide me fait mal au bide. À peine arrivons-nous dans sa chambre que je l'approche de nouveau pour l'embrasser. Elle répond à mon baiser en passant ses doigts dans mes cheveux, et bon sang ce que je kiffe quand elle fait ça !

Je la fais basculer sur son lit sans que nos bouches ne se détachent et nous nous câlinons pendant un long moment. L'un en face de l'autre, nos jambes s'enroulent entre elles et mes mains se baladent partout sur son corps. Enfin, partout où elle m'autorise. C'est étrange, car autant elle me laisse lui toucher les fesses, la poitrine… autant elle déteste que je lui caresse le ventre. C'est d'ailleurs quand je tente de passer une main sous son pull qu'elle attrape mon poignet pour m'en empêcher, tout en reculant le visage.

Comme d'habitude, je ne dis rien et tente de calmer mes ardeurs en constatant qu'elle n'est toujours pas prête à aller plus loin.

Alors que je reprends mon souffle sans la lâcher des yeux, elle me demande d'une petite voix :

— Est-ce que je peux te poser une question ?

J'opine de la tête et elle se mord le coin de la lèvre, hésitante.

— Tout va bien ? l'interrogé-je en mettant une main sur sa joue pour l'inciter à parler.

— C'est que… je n'en sais rien. On m'a dit quelque chose à ton sujet et, même si au départ j'avais décidé de ne rien te dire, j'ai besoin de savoir.

Je fronce les sourcils en sentant la crainte m'envahir. *Est-ce qu'elle pourrait être au courant de ce que je mijote ?*

Non, impossible ! À part mes trois potes, personne ne connaît mon projet de vengeance. Alors que l'angoisse me submerge, je prends soudainement conscience que le jour où elle apprendra ce que j'ai fait, il n'y a pas qu'elle qui en pâtira…

— Je…, commence-t-elle avec embarras. Est-ce que tu as vraiment couché avec Beverly ?

Ne m'attendant pas du tout à ça, j'écarquille les yeux de stupeur. En voyant son air dégoûté, je n'ai pas la moindre envie de lui dire la vérité. Néanmoins, sans savoir pourquoi, je n'ai pas non plus envie de lui mentir.

— Oui, finis-je par répondre.

Angel retient son souffle, déçue. Alors qu'elle tente de démêler nos jambes pour s'éloigner de moi, je la retiens.

— Mais ça ne voulait rien dire ! Angel, tu dois me croire, il n'y a rien du tout entre cette fille et moi. Il n'y a que toi qui comptes à mes yeux.

Elle se détend un peu, mais je sens qu'elle reste méfiante. Une petite voix au fond de moi me souffle qu'elle a raison de ne pas me faire confiance et ça me bouffe.

— Tu m'as dit une fois que mon frère et toi n'étiez pas amis…

Quoi ?!

— Qu'est-ce que cette histoire a à voir avec ton frère ?

— Il est amoureux de Beverly depuis qu'il est gosse, déclare-t-elle. Et ce que tu as insinué tout à l'heure à propos du trophée… est-ce qu'avec Mason vous vous entendez bien ?

Ma gorge se serre. Cette discussion ne part vraiment pas dans le bon sens. Finalement, c'est moi qui me redresse afin de poser mon dos contre sa tête de lit. Angel m'imite et s'assoit à côté de moi.

— Avec ton frère, on n'est pas les meilleurs amis du monde, c'est certain. Mais c'est tout.

Cette fois, c'est mon cœur qui se compresse dans ma poitrine. Je n'ai jamais menti ouvertement à Angel depuis que je la connais et je ne me sens pas fier du tout. C'est idiot, car notre relation est basée sur un mensonge, j'en ai conscience, mais je ne sais pas… je déteste ce qui se passe en moi actuellement.

Même si elle paraît toujours dubitative, Angel me sourit. Et ça me tue encore plus.

— Tant mieux. Car tu vois, je pense de plus en plus à te présenter à ma famille.

Quand elle me voit ouvrir la bouche d'étonnement, elle ajoute :

— Pas forcément tout de suite ! Mais je pensais… enfin… pour moi, notre relation est sérieuse et j'aimerais…

— Angel, la coupé-je. Pour moi aussi, c'est du sérieux. Ça me ferait plaisir de rencontrer tes parents.

Je ne sais pas pourquoi je dis une connerie pareille, mais voir son large sourire me fait oublier mes regrets.

Rassurée, Angel se tourne vers moi pour m'embrasser et mon sentiment de culpabilité est vite balayé par ses lèvres douces et sucrées.

Au bout d'un moment, nous nous retrouvons comme souvent, allongés sur son lit, à discuter entre deux baisers.

— Tu ne m'as jamais dit, reprends-je en lui caressant l'épaule du bout des doigts. C'est quoi ton rêve à toi ?

— Être violoniste, répond-elle du tac au tac comme si c'était une évidence.

— Tu ne devrais pas avoir trop de difficultés alors.

Son sourire s'efface et je me demande bien pourquoi. Elle est tellement douée que je n'ai aucun doute sur le fait que son rêve se réalise un jour.

— Tu y arriveras, j'en suis certain.

Angel souffle avant de se mettre sur le dos pour fixer le plafond.

— Pour ça, il faudrait d'abord que j'arrive à jouer devant des gens.

— Ce n'est pas ce que tu vas faire au concert de fin d'année ?

— C'est ce que je suis censée faire, oui. Mais rien que de m'imaginer sur scène me donne envie de vomir. Quand je suis entourée des autres musiciens ça va, mais dès lors que je joue seule, c'est la panique.

Elle pose ses mains sur son ventre et je m'empresse de glisser la mienne dessus. En effet, sa respiration est devenue irrégulière. C'est fou que ça la stresse autant !

Au début, moi non plus je n'aimais pas trop jouer devant une tribune remplie de supporters. Mais plus le temps passe, plus je m'y habitue, au point que je ne fais même plus gaffe au public quand je joue.

Tout à coup il me vient une idée.

— Et si on sortait ?

Je n'attends pas sa réponse et me mets debout.

— Où veux-tu aller ? s'enquiert-elle en se redressant sur les coudes.

— Tu verras… viens !

Angel acquiesce en souriant et se lève à son tour. Avant de quitter sa chambre, je lui lance :

— Ah, et prends ton violon.

Alors que nous arrivons au CityPlace Burlington, Angel se fige en regardant partout autour d'elle.

— Tu peux me dire ce qu'on fiche ici ?

Durant tout le trajet, elle n'a cessé de me demander ce qu'on allait faire, mais j'ai préféré ne rien dire au risque qu'elle ne fasse demi-tour.

Je lui tends l'étui de son instrument que je portais et lui adresse un clin d'œil.

— À toi de jouer.

Sa mine choquée me donne envie de rigoler, mais bien évidemment je me contiens.

— Tu te fous de moi, Adams ?

Cette fois, j'éclate de rire.

— Angel, fais-moi confiance, tu vas y arriver ! J'ai déjà vu de nombreux musiciens jouer ici. Et puis, c'est bien ce que fait la gamine de rue que tu n'arrêtes pas de regarder en vidéo ?

Elle ouvre grand la bouche avant de la refermer de nouveau. Puis, elle inspire calmement avant de répondre :

— Premièrement, Karolina Protsenko[1] n'est pas une gamine de rue, mais un prodige du violon !

1. Karolina Protsenko est une violoniste adolescente, connue pour jouer des reprises de musiques à succès dans les rues de Santa Monica en Californie.

Je me pince les lèvres pour me retenir de rire encore une fois quand Angel lève un doigt en l'air, on ne peut plus sérieuse.

— Et deuxièmement, je n'ai pas son niveau ni sa capacité à jouer devant des inconnus ! Non, mais tu es complètement fou d'avoir pu penser une seule seconde que…

— Angel, la coupé-je en récupérant ses mains dans les miennes. Toi aussi tu es un prodige sauf que contrairement à cette fille, tu ne laisses pas les autres le découvrir. Tu peux le faire !

Elle secoue fermement la tête et j'ai beau tenter de la persuader, elle refuse catégoriquement.

— Je te demande juste d'essayer, insisté-je. Tu tentes un truc et si vraiment c'est trop difficile, alors tu t'arrêtes et je ne t'embêterai plus avec ça. Marché conclu ?

Je m'approche d'elle et pose mon front contre le sien. Je touche son nez avec le mien dans l'espoir que ça la fasse changer d'avis. J'ai conscience que je n'utilise pas une méthode conventionnelle, mais je suis convaincu qu'elle en est capable. Au bout d'un long moment à me fusiller du regard, elle lâche un énorme soupir d'exaspération.

— Je te déteste, Kenan Adams !

Angel ignore mon ricanement et prend son instrument en ronchonnant. En plein milieu de la place, je récupère sa pochette et attends qu'elle positionne son violon pour reculer de quelques pas.

— Tu peux le faire, lui répété-je en la laissant seule.

Quand je la vois regarder autour d'elle, paniquée, je crains qu'elle n'y arrive pas. Je vois sa poitrine monter et descendre à un rythme soutenu. Seuls deux passants se sont arrêtés pour l'observer, mais elle est aussi stressée que si elle était dans une salle de concert pleine à craquer.

— Angel ! l'interpellé-je.

Son attention revient sur moi et je la fixe en serrant mon poing pour la motiver et lui montrer qu'elle peut y arriver. Je ne sais pas si ça la rassure, en tout cas, elle expire un bon coup avant de poser son archet sur les cordes de son violon. Alors que je retiens mon souffle, elle démarre sans me lâcher des yeux.

Je reconnais tout de suite le son qu'elle interprète et ça me fait sourire. Angel adore les vieilles musiques, mais je ne m'attendais pas à ce qu'elle joue du Elvis Presley. Aussi, je trouve ça dingue qu'elle connaisse les partitions par cœur.

Même si je n'y connais rien, la mélodie est harmonieuse, bien que son corps soit crispé et que ses doigts semblent hésitants. Ce n'est que quand elle démarre le refrain de *Can't Help Falling Love*, qu'elle se lâche totalement. Angel ferme les yeux et c'est instantané : elle s'enferme dans sa bulle.

Son corps bouge au rythme de chaque note qui me donne des frissons de la tête aux pieds. Peu importe ce qu'elle décide de jouer, l'effet est toujours le même. Je n'arrive pas à contrôler tous ces sentiments qui m'assaillent, comme si chaque note pénétrait par les pores de ma peau pour se propager partout à l'intérieur de moi en laissant une traînée de sérénité sur son passage. *C'est tout simplement magique !*

Au bout d'à peine une minute, une dizaine de personnes s'arrête au point de former un cercle humain autour d'elle. Et plus les secondes passent, plus il y a de monde. Certains semblent ébahis quand d'autres sortent carrément leur portable pour la filmer.

Angel est tellement à fond qu'elle ne se rend sûrement pas compte du nombre de personnes qui l'entoure. Elle continue sur sa lancée comme transportée dans une autre dimension. Jusqu'à ce que des murmures s'élèvent et qu'elle ouvre les paupières.

En voyant les passants l'observer, ses yeux s'écarquillent légèrement, mais elle ne cesse de jouer pour autant. Au contraire, elle semble plus à fond que jamais.

Quand je remarque qu'elle me cherche parmi la foule, je suis obligé de jouer des coudes pour m'avancer au maximum. Angel clôture son morceau d'un grand coup d'archet lorsqu'elle me repère enfin. Des applaudissements ainsi que des sifflements résonnent autour de nous, faisant battre mon cœur encore plus vite. À cet instant, je la trouve plus belle que jamais.

Elle balaye la foule du regard, ses iris brillants de gêne et de satisfaction, avant de revenir sur moi. Puis, elle m'adresse un sourire timide qui me chamboule davantage.

Je m'apprête à la rejoindre pour la féliciter quand un groupe de jeunes se met à hurler en chœur : « Une autre, une autre ! »

Angel ne sait pas quoi faire dans un premier temps et hausse les épaules. Mais, à la fierté qu'elle voit dans mes yeux, elle comprend immédiatement le message que je lui fais passer. Émue, elle remonte l'instrument vers son visage et recommence à jouer. Sous le regard admiratif de tous, la magie opère à nouveau.

38

Angel

— Et s'il y a le moindre problème, tu nous appelles !

— Oui, maman, soufflé-je, exaspérée.

Sa façon de m'infantiliser a parfois tendance à m'agacer. Quand mon père en remet une couche, j'acquiesce rapidement pour leur faire comprendre qu'ils peuvent me faire confiance – et que je ne suis plus une gamine, surtout !

— Profitez bien de votre soirée, je ne bouge pas d'ici.

Quand ils quittent enfin la maison, je lâche un grand soupir en m'adossant contre la porte.

Aussitôt émoustillée à la perspective de la soirée, j'envoie tout de suite un message à Kenan :

[Tu peux venir.]

Je l'ai déjà prévenu que ce soir personne n'était là, mon frère étant encore en vadrouille, lui aussi. En plus, tout se goupille bien puisque mon cours de violon pour les enfants a été décalé à dimanche matin, pour des raisons logistiques. Je pourrai donc en profiter pour me reposer demain.

Kenan travaille en début de soirée et ne pas l'avoir vu de la journée me fait languir encore plus. Dès lors qu'il me répond par un smiley avec un clin d'œil, mon cœur s'emballe instantanément.

À la hâte, je monte dans la salle de bains et, pour la première fois, je prends le temps de m'occuper de moi : gommage, douche, baume pour le corps, tout ça en écoutant ma musique préférée. D'ordinaire, je laisse mes cheveux sécher à l'air libre, mais ce soir j'ai envie de les discipliner pour les laisser détachés.

Je les lisse avant d'apposer une crème hydratante sur mon visage. Ne voulant pas non plus en faire trop, je reste naturelle et ne me maquille pas.

Un sourire niais me monte aux lèvres en pensant à ce que je m'apprête à faire.

Je n'ai jamais été aussi sûre de moi qu'à cet instant, et ça me rend tout simplement heureuse. Quand je repense à ce que m'a fait vivre Kenan il y a quelques jours, je n'ai plus le moindre doute sur ce que je ressens pour lui. En plus de partager des moments forts avec ce garçon, il m'aide à aller de l'avant comme personne ne l'a jamais fait auparavant. Je me revois en train de jouer dans la rue en plein milieu d'inconnus et je secoue la tête tant cela me semble irréel ! Cette expérience aussi surprenante que grisante restera gravée dans ma mémoire à jamais.

J'enfile un pantalon noir et une chemise ajustée couleur corail. J'ouvre les deux premiers boutons qui sont d'ordinaire fermés, pour faire ressortir davantage ma poitrine et, quand je m'observe, l'image d'une jeune fille timide, mais terriblement excitée à l'idée de passer une soirée avec son amoureux, me saute aux yeux.

À peine mon téléphone sonne-t-il que je me précipite sur la porte d'entrée pour aller ouvrir à Kenan.

— Bonsoir ! m'exclamé-je en me jetant à son cou.

Il m'embrasse rapidement avant de reculer pour me dévisager des pieds à la tête, l'air surpris. Je me sens rougir sous son regard de braise, visiblement ravi de me voir apprêtée. Je me balance d'un pied sur l'autre tandis qu'il enlève sa veste tout en scrutant autour de lui, un peu méfiant.

— Personne n'est là. Nous sommes seuls.

Kenan place aussitôt ses bras autour de mes épaules et pose un baiser sur mon front avant de m'embrasser sur le nez pour terminer sur mes lèvres.

— Où tu étais aujourd'hui ? lui demandé-je entre deux baisers.

— Au lycée.

— Je ne t'ai pas vu…

— Moi si, murmure-t-il en remettant une mèche derrière mon oreille. Tu étais avec tes amis musiciens.

Savoir qu'il m'observe en douce me fait frissonner.

— Et c'était dur de ne pas…

Je ne le laisse pas finir sa phrase et l'embrasse. Il répond instantanément à mon contact et c'est bien ici que je suis à ma place, dans ses bras, contre ses lèvres chaudes qui me font perdre la tête.

— On se mate un film ? m'interroge-t-il en m'indiquant le salon.

— Ou autre chose…

Je le prends par la main, et le petit sourire en coin qu'il affiche me fait comprendre qu'il a certainement saisi le fond de ma pensée. Mes joues chauffent toutes seules en montant l'escalier alors que j'imagine déjà ce qu'il va se passer.

Respire, Angel.

Quand nous arrivons dans ma chambre, je claque la porte et ne lui laisse pas le temps de s'attarder sur autre chose avant de passer mes bras autour de sa nuque pour poser fermement ma bouche sur la sienne. Alors que notre baiser se veut plus profond, il m'attrape par la taille et me soulève du sol. Je crochète mes jambes autour de ses hanches et je sens rapidement que Kenan est dans le même état d'excitation que moi.

Il avance de quelques pas pour me déposer sur le matelas et se positionner au-dessus de moi. Encadrée par ses grands bras, je me sens comme dans un cocon, en confiance. Je pose mes mains sur ses joues et me recule pour le regarder dans les yeux.

— Je suis prête, dis-je dans un chuchotement.

Ses yeux s'illuminent, mais je comprends à son froncement de sourcils qu'il me demande une seconde confirmation. J'acquiesce, et il m'embrasse avec une tendresse qui me fait tourner la tête. Ses mains se promènent le long de mon corps et effleurent ma poitrine. La sensation exquise de ressentir que Kenan en a autant envie que moi me rassure et, lorsqu'il se plaque contre moi, son érection collée contre mon bassin m'excite encore plus.

Nous entamons alors un bal passionné de baisers plus langoureux les uns que les autres, alors que je me hasarde à glisser mes mains sous son T-shirt. Je prends un malin plaisir à le rendre fou en jouant avec son anneau et il n'y a pas que lui que ça fait carrément chavirer d'ailleurs. Entre deux souffles, je m'assois sur le bord de mon lit, enfin prête à me dévoiler.

Pour moi, passer ce cap ne signifie pas seulement lui donner ma virginité. Cela veut aussi dire que je vais me mettre à nu devant lui au sens propre comme au figuré. Jamais je ne me suis déshabillée devant un garçon. Néanmoins, je ne me sens pas gênée à l'idée qu'il me découvre entièrement, c'est pourquoi je me place debout face à lui et commence à défaire mon chemisier tout en le fixant dans les yeux. Son regard est empreint de désir, et je fonds à mon tour en voyant qu'il se mord la lèvre alors que j'arrive au troisième bouton. Je prends une seconde pour me pencher afin de lui déposer un rapide baiser sur la bouche et je remarque qu'il lorgne plus ou moins discrètement sur ma lingerie.

Je suis debout entre ses jambes, et il pose ses mains sur l'arrière de mes cuisses jusqu'à les remonter sur mes hanches alors que je continue de me déshabiller lentement. La maison est calme, à l'opposé du niveau d'excitation qui règne dans la chambre. Quand j'arrive au dernier bouton, mon chemisier s'ouvre, dévoilant la partie la plus sensible de mon anatomie.

Kenan laisse traîner son regard et se délecte aisément de ma poitrine en se mordant la lèvre, avant de baisser les yeux sur mon ventre. En sachant que c'est la première fois que je lui laisse accès à cette zone protégée en temps normal, il marque un temps d'arrêt sur mon bas-ventre. Ses sourcils se froncent et son expression change alors qu'il se penche en avant. Je sens qu'il se pose des questions, alors je lui explique :

— J'ai eu pas mal de problèmes de santé.

Ses prunelles ne quittent pas le large trait qui me traverse à hauteur du nombril et qui descend en diagonale jusque vers ma féminité. Ses yeux s'écarquillent, et il reste complètement bloqué sur ma cicatrice. Je remarque qu'il n'ose même plus me regarder dans les yeux et je me dois de le rassurer.

— C'était il y a longtemps, chuchoté-je en glissant ma main dans ses cheveux.

— Est-ce que tu… est-ce que ça fait…, bafouille-t-il d'une voix rauque et éraillée.

— Non, ça ne me fait plus mal, réponds-je en devinant ses interrogations.

Il effleure alors ma cicatrice d'un doigt tremblant, et je ressens à son attitude qu'il est complètement dérouté. Je ne sais pas trop ce qu'il se passe dans sa tête, mais le silence de Kenan commence à m'angoisser.

Je pose mes mains sous son menton pour qu'il relève les yeux vers moi, et la confusion que j'y aperçois me bouleverse. L'excitation laisse alors place à de l'incompréhension.

Pourquoi ça le met dans un état pareil ?

Il finit par secouer la tête comme s'il tentait d'interpréter cette découverte, mais son visage se ferme à la seconde. Ayant connu jusqu'à maintenant un Kenan plutôt sûr de lui, je découvre cette fois un garçon vulnérable.

Brusquement, il se redresse en se passant une main sur le visage et je constate qu'il n'est plus tout à fait avec moi. Son esprit semble complètement ailleurs.

— Je t'assure que tout va bien, maintenant, tenté-je de le rassurer en posant mes mains sur ses épaules.

Kenan saisit mes poignets et baisse la tête, comme s'il ne voulait pas plus d'explications de ma part.

— Je… je… dois y aller. Je suis désolé.

Choquée qu'il s'échappe de la sorte sans vouloir connaître plus de détails, je reste bouche ouverte, comme statufiée alors qu'une énorme boule m'obstrue la gorge. Mes yeux s'embuent immédiatement, mais il ne me laisse pas le temps de réagir. Il quitte déjà ma chambre et descend en trombe l'escalier.

Je tente de le rattraper en hurlant son prénom mais, quand la porte d'entrée claque, je reste figée sur les marches.

Celui à qui je confie mon corps et mon âme vient de réduire en miettes tout le peu de confiance que j'avais en moi. La gorge nouée, les larmes ruisselant sur le visage, je monte m'enfermer, laissant toute ma peine se déverser.

39

Kenan

Alors que je m'apprête à quitter les murs de ma maison qui m'étouffent depuis hier soir, j'aperçois mon frère complètement avachi sur le canapé devant une série B.

— Ta punition sera levée demain, en attendant tu restes là, c'est clair ?

— C'est bon, détends-toi, frérot ! Tu as bien vu que je suis sage comme une image.

— Eh bien continue ! dis-je en haussant le ton.

— Et toi redeviens cool parce que depuis hier, tu es carrément lourd !

Je ne fais pas attention à la dernière remarque d'Adrian et prends mon sac de sport avant de sortir.

— Tu vas où encore ?

— M'entraîner, réponds-je plus calmement. S'il y a le moindre problème, tu m'appelles.

— Bien, chef !

Je sais qu'il ne bougera pas de la maison, car ma mère arrive dans une demi-heure et que s'il veut être sûr de pouvoir retrouver sa liberté, il doit se tenir à carreau jusqu'à la fin de sa punition.

Aujourd'hui, le ciel est gris et bas, aussi maussade que ce qui se passe dans ma tête. Il fait froid, et je rejoins le terrain à petites foulées pour me réchauffer. Quand j'arrive, Jake est déjà en train de shooter. On se tape dans la main et je prends mon ballon pour m'échauffer à mon tour.

— Ça va, mec ? m'interroge-t-il en fronçant les sourcils.

Je hoche brièvement la tête, et malgré son air dubitatif il n'ajoute rien.

Je n'ai pas envie de papoter, et mon pote me connaît assez pour me laisser ruminer dans mon coin avant de revenir à la charge. Je pose alors mon ballon et me mets à faire du fractionné. Du bord du terrain, jusqu'au milieu, je fais des minisprints que je termine par un saut en extension. Sans m'arrêter, je circule des deux côtés sous le regard de mon ami. Je ne fais pas attention à son air étonné et continue jusqu'à être à bout de souffle et avoir les cuisses en feu.

— Besoin de souffrir ?

J'expire vivement en secouant la tête de gauche à droite. Jake a parfaitement raison, mais je ne veux surtout pas lui dire ouvertement ce qui me met dans cet état de nerfs. Je décide alors de détourner la conversation pour l'orienter vers l'autre raison qui me prend la tête.

— C'est mon père.

— Ah merde… toujours pas d'amélioration ?

J'opine du chef en déglutissant avec difficulté.

— Si tu as besoin de quoi que ce soit, mec…

— Je sais, le coupé-je en dribblant pour stopper cette conversation.

Je suis venu ici dans l'unique but de me défouler, et de me vider la tête au risque qu'elle explose.

— Un contre un ? me propose-t-il en parlant fort, comme pour me sortir d'une léthargie.

J'acquiesce et me positionne sur la ligne du milieu de terrain avant de foncer en direction du panier. Mon attention n'étant pas au maximum, Jake récupère facilement le ballon et monte au panier. Il se met alors à me charrier :

— Où est passé Kenan, le shooter fou ?

Je souris à sa vanne et il embraye :

— Tu penses encore à ta meuf ou quoi ?

— Arrête de dire des conneries ! réponds-je en grimaçant.

— Oh d'accord, je commence à comprendre pourquoi tu es aussi furax… Tu n'as toujours pas conclu c'est ça ?

À cette dernière question, je m'arrête et le souvenir de ma soirée de la veille me revient en pleine face. N'ayant pas la moindre envie de raconter ce qu'il s'est passé, j'esquive en répondant rapidement :

— Non, en effet. Mais j'ai décidé de laisser tomber.

Jake hausse les sourcils de stupeur avant de se positionner en face de moi.

— Quoi ?!

— Ce n'est pas ce que tu voulais ? lui lancé-je de manière abrupte. Depuis le début, tu me répètes que cette histoire de vengeance pue la merde, donc tu devrais être content.

Mon pote plisse les yeux avant de faire un pas en avant.

— Je me demande juste ce qui t'a fait changer d'avis, même si j'ai bien ma petite idée…

J'ignore ses sous-entendus et hausse les épaules en m'exprimant avec nonchalance :

— J'ai appris qu'elle avait vécu des trucs pas drôles. Bref, elle ne mérite pas ça.

Je n'ai pas envie de lui dire ce que j'ai vu hier et puis, de toute façon, je ne suis pas capable non plus d'expliquer ma fuite. En voyant ses cicatrices, quelque chose a éclaté dans ma poitrine. J'aurais pu profiter de la situation et atteindre mon but, mais impossible, ça m'a complètement désorienté. Sauf que ça, je ne veux surtout pas l'avouer à mon pote.

Jake lève les yeux au ciel en sifflotant.

— Moi, je crois surtout que tu t'es fait prendre à ton propre jeu.

J'arque un sourcil, ne comprenant pas trop où il veut en venir.

— Je te connais, Ken, et je pense que cette fille te plaît bien plus que tu ne veux bien l'admettre.

Je lui lance alors le ballon pour éviter de lui répondre, mais il le stoppe directement et me fixe sans bouger.

— Tu te plantes ! braillé-je.

— Pourquoi tu te voiles la face, hein ? Angel est une fille géniale et elle te fait du bien. Alors oublie cette histoire de vengeance et sois heureux !

Que mon ami me sorte ce genre de réflexion me fait monter en pression malgré moi. Tout simplement car je ne peux pas être heureux.

— Avec Angel, c'est terminé.

Prononcer ces mots à voix haute me fait l'effet d'avaler du verre pilé.

Je n'ai pas envie de tergiverser avec lui à ce sujet. Tout ce que je veux, c'est oublier ce qu'il s'est passé hier soir. Oublier cette fille tout court.

Angel m'a envoyé plusieurs messages depuis que j'ai quitté sa baraque comme un voleur, mais je n'ai pas la force de lui répondre. Je sais qu'elle s'inquiète et qu'elle essaye de comprendre, mais je ne suis même pas en mesure de lui donner d'explications correctes. Tout ce dont je suis sûr, c'est qu'elle ne mérite pas de souffrir encore plus à cause de moi. Du peu que j'en ai vu, elle a déjà bien dégusté.

Ça me tue de faire le mort, mais je ne peux plus faire semblant.

— Qu'est-ce que tu vas dire aux autres ?

Je l'interroge du regard, jusqu'à ce que je comprenne qu'il parle de Casey et Ryan.

— Rien. Je n'en ai rien à foutre de ce qu'ils peuvent penser.

Et c'est vrai. Mes potes qui attendent la suite vont être déçus en apprenant que j'abandonne, mais c'est le cadet de mes soucis.

Jake s'approche encore et pose sa main sur mon épaule.

— Mec, je te connais et je ne t'ai jamais vu comme ça avec une meuf. Tu ne crois pas qu'il est temps de mettre ta fierté de côté ?

Je soupire, exaspéré.

— Tu sais parfaitement pourquoi j'ai joué la comédie.

— Ce n'est pas de la comédie et tu le sais ! termine-t-il en pointant son index sur mon épaule.

Sur ces derniers mots, il repart en direction du panier et je défends pour l'empêcher de marquer. Toute la rage qui gronde en moi pulse dans mes veines et, quand je monte au panier, ma main s'écrase brutalement sur le ballon, faisant retomber lourdement Jake au sol.

Je m'approche en lui tendant la main pour le relever et, lorsqu'il me sourit, je me dis que cet imbécile a bien cerné mes sentiments à propos d'Angel.

Sauf que si je n'étais pas le sombre connard revanchard que je suis, aujourd'hui, nous n'en serions pas là.

40

Angel

Quand le cours se termine, je m'empresse de saluer les enfants avant de ranger mon violon dans son étui. J'ai conscience de ne pas avoir été aussi enthousiaste que d'habitude ce matin, mais j'ai le moral dans les chaussettes.

Depuis que Kenan m'a laissée en plan vendredi soir, je n'ai plus aucune nouvelle de lui. J'ai passé la journée d'hier à tenter de le joindre, en vain. Mon humeur oscille entre la colère et la tristesse dès lors que je repense à ce qu'il s'est passé.

Comment peut-il me faire une chose pareille après tout ce que nous avons partagé ?

Je comprends que mes cicatrices ne soient pas belles à voir, pire, qu'elles peuvent surprendre ou dégoûter. Les larmes me montent aux yeux en imaginant qu'il ne veuille plus de moi et je me reprends comme je peux. Je suis encore à l'hôpital et il ne faut pas que je craque devant les enfants, ou encore les infirmières qui me connaissent depuis que je suis gosse.

Je souffle un bon coup et enfile ma veste avant de sortir de la pièce. Tout en longeant le couloir, je sors mon portable de ma poche et mon cœur se serre de douleur en constatant que Kenan ne m'a toujours pas répondu.

— Angel ?

Quand je relève la tête et que je me retrouve en face de sa mère, je me fige, bouche bée.

— Comment tu vas ? demande-t-elle d'une voix douce en souriant légèrement.

Mal à l'aise, je me racle nerveusement la gorge avant de répondre :

— Je… je vais bien, merci.

Je mens comme un arracheur de dents, car à cet instant je vais tout sauf bien.

Je m'apprête à lui poser la même question mais me réfrène en notant ses traits ternes et fatigués, prouvant qu'elle a beaucoup pleuré.

Elle n'est pas en tenue d'infirmière aujourd'hui, donc j'en déduis qu'elle est uniquement venue rendre visite à son mari et ça me fend le cœur de la voir aussi fébrile. J'évite de songer à son fils et lui adresse un signe de la tête en la contournant.

— J'étais ravie de vous voir, madame Adams.

— Tu pars déjà ? demande-t-elle. Kenan est dans la chambre de son père, ça lui ferait plaisir de te voir.

Ça, j'en doute…

Je n'ai pas le temps de refuser qu'elle ajoute :

— Je suis venue chercher de quoi grignoter, tu tombes bien, tu vas pouvoir m'aider !

J'ouvre la bouche, hébétée, tandis qu'elle m'intime de la suivre jusqu'aux distributeurs. Elle se commande un café et deux canettes de soda que j'imagine être pour ses fils, ainsi qu'un paquet de gâteaux. Puis elle me fait signe de choisir quelque chose, mais je décline poliment.

— Madame Adams, je vais devoir vous laiss…

— Je t'en prie, appelle-moi Elizabeth, me coupe-t-elle.

Ma bouche s'ouvre de nouveau, mais elle ne me laisse pas le

temps de rétorquer quoi que ce soit qu'elle dépose les canettes entre mes mains.

— Je suis contente que tu sois là, tu sais. Kenan est d'une humeur massacrante depuis quelques jours et je sais que tu lui fais du bien.

Contrairement à ce qu'elle doit certainement penser, ce qu'elle vient de dire me brise le cœur. Parce que si je suis bien certaine d'une chose, c'est que son fils n'a pas envie de me voir, sinon il aurait répondu à mes messages…

Elizabeth commence à marcher, m'enjoignant de la suivre. J'hésite une seconde, mais finis par avancer. Les boissons entre les mains, je me sens un peu coincée, là !

Nous longeons le couloir en silence, jusqu'à ce qu'elle s'arrête devant une porte à moitié entrouverte derrière laquelle on entend quelqu'un brailler. Je reconnais immédiatement la voix rauque de Kenan et sa façon de parler me donne la chair de poule.

Je jette un rapide coup d'œil à sa mère, mais elle ne semble pas aussi choquée que moi. Elle soupire simplement avant d'ouvrir la porte en grand.

Mon regard bloque tout de suite sur Kenan, le corps tendu, en train de s'énerver contre le médecin qui est face à lui. Ils sont debout devant le lit d'un homme que j'imagine être son père. Je repère également Adrian assis dans un coin de la pièce en train d'observer la scène avec dépit.

— Comment osez-vous venir demander une telle chose alors que son cœur bat encore ! bougonne Kenan. Surtout qu'on a déjà été plus que clairs sur le sujet : il est hors de question qu'on charcute mon père, vous entendez ?

— Kenan, calme-toi s'il te plaît, l'implore tristement Elizabeth.

Lorsqu'il tourne la tête et qu'il m'aperçoit à côté d'elle, son expression passe de l'incompréhension à la stupeur avant de redevenir furieuse. Il fronce les sourcils sans me lâcher des yeux, jusqu'à ce que le médecin attire de nouveau son attention.

— Je comprends qu'il s'agisse d'une décision difficile, mais je vous demande juste d'y songer. Vous pourriez sauver de nombreuses vies !

— C'est tout réfléchi, lui répond Kenan d'un ton tranchant.

Le médecin hoche la tête et je le suis des yeux quand il passe devant moi pour sortir de la chambre.

— Qu'est-ce que tu fais là ?

La manière dont Kenan vient de me parler ainsi que son regard glacial me tuent. J'ai envie de pleurer, mais je me retiens de toutes mes forces, surtout en présence de sa mère et d'Adrian, qui nous fixent tour à tour.

— Kenan ! le reprend Elizabeth. Tu veux bien te calmer, s'il te plaît ?

La mâchoire contractée, il inspire profondément. Si je n'avais pas encore compris que ma présence le gênait, c'est chose faite.

À cet instant, toute la peine que j'éprouve est balayée par la rage. *Comment ose-t-il me traiter avec autant de mépris ?*

Je fais un pas en avant pour déposer les boissons sur la petite table et redresse la tête pour ne pas lui montrer à quel point sa réaction me dévaste de l'intérieur.

— Madame Adams, Adrian, dis-je le plus calmement possible en les regardant l'un après l'autre. Ça m'a fait plaisir de vous revoir.

Je ne leur laisse pas le temps de me répondre et je m'enfuis sans même un coup d'œil vers Kenan. J'ai un peu honte de la situation, surtout vis-à-vis de sa mère, mais je ne me voyais pas rester une minute de plus dans cette chambre.

Une fois dehors, je prends plusieurs bouffées d'air pour tenter de me ressaisir. Violon sur le dos, je ferme mon manteau en sentant la brise fraîche sur ma peau pourtant en feu et avance vers le parking. J'ai à peine fait un pas qu'une main puissante se saisit de mon poignet, m'obligeant à pivoter violemment. Mes yeux s'écarquillent lorsqu'ils atterrissent dans le regard noir de Kenan. Je retire vivement mon bras de son emprise et recule.

— Ne me touche pas ! crié-je alors qu'il amorce un nouveau pas dans ma direction.

Je suis tout autant surprise que lui de ma réaction. De nature très calme, je n'ai pas l'habitude d'être aussi virulente, mais il faut croire qu'il a réussi à me faire vriller.

— Non, mais dites-moi que je rêve ! lance-t-il en levant les sourcils. Tu oses débarquer dans la chambre d'hôpital de mon père et c'est toi qui t'énerves ? C'est le monde à l'envers, putain !

Ses paroles me font mal. C'est la première fois qu'on se dispute et ça me brise le cœur qu'il puisse penser une seule seconde que je sois capable de faire une chose pareille. Néanmoins, la colère prime toujours sur la tristesse.

— Va te faire foutre, Ken !

Ses yeux s'arrondissent comme deux soucoupes, prêts à sortir de leur orbite. Je ne lui laisse pas la possibilité de rétorquer et embraye :

— Je suis désolée de te décevoir, mais le monde ne tourne pas autour de ta petite personne ! J'ai croisé ta mère par hasard et elle a cru que tu serais heureux de me voir. Je n'ai pas eu le temps de lui expliquer que son fils avait pris la fuite en me voyant nue, qu'elle m'a forcée à la suivre.

Kenan reprend légèrement son souffle, visiblement mal à l'aise de ce souvenir, mais son expression dure ne change pas pour autant.

— Tu as croisé ma mère par hasard, tu dis ?

Son ton dubitatif me fait serrer les dents. Même si j'ai envie de hurler, je tente de répondre le plus calmement possible :

— Pour ta gouverne, je donne chaque semaine des cours de violon à des enfants au service pédiatrique, au bout du couloir.

Donc non, je ne suis pas folle au point de courir après un mec qui ne m'accepte pas comme je suis !

Ma voix se fait plus tremblante et les larmes me montent aux yeux, ce qu'il remarque. Cependant, je ne me laisse pas abattre et continue sur ma lancée :

— Je suis consciente que ce n'est pas forcément beau à voir, mais si je suis bien certaine d'une chose, c'est que je ne mérite pas ça ! Tu as peut-être l'habitude que les filles te courent après, mais sache que ça ne sera pas mon cas.

Alors que je m'apprête à lui tourner le dos, il me retient une nouvelle fois par le bras, mais me relâche aussitôt lorsque je le fusille du regard.

— Tu penses que c'est à cause de ça que je suis parti ? m'interroge-t-il d'une voix enrouée.

Je hausse les épaules, et il ferme un instant les yeux avant de secouer la tête.

— Angel, tu as tout faux.

Bien que ses mots me rassurent un peu, je reste sur la défensive.

— Alors pourquoi ? Pourquoi être parti comme un voleur ? Pourquoi ne m'avoir donné aucune nouvelle depuis vendredi soir ?

— Je…

Le garçon fermé et hors de lui qui me faisait face il y a quelques minutes vient de laisser place à un Kenan fragile et pas sûr de lui.

— Parce que je ne te mérite pas, lâche-t-il en baissant les yeux.

Je reste muette face à cette révélation. Je m'attendais à tout sauf à ça !

— Angel, je… c'est compliqué à expliquer. Je tiens à toi. Beaucoup plus que tu ne peux l'imaginer. Quand j'ai vu tes cicatrices, je… ça m'a chamboulé. Tu as raison, tu mérites tellement mieux que moi.

— Kenan, murmuré-je. Je ne comprends pas pourquoi tu penses ça, étant donné l'incroyable personne que tu es. Même si tu as agi comme un imbécile avec moi, tu es quelqu'un de courageux et de bienveillant. Et puis de toute façon, le mal est fait.

Il lève la tête, l'expression paniquée, ne se doutant pas une seconde de ce que je m'apprête à lui dire.

— Je suis amoureuse de toi, déclaré-je. Donc soit tu décides de continuer d'agir comme un lâche, soit tu assumes tes sentiments et tu acceptes que notre relation évolue.

Il me fixe sans savoir quoi dire, abasourdi. Je lui laisse quelques secondes pour digérer l'information avant de lui annoncer :

— Je rentre chez moi. Bon courage, avec ton père.

— Angel, attends…

Je reste immobile face à lui, et ce n'est qu'au bout de plusieurs secondes qu'il ouvre la bouche pour me dire tout bas :

— Reste. S'il te plaît.

— Pardon ? demandé-je, étonnée.

— Je… je n'ai pas su… la situation est compliquée et… merde, je suis désolé.

Alors qu'il s'approche pour tenter de me prendre dans ses bras, je recule de nouveau. Non, il ne va pas s'en tirer aussi facilement !

— Rejoins ta famille, Kenan. Ils ont besoin de toi.

— Et moi, c'est de toi que j'ai besoin !

J'avoue que j'ai du mal à comprendre ce revirement de situation. Hier il m'évitait comme la peste et là, on dirait que sa vie dépend de ma réponse. Malgré son air accablé, je ne cède pas.

— Tu peux m'appeler ce soir. Je ne t'ignorerai pas, moi.

Ma pique lui va droit au cœur et je regrette aussitôt mes paroles. Kenan se pince les lèvres d'un air navré avant de me demander :

— Est-ce que tu veux bien venir chez moi ce soir ? Ma mère travaille de nuit et mon frère dort chez son pote.

— Je n'en sais rien, je…

— S'il te plaît, me coupe-t-il en me prenant la main.

Son contact me grise, mais je ne suis pas totalement convaincue pour autant. Son comportement m'a blessée et, même si je suis consciente qu'il traverse une période difficile, je ne comprends toujours pas pour quelle raison il a agi de cette manière.

— J'essayerai de passer après le dîner.

Lorsque je vois un début de sourire naître sur son visage, je précise d'un ton sérieux :

— Pour discuter.

Il acquiesce d'un signe de la tête et je retire ma main de la sienne avant de le laisser seul devant le bâtiment.

41

Kenan

Entre l'échange que j'ai eu avec le doc et la surprise de trouver Angel à l'hôpital, aujourd'hui niveau émotions, j'en ai eu pour mon grade !

Quand je l'ai vue dans la chambre de mon père, mon sang n'a fait qu'un tour, mais je me suis senti tellement con quand elle m'a avoué être arrivée là par hasard. Bien que j'aie réussi à la convaincre de venir chez moi ce soir, je n'en mène pas large. La façon dont elle m'a repoussé quand j'ai voulu l'embrasser m'a carrément fait mal.

Même si elle m'a avoué être amoureuse de moi – info qui m'a complètement retourné le cerveau –, j'ai détesté la sentir aussi distante.

Lorsqu'on frappe à la porte, je fonce ouvrir. Emmitouflée dans son gros manteau avec sa capuche sur la tête, on dirait un Inuit. Seuls ses yeux bleus translucides ressortent.

— Entre.

Elle garde son blouson, les bras croisés. Je m'approche pour l'embrasser, mais elle se détourne à nouveau pour aller s'installer vers le poêle à bois qui tourne à plein régime.

OK, le ton est donné…

Bien qu'Angel ne semble plus aussi en colère que tout à l'heure, je remarque qu'elle attend des explications et je ne peux plus me défiler. Pas habitué à ce genre d'exercice, je me passe la main sur la nuque, mal à l'aise. Pour gagner du temps, mais aussi parce que je ne sais absolument pas par où débuter. Je l'invite à venir s'asseoir sur le canapé et elle s'exécute en se débarrassant enfin de son accoutrement.

— Angel, je suis désolé, commencé-je, penaud.

— Pas autant que moi.

Bien que sa phrase soit cinglante, son ton n'est pas agressif, mais plutôt résigné, et ça me tue.

— J'ai flippé et …

— Devant des cicatrices, tu prends peur ? Je te croyais plus courageux.

Son regard est à la fois dur et triste, mais elle ne s'énerve pas. Avant qu'elle arrive, j'hésitais à tout lui raconter sur ce défi de merde que je me suis lancé pour me venger de son frère. Seulement, vu sa réaction de tout à l'heure, j'ai trop peur de la perdre définitivement si elle apprend ce que j'ai fait. Je décide tout de même d'être franc avec elle :

— Je suis paumé, Angel. Tu sais, mon père, il… d'après les médecins, il n'y a plus d'espoir et… J'arrive pas à y croire.

— Je suis désolée, Kenan.

Nous restons quelques secondes silencieux, jusqu'à ce qu'elle se racle la gorge avant de me demander :

— C'est pour ça que tu t'es énervé contre le médecin tout à l'heure ?

Je secoue la tête en revoyant la scène en question. Déjà que la situation était pourrie, je suis encore plus dégoûté qu'elle ait assisté à ça.

— Ouais… Ils veulent récupérer ses organes.

Je serre les dents pour retenir la boule qui m'obstrue la gorge et continue d'une voix cassée :

— J'hallucine qu'on puisse nous demander ce genre de chose alors que…

— Pour sauver des vies, voyons ! me coupe Angel en levant légèrement le ton.

J'écarquille les yeux de surprise et me recule contre le dossier du canapé.

Qu'est-ce qui lui prend ?

— Est-ce que tu as bien compris qu'ils voulaient dépecer mon père ?

— Oui, répond-elle du tac au tac en me fixant dans les yeux. Et j'imagine à quel point ça doit être dur à imaginer. Mais si tout le monde pensait comme toi, je ne serais pas là aujourd'hui.

Abasourdi par sa révélation, je mets quelques secondes à intégrer l'information pour de bon. Cependant, je ne saisis pas tout pour autant. Je fronce les sourcils, n'arrivant plus à faire sortir le moindre mot de ma bouche.

— Cette cicatrice que tu as vue, Kenan… il s'agit d'une greffe de rein.

Quoi ?!

Je secoue la tête n'étant pas sûr de bien comprendre ce qu'elle me raconte.

— J'avais dix ans la première fois, déclare-t-elle alors.

Elle prend de grandes inspirations pour se donner du courage, car j'imagine que parler de cette période de sa vie ne doit pas être simple. De mon côté, je reste pendu à ses lèvres dans l'attente de ses explications.

— Suite à une anomalie génétique, j'ai fait des pyélonéphrites chroniques, jusqu'à ce que mes reins ne fonctionnent plus du tout.

Je porte une main à ma bouche en découvrant l'horreur qu'elle a vécue aussi jeune.

— Je suis alors entrée en dialyse.

— C'est quoi ?

— C'est une machine qui filtre ton sang. En gros, elle fait le boulot de tes reins à leur place. Et ça trois à quatre fois par semaine pendant plusieurs heures.

Je retiens mon souffle en imaginant ce qu'elle a subi et m'approche pour poser instinctivement ma main sur sa cuisse. Elle ne me repousse pas et continue son récit :

— J'ai été dialysée pendant six mois avant de recevoir une première greffe. Tu sais, quand ta vie est suspendue à une machine et qu'on t'offre la possibilité de retrouver un semblant de vie normale, tu vois les choses autrement.

J'opine tandis que ma poitrine se serre de douleur en comprenant son parcours et ce qui fait ce qu'elle est aujourd'hui.

— Ensuite, j'ai passé plusieurs mois en chambre stérile, la plupart du temps seule, et c'est comme ça que je me suis mise à jouer du violon. Toute seule. Pour m'occuper au début. Mais après, il est devenu indispensable pour moi.

Je remarque qu'elle retient ses larmes, sa voix devenant légèrement chevrotante. Je m'approche encore plus jusqu'à poser mon bras autour de ses épaules.

— Malheureusement, la première greffe n'a pas tenu. Je suis donc repartie en dialyse avant qu'un second donneur soit compatible avec moi. J'ai donc été opérée une deuxième fois. J'avais douze ans.

— Tu es tellement courageuse…

— Ce n'est pas une question de courage, mais de survie. La deuxième fois a bien fonctionné et grâce à cet inconnu qui m'a donné son organe, je vis ! termine-t-elle en posant sa main sur son abdomen. Alors même si je suis consciente que quelqu'un m'a laissé une partie de lui avant de mourir, je lui en serai éternellement reconnaissante. Si je n'avais pas eu de donneur, je ne serais pas devant toi aujourd'hui.

Encore choqué par toutes ces découvertes, je déglutis difficilement, mais réussis à demander, bien que ma gorge soit nouée :

— C'est pour ça que tu prends des médicaments ?

Angel hausse légèrement les sourcils, surprise que j'ai remarqué ce détail, avant de hocher la tête.

— Il s'agit d'antirejets que je dois prendre tous les jours. Même si je peux vivre normalement désormais, je suis en sursis permanent et je ne peux pas faire autrement que de suivre ce traitement pour que tout continue à fonctionner correctement.

Ses nombreuses révélations me retournent le bide et me donnent envie de la serrer fort dans mes bras, mais je ne sais pas si elle serait d'accord, je me contente donc de lui dire sincèrement :

— Je suis désolé.

— Ne le sois pas, répond-elle avec un léger sourire. Je suis en vie et je vais bien !

Je lui rends son sourire avant de rajouter :

— Je tiens également à m'excuser pour vendredi soir, j'ai agi comme un idiot.

— Je ne te le fais pas dire !

Nous nous sourions un instant, jusqu'à ce que le sujet de départ de notre discussion me vienne à l'esprit.

— Je suis reconnaissant envers la personne qui t'a sauvée, Angel, vraiment. Mais rien que de penser que mon père puisse…

Je ne termine pas ma phrase et grimace tant cette vision me donne la gerbe.

— Je comprends, murmure-t-elle en posant sa main sur mon avant-bras.

Je suis soulagé qu'elle ne m'en veuille pas. Car j'ai beau tenter de me raisonner, il m'est impossible d'accepter qu'on fasse subir ça à son corps.

Alors que mon esprit divague de nouveau sur mon père, Angel me surprend en venant déposer un baiser sur ma joue.

Je redresse le visage et lui fais face. J'ai trop envie de l'embrasser, mais je n'ose pas. Elle passe sa langue sur ses lèvres et ce simple geste me fait réagir un peu trop vivement. Je pose mes mains sur chacune de ses joues, mais stoppe ma bouche à quelques centimètres de la sienne.

— Qu'est-ce que tu attends ? me susurre Angel, les yeux brillants.

Et sans prendre la peine de lui répondre, je fonds directement sur sa bouche. Retrouver sa chaleur me réconforte et j'approfondis notre baiser qui n'a plus du tout le même sens que les précédents. À ce moment, je tente de lui prouver toute la gratitude que j'ai envers elle. Quand je me recule pour l'observer, le bleu de ses iris me transperce et alors que je ne suis pas habitué à faire des compliments, cette fois, je n'arrive pas à garder pour moi ce que je pense :

— Tu es tellement belle.

Elle rougit en souriant et baisse la tête. Je relève son menton pour qu'elle me regarde dans les yeux. Ses pupilles se dilatent légèrement, mais je sens qu'elle est gênée.

Je prends son visage en coupe et frotte mon nez contre le sien dans une lenteur excitante. Nos lèvres sont très proches, mais ne se touchent pas tandis que nos souffles se mélangent. Angel ferme les yeux en posant ses mains froides sur mes cuisses, ce qui me rassure, malgré tout.

— Angie, j'ai envie de toi, murmuré-je en approchant mes lèvres de son oreille.

Elle recule légèrement la tête pour me sonder du regard. Les secondes qui s'égrènent me font penser qu'elle est hésitante, et je la comprends entièrement vu mon comportement de la dernière fois.

Aujourd'hui la situation est plus claire entre nous et dans mon esprit aussi. Il n'est plus question de vengeance ou de mise à exécution d'un plan quelconque, mais seulement d'elle et moi.

— Angel, je sais que j'ai déconné.

Elle acquiesce en silence et baisse les yeux à nouveau, mais je l'en empêche.

— Regarde-moi. Est-ce que tu veux toujours…

Sans me laisser terminer, elle accroche ses bras autour de ma nuque et dépose ses lèvres sur les miennes. La chaleur de sa langue me fait décoller directement et cette étreinte me confirme qu'elle en a autant envie que moi.

Je la prends par la main et la dirige vers ma chambre.

— Impressionnant ! s'exclame-t-elle, moqueuse, en voyant que la pièce est rangée et que le lit est fait.

Toujours main dans la main, je ris en la faisant pivoter et, une fois qu'elle est contre moi, j'avance jusqu'à ce qu'elle se retrouve assise sur le lit.

Je me penche en avant pour prendre appui sur mes poings posés de part et d'autre de ses hanches, tandis que nos visages ne sont qu'à quelques millimètres. Mon front contre le sien, je l'amène doucement à s'allonger en dessous de moi. Mes bras encadrent son visage doux. Elle pose ses mains sur mes joues avant d'attraper ma lèvre inférieure avec les siennes, retenant prisonnier mon piercing.

Ça me rend dingue quand elle fait ça !

J'appuie alors mon bassin contre le sien et nous nous embrassons avidement pendant qu'elle glisse ses mains dans mes cheveux, ce qui me provoque des sensations encore plus fortes. Je ne peux m'empêcher d'onduler contre elle et la respiration d'Angel devient irrégulière, ce qui me conforte dans le fait qu'elle commence à se laisser aller.

Au bout de quelques minutes, je me redresse et la saisis par les mains pour qu'elle se mette debout. Contrairement à mes précédentes relations pendant lesquelles je ne prenais pas forcément le temps de faire les choses bien, avec elle c'est différent. Je veux que tout se passe au mieux et qu'elle se sente en confiance. À vrai dire, c'est la seule chose qui compte.

Face à moi, la fille timide que j'ai connue reprend le dessus et elle croise les bras. J'enlève mon T-shirt et, quand elle se retrouve face à mon torse nu, elle écarquille les yeux. Elle laisse alors son index glisser lentement entre mes pectoraux, comme si elle suivait le tracé d'une carte. La divine sensation de son doigt sur ma peau me fait frissonner et basculer la tête en arrière.

J'ai les neurones qui vont exploser !

Je n'ai jamais ressenti quelque chose d'aussi fort avec un simple effleurement. Mon sang pulse dans mes veines et mon cœur accélère sans que je ne puisse le contrôler. Elle le sent et, dans un geste furtif, pose sa paume dessus tandis que son autre doigt continue son parcours jusqu'à la ceinture de mon boxer.

Ne pouvant me retenir, j'agrippe le bas de son pull pour lui enlever, mais elle marque un temps d'arrêt et baisse rapidement le débardeur qu'elle porte en dessous pour éviter de dévoiler sa peau diaphane. Sa poitrine moulée dans son haut ressort davantage et elle croise de nouveau les bras, comme pour se protéger.

Elle est trop craquante, putain !

Je prends alors chacun de ses poignets pour venir les poser autour de mes hanches et elle sourit. À présent collés l'un à l'autre, ma réaction primaire ne se fait pas attendre et, bien qu'elle le remarque, elle ne se recule pas pour autant. Aucun bruit ne nous entoure sinon les crépitements du bois qui flambe dans le salon.

Mes paumes viennent encercler sa taille fine et je savoure son parfum sucré en déposant de petits baisers de son oreille jusqu'à la pointe de son épaule. Elle frémit sous mes lèvres et c'est encore plus excitant. Sa tête bascule du côté opposé, me laissant le champ libre pour explorer toute la douceur de sa peau.

À son tour, elle m'embrasse dans le cou avec une tendresse déconcertante et ce moment est suspendu dans le temps. Je ne suis pas du genre câlin, mais sentir sa bouche se balader sur ma peau est juste trop bon. Chacun notre tour, nous nous redécouvrons dans une délicatesse qui m'est inconnue, mais qui me fait vibrer. Je me laisse porter à mon tour et je n'ai pas de mots pour décrire clairement ce que ça me fait tant mon esprit est parti loin.

Mes paumes apprécient ses courbes au fur et à mesure et, lorsque j'arrive vers le bas de son débardeur, je lui demande silencieusement la permission. Ses iris brillent de désir, mais de stress aussi. Je passe d'abord ma main dessous sans le lui enlever.

Yeux dans les yeux, elle me laisse la caresser, et lorsque mes doigts passent sur sa cicatrice, elle ferme les paupières et frissonne. C'est alors que je pose ma main opposée sur sa nuque et l'embrasse tendrement pour qu'elle comprenne que je suis là pour elle et que je ne porterai aucun jugement si elle ne se sent pas capable de se dévoiler plus. Je cajole cette partie de son corps qu'elle a du mal à chérir et je sens, à son baiser plus appuyé, qu'elle lâche enfin prise. Je continue en faisant glisser mes mains partout de son dos jusqu'à ses fesses. Elle me laisse faire sans montrer aucune opposition et lâche même un petit râle de plaisir.

Au bout de quelques minutes à nous peloter, elle stoppe notre baiser et se détache de moi. Surpris, je me demande si j'ai fait quelque chose de mal. Je l'observe avec un sourire nerveux, quand elle enlève elle-même son débardeur.

Angel porte de la lingerie fine couleur vert profond, et la dentelle encadre parfaitement sa poitrine ronde. Bien qu'elle soit légèrement mal à l'aise, je prends le temps de contempler sa silhouette parfaite sans retenue. Encore une fois, elle positionne ses bras au niveau de son bas-ventre, mais je l'en empêche en les mettant autour de ma nuque avant de reprendre où nous nous étions arrêtés.

Un baiser sur ses lèvres puis sur son menton avant de continuer mon avancée vers son cou. Je me fraye un chemin entre ses seins, et elle passe ses mains dans mes cheveux mais ne me stoppe pas. Quand j'arrive à hauteur de son nombril, sa peau se pare de tout petits picots de chair de poule et je marque un temps d'arrêt pour la regarder dans les yeux. Les paupières à demi closes mais souriante, elle me caresse la joue et je continue de l'embrasser jusqu'à rencontrer la ligne qui lui permet d'être là aujourd'hui. Je caresse cette zone particulièrement sensible et je suis heureux qu'elle me laisse faire.

Rapidement, elle se met à genoux elle aussi pour retrouver ma bouche de façon beaucoup plus intense. Elle s'assoit sans détour à califourchon sur mon bassin en crochetant ses jambes de part et d'autre, et je nous relève en la portant, les mains directement posées sur ses fesses.

— Kenan, je…

À bout de souffle tant l'excitation est à son comble, je la fixe en attendant la suite, mais elle secoue légèrement la tête avant de me chuchoter, gênée :

— Je te veux.

Cette simple approbation, si timide soit-elle, m'émeut, mais je ne lui montre pas et la rassure simplement en l'embrassant.

— Moi aussi, Angie.

Les freins invisibles présents jusqu'à maintenant entre nous sautent un à un, et dans la seconde qui suit, nous ne sommes plus que souffles emmêlés, caresses endiablées et baisers déchaînés. Angel se lâche complètement et me surprend par son aisance.

De mon côté, je prends un plaisir fou à la voir aussi à l'aise. Alors que nous sommes maintenant nus l'un contre l'autre, je m'équipe tandis qu'elle lâche un petit rire.

Les joues rosies par le désir, ses yeux flamboient, et dès lors qu'elle pose ses mains sur le bas de mon dos je ne réponds plus de rien. Positionné au-dessus d'elle, Angel me laisse prendre ma place et appuie doucement sur mes reins pour m'inviter à entrer en elle.

Elle grimace furtivement avant de fermer les yeux en s'accrochant à mes épaules.

— Tout va bien ? m'enquiers-je avant de continuer.

Elle opine de la tête, et je commence à faire de lents va-et-vient qui au fur et à mesure lui tirent même un petit sourire. Elle ne me quitte pas des yeux, et je suis moi-même bouleversé par ce qui se joue en ce moment même.

Je n'ai jamais vraiment pris le temps, ou plutôt eu l'envie, d'observer mes partenaires, mais avec Angel, j'ai besoin de la voir pour m'assurer que tout va bien. M'assurer de son épanouissement et vérifier qu'elle se sente bien. Elle fait glisser le bout de ses doigts de haut en bas, le long de ma colonne vertébrale, et un puissant frisson me traverse des pieds à la tête.

Alors que nous sommes en symbiose totale, je sens que je n'en ai plus pour longtemps. À bout de souffle, je fourre mon visage dans son cou pour la respirer à nouveau. Ce qui me frappe, c'est qu'Angel est très tactile. D'une bienveillance incroyable, plusieurs fois elle m'a regardé dans les yeux en faisant preuve d'une douceur déconcertante, pour être certaine que tout allait bien, alors que c'est elle qui vit ça pour la première fois. Cette fille est un vrai diamant à l'état brut et elle est bouleversante de bonté.

Au bout de quelques minutes et alors que je n'ai jamais pris autant de plaisir, Angel croise ses jambes autour de mon bassin en se cambrant, nous faisant tous les deux glisser divinement dans les méandres du plaisir.

42

Angel

— Je veux tous les détails !

J'éclate de rire en éloignant le téléphone de mon oreille. Bon sang, elle va m'éclater le tympan si ça continue !

Je ne comptais pas raconter à ma meilleure amie ce qu'il s'est passé entre Kenan et moi, ou du moins, pas tout de suite. Mais visiblement la phrase « je ne suis plus vierge » clignotait sur mon front quand je suis arrivée en cours ce matin.

J'ignore comment elle l'a deviné, mais elle m'a répété toute la journée que j'avais changé.

— Il n'y a rien d'autre à dire, soupiré-je.

— Tu plaisantes, j'espère ? Tu as refusé de m'en parler au lycée de peur que quelqu'un nous entende, mais maintenant que tu es seule dans ta chambre, tu ne vas pas t'en tirer aussi facilement !

Même si elle ne peut pas me voir, je lève les yeux au ciel en sentant un sourire idiot naître sur mon visage. Je me mets à genoux sur mon lit avant de réfléchir à ce que je vais dire. Contrairement à la plupart des filles de mon âge, je ne ressens pas ce besoin viscéral de détailler ma relation amoureuse avec mes copines. À l'inverse, je voudrais que tout ce que je partage avec Kenan reste entre lui et moi. Même si j'ai de moins en moins envie de cacher notre relation, il y a certaines choses que je souhaite préserver, comme notre intimité…

— Si tu ne sais pas par où commencer, je peux t'aider, s'exclame-t-elle. Il y a eu des préliminaires ? Oh ! non, attends ! Est-ce que tu confirmes la rumeur sur le fait que Kenan ait une grosse…

— Holly !

Je grimace avant d'ajouter d'un ton ferme :

— Il est hors de question que je te parle de ça.

Je l'entends souffler de l'autre côté du combiné.

— T'es pas drôle ! râle-t-elle. Bon, alors dis-moi au moins quelque chose. Tu as eu mal ?

Mon corps se détend dans la seconde en repensant à ma soirée de la veille. J'ai toujours appréhendé ma première fois, mais bizarrement, hier soir, je n'étais pas du tout inquiète. Juste très excitée.

— Un peu au début, avoué-je. Mais Kenan a été tellement doux et attentionné…

De nouveau, je me sens sourire niaisement. Les sensations qu'il m'a fait ressentir avec ses caresses et ses baisers étaient si puissantes que la douleur s'est vite évaporée. Nous avons même remis le couvert juste après, mais ça, je ne lui dirai pas.

— Tu me fais rêver ! scande-t-elle. Tu te rends compte de la veine que tu as, sérieux ?

— Oh que oui.

Je ne fais que ça : me répéter à quel point je suis chanceuse d'avoir vécu ma première fois avec un garçon aussi exceptionnel.

Hier soir, ce n'était pas qu'une question de sexe. Nous avons franchi un cap sans qu'on ne le maîtrise vraiment. J'ai compris ses craintes et sa profonde tristesse concernant son père. Depuis que je sors avec Kenan, j'ai toujours eu cette impression qu'il me cachait quelque chose, sans savoir si c'était grave ou non. Et maintenant que je sais tout, j'ai la sensation de faire réellement partie de sa vie.

De mon côté, je lui ai également tout dévoilé sur mon passé.

En dehors de ma famille et Holly, jamais je ne me suis confiée sur le calvaire que j'ai vécu étant plus jeune. Ce n'est pas de la honte, loin de là, mais je ne veux pas qu'on me voie comme une pauvre fille malade qu'il faut protéger.

Avec Kenan, je n'ai pas ressenti de pitié ou autre. Il m'a écoutée, comprise et réconfortée.

— Ma chérie, je suis trop contente pour toi. Tu mérites d'être heureuse !

— Merci, Holly.

Les minutes qui suivent, mon amie tente de me soutirer le plus d'informations possible, mais je continue de rester vague. La seule personne avec qui j'ai envie d'échanger à ce sujet, c'est mon petit ami à qui je n'arrête pas de penser.

De plus, ma mère est à la maison et j'ai trop peur qu'elle se doute de quelque chose. Je ne suis pas du style à me ruer dans ma chambre à peine rentrée chez moi et j'ai vu à son regard qu'elle était surprise.

Loin de moi l'envie qu'elle devine ce que j'ai fait hier soir, elle aussi. Avant ça, il y a du chemin à parcourir. Il faudrait d'abord que je lui présente Kenan. Cette idée me fait encore sourire. Je nous vois déjà autour d'un repas de famille, tous ensemble. Bien qu'il ne soit pas proche de Mason aujourd'hui, je suis certaine qu'ils s'entendront bien. Après tout, ils ont une passion commune...

— Alors ?! Qu'est-ce que tu en dis ?

Je cligne des yeux pour revenir à la discussion, mais rien n'y fait, je n'ai pas absolument pas suivi.

— Excuse-moi, Holly, j'étais dans mes pensées.

— Hum, je vois ça. Ça t'arrive souvent en ce moment, on se demande pourquoi...

Je ris à sa taquinerie. Ma meilleure amie est tellement contente pour moi qu'elle ne me tient pas rigueur de mon manque d'attention et je la remercie pour ça.

— Holly, je vais devoir te laisser.

— OK, ma biche, on se voit demain au lycée.

— Ouais, à demain !

Je raccroche en me mettant debout. Je m'apprête à sortir de ma chambre quand je tombe sur mon reflet dans le miroir. Je me fige soudainement en réalisant que j'ai, en effet, changé. C'est étrange, mais j'ai la sensation de ne plus être la même.

Je souris, car tout ce que je vois, là, c'est une fille sûre d'elle, épanouie, et folle amoureuse.

43

Kenan

Même si ça fait deux fois que je sèche l'histoire et au risque que le bahut appelle ma mère pour la prévenir, c'est pour la bonne cause. Angel n'ayant pas cours le mercredi après-midi et étant seule chez elle, c'est le moment idéal pour passer du temps ensemble sans se faire griller. Et surtout profiter tous les deux…

Chaque fois qu'on a l'occasion de se retrouver en tête à tête, ça dérape légèrement et on se retrouve généralement à poil l'un contre l'autre. Ça ne me déplaît absolument pas et d'ailleurs Angel est de plus en plus à l'aise avec moi. Personnellement, je n'ai jamais ressenti autant de sensations fortes en couchant avec une fille. Avec elle, tout est différent. Parfois câline, d'autres fois plus audacieuse, elle est surprenante et chacun de nos moments d'intimité se solde par une extase franchement digne de ce nom.

Je n'aurais jamais cru possible de vivre quelque chose d'aussi fort et aussi facile à la fois. C'est dingue mais, si on m'interrogeait, j'aurais du mal à dire ce qui ne me plaît pas chez Angel. Elle est aussi compréhensive – et je ne pense pas être le gars le plus simple de la terre – qu'explosive tout en étant capable de relativiser et de rire de rien.

Mais ce que j'admire le plus chez elle, c'est sa ténacité à toute épreuve. Elle ne lâche rien, jamais.

Cet après-midi, j'arrive avec des pâtisseries. Quand elle ouvre la porte, je lève le couvercle du paquet et elle écarquille les yeux en m'accueillant.

— Super idée, mon chou ! s'exalte-t-elle en posant ses lèvres sur les miennes.

Je ris à ce surnom ridicule et, quand je vois qu'elle louche sur l'énorme gâteau plein de chantilly, je fais le rapprochement. En même temps, elle peut bien m'appeler comme elle le souhaite, ça ne me dérange pas.

Nous montons dans sa chambre et je n'ai pas le temps de m'installer sur son lit qu'elle me prévient :

— Aujourd'hui pas de bêtises. Je dois absolument réviser mon solo.

Je soupire exagérément, ce qui la fait rire, en attrapant une boîte en fer posée sur son bureau, dans laquelle des tonnes de partitions griffonnées de notes sont mélangées. Je zieute rapidement tandis qu'elle commence à sortir son instrument.

— Ne fouille pas dans mes affaires, râle-t-elle avec le sourire tout en essayant de récupérer les feuilles que je tiens maintenant au dessus de ma tête.

Elle saute pour tenter de les récupérer, mais échoue lamentablement en frottant son corps contre le mien.

Si elle continue, je ne vais pas me contenir…

Son rire communicatif m'emmène également jusqu'à ce qu'elle s'accroche carrément à mes épaules. Agrippée comme un koala, son visage se trouve juste en face du mien.

— C'est secret ? demandé-je en arquant un sourcil.

— On peut dire ça, oui.

— Pourquoi je ne peux pas les voir ?

— Parce que ça ne te regarde pas ! Et puis de toute façon tu ne comprendrais rien.

— Même pas celle qui s'appelle K ? lui dis-je tout bas à l'oreille alors que j'ai vu cette lettre en haut d'un des papiers.

Elle me lâche instantanément et rougit, ce qui me fait dire que mon intuition est la bonne.

— Eh, Angie, pas de soucis ! Du moment que tu la joues pour moi…, lui lancé-je goguenard.

— Pfff, qui te dit qu'elle est pour toi ?

— Tu connais d'autres K ?

— Katie, ma cousine, répond-elle sans se démonter bien que ses yeux rieurs trahissent le fond de sa pensée.

Qu'elle ait écrit une musique pour moi me fait un drôle d'effet. Mais je n'en souffle mot pour ne pas l'embarrasser davantage. Je décide donc de m'affaler sur son lit en engloutissant une des mignardises que j'ai apportées.

— Ton frère a dû t'en parler, mais dimanche, on a un gros match.

— Oui, je suis au courant, réplique-t-elle en haussant une épaule, bien trop concentrée à accorder son violon.

— Ça te dit de venir ?

Elle pose sa main sur sa bouche comme si elle réfléchissait avant de me balancer de but en blanc :

— Non, je ne pense pas. Le basket, ça me soûle un peu.

Surpris qu'elle soit si franche et qu'elle ne fasse même pas l'effort de venir me voir, je fais mine de bouder en continuant à manger. Elle observe ma réaction du coin de l'œil mais ne cille pas, et je me garde de bien de lui dire que ça m'aurait fait plaisir.

Je ne vais pas lui courir après non plus ! Je peux comprendre que regarder la totalité d'un match peut être long, surtout quand on n'y connaît rien.

Angel se retourne pour se trouver dos à moi et commence son

morceau. Comme à chaque fois qu'elle se met à gratter les cordes, mon esprit part dans tous les sens. Les premières minutes qui s'écoulent au son mélodieux de son instrument me font dériver et les souvenirs affluent. Même s'ils me renvoient toujours à mon père, je ne laisse pas la grisaille m'emporter. Je suis déjà bien trop accablé par son état. Quand je suis avec Angel, je fais tout pour oublier cette tragédie qui a assommé ma famille et tente de profiter d'elle au maximum.

Je me lève discrètement en prenant de la chantilly sur mon doigt. Sans qu'elle s'y attende, je lui dépose de la mousse blanche sur le nez alors qu'elle a les yeux fermés. Elle explose de rire, faisant ressortir de son instrument un son extrêmement douloureux à entendre.

— Arrête !

— Un artiste ne doit pas se laisser déconcentrer…, continué-je en lui en remettant une touche sur la joue.

Elle rit alors qu'elle est mouchetée et s'essuie avant de se remettre en place pour reprendre.

— Je t'ai dit d'être sage aujourd'hui, Adams !

J'acquiesce tout en me marrant. Quand elle ferme les yeux, se laissant emporter à nouveau, je me colle contre son dos. Elle se raidit, mais ne faiblit pas et ose même se dandiner contre mon bassin sans arrêter de jouer. Pour le coup, c'est moi qui me recule, légèrement perturbé par ce contact sulfureux.

Elle se retourne alors, tout en poursuivant son solo, et me regarde avec un large sourire.

Tandis que je l'observe, les bras croisés, Angel termine son morceau.

— Ça t'a plu ?

— C'est très beau… mais j'ai un défi pour toi.

— Toi ? Tu n'y connais rien à la musique, se moque-t-elle en se dirigeant vers les gâteaux.

— Et alors ? Je m'y connais en concentration.

— Est-ce que tu insinues que je ne le suis pas assez ?

— C'est ce qu'on va voir justement. Vas-y, recommence, lui ordonné-je en lui enlevant l'éclair au chocolat des mains.

Angel fait mine de bouder et me lance un regard défiant avant de se remettre à jouer. Tel un prédateur, je m'avance lentement vers elle jusqu'à me trouver derrière elle. Alors que le rythme du morceau s'intensifie, elle penche la tête sur le côté, laissant l'autre face de son cou dégagé. Ne pouvant me retenir, je pose mes lèvres sur sa peau et, alors qu'elle se ramollit légèrement, je lui chuchote :

— Concentration, mademoiselle Davis !

Son souffle s'intensifie pendant que je promène ma bouche jusque sur sa nuque, et elle ne lâche rien. Même si je ne connais pas trop son instrument, lorsqu'une note déraille, on fait tout de suite la différence, et hormis un ou deux ratés, Angel continue jusqu'à terminer son morceau sous ma délicieuse torture.

Quand arrive la dernière note, elle envoie son violon sur son lit avant de se retourner pour m'attraper le visage et m'embrasser à pleine bouche, comme si sa vie en dépendait.

À bout de souffle, elle recule le visage pour me demander :

— Verdict ?

— Hum… tu t'en es plutôt bien sortie.

Nous rions ensemble et retournons sur le lit pour terminer les pâtisseries.

— Je ne pensais pas dire ça un jour, mais le violon ça peut être excitant, déclaré-je alors qu'elle manque de s'étouffer avec un morceau. C'est vrai, tu es hyper sexy quand tu joues !

Ses joues s'empourprent. Pour dissiper sa gêne, elle se redresse pour récupérer son instrument.

— Encore ? grogné-je en riant.

— Pour ton plus grand plaisir !

Pendant que je l'écoute, je tente de mesurer la chance que j'ai d'avoir fait sa connaissance, mais je n'arrive pas à mettre de mots exacts sur ce que je ressens. Quoi qu'elle fasse, je la trouve touchante, drôle et super canon.

Quand la musique s'arrête, elle lâche un profond soupir.

— Bon, ça ira pour aujourd'hui.

— Merci. Tu me sauves.

Elle sourit en fronçant les sourcils comme si elle s'apprêtait à me gronder.

— Ça te dit qu'on aille se balader ? J'ai besoin de prendre l'air ! lance-t-elle, enjouée.

— Avec plaisir.

Nous nous habillons chaudement vu la température extérieure et alors que nous sommes sur le perron, je l'interroge :

— Où veux-tu aller ?

— En ville ? propose-t-elle.

Je ne peux m'empêcher de grimacer en jetant un œil sur ma montre.

— Ça veut dire qu'il faut qu'on prenne le bus.

Maintenant que j'ai compris les raisons qui font qu'elle ne veut pas monter sur mon « tas de ferraille », je respecte son choix. La vie est trop précieuse. Malgré tout, elle hausse les sourcils et tourne le visage avant de lever le menton en direction de mon scooter, un large sourire aux lèvres.

— Sérieux ? m'exclamé-je, les yeux écarquillés.

— Vite avant que je change d'avis.

Tellement heureux qu'elle me fasse confiance au point de mettre sa vie entre mes mains en montant derrière moi, je me dépêche de lui tendre le casque qu'elle enfile aisément avant de grimper sur mon scooter.

Ses bras noués autour de ma taille et son corps collé au mien, nous ne faisons qu'un et c'est rempli de fierté et de joie que je l'emmène, lovée contre moi.

44

Kenan

L'ambiance dans les vestiaires est au calme et à la concentration. Assis sur les bancs, nous écoutons attentivement les conseils de notre coach en vue de la rencontre qui va avoir lieu dans quelques minutes. En effet, l'équipe de Riverside Church de New York est une des meilleures de notre conférence et nous devons impérativement la battre pour conserver notre place ou, encore mieux, prendre la leur.

Mike nous réexplique les systèmes adéquats, et chacun à sa manière se prépare mentalement à ne rien lâcher. Après nous être tous tapé dans la main, notre entraîneur prend Mason à part – comme il le faisait il n'y a pas si longtemps avec moi – et, bien que je ne fasse pas partie de cet échange, les mots qu'il me disait lors de cet aparté me reviennent en tête et me motivent davantage.

Je vais tout donner !

Comme si nous étions des stars de NBA, la salle est pleine à craquer et la musique résonne à plein tube. Différents jingles sont répétés tandis que l'équipe de pom-pom girls se prépare à entrer en scène juste devant nous.

Beverly m'adresse un clin d'œil appuyé, mais je n'y fais pas attention, mon esprit étant bien trop accaparé par ce qui va se jouer maintenant.

Tous vêtus de notre équipement bleu et blanc, nous nous positionnons en file indienne avant d'entrer, ovationnés sous les applaudissements du public. Je n'ai jamais vraiment adhéré à tout ce tralala autour du sport parce que tout ce qui compte pour moi, c'est ce qu'il se passe sur le terrain. Malgré tout, ça fait partie du jeu et par moments, il faut l'avouer, l'engouement du public pousse à se dépasser.

Nous nous échauffons en trottinant et en effectuant quelques exercices que Mason nous donne. J'ai encore beaucoup de mal à suivre ses ordres, mais je me conforme tout de même à ses demandes pour ne pas faire de vagues. Et puis cette animosité n'a plus de raison d'être puisque j'ai gagné bien plus en faisant la connaissance d'Angel.

Une fois assis sur le banc avant le début du match, je zieute autour de moi pour voir s'il y a des têtes connues. Je reconnais plusieurs personnes du lycée, mais mon regard se fige quand, juste dans la tribune en face, le visage de celle qui me fait vibrer m'apparaît. Bien qu'elle ait fait des efforts en jouant quelques fois avec moi, je sais qu'elle n'est vraiment pas fan des matchs. Pourtant, elle est là…

Entourée de ses parents, Angel m'adresse un sourire discret qui me fait craquer. Heureusement, seul Jake remarque à quel point je suis troublé.

— On dirait que tu as une motivation de plus…

Nous nous donnons un coup d'épaule avant que Mike décide des cinq joueurs qui vont commencer le match. Il me positionne en meneur et je suis heureux qu'il compte sur moi autant qu'avant. Mason fait partie aussi du groupe de départ et, quand nous relions nos cinq mains, j'oublie la rancœur et nous lâchons ensemble notre cri de guerre.

En position au milieu du terrain, Mason monte à l'entre-deux et renvoie le ballon qui arrive directement sur moi. Je monte la balle en criant des codes pour que chaque joueur de mon équipe se mette en place correctement. Notre tactique fonctionne bien puisque Casey marque le premier panier, ouvrant le score. La balle revenant à nos adversaires, je me positionne en défense pour empêcher le meneur de l'équipe d'en face d'avancer. Mais il me pousse lourdement jusqu'à ce que je me retrouve au sol.

La salle émet un « Oh » de surprise, mais je me relève sans sourciller.

Tu ne m'impressionnes pas, mec !

Quand je redresse la tête, j'aperçois Angel paniquée, mais je lui renvoie un sourire rassurant. L'effervescence dans la salle nous pousse à nous dépasser, mais à la mi-temps l'équipe adverse nous domine de 6 points.

Notre entraîneur nous fait signe de rejoindre les vestiaires et quand la porte se ferme sur le dernier entré, le ton monte. Chacun d'entre nous se fait réprimander pour le manque de concentration.

— On n'est pas en match d'exhibition, là ! Il va falloir se réveiller !

Nous gardons tous le silence, conscients que nous pouvons mieux faire.

— Vous avez des moufles ou quoi ? Trop de balles perdues, reprenez-vous, bon sang !

Énervé, il tourne en rond en nous réexpliquant comment contrer les adversaires et insiste auprès de Mason pour fédérer l'équipe. Ce dernier n'est pas fier et semble plutôt décontenancé par rapport à la dureté des propos de Mike. Pour l'avoir vécu une ou deux fois, c'est vrai que ça n'a rien de drôle.

J'espère juste que ça aura l'effet escompté et qu'il ne va pas se décourager. Sans pouvoir me retenir, j'écarte les bras pour rassembler le groupe et, quand nous nous retrouvons proches, je lance :

— Allez, les gars, on peut les battre, vous m'entendez, on va les battre ! On va tout donner et remporter cette victoire, OK ?

Mason embraye tout de suite après moi pour montrer que c'est lui qui devrait tenir ce rôle :

— Tous ensemble, on va les défoncer !

Niveau motivation on a fait mieux, mais bon, pas le temps de s'attarder là-dessus. Il faut qu'on retourne sur le terrain.

En sachant qu'Adrian n'a pas voulu venir et qu'il est seul chez moi aujourd'hui, je regarde mon téléphone pour vérifier qu'il n'y ait pas d'urgence, mais quand je vois plusieurs messages d'Angel, un sourire niais me monte aux lèvres instinctivement. Ses textos sont même parfois coquins et je me marre de constater que me voir en pleine action sur le terrain lui procure ce genre de réaction. Le dernier attire particulièrement mon attention :

[Tu es trop sexy, Kenan Adams ! Si tu gagnes ce match, tu auras une jolie récompense…]

Je secoue la tête en riant avant de ranger mon téléphone. Puis je me dépêche de suivre mes camarades jusqu'au terrain, plus motivé que jamais.

Le match reprend et Casey a pris la place de Tony au poste de pivot. Nous arrivons à réduire l'écart au score. Tellement concentré sur les tactiques à déployer, je n'entends même plus le brouhaha ambiant qui encourage un groupe ou l'autre, et le seul couinement de nos baskets sur le parquet me pousse à continuer sur ma lancée.

Nous entamons le dernier quart-temps et Mike décide de nous laisser Mason et moi sur le banc. Même si j'aurais aimé jouer jusqu'à la fin, je sais pourquoi il fait ça et je ne lui en veux pas. À l'inverse de notre capitaine qui s'offusque de ne pas rester dans le jeu.

Je l'ignore et me sèche la nuque avec une serviette avant de boire de petites gorgées d'eau pour me réhydrater. Le regard figé sur le jeu, je profite par moments de dévier vers Angel qui semble absorbée par le match. La voir se lever les bras en l'air quand notre équipe marque me fait sourire.

Elle est à fond !

À son tour, elle me lance des œillades appuyées et, quand je vois son frère lui faire un signe de la main en pensant qu'elle est là pour lui, je ne peux m'empêcher de rire intérieurement.

C'est presque la fin quand Mike, qui ne fait que marcher au bord de la ligne du terrain, avec les bras en l'air et en hurlant quoi faire aux joueurs, revient vers nous. Il s'accroupit et prend son ardoise pour dessiner un système d'attaque.

— Les gars, il reste cinq minutes et on les talonne. On doit les distancer. Je mise tout sur vous deux.

Il trace des points, des traits en nous expliquant comment nous positionner pour faire en sorte de passer devant. Le buzzer sonne, annonçant un temps mort et notre coach reprend rapidement ses explications pour que chacun sache quoi faire. Mason et moi rentrons de nouveau sur le terrain en nous lançant un regard entendu. Qu'on le veuille ou non, il va falloir qu'on fasse équipe si on veut arriver à quelque chose.

Ballon en main, j'avance pendant que mes coéquipiers se positionnent. Nos adversaires sont très offensifs et poussent à la faute, mais nous tenons bon et réduisons l'écart du score. Alors que je vois sur le tableau lumineux qu'il ne reste que vingt-cinq secondes et que nous sommes à un point en moins, Mason continue à faire tourner la balle et je trouve que sa stratégie n'est pas la bonne. Les secondes défilent, mais nous n'avons plus le temps. Je me dirige vers lui, dos au joueur adverse qui défend derrière moi, pour qu'il me donne le ballon et lui fais signe d'aller se positionner sur la ligne extérieure. Il s'exécute et je me retourne pour lui renvoyer le ballon alors que personne ne défend sur lui. Il a le champ libre et notre réussite ne dépend plus que de lui.

Mason attrape la balle et s'élance pour shooter. Alors que le ballon est en vol, le buzzer retentit pour signaler la fin du match. La salle se plonge dans un silence pesant et les micro-secondes nous semblent durer une éternité pendant que nos regards sont rivés sur la trajectoire de la balle. Le léger bruit sourd du filet claque comme une libération et l'assemblée se met à hurler pour clamer notre victoire.

Nous nous sautons tous dessus tant la joie nous envahit et, quand je me retrouve face à Mason, il me tend son poing.

— Bien joué, mec ! s'exclame-t-il alors que nous nous checkons.

Mike déboule au milieu de nous et, dans l'euphorie du moment, on se met tous à danser tandis que la salle est en folie.

On termine par aller saluer nos adversaires et quand je regarde vers les gradins, Angel a les mains jointes sous le menton et son visage est radieux. Je fais une révérence au milieu du terrain, ce qui me vaut les moqueries de mes camarades.

— Il faut remercier le public, les gars !

Du coup, mes amis font le même geste et nous partons dans un fou rire général. Nous restons sur le terrain le temps que l'engouement retombe, puis nous regagnons les vestiaires.

Je mets quelques secondes à retrouver mes esprits tant la victoire me galvanise. Mes coéquipiers sont déjà sous la douche en train de chanter à tue-tête leur succès, quand je prends le temps de réaliser ce qu'il vient de se passer.

Assis sur le banc des vestiaires, je m'étire tranquillement tout en me remémorant la dernière action.

Les potes de Mason sortent en serviette, suivis de Ryan qui vient s'asseoir à côté de moi.

— T'as été énorme, mec !

Je tape mon épaule contre la sienne en guise de remerciement.

— Je crois avoir compris pourquoi tu étais aussi vif ! continue-t-il.

J'arque un sourcil, ne voyant pas où il veut en venir.

— J'ai vu la petite sœur de Mason dans le public…, chuchote-t-il en se penchant vers moi.

Le frère d'Angel vient justement se caler juste en face de nous, donc je mets fin à cette discussion en me levant pour me déshabiller alors que tous les autres sortent des douches.

Ryan se relève pour me parler à nouveau :

— T'en es où d'ailleurs ? Ça y est, tu l'as sautée ?

Qu'il parle de cette manière d'Angel me fait serrer les poings de rage.

— Ferme-la, lui ordonné-je entre mes dents serrées.

— Si tu n'arrives pas à te la faire, je peux essayer, ricane-t-il. Après tout, elle a l'air bonne sous ses airs de…

Mon sang ne fait qu'un tour. Il n'a pas le temps de terminer sa phrase que mon poing droit finit sur sa mâchoire, le faisant tomber directement à la renverse.

Alors que Ryan pose sa main sur sa joue endolorie, choqué, Casey nous rejoint en hurlant :

— Putain, mais t'es malade ! Pourquoi tu l'as frappé ?

Sans se relever, Ryan crache un mollard mélangé de son sang avant de répondre sur un ton ironique :

— Il pète un plomb à cause de sa vieille meuf !

Hors de moi, je me penche violemment, prêt à lui envoyer une deuxième beigne dans la gueule, quand une main vient retenir mon bras. Jake m'attrape alors par l'épaule pour me bloquer et me faire reculer jusqu'au banc.

— Qu'est ce qui t'arrive, mec ? hurle un des gars que je ne reconnais pas tant ma vue est brouillée par la rage.

Tous les autres se précipitent autour de Ryan qui se redresse péniblement. Je vois rouge et je n'ai qu'une seule envie : le défigurer à vie !

Comment ose-t-il parler comme ça d'Angel ?

Les autres se posent rapidement des questions sur mon comportement. Cependant, le regard menaçant que j'adresse à celui qui m'a fait sortir de mes gonds, lui fait bien comprendre qu'il n'a pas intérêt à ouvrir sa bouche à nouveau.

— T'as un problème, faut te faire soigner ! éructe-t-il en quittant le vestiaire, escorté par trois autres joueurs.

Mes coéquipiers le suivent en me regardant de travers, et c'est à ce moment-là que je prends conscience que je viens de déconner.

Dans ma tête c'est le bordel, mais je sais que je n'aurais pas dû faire ça. Nous sommes une équipe et au lieu de fêter notre victoire, on se tape dessus !

Tous quittent les lieux en marmonnant des trucs inaudibles, mais mon esprit est trop embrouillé pour capter quoi que ce soit. Seul Jake reste à côté de moi, sans bouger.

— Qu'est-ce qui t'as pris, Ken ?

Je secoue la tête, n'arrivant pas à articuler un mot. Mes yeux me brûlent et la colère m'obstrue la gorge m'obligeant à garder le silence.

— Il t'a branché sur Angel ?

Quand il voit mon expression horrifiée en me souvenant des paroles de Ryan, il soupire.

— Laisse-moi cinq minutes, dis-je d'une voix éraillée.

Jake me connaît suffisamment pour savoir que dans ce genre de situation, il vaut mieux ne pas continuer à tenter de me faire parler, mais plutôt me laisser me calmer seul. À son tour, il claque la porte et le silence qui règne me donne instantanément le tournis.

Alors que j'essaye de mettre des mots sur mon comportement,

la seule chose dont je suis sûre, c'est que mon corps déborde de colère. Une colère noire que je n'arrive pas à contrôler. À cause de mon père. À cause de ce que j'ai fait.

Mais, surtout, à cause de celle dont je suis complètement fou.

45

Angel

— Tu rentres avec nous, ma chérie ? m'interroge ma mère alors qu'elle récupère ses affaires sur les sièges voisins.

— Non, maman, je vais féliciter Mason et ensuite, je retrouve Holly en ville.

— Très bien !

Heureusement, ma mère ne se doute de rien. J'ai en effet bien prévu de dire à Mason qu'il a été impressionnant, mais je rêve surtout de rejoindre celui qui m'a fait frémir pendant tout le match.

Avoir vu Kenan aussi impliqué dans son sport m'a vraiment perturbée. Tous mes sens se sont affolés à chaque fois qu'il m'a renvoyé un regard ou un sourire discret. Ce qui m'a le plus impressionnée, c'est son esprit d'équipe. Toujours prévenant et les yeux partout, sa façon de gérer le jeu sortait vraiment du lot. Même si je ne comprends encore pas toutes les règles, on voyait vraiment que son niveau était bien au-dessus des autres, les deux équipes confondues.

Et ce n'est pas parce que c'est mon petit ami ! Mon père a également souligné à plusieurs reprises que le numéro 21 avait un vrai sens du jeu et un shoot parfait. J'ai jubilé intérieurement de savoir que la star du terrain était à moi, sans que personne ne le sache. Avoir cette relation cachée décuple les sensations, et cet interdit a renforcé notre histoire. Cependant, je commence à avoir envie de plus. Je ressens maintenant le besoin de crier au monde entier que Kenan et moi sommes en couple.

Nous rejoignons l'ensemble de l'équipe qui fête sa victoire à la buvette installée pour l'occasion dans le hall de la salle. Je zieute discrètement pour trouver Kenan mais, après avoir scruté les petits groupes qui se sont formés, je constate qu'il n'est pas là. Leur coach jubile au milieu de la foule et, malgré l'euphorie qui règne, je ressens aussi une certaine lourdeur.

— C'est qui la star ? lance mon frère tout fier en me sortant de ma réflexion.

— Bravo, Mason, tu as vraiment assuré !

— Merci, sœurette, me répond-il en me frottant les cheveux.

Je me dégage de sa prise tout en regardant rapidement autour de moi. De dos, je reconnais Jake, son meilleur pote, mais toujours pas de Kenan en vue.

Je commence à m'inquiéter, mais ne montre rien tandis que mon père congratule mon frère sans oublier de parler du numéro 21. Mason se rembrunit légèrement, mais il avoue que sans la passe décisive finale de Kenan, il n'aurait pas pu marquer et faire remporter ce match à son équipe.

— Quand j'ai shooté, je savais que c'était bon !

Prétentieux !

Après plusieurs minutes de compliments en tout genre, je décide de quitter les lieux. D'ailleurs, même quand il s'agit de moi, je suis toujours mal à l'aise de recevoir des louanges, alors que mon frère, lui, ça le galvanise.

— Bon, je vais y aller, Holly m'attend, dis-je en envoyant un clin d'œil à mon frère.

Je salue également mon père tout en quittant la pièce dans

laquelle l'effervescence est à son comble. Quand je passe à côté de Jake, son visage est fermé et il ne remarque d'ailleurs même pas ma présence, son esprit étant visiblement préoccupé.

Une fois dehors, j'observe les alentours pour voir si j'aperçois Kenan, mais hormis son vieux scooter il n'y a pas trace de lui .

Je me précipite sur mon téléphone pour l'appeler, mais je tombe directement sur la messagerie. Je tourne en rond à l'arrière du bâtiment, pour éviter qu'on ne me voie, ne sachant toujours pas comment le joindre. J'espère qu'il ne s'est rien passé de grave. Du bruit retentit derrière moi et la peur de me faire griller m'oblige à me cacher dans l'embrasure de la porte de secours.

— C'est moi, Angel.

Je reconnais immédiatement la voix de Jake et pousse un long soupir de soulagement.

— Où est Kenan ? lui demandé-je.

Il tend son index vers le bâtiment pour me faire comprendre qu'il est à l'intérieur.

— Pourquoi il n'est pas avec vous tous ?

Jake se contente de hausser les épaules, mais je vois bien à son regard qu'il s'est passé quelque chose. Je m'imagine tout un tas de scénarios avant d'ouvrir la porte de secours pour le rejoindre.

Une fois dans le long couloir lugubre, je prends une grande inspiration avant de me mettre en quête de la porte des vestiaires hommes.

J'entends, à travers la cloison, l'équipe en train de chanter et de fêter cette victoire alors que je cherche désespérément Kenan, qui doit ruminer seul.

Après être tombée sur un local à poubelles ou encore un cagibi regroupant tout l'attirail de ménage, j'arrive face à la dernière porte et l'entrouvre pour passer un œil à travers. Un frisson me parcourt l'échine en voyant le dos arqué de Kenan. À la volée, j'ouvre en grand et tombe sur lui, assis, torse nu, la tête entre les mains. Il ne daigne même pas lever le regard dans ma direction.

Je m'avance et me positionne accroupie face à lui avant de poser mes mains sur ses poignets qui tremblent.

— Hey, Kenan, ça va ? dis-je d'une voix douce pour l'engager à me parler.

En guise de réponse, il souffle. Je tente de lui faire relever le visage vers moi, mais il refuse en gardant ses bras verrouillés. Je m'assois alors à côté de lui. Kenan est sanguin et je sais que quand il n'est pas en mesure de parler, il vaut mieux le laisser retomber en pression sans forcer. Je mets mes mains sur ses trapèzes bandés par la colère sans pour autant comprendre le fond du problème. J'appuie mon menton sur son autre épaule et me serre contre lui pour lui signifier que je suis là et que je ne lui poserais pas plus de questions tant qu'il ne sera pas prêt de son côté.

Sa respiration se calme légèrement jusqu'à ce qu'il se redresse vivement pour attraper mon visage en coupe et m'embrasser. Je m'accroche à ses avant-bras alors que son baiser a un goût de rage et de tristesse mélangées.

Pressé, il plaque une main dans mes cheveux et l'autre autour de ma taille pour me faire monter sur ses genoux. Je suis à califourchon sur lui, ses paumes se meuvent dans mon dos sans même que nos lèvres ne se détachent. Son torse est dégoulinant de sueur et mes mains glissent sur sa peau luisante. Le souffle coupé, je me recule légèrement tandis qu'il remue le bassin, faisant monter mon excitation en flèche. Avant d'aller plus loin, je le stoppe en posant deux doigts sur son menton afin de m'assurer qu'il aille bien.

— Angie, halète-t-il en faisant glisser sa bouche vers l'arrière de mon oreille, ce qui me fait chavirer. J'ai tellement besoin de toi… Ne me quitte pas, Angel, s'il te plaît…

La respiration de Kenan est saccadée et ses yeux s'assombrissent.

Je ne saisis pas vraiment la raison pour laquelle il dit ça. Comme les fois où je l'ai vu au plus mal par rapport à la situation de son père, il a ce regard perdu et triste. Je me doute que son état est lié à ce dernier, mais je ne lui pose aucune question. Je me contente juste de le rassurer :

— Jamais je ne te quitterai.

Nos bassins ondulent et ses mains se resserrent autour de ma taille pour attraper mon haut et le faire passer au-dessus de ma tête. Je me retrouve en soutien-gorge, le visage de Kenan juste positionné à la hauteur de ma poitrine tandis qu'il continue de m'embrasser partout. Je bascule la tête en arrière, lui offrant ainsi mon buste.

Dans un élan, Kenan se lève en plaçant ses mains sous mes cuisses pour m'emmener avec lui dans la douche. Une fois debout l'un face à l'autre et sans me quitter des yeux, il me fait enlever mes chaussures, puis mon pantalon. Je me retrouve en sous-vêtements alors que lui fait tomber son short et son caleçon sous mon regard ébahi. Je n'ai pas le temps de me poser des questions qu'il vient de nouveau vers moi et me positionne dos à lui. Ses baisers mouillés me donnent chaud et, quand l'eau vient se mêler à nos caresses, je lâche un petit cri tant la sensation est décuplée. Les larges paumes de Kenan glissent partout sur mon corps et encerclent ma poitrine avant de se faufiler vers ma féminité. Complètement à sa merci et délicieusement prisonnière de ses bras musclés, je me laisse aller à la multitude de sensations nouvelles qu'il me fait découvrir.

J'accroche mes bras autour de sa nuque, les fesses arquées contre sa virilité et je me retourne à la hâte, le surprenant au passage avant de fondre sur sa bouche gonflée de désir. L'eau ruisselle sur nos peaux, et la chaleur qu'elle dégage se mélange à la ferveur de nos mouvements.

Kenan s'équipe avant d'attraper mes hanches pour me plaquer contre le carrelage froid de la paroi.

— Tu es fou ! lancé-je entre deux baisers fiévreux.

Il marque un temps d'arrêt pour me regarder dans les yeux.

— Fou de toi, *little angel.*

Le sérieux dont il fait preuve me retourne les tripes et je m'agrippe à ses cheveux, collant ma poitrine contre son torse musclé, tout en l'embrassant de plus belle. À partir de ce moment-là, nous ne sommes que désir et passion. Les gestes de Kenan sont assurés et, bien qu'il soit plus bestial que les autres fois, il n'en reste pas moins doux et prévenant.

Me laissant porter par tout l'amour que me témoigne cet homme brisé, entre deux baisers ardents, je m'abandonne à lui totalement.

46

Kenan

— Ça caille !

Jake se frotte les mains avant de les fourrer dans les poches de sa veste. C'est vrai qu'il fait frais aujourd'hui, mais avec ce beau soleil tout le monde en profite pour passer la pause à l'extérieur.

Les fêtes de Noël sont enfin terminées. Nous les avons passées chacun avec notre famille, dans des ambiances bien différentes. Je n'aime pas cette période, et Angel l'a vite compris. Elle a respecté mon choix et n'a pas voulu en faire trop. Pour marquer le coup à notre manière, nous nous sommes donc contentés d'aller au ciné et de manger un bout ensemble avant de finir dans sa chambre. Une soirée parfaite.

Je m'installe à ma place habituelle, sur le dossier du banc face aux bâtiments des sciences, avant d'observer partout autour de moi.

— Elle arrive, me lance Jake.

Je l'interroge du regard et il se met à ricaner en secouant la tête.

— Celle que tu n'arrêtes pas de chercher depuis ce matin, continue-t-il en pointant la grande porte d'entrée du menton.

Quand je tourne la tête dans cette même direction et que j'aperçois Angel, c'est automatique, quelque chose d'inidentifiable se passe en moi. Son habituelle tresse posée sur son épaule, elle est toujours aussi mignonne et je ne peux m'empêcher de la fixer, tout en essayant d'être discret. D'après le sourire idiot que m'adresse mon meilleur pote, j'imagine que mon trouble doit également se lire sur mon visage. À mon tour, je hausse les épaules en riant.

— Qu'est-ce que tu veux, j'ai cette fille dans la peau !

Jake me fixe sans rien dire, probablement surpris par mon aveu. C'est la première fois que j'admets clairement qu'Angel est bien plus que ce que je prétends, mais j'ai décidé de ne plus me voiler la face.

Après mon altercation avec Ryan lors du match, j'étais dans un état de rage incontrôlable. Et pour avoir déjà vécu ça dans le passé, je sais que rien ni personne ne peut me calmer quand j'atteins ce niveau-là. Enfin, personne à part *elle*.

Encore une fois, Angel a su contrôler mes émotions et apaiser mon âme. J'ai souvent repensé à notre échange sous la douche, et si je suis bien sûr d'une chose, c'est que je n'ai jamais pris autant de plaisir de toute ma vie. D'ailleurs, pour dissiper ses interrogations quant à mon attitude ce jour-là, je lui ai rapidement expliqué que j'avais du mal à gérer tout ce qui m'arrivait. Angel ne m'a pas demandé plus de détails, prouvant à quel point elle est compréhensive.

J'ai besoin d'elle pour avancer et je sais au fond de moi que si je ne veux pas la perdre, il va falloir que je commence par lui avouer mes intentions.

— Tu comptes faire quoi ? me demande Jake comme s'il lisait dans mes pensées.

Je repose mon regard sur Angel, qui s'assoit sur le banc d'en face avec sa copine, sans me lâcher des yeux. Lorsqu'elle m'envoie un clin d'œil discret, ma gorge se noue.

— Je sais pas.

Jake hoche la tête d'un air entendu. Depuis le début, il m'a répété à plusieurs reprises d'arrêter mes conneries et je regrette de ne pas l'avoir écouté plus tôt. Maintenant que je me suis attaché à

Angel au point de ne plus imaginer ma vie sans elle, je n'arrive pas à lui dire toute la vérité. Je l'ai envisagé plusieurs fois, mais l'idée qu'elle me quitte en découvrant ce que j'ai manigancé me pousse aussitôt à changer d'avis.

— Je ne peux pas la perdre, déclaré-je en la fixant de nouveau. Ce n'est pas le moment.

Encore une fois, mon pote reste silencieux. Il sait que je fais référence à mon père et je lui suis reconnaissant de ne pas en rajouter. Le soir à la maison, l'atmosphère est insoutenable. Ma mère fait son maximum pour cacher son désarroi et mon frère recommence à faire plein de conneries. La nuit, j'ai du mal à dormir tellement ce qui risque d'arriver d'une seconde à l'autre me hante. Il n'y a que quand je suis avec elle que je respire.

Et quand je suis au lycée, je préfère penser à autre chose. Ou du moins, j'essaye…

Notre attention se tourne soudainement sur le large escalier menant au hall principal, d'où de grosses voix masculines nous parviennent.

— Dites-moi que je rêve !

Au moment même où Jake prononce ces mots, j'aperçois Mason entouré de tous ses potes ainsi que de Casey et Ryan.

— Qu'est-ce que ces deux imbéciles sont en train de faire, sérieux ? demande Jake alors que je me pose moi-même la question.

Je serre les dents en imaginant l'improbable. Non, Ryan n'oserait pas tout balancer à Mason…

OK, je lui ai cassé la gueule, mais il l'a bien mérité. Et puis, on est potes depuis le collège, donc il ne peut pas me faire ça !

J'espère qu'ils sont juste en train d'échanger sur notre victoire de la veille, et rien d'autre. Je tente de me rassurer au maximum et de contrôler les battements de mon organe vital, soudainement paniqué.

Mason balaye la cour d'un regard noir à la recherche de quelque chose. *Ou plutôt de quelqu'un.*

Quand Ryan me voit, il se penche vers le capitaine pour lui dire quelque chose à l'oreille et sa tête se tourne immédiatement dans ma direction. Ses yeux se plissent tandis que sa mâchoire se contracte subitement.

— Oh ! merde ! lâche Jake en écho à mes pensées.

En effet, il n'y a plus aucun doute possible : Mason est au courant.

Accompagné de la quasi-totalité de l'équipe de basket, il traverse l'espace qui nous sépare sans me lâcher une seule seconde des yeux. Lorsqu'il arrive à ma hauteur, je me mets debout et Jake se place tout de suite à ma droite. Bien qu'une vague de chaleur m'envahisse, je ne montre rien et décide d'engager la conversation calmement.

— Écoute, Mason, je…

— Ta gueule, Adams ! me coupe-t-il en posant les mains sur mon torse pour me pousser violemment.

Je fais quelques pas en arrière pendant que ses potes s'avancent pour m'empêcher de m'en prendre à lui, ce que je ne comptais pas faire.

Comme à chaque fois que la tension monte, une multitude d'élèves apparaissent comme par magie pour ne pas louper une miette du spectacle. Nous sommes alors encerclés de lycéens dont les murmures interrogateurs font monter la pression.

— Est-ce qu'on pourrait en parler tranquillement ailleurs ? demandé-je en levant les mains en l'air, signe que je ne veux pas me battre.

— Réponds d'abord à ma question, crache-t-il, rouge de colère. Ma sœur… est-ce que…

Il marque une pause, et son visage se contorsionne en une grimace qui me soulève l'estomac.

— As-tu profité de ma petite sœur pour m'atteindre ?

J'ouvre la bouche avant de la refermer aussitôt. Que répondre à ça ? Je n'ai pas la moindre envie de tout raconter devant tout le monde, mais je ne peux pas nier en bloc non plus.

Je jette un rapide de coup d'œil à mes deux traîtres de potes, surtout Ryan qui attend également ma réponse, bras croisés, un air de défi plaqué sur le visage.

À vrai dire, j'ai l'impression que tout le monde ici attend que je dise quelque chose. Mon attention revient sur Mason.

— Je peux tout t'expliquer, mais pas ici, je...

— Est-ce que oui ou non tu t'es fait ma sœur, putain ?!

Impossible de répondre à cette question. Je reste figé sur place, face à celui dont le regard plein de haine ne me lâche pas.

J'ignore si c'est mon expression désolée qui le fait réagir, mais il fait brusquement un pas en avant en levant le poing en l'air. Au lieu de me défendre comme je l'aurais fait d'habitude, je ferme instinctivement les yeux. Mais le coup n'arrive pas jusqu'à moi, car les membres de l'équipe le retiennent par les bras pour l'en empêcher.

— Ne fais pas ça ou tu vas être renvoyé à cause de lui ! lui conseille son meilleur pote.

— C'est ce qu'il cherche, ajoute Ryan. Te faire payer !

Mason ne se calme pas pour autant. Si les gars le relâchaient, il se jetterait sur moi sans hésiter. La foule autour de nous s'affole et le ton monte.

Alors que je me demande si Angel est également en train d'assister à ça, je reconnais sa petite voix parmi l'agitation générale.

— Laissez-moi passer !

Je la vois alors jouer des coudes avec les autres élèves pour se frayer un chemin, jusqu'à arriver devant nous. Les yeux écarquillés faisant plusieurs allers-retours entre son frère et moi, elle blêmit.

— Oh mon Dieu, qu'est-ce qui se passe ?

Quand Mason aperçoit sa petite sœur, il déglutit en tentant de se calmer. Ses yeux me fusillent et sa respiration s'accélère en nous voyant côte à côte. Ses potes desserrent un peu leur emprise sans le relâcher totalement.

— Angel, dis-je paniqué en me rapprochant d'elle. Il faut que je te parle.

J'attrape ses mains glacées dans les miennes tandis qu'elle me dévisage, hébétée.

— Ne la touche pas, enfoiré ! s'énerve de nouveau Mason.

— Angel, la supplié-je en serrant ses doigts pour qu'elle ne me lâche pas du regard.

Ce qu'elle ne fait pas. Son visage se tourne brutalement vers son frère avant qu'elle ne fronce les sourcils.

— Mason, je sais que j'aurais dû te parler de Kenan et moi avant, mais inutile de faire un scandale !

Sa bouche se tord de rage en comprenant que sa sœur fait fausse route et il fait un pas en avant, toujours tenu par ses amis.

— Bon sang, tu ne comprends pas ? Tu n'as pas vu qu'il se foutait de toi depuis le début ?

Elle secoue la tête, ne croyant pas un mot de ce que lui dit son aîné. Cette confiance aveugle qu'elle a en moi me tue encore plus.

— Il s'est servi de toi pour se venger, putain ! hurle-t-il à travers l'assemblée.

Cette fois, un lourd silence s'abat autour de nous. Angel me considère de nouveau, désorientée.

— Quand je lui ai pris sa place de capitaine, il s'est juré de me faire payer. Et devine de qui il s'est rapproché pour parvenir à ses fins ?

— Non ! crie Angel d'une voix brisée.

— C'est la vérité, ajoute Ryan. Casey pourra te le confirmer. Et Jake aussi.

Le regard choqué d'Angel dévie brièvement sur mon meilleur pote qui baisse les yeux de honte. Quant à moi, la nausée me monte à la gorge et m'empêche de dire quoi que ce soit.

— Non, non, répète-t-elle en secouant la tête.

Elle ferme violemment les paupières avant de les rouvrir pour me regarder fixement.

— Kenan… dis-moi que ce n'est pas vrai. S'il te plaît.

Les larmes aux yeux, elle attend que je la rassure. La couleur de ses iris habituellement clairs comme de l'eau de roche se transforme progressivement en une mer déchaînée un soir d'orage.

Lorsque je baisse la tête, honteux, elle comprend tout de suite. Ses mains quittent vivement les miennes et elle fait un pas en arrière, horrifiée.

— Angel, s'il te plaît, laisse-moi t'expliquer…, lâché-je d'une voix brisée.

— Tu… le cours de violon, tu… tu avais tout planifié…

Elle cligne des yeux, se remémorant notre rencontre. Celle que j'ai manigancée finalement.

— Ouais, c'est le seul moyen qu'il a trouvé pour se rapprocher de toi ! lance Ryan d'un ton triomphant.

Je lui casserais bien la gueule une deuxième fois, mais à cet instant il est le cadet de mes soucis. La déception que je perçois sur le visage d'Angel me tord les boyaux.

Bordel, si je pouvais revenir en arrière et lui éviter tout ça…

— Angel, murmuré-je en faisant un pas vers elle. Il faut que tu me croies, je…

— Ne t'avise pas de t'approcher d'elle ! s'écrie Holly en se plaçant entre nous.

Certains joueurs de l'équipe font de même pour me montrer que je n'ai pas intérêt à la toucher.

— Angel, s'il te plaît, crié-je par-dessus leurs épaules.

Lorsqu'elle relève la tête et que je vois des larmes couler sur ses joues, mon cœur éclate en mille morceaux.

Seigneur, qu'est-ce que j'ai fait…

47

Angel

L'air me manque. Mes émotions se bousculent.

Je tente de remettre mes idées en ordre afin d'être certaine d'avoir bien compris la situation. Holly me tient par les épaules en me parlant. Cependant, je n'entends rien. La foule autour de moi m'empêche de respirer normalement, mais je n'en fais pas cas non plus. Mon regard brouillé par les larmes reste planté dans celui qui vient de me briser le cœur. *Kenan.*

Je n'ai pas besoin de ses aveux. Ses yeux brillants et son expression folle de désespoir et de confusion prouvent les dires de mon frère.

— Angel. Viens avec moi. Je vais tout t'expliquer.

Sa voix cassée implore ma clémence et embrouille encore plus mon esprit.

— Hors de question qu'elle t'accompagne où que ce soit, grogne Mason. T'as qu'à lui dire ce que tu as à dire, maintenant.

Je le fixe sans sourciller afin qu'il comprenne que je suis d'accord avec mon frère. Kenan se passe une main dans les cheveux, complètement perdu, avant de prendre une profonde inspiration. Il hésite avant de démarrer, mais se sentant acculé, il commence :

— Quand Mason a pris ma place de capitaine, j'ai pété un plomb ! C'est là que j'ai eu cette idée de vengeance stupide. Pour l'atteindre, j'ai décidé de me rapprocher de toi. J'ai pensé que briser le cœur de sa petite sœur le rendrait fou, je… j'ai déconné.

Je pose une main sur ma bouche en prenant conscience de la réalité. Kenan m'a bernée. Vraiment.

Un violent haut-le-cœur me fait tourner la tête, mais je reste tout de même plantée face à lui, Holly positionnée à côté de moi, dans l'attente de l'explication complète.

— Mais le plan ne s'est pas passé comme prévu, poursuit-il en penchant la tête pour récupérer mon regard fuyant. Je… je suis tombé amoureux de toi, Angel.

Ce qu'il dit me bousille. Jamais je n'aurais cru que le jour où Kenan m'avouerait ses sentiments, ce serait dans ce genre de situation, en désespoir de cause. C'est tellement douloureux.

Comment a-t-il pu agir de la sorte juste pour un maudit sport ? Comment ai-je pu être aussi aveugle ?

Tous nos moments passés ensemble me reviennent en tête et m'achèvent davantage. Nos promenades, nos baisers, nos paroles, notre première fois… pour lui, ce n'était que du vent.

À cette dernière pensée, je lâche un énorme sanglot incontrôlé. Mon frère se rue sur moi pour me soutenir quand il comprend que mes jambes flanchent. C'est trop dur.

— Angel, ça va ? demande-t-il paniqué.

Je hoche la tête pour le rassurer, mais Dieu sait à quel point je ne vais pas bien. Je souffre tellement que j'ai l'impression qu'on a allumé un brasier à l'intérieur de mon corps.

Moi qui déteste être au centre de l'attention, à cet instant, tout le monde me regarde et le silence pesant me donne envie de vomir. Quand je relève la tête, je remarque que certains semblent tristes pour moi quand d'autres rient. Sans doute se moquent-ils de cette pauvre fille naïve qui a cru que le beau et populaire Kenan Adams s'intéressait à elle.

Et ils ont raison…

Lorsque je recule, ce dernier tente de nouveau une approche, stoppé cette fois par une Holly hystérique.

— Angie, attends !

La douleur que je lis sur son visage me bouleverse et m'oblige à baisser les yeux. Je ne peux plus regarder en face celui qui m'a trahie alors que je lui avais ouvert toutes les portes de mon âme.

— Ne t'avise plus jamais de m'appeler comme ça ! réussis-je à articuler entre deux sanglots.

Je reprends ma respiration tandis qu'il m'observe, visiblement accablé. N'arrivant plus à savoir s'il joue un double jeu, d'une voix blanche, je lui lance :

— J'aurais aimé ne jamais te connaître.

Cette fois, je ne relève pas le visage pour voir sa réaction, mais je ne l'entends plus me supplier non plus. Est-ce qu'il est choqué par mes paroles ? Peu importe.

Je ne supporte plus tous ces regards sur moi. En plus de me sentir bafouée, je me sens humiliée. Je crois n'avoir jamais ressenti une telle douleur de toute ma vie, et pourtant, j'en ai vécu, des trucs pas drôles.

En effet, j'ai connu des douleurs physiques très intenses et des déceptions quant à mon état auparavant. Mais maintenant que j'éprouve la souffrance psychologique à un tel niveau, je me rends compte que c'est encore plus sournois et destructeur. La trahison ressemble finalement à un tsunami qui vient balayer toutes les étapes de confiance en soi que l'on a réussi à valider. De fait, tout le monde que l'on a pu se créer s'affale comme un château de cartes terrassé par un souffle.

Justement, à cet instant, je ne veux plus d'explications ni d'excuses. Je veux juste… être seule.

— Mason, tu peux me ramener à la maison s'il te plaît ?

Mon frère, les traits marqués par l'exaspération, acquiesce tristement. Sans me lâcher, il m'aide à avancer jusqu'à sa voiture, suivi de Holly qui hurle toute sorte d'injures à mon petit ami. *Ex-petit ami*…

— Qu'est-ce qui se passe ici ? nous surprend la voix du proviseur.

La tête sur l'épaule de mon frère, et les yeux gonflés par les larmes, je ne me retourne pas. Lui en revanche, si.

— Demandez à Kenan, il va tout vous expliquer, entends-je Holly lui répondre.

Avant de repartir, à bout de nerfs, mon frère lance d'une voix éreintée :

— Savoure bien ta victoire, Ken. Bravo, tu as eu ce que tu voulais.

Je relève la tête et me retourne à moitié. Mon frère me pousse à avancer, et j'ai à peine le temps d'apercevoir l'expression abattue de Kenan. Il ne mérite même pas que je m'intéresse à ce qu'il ressent.

— Allez, sœurette, c'est fini. On rentre à la maison.

Je me laisse guider tel un automate. De toute façon, je n'ai pas la force de faire autrement. Une barre commence à m'entraver le front comme si j'étais prisonnière d'un étau installé autour de mon crâne. À l'inverse, toute l'assurance que j'avais acquise ces dernières semaines vient de partir en fumée.

Je ne sais pas encore comment je vais affronter ce qui va suivre, mais j'ai pleinement conscience que je ne serai plus jamais la même.

48

Kenan

— Monsieur Adams, dois-je vous répéter que les portables sont interdits en cours ?

Je souffle en rangeant mon téléphone. Cela fait maintenant plusieurs jours que la vérité a éclaté au grand jour et je n'arrive toujours pas à me résoudre au fait que j'ai perdu Angel pour de bon.

Ce qui me prend encore plus la tête c'est d'imaginer la douleur qu'elle a pu ressentir en comprenant que je me suis joué d'elle. Savoir que je suis à l'origine de son mal-être aujourd'hui me bouffe davantage.

À plusieurs reprises j'ai tenté de la joindre et si les premières fois la sonnerie retentissait jusqu'à ce que je tombe sur sa messagerie, dès le lendemain, elle m'avait carrément bloqué. Ce qui fait qu'aujourd'hui je n'ai plus aucun moyen de lui parler. Mes messages restent lettre morte et, bien que je m'évertue à continuer de composer son numéro, l'issue est la même : elle ne veut plus de moi.

— Tu devrais dormir, Ken, tu as une tête de déterré.

— Merci, réponds-je en chuchotant à Jake assis à ma droite.

Depuis le clash, je n'arrive pas à fermer l'œil tellement je me remémore la scène en boucle. C'est surtout la phrase d'Angel qui me tourne en tête : « J'aurais aimé ne jamais te connaître. » Ces mots agissent comme un coup de poignard à chaque fois que je la revois les dire. Et c'est souvent d'épuisement que je finis par sombrer au petit matin, me laissant que quelques minuscules heures de sommeil.

— C'est vrai, insiste-t-il. Faut te reprendre, mec.

Je secoue la tête à moitié convaincu.

— Je n'aurais jamais dû…

— On en a déjà parlé, me coupe-t-il. Je ne vais pas te répéter que je t'avais prévenu, mais maintenant le mal est fait. Il faut juste que tu trouves une solution pour la retrouver.

— C'est mort !

Mes paroles sont sorties à voix haute sans que je ne le contrôle. Quelques élèves se retournent pour m'observer tandis que la prof me lance un regard qui signifie que c'est son dernier avertissement.

Jake attend quelques secondes avant de me mettre carrément un coup de coude dans les côtes pour me faire réagir.

— T'es pas du genre à laisser tomber, non ? Alors, bouge-toi au lieu de ruminer !

Quand je réfléchis à ce que me dit mon ami, j'en arrive à la conclusion que je ne suis qu'un petit con égoïste qui n'a pensé qu'à sa propre personne au détriment de celle qui m'a fait connaître les joies de l'amour.

Ce mot qui, tant de fois, n'a rien voulu dire à mes yeux, a pris tout son sens au fur et à mesure du temps passé aux côtés d'Angel. Constitué de choses simples, il n'est finalement pas si inatteignable que ça et maintenant que je me retrouve seul, je comprends tout à fait cette putain de notion de chagrin d'amour.

C'est beau de se dire que par de toutes petites habitudes, ta vie prend un sens. Cela dit, tout bascule quand tu t'en trouves dépourvu du jour au lendemain pour une connerie digne d'un ado prépubère. En effet, tout ça, c'est ma faute et uniquement ma faute. Et bordel, je m'en veux !

La sonnerie retentit et nous nous levons en récupérant nos affaires. Les regards des autres élèves se sont calmés depuis quelques jours et personne n'ose venir me parler, ce qui m'arrange bien. Seul Jake reste avec moi et c'est le principal.

Aujourd'hui, le plus difficile à gérer pour moi est de croiser Angel régulièrement sans pouvoir l'approcher. Justement, quand j'arrive en bas de l'escalier, elle est là au bout du couloir, accompagnée de sa copine. Mon sang se glace dans la seconde.

Cheveux lâchés, elle porte son instrument sur le dos et un sac à l'épaule. Bien que ses traits soient tirés, à mes yeux, elle reste à tomber. Naturelle et simplement belle, elle marche tête baissée. Je me fais violence pour ne pas aller vers elle. Quand elle me voit, ses iris se plantent un instant dans les miens avant qu'elle ne tourne la tête. Sa folle de copine l'attrape par le bras pour changer de direction tout en me fusillant du regard.

C'est débile, mais je préférerais encore qu'Angel m'insulte, ça voudrait dire qu'elle me parlerait un minimum. A contrario, son silence et son indifférence sont encore plus destructeurs.

Je reste figé en la voyant récupérer ses affaires dans son casier alors que Jake me bouscule.

— T'attends quoi, là, au juste ?

À contrecœur, je suis mon pote pour rejoindre notre banc à l'extérieur.

— Putain, t'es franchement relou quand t'es amoureux en fait !

Je me reprends et m'assois en essayant de faire disparaître de mon esprit le visage d'Angel. Ce qui me tue, c'est que je sens que le lien invisible qu'on avait réussi à tisser a disparu, laissant place à un vide incommensurable qui creuse encore plus le trou béant déjà présent dans ma poitrine.

Pendant la pause, je prends le temps de respirer à pleins poumons tout en zieutant autour de moi. Jake me parle du contrôle qu'on va avoir dans la matière suivante, mais je m'en fous. J'acquiesce machinalement sans pour autant porter attention à ce qu'il m'explique.

Quand nous nous installons à nos bureaux dans la salle d'histoire, Jake me reparle de notre dernier match et de ma prestation. Je sais qu'il ne cesse de parler dans le but de me changer les idées.

— À ce qu'il paraît, il y avait un sélectionneur dans le public et tu as fait de l'effet…

— Ah bon ? rétorqué-je sans vraiment capter ce qu'il me raconte.

Et dire qu'il y a quelque temps cette nouvelle m'aurait donné la pêche… Aujourd'hui, intégrer une équipe de basket après le lycée n'est plus ma priorité.

— Oui, dans l'après-match ça a bien discuté du numéro 21. Tu as été impressionnant !

— Pourtant, je n'ai rien fait de spécial, soufflé-je.

— Sans ta passe décisive, on aurait perdu, et tu le sais.

Je hausse les épaules, peu convaincu.

Jake continue de me parler de ce qui s'est dit, mais je n'écoute pas tout. L'évaluation commence et mon esprit divague vers les souvenirs que j'ai, des moments passés avec Angel. Elle m'a fait découvrir de nombreux endroits et de multiples saveurs. Par sa simplicité, Angel a su réveiller en moi des envies et m'a surtout montré le chemin du bonheur. Ce n'est que lorsque la fin des cours retentit que je sors de ma léthargie en remarquant que je n'ai pas répondu à toutes les questions.

Je récupère mon sac à la hâte avant de filer.

— Je bosse ce soir, on se voit demain ? lancé-je à Jake.

— Ça marche. Et Ken ? me hèle-t-il alors que je suis déjà dans le couloir. Dors !

J'acquiesce en lui renvoyant un clin d'œil et me retourne rapidement en percutant quelqu'un.

Inconsciemment, je rattrape in extremis la personne en question et me trouve face à celle qui affole mon palpitant. Elle se dégage rapidement sans un mot et je me redresse vivement, stupéfait. Alors que je vais pour m'excuser, Holly intervient en chien de garde :

— Bouge !

Je me recule en essayant de choper le regard d'Angel, mais elle prend immédiatement la fuite. Sans rien dire, je l'observe s'éloigner avant de sortir du bâtiment pour récupérer mon scooter.

La respiration saccadée par ce contact furtif et le cœur battant à tout rompre, je secoue la tête pour me ressaisir avant de prendre la route. En une fraction de seconde, l'odeur d'Angel qui s'est imprégnée sur mon blouson me rassure.

Pendant ma tournée, je passe à deux reprises devant chez elle et remarque que sa fenêtre est éclairée. Alors qu'autrefois je m'invitais directement dans sa chambre, maintenant je suis son ennemi numéro un et ça me retourne le bide. Je l'imagine en train de jouer du violon, et la peine de la sentir si proche et si loin à la fois est un véritable supplice pour moi.

J'ai tout gâché et je me demande si je serai capable un jour de me pardonner cette connerie.

49

Angel

J'adore me réfugier à la bibliothèque du lycée pour étudier tranquillement. Tous ces livres posés sur les étagères et le silence qui règne dans la pièce m'apportent une certaine sérénité. Sauf qu'avec Holly en accompagnatrice, impossible de se détendre.

— Puisque je te dis que je vais bien ! lui répété-je pour la énième fois.

Assise face à ma meilleure amie, je baisse la tête sur mon devoir de maths posé sur la table en bois qui nous sépare. Je tente d'avancer sur l'exercice, mais son regard persistant m'oblige à me redresser de nouveau en soupirant.

— Pourquoi as-tu insisté pour qu'on fasse nos devoirs ensemble si c'est pour rester les bras croisés ?

La réponse, je la connais déjà. Holly s'inquiète pour moi. Je suis consciente de ne pas être très joviale en ce moment, mais je n'arrive pas à faire semblant. Dès qu'elle voit que je ne suis pas dans mon assiette, c'est automatique, elle se transforme en version « sangsue » et ne me lâche plus d'une semelle. C'est adorable de sa part, mais parfois un peu étouffant.

De mon côté, chaque matin, je prie pour que la journée passe vite et le soir, je fais tout pour ne pas penser à celui qui m'a laissé la pire des cicatrices.

— Tu veux qu'on sorte, ce soir ?

Je lâche un ricanement incontrôlé avant de secouer la tête. Si je suis ici, c'est uniquement, car elle a insisté pour que je l'accompagne. Mais une fois les cours terminés, ma seule envie est de rentrer chez moi. Déjà qu'en temps normal je ne suis pas fan des sorties, alors autant dire qu'en ce moment aller en soirée n'est même pas envisageable.

— Très bien, souffle-t-elle en récupérant son livre d'histoire. S'il n'y a que les cours qui te font penser à autre chose qu'à cet abruti, alors soit !

— Holly…

Sa référence à Kenan me donne envie de pleurer. Ma meilleure amie croit sûrement que l'insulter à longueur de journée me fait du bien, mais c'est tout l'inverse.

Je sais qu'il a joué un jeu, qu'il m'a trahie. Ce garçon a profité de moi de la pire des manières, mais même en sachant ça, je n'arrive pas à le détester. Je voudrais juste… oublier.

— J'hallucine que ce connard te soit rentré dedans tout à l'heure !

Tous mes muscles se crispent en me remémorant la scène en question. Alors que je fais tout pour ne plus croiser Kenan, voilà que je l'ai carrément bousculé quand il sortait de classe. L'infime sensation de bien-être que j'ai ressentie en étant contre lui m'a d'ailleurs complètement chamboulée. Et agacée aussi. *C'est pathétique !*

— S'il ose s'approcher une nouvelle fois de toi, je jure que…

— Est-ce qu'on peut arrêter de parler de lui, s'il te plaît ?

Holly acquiesce non sans l'injurier une dernière fois avant d'enfin se mettre au travail.

En rentrant chez moi une heure plus tard, il fait presque nuit et le fond de l'air est humide. Je passe rapidement la tête dans le salon pour saluer mes parents et me précipite vers l'escalier. Mais j'ai à peine le temps de poser mon pied sur la première marche que ma mère m'interpelle :

— Angel ?

J'affiche un large sourire de façade avant de me retourner.

— Tu as passé une bonne journée ? m'interroge-t-elle en m'analysant au peigne fin.

Je hoche la tête en tentant de ne rien laisser paraître, tout comme je le fais depuis trois semaines.

Après cette horrible scène devant le lycée, Mason m'a ramenée à la maison en faisant croire à mes parents que j'avais fait un malaise. Je l'ai remercié silencieusement de n'avoir rien dit, n'ayant pas la moindre envie qu'ils sachent combien leur fille a été stupide.

Je vois bien que maman s'inquiète et, même si ça m'embête de lui faire ça, je n'arrive pas à lui raconter. Avouer ouvertement que je me suis fait berner à ce point est au-dessus de mes forces.

— Est-ce que tu veux bien m'aider à préparer le dîner ? demande-t-elle d'une voix douce.

J'ose enfin la regarder dans les yeux et, à cet instant, je suis sûre qu'elle ressent mon mal-être. Maman sait que je lui cache quelque chose, pourtant, elle n'insiste pas pour connaître la vérité.

— Bien sûr, réponds-je simplement. Je vais faire mes devoirs et je te rejoins dans la cuisine ensuite, ça te va ?

Je me mords la lèvre inférieure de lui mentir une fois de plus, étant donné que je les ai déjà faits à la bibliothèque, mais j'ai besoin d'un petit moment pour moi.

Maman acquiesce d'un large sourire, ravie que j'accepte sa proposition. Faut dire que dernièrement je suis en mode fantôme à la maison.

Je me dépêche de rejoindre l'étage et lorsque je croise mon frère dans le couloir, il agit de la même manière que ces derniers jours : il m'adresse un léger signe de la tête en prenant soin d'éviter mon regard, avant de me tourner le dos.

Les larmes me montent tout de suite aux yeux. Je vois bien qu'il est encore en colère de ce qu'il s'est passé avec son coéquipier et je ne peux pas l'en blâmer. Si je n'avais pas gardé cette relation secrète, les choses se seraient passées différemment…

Aujourd'hui, Mason culpabilise à mort en croyant sûrement que je souffre par sa faute.

J'aimerais le rassurer. Lui dire que je vais bien… mais c'est tout simplement impossible. J'ai le cœur en miettes !

Lorsque j'entre dans ma chambre et que je referme la porte derrière moi, je tente de reprendre contenance en inspirant profondément. Mais même ce lieu préservé me ramène à *lui*.

Je me débarrasse rapidement de mes affaires et récupère mon violon en m'asseyant sur le bord de mon lit. Prête à me changer les idées en jouant, je ferme les yeux en tentant de démarrer, mais aucun son concordant ne sort de mon instrument. À plusieurs reprises, je me reprends mais même mon solo que je maîtrise sur le bout des doigts sonne faux.

C'est dans ces moments-là que je lui en veux le plus. Kenan m'a tout pris sur son passage, même la seule chose qui parvenait à apaiser mon âme. Je n'arrive même plus à jouer comme avant, parce que ça me rappelle trop de souvenirs douloureux.

De rage, je balance mon violon sur mon lit avant de me lever pour récupérer ma boîte à partitions. La première qui apparaît quand je l'ouvre est la fameuse K. Celle que j'avais imaginée pour lui quand tout allait bien.

Saisie d'une colère terrassante, mais ne pouvant pas hurler ma peine, je déchire la feuille jusqu'à ce qu'elle ne ressemble qu'à un tas de confettis. À genoux au sol, je me défoule en envoyant valser tous ces bouts de papier à travers la pièce. Épuisée par mon profond chagrin, je pose la tête sur mes bras croisés avant de fondre en larmes.

50

Kenan

Quand j'entre dans le gymnase, tous mes coéquipiers se retournent pour me fusiller du regard, avec Mason en tête de pont. Les autres se mettent également à chuchoter, mais je fais comme si je n'avais rien vu.

Après tout, je dois assumer mes conneries…

Jake me suit et nous posons nos affaires sur le banc.

— Allez, les gars, on démarre ! crie Mike depuis l'autre bout de la salle.

Alors qu'on se met à trottiner autour du terrain, nous restons en retrait avec Jake tandis que les autres partent devant. J'ai besoin de me défouler pour essayer de ne pas trop penser au chaos de ma vie actuelle et cet entraînement va me faire le plus grand bien.

Mike nous donne des exercices et, scindés en deux groupes, nous nous faisons des passes en faisant tourner la balle. Mason fait exprès de me la lancer fortement, mais je la stoppe sans sourciller. Il est toujours aussi remonté contre moi et je ne peux que le comprendre. Ce que j'ai fait à sa sœur est impardonnable, c'est pourquoi je fais profil bas. Après réflexion, si quelqu'un agissait de cette façon avec mon frère, je serais capable de bien pire.

Ryan, à qui je n'ai pas reparlé depuis sa trahison, tente aussi de me faire réagir en envoyant le ballon dans le décor. Mes coéquipiers me font clairement payer le comportement que j'ai eu avec Angel et je ne peux pas leur en vouloir. Ce que j'ai fait est puéril et méchant. Sauf que quand j'ai pris cette décision débile, je n'aurais jamais cru tomber amoureux d'elle et encore moins lui faire autant de mal.

— Aujourd'hui, on va faire de la prépa physique, plus que du jeu de ballon ! En place pour des séries de pompes.

Mike se met à compter et nous nous exécutons. Sentir les muscles de mes bras chauffer jusqu'à devenir raides pour finir par me brûler est presque jouissif. Comme si j'avais besoin de souffrir pour me punir, je continue sans me soucier de ce qu'il se passe autour de moi. De grosses gouttes perlent sur mon front et ce n'est que quand mon coude commence à céder que je relâche mes efforts.

— Toujours besoin de se faire remarquer, celui-là, entends-je de la voix de Mason.

Initialement, quand j'ai décidé de me venger, je n'ai absolument pas mesuré tous les impacts que ça aurait. J'étais tellement obnubilé par la perte de mon poste de capitaine que je ne pensais qu'à atteindre Mason, mais les dommages collatéraux sont bien plus nombreux que ce que je pensais et aujourd'hui je suis l'homme à abattre. À juste titre.

— C'est parti pour la session abdos !

Allongés au sol, nous commençons la série. Notre coach nous pousse dans nos retranchements et je me focalise sur les efforts pour arrêter de ruminer. Une fois que nous avons terminé, je suis essoufflé et pars boire à grandes gorgées.

Mike nous demande de nous mettre en place pour un deux contre deux, et évidemment je me mets avec Jake pour commencer.

En face de nous, Ryan et Mason se positionnent vite pour nous affronter et prennent un malin plaisir à nous sourire de façon machiavélique, ce qui annonce la couleur pour la suite. Je sais déjà qu'ils vont faire en sorte de me faire payer en étant très offensifs.

Nous commençons avec la balle en main et j'ai à peine le temps d'avancer que Mason se rue sur moi en me poussant. Je recule de plusieurs pas, mais ne tombe pas à terre. Je ne dis rien et ravale ma fierté.

Ryan reprend la balle et malgré notre défense il réussit à marquer. Les deux se félicitent comme s'ils avaient gagné un championnat. Je souffle d'exaspération. Je suis tellement en colère contre moi-même que je n'ai même plus la niaque sur le terrain.

Je fais une passe à Jake qui se recule et réussit à faire passer la balle entre les jambes de Ryan pour que je la récupère et shoote à trois points. Nous nous renvoyons un clin d'œil rapide tandis que les deux autres fulminent.

Mason se repositionne et cette fois je défends sur lui de manière beaucoup plus offensive sans faire de fautes. Il tente de reculer pour s'approcher du panier, mais je l'en empêche. Nous n'avons pas eu de réelle altercation physique depuis qu'il a appris pour mon plan, et là, c'est comme s'il se lâchait carrément sur moi. Il me pousse, me met de grands coups de coude dans les côtes, et encore une fois je le laisse faire. Je suis prêt à encaisser les coups. De toute façon, je ne mérite pas mieux.

— Mason, tu fais quoi là ? hurle notre entraîneur qui a bien remarqué que son comportement était loin de respecter les lois du basket.

Le frère d'Angel se dégonfle et gueule à son tour en faisant claquer la balle au sol qui rebondit haut avant de partir en sens inverse.

— C'est lui !

— Tu plaisantes j'espère ? C'est toi qui pousses à la faute, c'est anti-sportif et tu le sais !

Mason a les mâchoires contractées. Quand il me fixe, son regard fou me met une claque parce que je ressens tout le désarroi d'un frère. Son trouble démontre à quel point son attachement à sa sœur est fort. Et sa tristesse m'éclate à la gueule, me faisant me sentir encore plus honteux.

— Je te préviens, si tu quittes ce terrain, tu mets ton poste de capitaine en jeu.

Malgré la remarque cinglante de notre coach, Mason lève une main en l'air et sort de la salle quand même.

— Ça va, Mike, ce n'est rien, lui dis-je pour calmer la tension qui règne dans le gymnase.

Le coach écarquille les yeux, surpris que je prenne la défense de Mason.

Le truc c'est que s'il est dans cet état, c'est seulement à cause de moi. Dans le passé, j'aurais jubilé qu'il se fasse reprendre de la sorte, mais aujourd'hui je ne veux pas qu'il soit sanctionné par ma faute. Tous les autres se remettent à jouer calmement, mais on sent bien que le malaise est prégnant.

À la fin de l'entraînement, Mike me fait signe qu'il veut me parler seul à seul.

Je souffle, mais le rejoins sans broncher.

Je crains qu'il me passe un savon s'il a eu connaissance de ce qu'il s'est passé avec Angel. Je m'installe sur le banc à côté de lui et il attend que mes camarades soient tous rentrés au vestiaire pour commencer.

— J'ai un truc à te dire.

J'acquiesce en attendant la suite qui ne présage rien de bon.

— Au dernier match, il y avait un sélectionneur dans le public et il m'a chopé à la fin.

Je fais rapidement le lien avec ce dont m'a parlé Jake la dernière fois, mais j'ai du mal à croire que ce soit possible.

— Il a été épaté par ton jeu, lâche-t-il avec un sourire fier. Et je dois dire que tu as été très performant ! Je crois ne jamais te l'avoir dit, mais tu es vraiment un de mes meilleurs poulains depuis que je fais ce job.

J'ai beaucoup de mal avec les compliments et je le remercie rapidement avant qu'il ne continue :

— Il souhaiterait que tu intègres l'équipe des Blue Devils.

J'ouvre la bouche de stupéfaction. Cette équipe est la meilleure du championnat universitaire, et de grandes stars de la NBA sont passées par là avant d'être repérées.

— Tu… tu veux dire Blue Devils de l'université Duke à Durham ? demandé-je, ahuri.

— Tu as bien compris. L'université en Caroline du Nord.

Malgré l'excitation, je sens une boule se former dans ma gorge en m'imaginant partir à l'autre bout du pays.

Mike pose sa main sur mon épaule, comme pour me faire revenir à la réalité.

— Ils sont premiers du championnat universitaire…, déclare-t-il pour me convaincre.

— Je sais.

Tout se bouscule dans mon cerveau. Depuis tout petit, mon plus grand souhait est de faire carrière dans le basket. Mais maintenant que l'occasion se présente, je n'arrive pas à me réjouir pleinement.

— Merci, Mike, finis-je par lâcher en me mettant debout.

— Ce n'est pas moi qu'il faut remercier, mais toi seul. Tu es un fonceur-né et tu as toutes les qualités pour y arriver. J'en suis sûr !

Sentir mon coach emballé me fait sourire légèrement. Même si au fond de moi, je sais que c'est l'occasion rêvée pour quitter la vie pourrie que j'ai en ce moment, je n'arrive pas à m'y résoudre. J'ai du mal à m'imaginer loin de ma mère et Adrian, seuls au chevet de mon père malade.

Et surtout loin d'*elle*.

Je sais que c'est idiot vu qu'Angel ne veut plus de moi, mais je ne sais pas comment l'expliquer… je n'ai pas envie de partir.

— Tu dois donner ta réponse rapidement afin de tout planifier pour la rentrée. Évidemment, le deal est que tu valides ton année de terminale et que tes tests physiques soient parfaits.

Les yeux dans le vide, je me contente de hocher la tête.

— Tu as le temps d'y réfléchir, mais une opportunité comme celle-là ne se représentera peut-être jamais. Sois conscient de la chance que tu as.

J'opine avant qu'il me pousse à rejoindre le vestiaire pour me changer.

Quand j'arrive, Jake vient me taper dans le dos, ayant sans doute compris la teneur de notre échange. Malgré cela, je souris sans enthousiasme.

En sentant les regards accusateurs du reste de l'équipe, je décide de ne pas me doucher sur place.

— On se voit demain ! lancé-je à Jake qui me fait un signe de la tête tout en se déshabillant.

Je récupère mon scooter et file à travers la nuit froide.

Quand j'ouvre la porte de chez moi, l'ambiance qui était déjà pesante depuis quelques jours est carrément plombée.

Ma mère est appuyée sur l'évier de la cuisine, le dos voûté en avant, et mon frère ne semble pas dans les parages. Je fonce vers elle et quand je tombe sur son regard tourmenté, je tente de saisir ce qu'il se passe.

— Maman…

— C'est papa, dit-elle dans un murmure à peine audible en posant son téléphone sur le plan de travail.

Je sens mon cœur se décomposer en petits fragments avant qu'elle n'ajoute :

— Il faut qu'on aille à l'hôpital.

51

Angel

Je me mets debout et tourne sur moi-même pour admirer notre œuvre.

— C'est magnifique !

Maman opine de la tête avec un sourire fier avant de recouvrir de terre le dernier rosier qu'elle vient de planter.

D'habitude, nous attendons la fin de l'hiver pour jardiner. Il y a moins de risque que les végétations gèlent et surtout c'est plus agréable quand il fait beau. Quoi qu'il en soit, le résultat est somptueux ! L'allée de pierre débutant de la rue pour aller jusqu'aux marches de la maison est maintenant bordée de jolies fleurs roses, blanches et jaunes faisant ressortir la pelouse verdoyante.

J'ignore si maman a proposé cette activité pour profiter du minuscule soleil qui refait enfin surface en ce dimanche matin. Ou bien si elle souhaitait simplement me faire sortir.

Il faut avouer que ces derniers temps, je suis encore plus casanière qu'avant, c'est pourquoi j'opterais plus pour la deuxième option. Mis à part pour aller au lycée, je ne sors quasiment plus de chez moi. Le truc, c'est que je n'ai aucune motivation. Je m'en veux d'être dans un état aussi lamentable pour quelqu'un qui ne le mérite pas finalement. Mais c'est plus fort que moi.

On dit que le temps efface la douleur, mais dans mon cas c'est tout le contraire ! Plus les jours passent, plus le trou dans ma poitrine s'élargit.

Il me manque malgré moi.

— On a terminé, déclare ma mère en retirant ses gants.

Je fais de même avec les miens avant de l'aider à ranger les ustensiles dans le garage.

— Je vais prendre ma douche, lui annoncé-je alors que nous retournons à l'intérieur.

— Ne tarde pas trop, ma puce. J'ai juste à réchauffer le déjeuner avant qu'on passe à table.

Elle m'adresse un clin d'œil et je saisis tout de suite. Il est vrai que dernièrement je passe des heures dans la salle de bains, chose que je ne faisais jamais auparavant. Sans savoir pour quelle raison, l'eau chaude qui coule sur ma peau me fait du bien. C'est le seul moment de la journée où j'arrive à ne plus penser à rien. Alors j'ai tendance à m'éterniser jusqu'à ce que je sois complètement engourdie, l'esprit embrumé par la buée. Généralement, je file directement me coucher pour tenter de conserver ce léger état de bien-être, au moins le temps de m'endormir, mais c'est souvent vain.

Ayant bien compris le message et pour ne pas me faire attendre, cette fois, je me dépêche de me préparer. De retour dans le salon, mes parents sont déjà installés à table.

— Tu peux appeler ton frère, s'il te plaît ? me demande mon père en se servant un verre d'eau. Il doit être dans sa chambre.

J'acquiesce avant de hurler à travers la maison :

— MAAAASSSSSSOOOONNNNN !

Sans étonnement, mes parents me fusillent du regard pendant que je m'assois en face d'eux.

— Ça, on aurait pu le faire ! râle maman.

Je ne peux m'empêcher de rire et, en voyant le visage de maman s'illuminer, je prends conscience que ça fait bien longtemps que je n'ai pas ri comme ça. Et ça fait du bien.

Mon frère arrive en trombe et s'installe à côté de moi en me mettant un coup d'épaule.

— Désolé, j'étais au téléphone !

Le repas démarre dans le calme. Maman raconte que nous avons jardiné toute la matinée et papa nous félicite pour notre travail. Mais, au bout de quelques minutes, le sujet basket-ball revient sur le tapis et me fait soupirer à nouveau. Ce sport fait désormais partie des mots à éliminer de mon vocabulaire. Parce qu'il me fait trop penser à *lui*.

— Tu sais qu'un des membres de ton équipe a été repéré pour rejoindre les Blue Devils ? lâche sèchement mon père sans lever les yeux de son assiette.

Je sens mon frère se tendre sur sa chaise avant qu'il ne réplique sur le même ton :

— Ouais, paraît-il.

Avec maman, nous continuons de suivre la discussion sans grand intérêt, n'ayant pas d'autre choix que de les écouter. Comme d'habitude…

— J'ai tout donné le jour du match, tu sais !

— Et pourtant ! rétorque papa.

Mason ne répond pas, visiblement vexé. Mon père avale ce qu'il a dans la bouche avant d'ajouter :

— Si j'avais su que tu ne t'investirais pas à fond, je ne me serais pas donné autant de mal pour… tu m'as compris.

Mon frère se racle nerveusement la gorge, et mon père change immédiatement de sujet. Je me permets alors d'intervenir :

— De quoi tu parles, papa ?

— Rien, ma chérie…, répond-il sans quitter son assiette des yeux.

Il ne semble pas à l'aise, mais tout deux se remettent à manger en parlant des scores de la saison. C'est alors qu'un étrange souvenir me revient en tête. Ce jour, où j'ai surpris une conversation un peu houleuse entre eux, dans le bureau.

Je tente de faire travailler ma mémoire en fermant les paupières. Soudain, les paroles de mon père me reviennent en pleine face : « *Tu imagines ce que les gens penseront si le capitaine joue moins bien que l'un des autres joueurs de l'équipe ? Tu ne voudrais pas qu'ils découvrent que…* »

Oh mon Dieu !

J'ouvre grand les yeux en reconstruisant le puzzle dans ma tête. Kenan m'a avoué avoir voulu se venger de mon frère et sur le coup, j'ai trouvé ça non justifié. Mais si c'était Mason qui avait agi de manière injuste en premier ?

Sous le coup de la surprise, je lâche ma fourchette qui vient s'échouer au sol de manière assez cinglante, faisant relever le nez à mon entourage.

— Papa, les coupé-je en plantant mon regard dans le sien. Aurais-tu utilisé ton statut de maire afin que Mason obtienne le poste de capitaine ?

Mon père ouvre la bouche de stupeur.

— Ne dis pas n'importe quoi ! braille mon frère d'une voix tremblante.

— Papa ! insisté-je sans le lâcher des yeux.

Maman retient son souffle en attendant également sa réponse, et quelque part je suis soulagée qu'elle ne soit pas au courant de ces manigances.

— Je… voyons, Angel, tout ça ne te concerne pas.

Alors c'est vrai !

— Je n'y crois pas ! crié-je en me mettant vivement debout, faisant basculer ma chaise dans un bruit fracassant.

Mes parents écarquillent les yeux, stupéfiés par mon comportement.

— Angel, qu'est-ce qui te prend ? demande papa. Tu ne vas pas me faire croire que les histoires de basket t'intéressent tout à coup !

Il tente un ricanement, mais son air hébété reprend vite le dessus en voyant une larme rouler sur mon visage.

— Angel ! s'écrie maman d'une voix paniquée. Qu'est-ce qui se passe ?

Les dents serrées, je me tourne vers mon frère qui fixe son assiette, n'osant même pas relever les yeux vers moi. Je reviens à mes parents :

— Vous voulez savoir ce qui se passe ? lancé-je en haussant légèrement le ton. Il se passe que l'ancien capitaine à qui vous avez injustement pris la place a décidé de se venger ! Et vous savez quelle brillante idée il a trouvé pour atteindre Mason ?

Ma mère secoue la tête d'incompréhension tandis que mon père contracte la mâchoire, commençant vraisemblablement à comprendre.

— Moi, putain ! hurlé-je maintenant en pleurant. C'est moi qui ai payé pour vos conneries !

— Angel ! me réprimande maman, choquée par mon langage. Peux-tu nous expliquer ? Je ne comprends rien.

J'essuie rageusement mes larmes avec les manches de mon pull avant de pivoter de nouveau vers Mason, qui cette fois, a le courage de me regarder en face.

— Angel…, murmure-t-il visiblement accablé. Je suis tellement désolé.

Je ne fais pas attention aux plaintes désespérées de ma mère qui ne demande qu'à ce qu'on lui explique la situation et continue de fixer mon frère avec hargne. J'avais tellement de peine pour lui ! Je souffrais qu'il culpabilise par rapport à ce qu'il m'était arrivé mais, en réalité, il n'a pas été honnête avec moi non plus.

Tout ça aurait pu être évité et je leur en veux !

Je secoue la tête avant de lâcher froidement :

— Mason, je te laisse leur expliquer.

Je n'ai pas la force de le faire moi-même. Non, je n'ai pas la force de raconter que je me suis fait avoir. Que le garçon dont je suis tombée éperdument amoureuse m'a pris ma virginité pour se venger des agissements des membres de ma famille.

Je n'ai pas non plus l'envie de rester avec eux une minute de plus. C'est pourquoi je quitte furieusement la pièce, laissant mon frère se débrouiller tout seul.

52

Angel

Le réveil de mon téléphone me sort d'un profond sommeil duquel j'ai du mal à émerger. Je me sens épuisée après cette nuit agitée, mais je dois me faire violence.

S'il y a bien une chose que je m'oblige à ne pas faire, c'est sécher les cours. Surtout que j'enchaîne deux heures de musique ce matin et j'ai vraiment besoin de m'entraîner. À la maison, je n'y arrive plus et, si je continue comme ça, je vais complètement me ridiculiser au récital de fin d'année, qui a lieu dans trois mois à peine.

Ma motivation quant à jouer devant tout le monde n'a jamais été aussi basse, mais je ne reviendrai pas sur ma parole. Je me suis engagée auprès de M. Sanders et il est hors de question que je déçoive celui qui a toujours cru en moi.

Quand j'arrive enfin à me réveiller, je me lève pour ouvrir les rideaux de ma chambre. Le peu de lumière provenant de l'extérieur me fait plisser les yeux. Le ciel est gris et empli de nuages menaçants d'où s'échappent déjà de légères gouttes.

Une météo en totale adéquation avec mon humeur…

Je me dépêche de prendre ma douche et m'habille d'un jean et d'un pull en maille col roulé.

Quand j'arrive devant la cuisine, je me crispe légèrement en voyant ma mère et mon frère assis sur la table autour d'un petit déjeuner copieux.

Depuis notre querelle à table, hier midi, nous n'avons pas reparlé. J'ignore si Mason leur a tout raconté dans les moindres détails, mais je les ai entendus discuter une bonne heure après que je sois remontée dans ma chambre. Et, heureusement pour moi, mes parents ont décidé de me laisser tranquille.

J'ai donc passé le reste de la journée dans mon lit à regarder des séries sur mon téléphone. Ils n'ont même pas insisté pour que je vienne dîner avec eux, ce qui m'a fortement surprise.

Sont-ils déçus par leur fille qu'ils croyaient trop intelligente pour se faire abuser de la sorte ?

Cette idée me perturbe et c'est une des raisons pour lesquelles j'ai eu du mal à fermer l'œil, cette nuit. Ça, et le fait que mon frère et mon père ont mal agi avec Kenan. Rien ne justifiera jamais ses actes, mais disons que je comprends un peu mieux ce qui l'a poussé à se venger.

— Bonjour, ma puce. Rentre, on ne va pas te manger.

Ma mère sourit, comme si de rien n'était. Je me racle la gorge avant de les rejoindre et, sans dire le moindre mot, j'attrape une pomme dans la corbeille à fruits avant d'opérer un demi-tour.

— Tu ne veux rien manger d'autre ? m'interroge ma mère. J'ai préparé des pancakes.

Ah, les fameux pancakes de maman…

Elle ne l'a jamais dit clairement, mais avec Mason, on a remarqué qu'elle en faisait chaque matin où l'un de nous n'avait pas la forme. Il me jette d'ailleurs un rapide regard embarrassé avant de croquer dans sa tartine.

— Non merci, maman. Je dois aller en cours.

— Dis pas n'importe quoi ! grogne mon frère sans relever la tête de son café. Tu viens avec moi.

Je n'ai pas le temps de lui répondre qu'il en est hors de question qu'il ajoute en secouant la tête :

— Il pleut dehors, ne sois pas ridicule.

Son haussement de ton me fait serrer les dents. N'est-ce pas à moi d'être en colère contre lui ?

Il est vrai que quand il fait ce temps, soit très souvent, c'est avec Mason que je vais au lycée. Mais là, je n'ai pas du tout envie de me retrouver seule avec lui.

— Vous n'êtes pas obligés de vous parler, dit maman comme si elle lisait dans mes pensées.

Elle fait tout pour nous rabibocher et ça m'agace encore plus. Il est rare qu'on soit fâchés avec mon frère, mais le peu de fois où ça arrive ma mère ne le supporte pas.

Je lâche un soupir pour montrer que l'idée ne m'enchante pas et sors de la cuisine.

— Je t'attends dans l'entrée !

Cinq minutes plus tard, nous grimpons dans sa voiture. Telle une gamine qui boude, je me tourne vers la fenêtre, bras croisés. Mason ne dit rien jusqu'à ce qu'on se gare sur le parking du lycée.

Je m'apprête à ouvrir la portière quand il m'interpelle :

— Angel, attends…

Je me retourne, sourcils froncés. Le voir aussi désemparé me fait mal, mais pour moi, il est encore trop tôt pour passer à autre chose.

— Je ne sais pas si ça changera quoi que ce soit, mais c'est papa qui a eu l'idée.

En effet, c'est encore pire.

— Tu le connais, lâche-t-il avec un léger sourire forcé. Il a toujours voulu que je sois le meilleur au basket et, malheureusement, c'est Kenan qui a cette place depuis le collège.

Lorsqu'il relève la tête et que je vois son expression triste, je m'adoucis.

— Tu aurais dû me le dire.

— Tout comme tu aurais dû me parler de ta relation avec lui. Putain si seulement tu m'avais raconté que ce salopard…

— Stop, le coupé-je en fermant violemment les yeux.

Mason souffle, et nous restons un instant silencieux.

— C'est lui qui a été pris à l'université de Duke, déclare-t-il soudainement.

Alors que cette information ne devrait pas m'atteindre, mon estomac se tord d'une douleur inexplicable.

— À la fin de l'année, il partira en Caroline du Nord et tu n'auras plus jamais à le recroiser.

Mason pense me conforter avec cette nouvelle, mais c'est tout le contraire.

Je n'ai jamais envisagé de pardonner à Kenan. Non, c'est impossible. Jamais je ne pourrais lui accorder de nouveau ma confiance après ce qu'il m'a fait. Mais l'imaginer partir vivre à des milliers de kilomètres me rend plus triste encore.

— OK, tant mieux, réponds-je le plus nonchalamment possible.

— Est-ce que tu veux bien me pardonner, sœurette ?

Je laisse cette question sans réponse et sors de la voiture.

Bien sûr que je compte lui pardonner. Je sais que ça n'excuse rien, mais mon père a toujours mis une énorme pression à Mason, et c'est sûrement ce qui l'a poussé à accepter cette place.

Il va bien falloir que je m'explique avec les deux hommes de ma famille, mais pour l'instant je n'en ai pas l'envie ni la force.

Je me dépêche de rejoindre le bâtiment principal pour éviter la pluie glacée et lorsque je passe devant la porte entrouverte du proviseur, une voix que je connais attire mon attention. Je sais que je ne devrais pas, mais c'est plus fort que moi. Je plaque mon dos contre le mur et écoute la conversation entre Jake et M. James.

— C'est cet après-midi.

La voix tremblante de Jake attise ma curiosité. *Est-ce qu'il a des ennuis ?*

Je devrais n'en avoir rien à foutre, étant donné les circonstances. J'ai tellement été déçue en apprenant qu'il était au courant des agissements de son ami que je le déteste de la même façon. Cependant, je n'arrive pas à détacher mon attention. Je connais la situation de Jake avec sa mère, Kenan m'en ayant brièvement parlé, et, malgré tout, il me fait de la peine.

Je tends l'oreille en vérifiant que personne ne me voit en plein espionnage.

Heureusement, après avoir passé une période où j'avais la sensation que tout le monde me regardait en permanence, je suis enfin redevenue transparente aux yeux de tous.

— Il sera absent toute la semaine encore, déclare Jake.

— C'est bien normal, répond le proviseur. Merci de m'avoir prévenu en tout cas. Nous étions tous surpris de ne pas avoir de nouvelles de M. Adams depuis plusieurs jours. Le coach dit qu'il n'avait jamais loupé un entraînement, même malade…

Mon souffle se bloque dans ma gorge en comprenant que c'est avec Kenan qu'il se passe quelque chose.

Ça faisait plusieurs jours que je ne le croisais pas de la journée, mais j'essayais de m'en réjouir en me disant que mon indifférence l'avait poussé à faire de même. Bien que cette idée me dérange en même temps, je me persuadais que c'était mieux comme ça.

Mais là, je saisis qu'en réalité Kenan n'est plus du tout présent au lycée et je me demande pourquoi. Évidemment, je pense tout de suite à son père. J'ai également une pensée pour Adrian : est-ce qu'il aurait fait une autre bêtise ?

La conversation se termine et je m'éloigne de la porte sans pour autant cesser de la fixer. Quand Jake sort, tête baissée, je suis prise d'une pulsion incontrôlable. Je lui fonce dessus et l'attrape par le bras, le forçant à s'arrêter en plein milieu du couloir.

Jake fronce les sourcils, choqué de me voir face à lui.

— Angel ?

— Qu'est-ce qui se passe, Jake ?

Il regarde rapidement autour de lui avant de secouer la tête.

— Écoute, je suis désolé, mais je ne crois pas qu'il voudrait que je te parle de…

— Tu me dois bien ça, non ?

Sa bouche se referme et il arbore cette même expression ravagée par la culpabilité, comme le jour où j'ai compris qu'il avait fait semblant de m'apprécier, lui aussi.

— Angel, je suis tellement désolé… Je te jure que je n'ai jamais voulu te faire de mal, je…

— Garde tes excuses, le coupé-je sèchement.

Je suis consciente d'être dure avec lui, mais il ne me laisse pas le choix. J'en ai marre de devoir pardonner à tous les gens qui m'entourent. Terminé la pauvre fille qui se fait manipuler par tout le monde !

— Je veux juste savoir ce qui se passe ! Dis-moi la vérité, s'il te plaît.

Les yeux de Jake deviennent tout à coup brillants et il observe une fois de plus autour de lui avant de déglutir péniblement.

— Le père de Kenan, il… il est mort.

53

Kenan

La tête complètement à l'envers, j'ai encore du mal à me dire que ce que je suis en train de vivre n'est pas un cauchemar. À plusieurs reprises, je me suis pincé pour être sûr que c'était vrai, mais la tristesse dans laquelle je survis est sans commune mesure et bien réelle.

Toutes les pierres tombales qui nous entourent dans ce grand espace vert me donnent la nausée. Et, alors que nous sommes justement réunis autour de l'ultime demeure de mon père, les images de ces derniers jours me reviennent en tête.

Tandis que le portrait posé sur son cercueil montre un homme rayonnant avec un sourire radieux, le visage qu'il affichait lors de ses dernières minutes de vie était bien aux antipodes de tout ça et j'ai du mal à l'effacer de ma mémoire.

En effet, quand nous sommes arrivés dans sa chambre d'hôpital il y a maintenant quatre jours, c'est comme s'il avait attendu qu'on soit auprès de lui pour laisser échapper son dernier souffle. La déchirure de le voir partir a été tellement forte que je n'ai pas pu retenir un cri de colère et de tristesse. Ma mère et mon frère ont explosé à leur tour et nous nous sommes rassemblés autour de celui qui a toujours été notre pilier pour lui dire quelques mots.

— Ça va aller, mon grand ? m'interpelle une voix derrière moi.

Quand je relève le visage, pendant une fraction de seconde, j'ai comme une hallucination. Comme si mon père était là, en face de moi. Mais, quand je comprends qu'il s'agit du visage de mon oncle paternel, je me jette dans ses bras. Ne roulant pas sur l'or lui non plus, son soutien est resté tout de même sans faille depuis l'accident. Il est d'ailleurs un des seuls à avoir rendu visite à mon père à l'hôpital. À son tour, il me serre fort et me chuchote à l'oreille :

— Tu sais, il était très fier de toi. Ken, la star du ballon, comme il disait.

Je souris alors que les larmes coulent toutes seules. Je renifle en me reculant et il continue :

— Il s'est battu comme un lion.

— Je sais, oncle Jo, sangloté-je en sachant pertinemment que mon père n'était pas du genre à se laisser aller.

Mais pour cette fois, il n'a pas pu faire autrement.

Il pose sa main sur mon épaule et m'embrasse sur la joue avant de s'adresser à mon frère et ma mère. De mon côté, mes pensées dérivent à nouveau vers ce que nous avons vécu depuis son décès.

Avant de pouvoir le veiller, il nous a fallu choisir une tenue et pire, son cercueil. J'ai d'ailleurs été très virulent quand la nana des pompes funèbres a commencé à nous faire un exposé sur les différents types de bois. À mon âge je devrais plutôt choisir la couleur de mes fringues ou la taille de mon scooter…

Une nouvelle personne me sort de ma léthargie en posant sa main sur mon bras.

— Je suis là, mon frère.

Et comme d'habitude, celui qui ne m'a jamais quitté est présent. Nous nous tapons deux fois dans la main et mon ami de toujours part se positionner derrière nous. Savoir Jake à mes côtés me rassure, mais faire bonne figure devant le reste de la famille commence à être vraiment compliqué.

Je m'aperçois qu'il y a du monde finalement, entre les anciens collègues de boulot de mon père et amis ainsi que le reste de notre famille. Des gens ont fait le déplacement de loin à l'instar de ma tante maternelle qui est venue du Texas alors que ça fait bien longtemps qu'on ne l'a pas vue.

Le maître de cérémonie nous demande de nous rassembler autour du cercueil sur lequel une énorme gerbe de fleurs est posée. La banderole qui trône dessus m'émeut davantage : « À notre papa et mari adoré ».

Me dire que je ne pourrai jamais plus lui parler directement me fait tourner la tête parce que même si ça fait longtemps qu'il ne nous répond plus, il était là, mine de rien. Je crois que je suis juste en train de prendre réellement la mesure de ce qu'il se passe.

Un énorme nuage gris plane au-dessus de nous, et ma mère se positionne entre Adrian et moi. Les yeux bouffis par la tristesse, elle lève son regard rougi vers moi et je l'embrasse sur le front. Voir mon frère dans cet état m'accable encore plus. Lui qui est plutôt du genre enjoué et rebelle ressemble tout à coup à un petit garçon, et sa vulnérabilité me tue.

Pour faire bloc face à la dernière épreuve qui nous attend, nous nous positionnons de part et d'autre de maman, en croisant nos deux mains dans son dos pour la soutenir davantage.

Quand le pasteur commence son élocution, je me demande encore pourquoi ma mère a tenu à ce qu'il y ait ce genre de cérémonie religieuse. Mon père n'était pas pratiquant, voire peut-être même pas croyant, et entendre ces textes sur Dieu me fait encore plus monter en pression.

Non, pour moi, un père ne doit pas laisser ses enfants aussi jeunes, même s'il a été rappelé là-haut. On est encore jeunes et on a besoin de notre figure paternelle pour avancer. Sans lui, ça va être d'autant plus difficile. J'ai beaucoup de mal avec ce genre de propos religieux, mais je ne dis rien et respecte le souhait de ma mère.

En revanche, à plusieurs reprises, l'homme en noir fait référence à qui était réellement mon père et indirectement ça me fait du bien d'entendre ça.

— Andrew était quelqu'un de jovial, toujours prêt à rire, entouré de ses amis. Ce qu'il chérissait le plus était sa famille. Il laisse derrière lui sa femme Elizabeth, rencontrée sur les bancs de la fac, et ses deux fils Kenan et Adrian, de qui il était très fier.

À l'évocation de nos prénoms, je jette un œil vers mon frère qui ne retient plus ses larmes et s'effondre sur l'épaule de ma mère. Pour le réconforter comme je peux, je serre fort sa main et déglutis difficilement pour ne pas craquer.

Il continue à nous remémorer des moments de bonheur commun et je me rends compte qu'il restera un héros à mes yeux. Toujours prévenant et à l'écoute, il va sacrément nous manquer. Une musique douce retentit pendant que plusieurs hommes vêtus de noir enlèvent les fleurs et placent des cordes autour des poignées du cercueil.

Le moment que je redoute le plus va arriver, et je ne sais absolument pas comment je vais gérer. Nous nous approchons autour de cette boîte en bois pour pouvoir lui dire un dernier mot.

Mon frère préfère rester en retrait quand nous nous avançons avec maman. Je la soutiens par la taille et, une fois devant le cercueil, je pose ma paume dessus. La boule qui obstrue ma gorge m'empêche de prononcer le moindre mot, mais je lui fais la promesse silencieuse de veiller du mieux que je peux sur notre famille, comme s'il pouvait m'entendre encore.

À cet instant, je réalise vraiment que c'est la dernière fois qu'il est si proche de moi. De son côté, ma mère sourit et dépose un baiser sur sa paume avant de la placer sur le cercueil.

— Au revoir, mon amour.

Je prends une grande inspiration pour ne pas m'effondrer, et nous reculons pour nous rapprocher d'Adrian. Notre cocon orphelin reformé, les hommes se lancent des regards entendus avant de suspendre la dernière demeure de mon père pour la faire glisser lentement au fond du trou.

Ne pouvant pas retenir le flot d'émotions qui me terrasse, je suis pris de soubresauts et je n'arrive pas à m'arrêter. Toute la peine et la rancœur que j'ai contre le drame qui touche ma famille se déverse sur mes joues sans que je ne puisse le contrôler.

Alors que ma vue est complètement brouillée par les larmes, un contact me ramène brusquement à la réalité. Des doigts fins que je reconnaîtrais entre mille se glissent dans ma main droite et une chaleur bien connue m'oblige à vérifier que je ne rêve pas.

Surpris, je tourne la tête. Alors que tout ce qu'il se passe dans ma vie est teinté de malheur, le visage de celle que je n'attendais pas surgit. Son regard est triste et réconfortant à la fois. La sentir près de moi me donne tout à coup un second souffle pour affronter l'horreur de la scène actuelle.

Quand le bruit sourd du cercueil posé au sol finit de plomber la lourdeur du moment et que les assistants funéraires quittent le lieu pour nous laisser nous recueillir une dernière fois, je ne peux me retenir et pleure à chaudes larmes. Je m'essuie les joues d'un revers de la manche et Angel s'accroche à mon biceps pour me témoigner tout son soutien. Je pose ma main sur la sienne pour me donner le courage d'aller déposer une dernière rose blanche au fond du trou devant lequel je laisse échapper toute ma peine.

La plaque faisant apparaître l'année de naissance et de mort de mon père finit de m'achever.

Nous nous reculons ensuite pour laisser le reste de la famille se recueillir.

J'agrippe fortement la main d'Angel pour qu'elle ne m'échappe pas, ayant besoin d'elle plus que jamais.

Malgré tout le chagrin que j'ai et bien que je ne le mérite pas, la personne que j'aime le plus au monde est encore une fois là pour moi.

54

Angel

J'ai toujours détesté ce genre de cérémonie.

Non pas que j'en aie vécu beaucoup, mais rien que pour mes grands-parents c'était horrible, alors je n'ose même pas imaginer ce que l'on peut ressentir quand on perd un de ses parents.

Quand Jake m'a balancé de but en blanc au lycée que Kenan avait perdu son père, je n'ai pas réfléchi une seconde et lui ai tout de suite demandé quand avaient lieu les obsèques. Malgré le fait que Kenan m'ait fait beaucoup de mal, ce n'est rien par rapport à ce qu'il vit en ce moment. Pour moi, il ne pouvait pas en être autrement. Je me devais de le soutenir en mettant de côté nos différends.

Le voir aussi abattu m'oppresse et me rend nerveuse. Il a les épaules basses et le regard rivé au sol en permanence, quand il ne veille pas sur Adrian et Elizabeth. Son visage est cerné, marqué par la fatigue accumulée et ses yeux sont injectés de sang d'avoir tant pleuré. Aussi, et bien que je ne devrais pas avoir ce genre de pensées, je le trouve plus beau que jamais dans son costume sombre et sa chemise blanche. Même si ses cheveux mi-longs en bataille au-dessus de sa tête ainsi que sa barbe naissante lui donnent un côté négligé, il a fait l'effort de s'apprêter au maximum pour l'événement. De mon côté, je porte une petite robe noire en coton de circonstance, avec des collants opaques de la même couleur. Dire que je suis gelée est un euphémisme, mais je tente de ne pas le montrer.

Je me retiens pour ne pas craquer et reste forte pour lui à ses côtés. Main dans la main et alors que la cérémonie se termine, les nombreuses personnes ayant fait le déplacement viennent au fur et à mesure vers eux trois pour leur dire un mot.

Ne faisant pas partie de la famille, je ne me sens pas à ma place quand une dame s'avance vers sa mère pour lui présenter ses condoléances. Je recule alors pour me mettre en retrait afin de les laisser échanger en famille, mais Kenan resserre sa prise autour de mes doigts, m'obligeant à rester collée à lui.

Je l'observe avec insistance afin de lui faire comprendre que je n'ai rien à faire ici, mais il garde le regard fixe et ne desserre pas sa paume tout en restant digne face à l'assemblée.

Son courage m'impressionne.

Bien que je sois mal à l'aise, je comprends qu'il ne veut pas que je m'éloigne et respecte son choix tout en me reculant légèrement.

Les différents mots que leur adresse leur entourage sont tellement forts que je m'oblige à respirer calmement pour ne pas m'effondrer. Malheureusement, je n'ai connu son père que dans un lit d'hôpital, mais je remarque qu'il s'agissait d'une bonne personne, très apprécié par les siens.

Alors même que toutes les personnes se retirent du cimetière, Elizabeth vient vers moi.

— Merci d'être venue, Angel.

— Je vous présente toutes mes condoléances, madame Adams.

Elle me sourit tristement.

— Nous faisons un petit brunch à la maison, veux-tu te joindre à nous ?

Prise de court, je ne me sens pas de me retrouver en face de la famille de Kenan et, encore une fois, ce n'est pas ma place. Je décline donc poliment.

— Merci, mais je vais rentrer.

— C'est toi qui vois. Sache que tu es la bienvenue, me déclare-t-elle avec une bienveillance exceptionnelle.

— Merci, répété-je en baissant la tête.

Je tente à nouveau de détacher ma main de celle de Kenan, mais il n'est toujours pas prêt à me laisser partir. Adrian et sa mère se retournent vers lui.

— Tu nous rejoins après, mon grand ?

Kenan opine de la tête, mais ne bouge pas d'un iota. Adrian prend alors le bras de sa mère et ils repartent tous les deux, nous laissant sur place, immobiles.

— Kenan, je vais y aller, lui dis-je doucement pour qu'il me considère enfin.

Quand son visage se tourne vers le mien, tout le désespoir qu'il affiche m'éclate à la figure. Je ne veux pas l'empêcher de rejoindre sa famille, mais lui ne semble pas l'entendre de cette façon.

— Tu es gelée, me surprend-il en me répondant d'une voix enrouée.

Sur ce point il n'a pas tort. Le vent froid me glace jusqu'aux os même si je tente de faire mine de rien.

— Tu veux bien qu'on aille se poser quelque part ? Juste quelques minutes…, ajoute-t-il en me voyant hésiter.

Son ton implorant me fait mal au cœur. Il est perdu et j'ai l'impression qu'il s'accroche à moi comme à une bouée de sauvetage pour ne pas sombrer complètement.

J'acquiesce en me laissant guider et, sans détacher sa main de la mienne, il nous dirige vers la sortie dans un silence pesant. Dans la rue adjacente au cimetière se trouve un petit café dans lequel il entre directement. Ne voulant pas le froisser, je ne proteste pas et m'installe en face de lui. Alors même que je pose mes mains sur la table en regardant autour de moi, gênée, il attrape de nouveau mes paumes pour les réchauffer.

— Merci d'être venue.

Son contact me fait un bien fou, mais je ne m'autorise pas à ressentir quoi que ce soit de plus.

— C'était il y a quatre jours, commence-t-il d'une voix chevrotante sans lâcher nos mains jointes du regard. Ça a été bien plus dur que je ne le pensais.

— J'imagine, oui.

— Je ne voulais pas y croire, mais il a attendu qu'on soit avec lui pour… partir.

Je caresse sa main de mon pouce pour le réconforter à ma façon. La serveuse nous interrompt en prenant la commande, ce qui me permet de reprendre un peu mes esprits. À peine a-t-elle quitté la table que Kenan continue :

— C'était horrible, on aurait dit une poupée de cire. Et puis toutes ces démarches à faire… ça fait quatre nuits que je ne dors pas. Je suis vidé !

Lui dire que je comprends serait faux. On ne peut pas se mettre à la place de quelqu'un qui vit ce genre de drame. Je me contente donc d'acquiescer, car aucun mot ne serait assez fort pour le rassurer.

— Perdre les deux êtres que j'aime le plus au monde en si peu de temps est juste…

Il secoue la tête alors qu'une minuscule larme se fraye un chemin de long de son nez.

— La pire chose que j'ai eue à vivre de toute ma vie.

Son aveu me va droit au cœur et ma gorge se serre. Je sens qu'il a besoin de parler et le laisse faire.

— J'ai été con, Angel !

À ce moment-là il relève les yeux pour planter ses prunelles olive dans les miennes. Sa lèvre tremble, faisant vaciller son piercing. Sa pomme d'Adam monte et descend rapidement, ce qui prouve sa confusion.

— Je regrette tellement… Si tu savais comme je me bouffe la tête d'avoir agi comme ça.

— Le mal est fait, Kenan, on ne va pas revenir dessus, lui dis-je calmement pour ne pas le brusquer.

Surtout pas aujourd'hui.

Ce n'est clairement pas le bon moment pour lui faire des reproches, mais je ne veux pas non plus qu'il croie que j'ai passé l'éponge.

L'avoir en face de moi me serre le cœur, mais je me dois de rester impassible. C'est horrible, mais j'ai autant envie de le gifler d'avoir gâché notre relation que de le prendre dans mes bras pour l'embrasser ! Je souffre encore tellement de ce qu'il s'est passé…

Nous buvons chacun une gorgée de chocolat chaud et il ne me laisse pas le temps de poser ma tasse qu'il reprend :

— Écoute-moi jusqu'au bout, s'il te plaît.

Son ton est chargé de remords. Je déglutis douloureusement quand il prend une grande inspiration avant de dire :

— Je ne voulais pas te faire de mal, crois-moi. Je me suis pris à mon propre jeu et je n'ai pas réussi à te dire la vérité. J'ai essayé, mais à chaque fois je me suis dégonflé. J'avais vraiment peur de te perdre, mais finalement tout ce que j'ai gagné c'est ton indifférence et ça me détruit de te faire souffrir. Tu me manques tellement.

— Kenan, j'ai du mal à croire que…

— Je t'assure, Angel, je ne joue plus, là ! Tu m'as ouvert les yeux, tu m'as appris à aim…

Son dernier mot s'échoue dans un soupir.

Dans mon esprit tout tourbillonne. Bien que je ne sois pas prête à passer outre ce qu'il s'est passé, il semble sincère et les regrets qu'il éprouve s'affichent clairement dans son regard.

— Je suis là pour toi, Kenan.

Nous restons silencieux quelques minutes avant que je n'ajoute :

— Rien ne sera jamais plus comme avant. Je ne suis pas en mesure de te faire confiance à nouveau, c'est trop dur pour moi. Mais je te pardonne pour ce que tu m'as fait.

Il relève les yeux, visiblement surpris par ce que je viens de lui dire. Son regard s'adoucit, mais je ne le laisse pas se faire de faux espoirs.

— On peut rester amis si tu le souhaites. C'est tout ce que j'ai à t'offrir.

Il rebaisse la tête, dépité, mais je tiens bon. Je dois aussi me préserver.

La déception qui l'envahit est visible, mais après quelques secondes d'hésitation, il accepte ma proposition.

— Je suis prêt à tout pour toi, Angel. Si ton amitié est la seule chose que je puisse obtenir, alors je l'accepterai.

Ses propos me touchent plus qu'ils ne le devraient, mais savoir que nous pourrons être amis me réconforte, aussi.

Alors que nous terminons notre boisson, je me penche en avant pour lui dire tout bas :

— Tu dois rejoindre ta famille maintenant, Ils ont besoin de toi.

Kenan acquiesce et se lève à contrecœur pour remettre son manteau. Une fois dehors, je m'approche de lui et le serre fort contre moi. Il reste un instant immobile devant mon attitude, mais dès lors qu'il m'enserre dans ses bras, notre connexion refait surface.

— Merci, Angel, me susurre-t-il à l'oreille. D'être venue. Et pour ton pardon.

Je frémis à ses mots et pose ma main sur sa joue avant de lui adresser un regard chargé de courage pour l'aider à affronter la suite.

Quand je repars à contre-sens dans le froid polaire, deux sentiments contradictoires m'assaillent. Je suis peinée de laisser Kenan dans le désarroi, mais tellement heureuse de l'avoir retrouvé, ne serait-ce que quelques instants. J'ai beau lui en vouloir, son absence dans ma vie est difficile à gérer. Malgré toute cette souffrance, je suis contente d'avoir pu apporter mon soutien à celui qui gardera toujours une place particulière dans mon cœur.

55

Kenan

— Et toi, Ken ?

Je dois cligner plusieurs fois des yeux pour sortir de ma torpeur et revenir dans la conversation que j'étais censé partager avec mes potes. Jake et Ryan s'échangent un rapide sourire, conscients de la raison de mon trouble, tandis que Casey réitère sa question :

— Tu as prévu quoi pour les vacances de printemps ?

Je hausse les épaules, ne sachant même pas encore ce que je fais ce week-end, mis à part bosser. D'ailleurs, en ce moment, je me noie dans le taf. Je fais toutes les heures supplémentaires que me propose Eduardo pour aider ma mère au maximum. Et puis ça m'évite de tourner en rond, aussi. Casey n'insiste pas et se tourne vers les deux autres pour proposer des activités à faire pendant ce fameux *spring-break*.

Étant donné qu'aucun de nous ne roule sur l'or, nous n'irons pas en Floride nous dorer la pilule et faire la fête comme certains dans ce lycée. Non, ici, c'est plutôt entraînement de basket et soirées arrosées chez les uns et les autres.

Le reste de la pause que nous passons à l'extérieur, sur notre banc habituel, je garde le silence. Mes amis ont l'habitude et ne m'en tiennent pas rigueur. Depuis mon retour au lycée, je suis clairement quelqu'un d'autre.

Je ne suis revenu que quelques jours après les obsèques de mon père, tellement je n'en pouvais plus de ruminer seul chez moi. Au départ, c'était très compliqué. Je n'arrivais pas à suivre les cours et encore moins à échanger un simple bonjour avec qui que ce soit. J'en voulais à la terre entière et, quand j'en voyais d'autres rire, je me demandais toujours pourquoi ce drame était arrivé à moi. Qu'est-ce que j'avais bien pu faire de mal pour que ma famille souffre à ce point ? Je me suis longtemps remis en question pour en arriver à la conclusion que je ne pouvais pas revenir en arrière et qu'il fallait que j'aille de l'avant. Donc, petit à petit, je me suis ouvert aux autres.

Un jour, après l'entraînement, Ryan et Casey sont venus me voir en signe de paix. Ils n'ont pas eu besoin de dire quoi que ce soit, leur regard compatissant a fait tout le reste. On s'est contentés de se checker sans revenir sur nos erreurs passées. Je n'aurais jamais cru les excuser un jour mais, après tout, si Angel a su le faire avec moi, je me devais de le faire également. Et c'est beaucoup mieux comme ça.

Il n'y a plus d'animosité, ni de rancœur. Tout est redevenu comme avant. Ou presque…

D'ordinaire, je ne serais jamais revenu sur ma parole, mais la relation que j'ai eue avec Angel m'a fait beaucoup évoluer sur le plan moral et m'a appris à voir les choses autrement qu'en surface uniquement. Avec Mason, c'est différent. Nous sommes toujours très distants tout en restant courtois une fois sur le terrain.

Ça fait maintenant quatre semaines que mon père est décédé, mais la plaie est encore à vif. Je ressens toujours ce néant dans ma poitrine qui m'empêche de respirer et qui fait que par moments je craque, seul. Malgré tout, j'essaye d'avancer au mieux pour ne pas sombrer. Je le fais surtout pour mon frère qui vit le même calvaire que moi.

Même si je ne remplacerai jamais notre père, il sait qu'il peut compter sur moi, mais il connaît également les limites à ne pas dépasser. Alors que ce n'est pas son caractère, il arrive parfois à venir me parler de sujets plus personnels et je suis ravi qu'on partage autre chose qu'une simple piaule et des disputes. Côté conneries, pour l'instant, il s'est calmé, mais je veille pour qu'il ne parte pas à la dérive.

Ma mère reste la plus forte d'entre nous. Elle continue de mener sa vie de maman et d'infirmière d'une main de maître, bien que parfois je l'entende s'effondrer quand nous sommes censés dormir. Face à nous, elle garde la tête haute et son courage est épatant.

Pour ma part, même si j'ai l'air d'être un gars normal qui discute avec ses camarades, ce n'est en réalité qu'une vulgaire façade. Je ne suis que douleur et désespoir. J'ai l'impression d'avoir tout perdu et que ma vie est vide, sans saveur, ce qui fait que je n'ai plus envie de me dépasser pour rien. Je me laisse guider par un emploi du temps bien défini, mais je ne suis absolument plus maître de mes agissements. En mode robot, je vivote sans mesurer la chance que j'ai d'être en forme sur cette terre. Je ne suis plus que l'ombre de moi-même et rien ne me motive à revenir à 100 %.

Bien que l'amour paternel et le sentiment amoureux pour quelqu'un d'extérieur à la famille soient différents, je me suis aperçu que les deux ajoutés me donnaient une force incroyable. Aujourd'hui, ma structure s'est effondrée et je me fais violence pour affronter chaque journée qui démarre.

Comme dit le psy que maman nous a forcés à consulter avec Adrian, seul le temps apaisera notre douleur.

Mon attention dévie de nouveau sur la personne qui m'aide – malgré elle – le plus à affronter ce cauchemar.

Assise sur le banc d'en face avec sa copine aux cheveux dorénavant violets, je ne peux empêcher mes lèvres de s'étirer en un sourire en la voyant rire. Et, quand nos regards se croisent, le signe de la main qu'elle m'envoie me serre le cœur.

Suite à la promesse qu'Angel m'a faite le jour de l'enterrement de mon père, nous sommes maintenant amis. Bien sûr, je voudrais beaucoup plus que son amitié, mais je ne peux pas me plaindre. Je préfère mille fois ça à son indifférence qui me rendait malade.

Par de toutes petites attentions, Angel m'apporte tellement au quotidien que je lui suis reconnaissant de m'avoir accordé son pardon.

Sans pouvoir m'en empêcher, j'attrape mon téléphone pour lui envoyer un message et, quand elle le découvre, la voir rougir me fait toujours le même effet.

[Cette robe te va bien…]

C'est la deuxième fois que je lui envoie ce genre de texto cette semaine.

Avec l'arrivée des beaux jours, Angel s'habille plus légèrement et ça lui va parfaitement. Elle détache souvent ses cheveux et, bien que sa garde-robe n'ait pas changée, elle reste la plus belle de toutes les filles à mes yeux.

Je reçois un simple « merci » en réponse, puis elle range son téléphone dans sa poche avant de se remettre à discuter avec Holly.

J'ai parfois l'impression d'être revenu en arrière. On s'échange souvent des messages comme quand on s'est connus en début d'année. À la seule différence qu'Angel ne ressent plus rien pour moi et, à travers ses mots, je le sens. Elle me recadre dès que je dépasse une certaine limite et veille à maintenir une distance entre nous. Cette situation me tue, mais encore une fois je l'ai bien mérité.

— Et ton entretien à Duke, au fait ? m'interroge Ryan, m'obligeant à la lâcher des yeux.

— Ça s'est bien passé.

Je ne veux pas trop m'avancer, mais j'ai bon espoir que ça fonctionne. Cela me permettrait d'avoir un projet autre. J'ai validé les épreuves physiques sans problème et le proviseur m'a fait comprendre que si j'obtenais mon diplôme, j'avais ma place dans leur université.

Cela me fait automatiquement penser à *elle*. J'ai du mal à me dire que si ça se concrétise, je vais habiter loin de celle que j'aime, mais je me dis que c'est certainement mieux comme ça. Il faut que je passe à autre chose. Et que je la laisse tranquille, aussi.

J'ai pleinement conscience qu'Angel ne m'envoie pas bouler, car je lui fais de la peine. Cette fille est la bonté incarnée et son comportement envers moi le prouve d'autant plus. Après tout ce que je lui ai fait, elle m'apporte encore son soutien.

J'ai bien compris qu'il n'y avait aucune chance qu'on se remette ensemble. Quand elle me regarde, il n'y a plus cette étincelle dans ses yeux.

Alors que j'ai du mal à me l'avouer, je dois me faire une raison : j'ai perdu la femme de ma vie.

56

Angel

Je marche tranquillement le long de la rue en profitant du doux chant des oiseaux et du soleil brillant. Bien que les températures soient encore fraîches en ce mois de mars, surtout à cette heure matinale, c'est de plus en plus agréable d'être dehors.

J'entends une voiture ralentir à côté de moi, mais je l'ignore en continuant d'avancer. Jusqu'à ce qu'une voix familière me parvienne :

— Je te dépose ?

Je tourne la tête sur mon frère, assis au volant, la vitre baissée.

— Ça va aller, je préfère prendre le bus !

— Tu es sûre ? Chargée comme tu es en plus…

Je secoue la tête en souriant.

— Mon violon n'est pas si lourd que ça, tu sais…

Et puis, j'ai tellement l'habitude de l'avoir constamment sur le dos que je ne m'en rends même plus compte.

— Mais dis-moi, qu'est-ce que tu fais debout si tôt un samedi ? Ce n'est pas dans tes habitudes…

— Ouais, je sais, soupire-t-il. Je vais aux stages intensifs…

Je hoche la tête. Papa l'a inscrit à des entraînements supplémentaires de basket afin qu'il améliore son jeu. La compétition étant dans les gènes de mon frère, il a accepté sans rechigner.

Seulement, ça sous-entend faire des sacrifices, comme supprimer les soirées du vendredi soir, par exemple.

— Bon, je te laisse alors. À ce soir, sœurette !

Je lève une main en l'air et le regarde partir en reprenant mon chemin, sans pouvoir m'empêcher de repenser à tout ça, comme souvent.

Après notre dispute il y a plusieurs semaines déjà, Mason et papa se sont tous deux excusés auprès de moi pour ce qu'ils avaient fait, mais surtout pour les conséquences de leurs actes. Mon père en est même venu à admettre qu'il avait mal agi, ce qui m'a fortement étonnée, lui qui a toujours raison sur tout.

Il a proposé d'avouer publiquement ses erreurs et, même si au départ je souhaitais rétablir la vérité à tout prix, je l'ai finalement convaincu de ne pas le faire. Enfin, en réalité, c'est *lui* qui m'a décidée à laisser tomber…

Depuis l'enterrement de son père, nous sommes devenus amis avec Kenan. Je ne me voyais pas lui mentir sur ce sujet et j'ai décidé d'être honnête avec lui. Bizarrement, il n'a pas été le moins du monde surpris. Ni énervé. Sa réponse m'a d'ailleurs laissée bouche bée :

« Tout ça n'a plus d'importance. »

Son calme et son indifférence m'ont épatée. Mais après tout, il n'a pas eu besoin de cette place de capitaine pour obtenir une bourse dans l'une des meilleures universités du pays.

En plus de l'avis de Kenan, je ne souhaitais pas que mon père soit viré de la mairie ou que mon frère se voie fermer toutes les portes de grandes écoles.

Alors, même si j'en ai fait les frais et que je ressens encore beaucoup de colère contre eux, j'ai décidé de passer à autre chose, moi aussi.

Concernant notre amitié, je dois admettre qu'elle est dure à gérer. Car, même si je garde la tête haute quand je suis avec lui, mon cœur me rappelle bien souvent ce que je ressens. Ça passera avec le temps, j'imagine…

Vingt minutes plus tard, j'arrive à l'hôpital. Étant donné que je suis un peu en avance pour mon cours de violon, je me dirige vers le bureau des infirmières. Mais, à peine arrivée, je me fige.

Face au comptoir se trouve la mère de Kenan, en pleine conversation avec l'assistante, ainsi qu'un médecin que je reconnais. Il s'agit du même que j'avais croisé dans la chambre de son mari, la dernière fois, et sur qui Kenan avait passé ses nerfs.

Je n'ai pas revu Elizabeth depuis les obsèques de son mari, mais elle semble aller un peu mieux. Ses traits sont toujours marqués par la tristesse, mais elle paraît moins abattue. J'espère au fond de moi qu'elle arrive à se relever doucement de cette perte, même si on ne s'en remet jamais vraiment.

N'osant pas m'approcher, je reste légèrement en retrait en attendant qu'ils aient fini. Loin de moi l'envie d'écouter une nouvelle fois aux portes, je décide finalement d'opérer un demi-tour, mais ce que dit le médecin m'interpelle :

— Vous pouvez être fière de vous et de vos fils, madame Adams. Je sais que ce n'était pas une décision facile, et toute l'équipe vous remercie pour votre courage.

— Est-ce que je peux avoir de ses nouvelles ? s'enquiert cette dernière.

— Tout ce que je peux vous dire, c'est que l'opération s'est bien déroulée et qu'il n'y a eu aucune complication. Soyez rassurée, il va très bien.

— Merci, docteur…

Le médecin sort de la pièce au même moment où Elizabeth croise mon regard.

— Oh Angel, dit-elle en s'essuyant le coin des yeux. Comment vas-tu ?

Je hoche poliment la tête, et nous bavardons quelques minutes sans que je ne puisse me sortir cette conversation de la tête. N'en pouvant plus, j'ose finalement me lancer :

— Madame Adams, désolée pour ma curiosité, mais… j'ai surpris votre conversation avec le médecin et… je me demandais si… est-ce que…

Je n'ai pas besoin de finir ma phrase que son sourire triste et ses yeux brillants confirment mes doutes.

— Oh mon Dieu ! dis-je en posant mes mains sur mon visage.

— Le jour de sa mort, nous sommes venus lui dire au revoir, déclare-t-elle d'une voix douce. C'est Kenan qui a mis le sujet sur le tapis. Il a commencé par dire que son père était un homme bien et qu'il n'aurait pas hésité à sauver des vies s'il en avait la possibilité…

Ça alors, je n'arrive pas à y croire !

La stupeur doit se lire sur mon visage, car elle ajoute :

— Il nous a parlé de toi et de ce don d'organe qui t'a sauvé la vie. Il n'en a pas fallu plus pour nous convaincre, Adrian et moi. Nous avons tous les trois fait part de notre décision sans la moindre hésitation. Et aujourd'hui, je demandais au médecin comment allait la personne qui a bénéficié de son cœur…

Sur ces derniers mots, elle lâche un sanglot et les émotions me prennent tout entière, laissant échapper les larmes que je retenais jusqu'ici. Je suis gênée de réagir si vivement, mais la mère de Kenan prend mes mains dans les siennes.

— Tu l'as changé, Angel, dit-elle en reniflant. Je sais qu'il a commis des erreurs, mais sache que tu as marqué sa vie de la plus belle des manières.

— Merci, Elizabeth.

Elle sourit que je l'appelle enfin par son prénom après me l'avoir tant de fois demandé, avant de me serrer longuement dans ses bras.

Je suis stupéfaite que Kenan ait accepté le don d'organe et

tellement reconnaissante à la fois. Je suis bien consciente que ce n'est plus de moi qu'il s'agit, mais je ne sais pas… ça me touche outre mesure.

— Elizabeth ? m'exclamé-je en sortant de son étreinte. Est-ce que je peux vous demander un service ?

Elle fronce les sourcils et je lui tends mon violon.

— Vous voulez bien me garder ça, s'il vous plaît ? Et prévenir le service pédiatrie que j'ai eu un empêchement ?

Je déteste faire faux bond aux enfants, d'ailleurs, ce n'est jamais arrivé, mais là, je ne peux pas faire autrement. Comme si elle avait compris ce que je m'apprêtais à faire, Mme Adams m'adresse un large sourire en s'emparant de mon instrument.

— Fonce, me lance-t-elle avec un clin d'œil.

Je sors en trombe du bâtiment et le trajet menant à la maison de Kenan me semble durer une éternité. Dans le bus, je ne peux m'empêcher de trépigner sur place sans me départir de ce sourire idiot. Quand j'arrive enfin devant chez lui, je m'arrête sur le perron et réfléchis à ce que je vais bien pouvoir lui dire.

Voilà deux mois que nous communiquons surtout par textos, car même s'il me propose parfois de passer du temps ensemble, je refuse souvent de le voir. En fait, je me rends compte qu'être son amie est bien plus difficile que ce que je pensais. J'ai beau me répéter que je ne ressens plus rien, je sais pertinemment que je suis toujours follement amoureuse de lui. C'est pourquoi je l'évite un maximum, de peur de craquer…

Kenan n'a jamais été insistant, au contraire. Il prend ce que je lui donne même si je vois bien que ça ne lui convient pas forcément.

Malgré sa patience exemplaire, je ne me sentais pas encore capable de passer l'éponge. Pour moi, il avait brisé toute la confiance que je lui accordais, sans que cela ne soit réparable.

Jusqu'à aujourd'hui.

La porte s'ouvre pile au moment où je m'apprêtais à frapper.

Un sac de sport sur l'épaule et les cheveux en bataille prouvant qu'il sort du lit, Kenan se fige en m'apercevant devant lui.

— Angel ? lâche-t-il en haussant les sourcils.

Son visage passe de la stupeur à l'inquiétude quand il se demande sûrement ce que je fais là.

— Est-ce que tout va bi…

Je ne le laisse pas finir sa phrase. Je pose mes mains sur ses joues et me mets sur la pointe des pieds pour l'embrasser.

Choqué, il reste quelques secondes, immobile, avant de me rendre mon baiser tout en m'enveloppant de ses bras. Retrouver le contact de ses lèvres sur les miennes m'avait tellement manqué que mon corps se couvre instantanément de chair de poule. Quant à mon cœur, j'ai la sensation qu'il bat de nouveau. Vite et fort, à la hauteur de ce que je ressens pour lui.

Après un long moment à redécouvrir mutuellement nos bouches, je recule le visage et lui souris. Kenan renforce son étreinte comme s'il ne voulait pas que je m'échappe.

— C'est fini, je ne partirai plus, soufflé-je contre ses lèvres.

Il ferme alors les yeux en me serrant encore plus fort contre lui. Je passe mes bras autour de sa taille et retrouve immédiatement ma place contre son torse.

— Pourquoi ? m'interroge-t-il d'une voix cassée.

— Je reviens de l'hôpital. J'ai parlé avec ta mère…

Je vois à son regard qu'il comprend ce que je viens de découvrir, mais il ne dit rien.

— Ce que tu as fait c'est… waouh, Kenan, je suis tellement fière de toi.

Son visage se tord de douleur, et il reprend son souffle avant de répondre :

— Désolé de ne pas t'en avoir parlé avant, mais… c'est encore trop tôt pour moi.

— Merci, dis-je simplement.

Il fronce les sourcils.

— Je… je n'ai surtout pas envie de te décevoir, mais… tu sais que je ne l'ai pas fait pour toi, hein ?

Je ne peux m'empêcher de rire malgré la lourdeur de ce sujet de conversation.

— J'ai beaucoup réfléchi depuis que je sais ce que tu as vécu et…

Il prend une grande inspiration et j'ai comme l'impression qu'il ressent le besoin de se confier, donc je le laisse continuer sans rien dire.

— Tes parents ont vraiment bien choisi ton prénom. Tu es un ange, et je ne l'aurais jamais découvert si tu n'avais pas bénéficié de cette greffe. C'est pour ça que j'ai changé d'avis. Personne ne sait ce que le sort nous réserve et tout le monde mérite de vivre. Ce n'est pas parce que mon père n'a pas eu la chance d'être sauvé que j'aurais dû empêcher quelqu'un de l'être. J'étais juste égoïste, aveuglé par l'image que me renvoyait cette idée, mais finalement je suis content que grâce à mon père quelqu'un puisse retrouver une vie normale.

Je l'embrasse à nouveau avant de lui dire tout bas :

— Tu es quelqu'un d'exceptionnel, Kenan Adams.

Il secoue la tête, loin d'être convaincu. J'appuie fortement mes mains sur ses joues afin qu'on se retrouve les yeux dans les yeux.

— Regarde-moi, Kenan. Tu es quelqu'un de bien. Et je ne veux pas passer une minute de plus sans toi dans ma vie.

Il se mord le coin de la lèvre avant de me reprendre dans ses bras et d'enfouir son visage dans mon cou.

— Je ne te lâche plus jamais, Angie.

— Tu as intérêt, oui !

Il rit légèrement et nous restons enlacés un long moment. C'est à cet instant que je percute : il n'y a que quand je suis avec lui que je suis heureuse à ce point.

Peu importe ce que les gens penseront ou diront – d'ailleurs Holly va hurler quand elle va l'apprendre !

Tout le monde commet des erreurs dans la vie. Personne n'est à l'abri d'événements difficiles qui peuvent conduire à prendre des décisions absurdes. Tout ce qui compte, en définitive, c'est de s'en rendre compte et de rectifier ses agissements dans la mesure du possible.

C'est ce que Kenan a fait.

Et tout ce que je veux maintenant, c'est le retrouver. Lui pardonner, totalement. Et être avec lui, définitivement.

Épilogue

Kenan
Quelques mois plus tard…

Assis sur le banc, ma jambe saute toute seule, témoignant de mon état de stress. Les bras croisés et le regard fixe, je tente de me détendre, mais rien n'y fait.

Je jette un coup d'œil à Jake assis à ma gauche, et il a l'air très tendu, lui aussi. Un peu comme tout le monde ici, j'imagine.

Il fait beau et le soleil en cette fin de journée me donne encore plus chaud que d'habitude.

Derrière nous, les derniers élèves s'installent dans un brouhaha tandis que je reste tranquille.

De nombreux parents ont fait le déplacement et, quand j'aperçois ma mère et mon frère qui s'assoient, je suis d'autant plus nerveux.

— Ça te va bien la robe noire…, lancé-je à mon pote avec un léger sourire en coin.

— T'as vu ta tête avec ton chapeau ? rétorque-t-il en riant.

Nous voir habillés de la sorte nous amuse. Les soirées déguisées, ce n'est pas trop notre délire. C'est vraiment parce qu'on est obligés de participer à cette cérémonie que j'ai fait l'effort de suivre le protocole. Et quand je vois Mason, au loin, tout fier de montrer aux autres sa tenue, je me dis qu'on n'est toujours pas sur la même longueur d'onde.

Le proviseur monte sur l'estrade et se positionne au pupitre en faisant claquer sa main sur le micro pour vérifier que le son fonctionne. Un puissant grésillement retentit, faisant grogner l'assemblée, avant que le prof de musique intervienne pour régler ce souci.

Une fois que tout est rentré dans l'ordre, M. James se racle la gorge et commence son discours. Fier comme un paon, il déblatère sur l'excellent niveau de notre école et s'autofélicite pour l'investissement de l'équipe pédagogique qui n'est autre que formidable à ses yeux.

— Pour terminer, faisons un focus sur la promotion de cette année qui a été particulièrement exceptionnelle tant sur le plan scolaire que sur le plan sportif. À noter d'ailleurs que l'un de nos élèves intégrera la prestigieuse université de Duke et surtout sa performante équipe de basket-ball. Bravo, Kenan Adams.

De nombreux applaudissements retentissent et je souris rapidement avant de baisser la tête. Dernièrement, je me fais tout petit, n'ayant pas la moindre envie d'être au centre de l'attention. Jake me met un coup de coude pendant que Beverly pose sa main sur mon épaule pour me congratuler.

Heureusement, M. James reprend et continue en complimentant deux autres camarades de ma promo. Il indique également que plusieurs élèves rejoindront Harvard et il expose ouvertement sa fierté de contribuer activement à l'avenir de notre société.

Tous ces discours solennels me gonflent au point que je n'écoute qu'à moitié le reste de ses paroles.

Quand les derniers applaudissements retentissent, je comprends que le moment que je redoute le plus se rapproche.

La remise des diplômes.

Le proviseur nomme d'abord les deux majors de promo qui à

leur tour font un discours. C'est long. L'appel du reste des élèves commence et, quand vient mon tour, je monte pour rejoindre le pupitre. M. James me tend alors mon diplôme et j'ai encore du mal à me dire que j'ai réussi… et que le lycée est fini.

— Bravo, monsieur Adams, malgré une année difficile, vous avez su rebondir et vous faites la fierté de notre école.

— Merci, monsieur.

Peu habitué à ce genre de compliments, mes joues chauffent légèrement. En revanche, le recevoir venant d'un homme qui m'a soutenu après la perte de mon père me fait plaisir.

Je fais passer le *tassel* bleu à droite, signifiant que je suis enfin diplômé, puis traverse la scène pour redescendre de l'autre côté afin de rejoindre le reste de mes camarades.

Le plus dur est passé.

— Kenan la star ! crie mon meilleur ami en m'apercevant.

Comme d'habitude, nous nous checkons pour nous féliciter mutuellement. Jake m'étonnera toujours. Il est le seul qui est venu sans sa famille aujourd'hui. Sa mère n'étant pas en état de participer, il est tout de même présent et avec le sourire. Alors que tous les parents en profitent pour mettre en avant leur progéniture, lui se contente de savourer sa réussite, en solo.

Une fois tous les élèves descendus, nous nous repositionnons face à la scène, notre *mortarboard* sur la tête. Un décompte commence et à 0, nous lançons tous simultanément notre chapeau en l'air dans une euphorie générale.

Cette fois, nous nous prenons dans les bras et nous congratulons mutuellement.

— On l'a fait, mec ! m'exclamé-je en tapant dans la main de chacun de mes potes.

Rapidement, ma mère et Adrian nous rejoignent, tout excités eux aussi. Elle me saute au cou tandis que mon frère félicite Jake.

— Bravo, les garçons, je suis si fière de vous ! nous complimente ma mère qui a une petite larme à l'œil. Kenan, ton père serait très fier de toi…, continue-t-elle en se tournant vers moi, plus émue que jamais.

Je la prends dans mes bras et lui dépose un baiser sur le crâne tout en la remerciant. Sans elle, je n'y serais pas arrivé.

Un photographe nous approche pour immortaliser le moment sur papier et, sans réfléchir, ma mère attrape le bras de Jake pour qu'il soit à nos côtés. Tous les quatre, nous hurlons un « *cheese* » quand le flash nous éclate à la figure.

Après ce moment de joie, le calme revient doucement et le doyen de l'école prend la parole pour nous informer de la suite des événements.

C'est alors que mon attention se fige, me provoquant une vague de chaleur dans tout le corps. Plusieurs techniciens installent les instruments sur la scène et l'équipe de musiciens prend place. Mon regard se bloque immédiatement sur une personne en particulier, et je manque de me décrocher la mâchoire en voyant celle qui me fait chavirer, attraper son violon.

— Tu baves, mon pote ! raille Jake.

Je le pousse doucement par l'épaule pour le faire taire sans décrocher mes yeux de sa silhouette.

— T'as raison, elle est canon, la nana en bleu…, intervient Ryan qui nous a rejoints.

Il fait référence à la dernière fois qu'il m'a dit ça et me sourit en me prenant par les épaules. Maintenant que tout est clair, on arrive même à en rire.

Instrument à la main, les cheveux remontés en une coiffure gracieuse laissant quelques mèches encadrer son visage, ma petite amie porte une robe bustier longue bleu nuit et le maquillage discret qu'elle arbore souligne simplement ses pommettes rebondies.

Ma petite amie…

En effet, depuis que nous nous sommes retrouvés avec Angel, nous ne nous quittons plus. Lors de notre explication qui s'est finalement terminée en retrouvailles, je n'y ai pas tout de suite cru. C'était tellement irréel que j'ai mis plusieurs jours à réaliser qu'Angel m'était revenue pour de bon. Comme un rêve éveillé, chaque fois qu'elle me rejoignait au lycée en déposant ses lèvres sur les miennes, je mettais du temps à réagir.

Elle est plus belle que jamais, et il me faut quelques secondes pour faire ralentir les battements de mon cœur qui s'accélèrent dès qu'elle se trouve dans les parages.

Deux raisons provoquent cet emballement : le fait que je sois fou de la personne qui va éblouir l'assemblée par son talent, mais aussi parce que je sais qu'Angel n'est pas à l'aise avec ce genre d'exercice. S'exposer aux yeux de tous n'est vraiment pas sa tasse de thé et je stresse pour elle. Discrètement, j'aperçois qu'elle balaye l'assemblée pour trouver quelqu'un et, quand son regard se plonge dans le mien, elle sourit. Je la fixe et ferme le poing pour lui montrer qu'il faut qu'elle donne le maximum et la rassurer à la fois.

Je suis là, little angel.

Elle adresse également un signe de tête à ses parents avant de se mettre en place. Elle a le menton posé sur le bois, la lumière du soleil couchant inonde son visage d'une lumière orangée, la faisant briller davantage. Son amie, qui a enfin compris – non sans difficulté – que je ne voulais aucun mal à Angel, s'installe au piano et démarre.

Le prof de musique, qui s'est transformé en chef d'orchestre, mène d'une main de maître le petit groupe de musiciens qui suit la cadence sans fausse note.

Au bout de quelques minutes de musique douce, M. Sanders recule et se poste sur le côté de la scène afin qu'Angel s'avance sur le devant. Les autres forment également un cercle autour d'elle. Immédiatement, elle ferme les yeux pour s'enfermer dans sa bulle et commence son solo.

Ce morceau, je le connais par cœur, pour l'avoir entendu à maintes reprises, mais aussi parce qu'il me fait toujours autant vibrer. Le début est lent et la vitesse des notes s'accroît, comme si elle décrivait de la colère, l'emportant à chaque fois dans une frénésie qui la transporte dans une autre dimension. Déjà sublime au naturel, quand elle est au sommet de son art, elle dégage une prestance éclatante qui m'époustoufle à coup sûr.

Même mes potes, qui ne sont pas fans de ce genre de son, sont impressionnés par son professionnalisme. Elle se balance au rythme de la musique et, lorsque le tempo ralentit, elle se recule doucement pour retourner à sa place initiale tandis que les autres musiciens reprennent ensemble la fin de la partition.

— Waouh, ça décoiffe ! lance Casey, encore surpris par la performance à laquelle il vient d'assister.

— Vraiment géant ! poursuit Jake, tout aussi surpris.

— Elle est unique…, déclaré-je à mon tour sans arriver à décrocher mon regard de la scène.

Lorsque la musique se termine, tout le monde applaudit chaudement et les artistes viennent saluer leur public. Angel est rouge écarlate, mais son sourire est radieux.

Elle a réussi.

— Un immense merci à M. Sanders qui s'investit beaucoup afin de vous proposer un spectacle de qualité, réalisé par des artistes accomplis, lance le doyen très fier.

J'applaudis à mon tour parce que mine de rien, sans ce fameux professeur de musique, aussi farfelu soit-il, je n'aurais jamais pu approcher Angel.

— Et maintenant, je vous laisse rejoindre vos familles. Je vous souhaite à tous un bel avenir et de bonnes vacances !

De nouveau, nous acclamons M. James pour le remercier de nous avoir encadrés pendant ces quatre années.

Je me retourne vers mes potes et nous nous écartons de l'assemblée. Je respire enfin, mais quand je vois les parents d'Angel arriver dans ma direction, la panique me gagne légèrement encore une fois.

Je me souviendrai toujours de ce jour où Angel m'a invité chez elle pour me présenter « officiellement » à ces derniers. Je n'avais jamais vécu ça auparavant, et mon niveau d'affolement était à son comble.

Ses parents m'ont accueilli certes un peu froidement, mais finalement tout s'est plutôt bien passé. Me retrouver à table en famille avec une présence paternelle m'a fait un drôle d'effet au début, mais ils ont vite compris que mon but ultime était le bonheur d'Angel. Depuis, nos relations sont cordiales. Avec son frère, ce n'est pas encore ça, mais on y travaille.

— Bravo, Kenan, pour ton année ! me complimente M. Davis.

— Merci, monsieur, réponds-je simplement.

— Tu peux être fier de ton parcours. Tu es un bon garçon, droit, qui a des valeurs sûres. Et je sais qu'Angel est heureuse à tes côtés.

La vague d'émotions qui me terrasse est difficile à maîtriser et me coupe le souffle. Il me tend sa main que je serre chaleureusement.

— Euh, je dérange ? nous hèle une petite voix derrière nous.

Quand je me retourne, la beauté d'Angel m'oblige à la dévisager de haut en bas alors que ses parents sont à côté.

Elle est sublime.

Je n'ai pas le temps de lui dire quoi que ce soit qu'ils la flattent d'emblée.

— C'était super, ma chérie !

— Tu étais radieuse sur scène, ma puce !

De mon côté, je n'ose pas m'exprimer, préférant garder mes louanges pour quand on sera seuls. Mason vient également prendre sa sœur dans ses bras pour lui dire un mot et, même si Angel m'a dit qu'il avait encore du mal avec notre couple, tous deux semblent avoir retrouvé leur complicité.

— Bravo, Kenan, pour ta place à Duke, me lance-t-il sans une once d'acrimonie dans la voix alors que jusqu'à maintenant il n'avait rien dit.

Surpris, je réagis rapidement pour lui adresser moi aussi un mot encourageant :

— Merci, Mason, et bon courage à toi pour ton entrée à Polytechnique de Blacksburg.

Il me sourit et les deux enfants Davis saluent leurs parents tout en les raccompagnant. Angel m'adresse un clin d'œil pour me faire comprendre qu'on se retrouve après, et je rejoins également ma mère et mon frère qui discutent assidûment avec Jake.

— On va y aller nous aussi, me dit-elle.

Elle nous serre fort avant de quitter les lieux. Je tourne sur moi-même pour regarder ce lycée qui m'a accueilli et dans lequel j'ai vécu tout un tas de choses heureuses et moins drôles aussi. Dans ma tête, le film de ces quatre années défile rapidement, me rappelant des bons et mauvais souvenirs.

J'ai encore du mal à réaliser tout ce qu'il se passe. Je suis soulagé d'avoir terminé le lycée et validé mon année, bien qu'elle ait été difficile, mais je suis partagé par rapport à la suite des événements. Partir loin de chez moi pour réaliser mon rêve est une chance incroyable, mais m'éloigner de celle que j'aime risque d'être plus compliqué à gérer.

Pour me sortir de ma rêverie, Jake m'interpelle :

— Kenan, je te présente Marghey.

Une grande blonde dont il m'a vaguement parlé apparaît à

ses côtés. Jake semble tout chamboulé, ce qui me fait sourire. Je la salue et nous échangeons à peine quelques banalités que des bras fins m'enserrent la taille.

— Sexy, la toge sur toi, mon amour…, me susurre Angel d'une voix chaude à l'oreille.

Je me retourne pour la prendre dans mes bras et l'embrasser… enfin ! Chaque fois que je pose mes lèvres sur les siennes, c'est comme une délivrance. Comme si elle m'enlevait un poids des épaules pour me faire devenir léger et oublier tout ce qui me tracasse.

— Attends de voir ce qu'il y a dessous, glissé-je entre ses lèvres.

Elle pouffe instantanément tout en rougissant.

— Tu as l'esprit mal placé, c'est fou ! la taquiné-je, tout en enlevant enfin cette maudite robe longue.

Angel reste bouche bée quand elle me voit vêtu d'un costume bleu foncé, et d'une chemise blanche avec un nœud papillon camel, de la même couleur que mes chaussures. Je lui ai fait la surprise concernant l'achat de cette tenue et visiblement j'ai visé juste.

— Tu es trop beau ! s'exclame-t-elle un large sourire aux lèvres en me sautant au cou.

— Je me devais d'être à ton niveau…

Ses yeux brillent d'émotion et je la prends à nouveau dans mes bras pour l'embrasser dans le cou. Je ne me lasserai jamais de la respirer et de la serrer contre moi.

— Bon, les tourtereaux, on y va ? nous interrompt Holly que je n'ai même pas entendue arriver.

Accompagnée d'un mec faisant partie de la troupe de musicos, l'amie d'Angel semble tout excitée d'aller à cette soirée normalement dédiée aux dernières années.

— Vous êtes énervants, en fait ! râle-t-elle en nous fixant de haut en bas.

— Pourquoi ? demande Angel qui me tient par le bras, sourcils froncés.

— Parce que vous êtes beaux et talentueux ! Vous ne devriez pas tout cumuler. Laissez-en un peu pour les autres, merde !

Sur ces belles paroles qui causent l'hilarité générale, nous quittons cet endroit pour aller vivre notre dernière soirée de lycéens.

Angel

Ma vie actuelle est tout simplement magique.

C'est la première fois que je participe à une soirée de lycée et j'ai l'immense privilège d'y accéder accompagnée du plus bel homme de l'établissement. En plus d'être canon, Kenan est une belle personne qui, malgré une impulsivité parfois difficile à maîtriser, est aussi quelqu'un de réfléchi et capable de faire preuve de sacrifices pour ses proches.

Son piercing détonne avec la tenue qu'il porte, mais ça le rend encore plus sexy à mes yeux. Je sais que porter un costard ne fait vraiment pas partie de ses habitudes, et encore moins fréquenter les soirées de ce genre, donc j'apprécie d'autant plus ses efforts.

Quand nous arrivons main dans la main au bord du lac Champlain, le décor est féerique. Le soleil se couche doucement à l'horizon, laissant un halo de lumière douce se répandre. De nombreux camarades se retrouvent autour des minibars disposés de part et d'autre, et une guirlande d'ampoules colorées délimite une piste de danse improvisée. Un DJ diffuse de la musique pendant que chacun reprend ses esprits après cette cérémonie.

Depuis que nous nous sommes retrouvés avec Kenan, je suis la plus heureuse. Quand j'ai découvert ce qu'il avait fait suite au décès de son père, il m'a une fois de plus prouvé sa bonne foi. Cet acte m'a confirmé qu'il était l'homme de ma vie et il me le démontre encore tous les jours par des petites attentions.

— Un sourire ?

Alors que nous arrivons vers une arche de ballons bleu ciel et bleu foncé, à l'effigie de l'école, un homme se penche pour nous prendre en photo. Kenan n'est pas fan de ce style d'exercice, mais il me prend dans ses bras et sourit.

— Encore une !

Cette fois, je pose mes lèvres sur sa joue et il ne bouge pas, figé par la surprise. Une fois que nous en avons terminé, nous nous avançons jusqu'à rejoindre nos amis alors que mon frère a déjà les mains posées sur les hanches de son fantasme de toujours : Beverly.

Entre lui et Kenan, les relations sont moins tendues et je sais que mon petit ami fait tout ce qu'il faut pour que ça se passe au mieux. Le temps apaisera les tensions, j'en suis sûre.

— À la tienne, mon pote ! lance Jake en faisant clinquer son verre contre celui de Kenan. Mademoiselle…, continue-t-il en faisant de même avec moi.

Jake est vraiment une personne que j'apprécie. Il est comme un frère pour Kenan et il a le cœur sur la main. J'échange quelques mots avec sa cavalière, qui me semble plutôt sympa elle aussi, quand une tornade débarque.

— Tu viens danser, ma biche ? me hèle Holly, absolument pas discrète.

Je ne suis pas très à l'aise, mais elle ne me demande pas vraiment mon avis et m'embarque directement sur la piste. Heureuse malgré tout, je me dandine discrètement tout en observant autour de moi. Kenan, qui est resté accoudé au mange debout avec ses amis et ne me quitte pas des yeux. Sous son regard, je me sens belle, ce qui me permet de me lâcher un peu plus tout en lui lançant des œillades équivoques. De temps en temps, il parle avec ses potes, mais je vois bien que son attention est focalisée sur moi et j'adore ça.

Nous avons aussi fait une sorte de pacte tous les deux : plus aucun non-dit ou secret entre nous. Nous avons décidé de tout nous dire, même si ça ne plaît pas à l'autre. Bien que l'honnêteté ne fût pas la base de notre couple au départ, nous avons appris de nos erreurs et nous sommes désormais convaincus que la franchise est le ciment d'un couple.

Holly décompresse carrément en sautillant et ses cheveux violets font sensation sous les différentes lumières.

Une musique jouée au saxophone retentit alors dans les haut-parleurs. Je reconnais immédiatement le morceau qui va suivre : *Jubel* de Klingande. La piste se remplit instantanément et, sans me contrôler, je lève les bras au ciel en tournant sur moi-même.

D'ordinaire plutôt timide, cette musique me fait déconnecter à chaque fois. Je l'ai connue chez Kenan. Un soir où il m'a invitée, je suis arrivée en avance et c'est Elizabeth qui m'avait ouvert. Monsieur était sous la douche et écoutait cette musique à fond. Je l'ai même surpris en train de chanter. Cela lui a valu quelques moqueries, mais depuis c'est le son qu'on met quand on a envie de se défouler.

D'ailleurs, je ne peux me retenir d'agiter mon index pour lui demander silencieusement de me rejoindre sur la piste. Après avoir refusé en faisant non de la tête, j'insiste en lui adressant une moue enjôleuse jusqu'à ce qu'il finisse par céder.

Quand il arrive à mon niveau, il se poste face à moi et commence à bouger en rythme. Voir ses hanches moulées dans son pantalon en train de remuer me donne envie de montrer à la terre entière qu'il n'est qu'à moi. Je me colle alors à lui avec un large sourire plaqué sur le visage. Nous ne nous lâchons pas des yeux tandis qu'on danse en riant. Dès que les paroles arrivent, nous crions à l'unisson : « Save me », avant de continuer à nous déhancher l'un contre l'autre. Il ne se gêne pas non plus pour faire glisser ses mains autour de ma taille de temps en temps. Quand la musique se termine, il s'approche pour m'enlacer et nous nous embrassons langoureusement.

Le DJ annonce une baisse de rythme et lance alors une série de slows. Toujours les paumes sur mes hanches, Kenan s'empresse de me guider à l'extérieur de la piste, mais je l'en empêche en le retenant par la main. Il me fait de gros yeux, mais je le défie sans sourciller.

— Je n'aime pas ça, Angie.

— Je sais, mais si tu ne veux pas que j'aille danser avec Ryan ou Casey…, lui réponds-je en crochetant mes mains derrière sa nuque.

Kenan sait pertinemment que je suis incapable de faire ça, mais il me répond, un léger sourire taquin aux lèvres :

— C'est pas très fair-play, ça…

Je ris, et il finit par poser ses mains sur le bas de mon dos, pour me rapprocher carrément de lui. Sentir son torse contre ma poitrine me provoque une décharge électrique dans le bas-ventre et, quand il remonte son pouce le long de ma colonne vertébrale jusqu'à caresser ma peau, je frissonne. Yeux dans les yeux, nous nous balançons au rythme doux de la musique.

— On a dit qu'on ne se cachait plus rien, hein ? commencé-je en chuchotant à l'oreille de mon amoureux qui en profite pour déposer un baiser sur mon épaule dénudée.

Kenan se redresse et me sonde du regard en acquiesçant.

— Mon solo… Tu sais ce que c'était ?

Il fronce les sourcils, ne comprenant pas où je veux en venir.

— « K », ça te dit quelque chose ?

Kenan secoue la tête et marque un temps d'arrêt, complètement immobile, comme s'il venait enfin de saisir ce que je viens de lui avouer.

— Tu… tu as joué la partition que tu as écrite pour moi devant tout le lycée ?

J'opine du chef, et ses yeux s'embuent légèrement avant qu'il ne plaque sa main contre ma nuque et pose ses lèvres sur les miennes. Il m'attrape par la taille et me soulève du sol pour nous faire tourner sans que nos lèvres se détachent. Son baiser est doux et puissant, et je suis immédiatement transportée dans une autre dimension.

Son front collé contre le mien, il reprend :

— Je n'ai pas envie de te quitter…

Je me recule et l'interroge du regard. En voyant son air triste, je comprends de quoi il parle.

— On en a déjà discuté, tu dois saisir cette opportunité et réaliser tes rêves !

— Mon rêve, c'est toi.

Je souris en posant mes mains autour de son beau visage.

— Il s'agit d'une année, Kenan. On se verra moins, mais je serai toujours là.

Le jour où on s'est remis ensemble, on s'est tout de suite mis d'accord sur la suite : Kenan ira seul à Duke pendant que je termine ma dernière année de lycée, puis je le rejoindrai pour mes études ensuite. Il y aura sûrement des moments difficiles, mais on y arrivera, j'en suis persuadée.

Il secoue la tête un peu dépité avant de me susurrer tout en laissant traîner sa bouche sous mon lobe droit :

— Tu sais que je t'aime ?

Je n'ai pas le temps de répondre qu'il fond sur mes lèvres tout en me faisant basculer en arrière à la manière des gentlemans, ce qui finit par me faire rire.

Quand nous revenons à nous, je suis sûre d'une chose : même si Kenan et moi allons être séparés durant un temps, nos sentiments sont trop forts pour que quiconque ne vienne les entacher.

Je suis certaine que nous avons été mis sur le même chemin pour une bonne raison. Nos âmes, si tourmentées soient-elles, arrivent à s'accorder pour faire ressortir le meilleur de chacun de nous.

Il n'y a aucun doute : K et A sonnent finalement comme le début d'un très bon Karma.

H& fête ses 10 ans !

Composé et édité par HarperCollins France.

Achevé d'imprimer en mai 2023.

FIRMIN-DIDOT

à Mesnil-sur-l'Estrée (Eure)

Dépôt légal : juin 2023.

Pour limiter l'empreinte environnementale de ses livres, HarperCollins France s'engage à n'utiliser que du papier fabriqué à partir de bois provenant de forêts gérées durablement et de manière responsable.

Imprimé en France